여명의 눈동자

8

여명의 눈동자

김성종 장편대하소설

8

여명의 눈동자

8

악마의 얼굴 ·············· 7

불타는 도시 ·············· 81

흰 손 검은 손 ·············· 153

보고 싶은 사람 ·············· 205

눈 덮인 산 ·············· 253

산너머 산 ·············· 287

풍운의 언덕 ·············· 331

혐 의 ·············· 371

악마의 얼굴

 초조한 가운데 사흘이 지났다. 그날 초저녁 무렵이었다. 홍덕집은 약속대로 조카를 만나기 위해 약속장소에 가는 길이었다. 손에는 묵직한 보따리 하나를 들고 있었다. 그런데 그가 막 내무서 앞에 이르렀을 때 내무서원과 시선이 부딪쳤다. 서원은 보초를 서고 있었는데 다급하게 시선을 피하며 지나치는 사내가 아무래도 수상쩍었다.
 "여보, 여보, 노인……좀 봅시다."
 덕집은 가슴이 철렁 내려앉았다. 눈앞이 어찔해서 주춤거리고 있는 사이에 서원이 가까이 다가왔다.
 "어디 사시오?"
 "네, 저기……강 건너에 살고 있습니다."
 "무슨 일을 하고 있소?"
 "탄광에서 일하고 있는데……집에 좀 다녀가려고 오는 길입니다."
 서원은 날카롭게 덕집을 훑어보았다. 덕집은 입구 쪽을 바라보았다. 거기에도 서원 한 명이 서 있었다.

"그 보따리는 뭐요?"
"아, 아무 것도 아닙니다."

창백하게 질리는 사내를 쏘아보면서 서원은 어깨에서 소총을 내렸다.

"그거 풀어 보시오."

덕집은 떨리는 손으로 보따리를 풀려다가 갑자기 그것으로 서원의 얼굴을 후려쳤다.

"어이쿠!"

기습을 받은 서원은 얼굴을 싸쥐고 주저앉았다. 덕집은 기회를 놓치지 않고 냅다 뛰었다. 그때 "서라!" 하고 외치는 소리가 들려왔다. 그는 필사적으로 달려갔다. 이어서 탕하는 소리가 주위를 뒤흔들었다.

덕집은 그만 혼이 빠져 그 자리에 서 버렸다. 부들부들 떨고 있는 그를 달려온 내무서원이 개머리판으로 후려쳤다.

"쌍간나새끼! 일어서!"

무자비하게 짓이겨대는 발길질에 늙은 사내는 사색이 된 채 나뒹굴었다.

곧 내무서로 끌려간 덕집은 얼마 후 사복 차림의 사나이들에게 인계되어 이상한 곳으로 끌려갔다. 끌려간 곳은 어느 벽돌 건물의 지하실이었다. 거기서 그는 상처가 나지 않게 고문을 당하기 시작했다.

"이 다이너마이트 어디다 쓰려고 가져가는 거지?"
"팔려고 그랬소이다."

"누구한테……"

덕집은 조카 이름을 댈 수가 없어 입을 다물었다. 그러자 두 명이 양쪽에서 팔을 비틀면서 잔등을 후려쳤다. 그는 처음 얼마 동안은 그런대로 버텨나갔다. 그러나 난생 처음 받아 보는 고문이었기 때문에 끝까지 버틴다는 것은 어려운 일이었다. 마침내 그는 고문을 이기지 못하고 자신이 알고 있는 범위 내에서 자백했다.

"단지 저는……다이너마이트를 터뜨릴 수 있도록 다리에 설치해 달라는 부탁을 받았을 뿐입니다. 누가 두목인지……그리고 왜 그러는지 이유는 모릅니다."

그는 살기 위해 중요한 부분은 거듭 되풀이해서 말했다.

"살려 줄 테니까 그놈들이 시키는 대로해. 알았지? 체포되었다는 말을 해서는 안 돼!"

"알겠습니다."

"다리에 다이너마이트를 설치하되 터지지 않도록 해! 기술적으로 얼마든지 그렇게 할 수 있지?"

"네네, 할 수 있습니다."

"만일 시키는 대로 하지 않으면 당신 딸은 우리들 밥이다!"

문이 열리더니 소녀 하나가 끌려들어왔다. 덕집이 가장 귀여워하는 열 여덟 살 먹은 막내딸이었다. 소녀가 울음을 터뜨리며 덕집에게 안기려고 하자 우두머리로 보이는 자가 그녀의 덜미를 낚아채서는 옷을 우악스럽게 잡아 찢었다. 눈 깜짝할 사이에 소녀는 벌거벗은 몸이 되어 오돌오돌 떨었다.

"만일 시키는 대로 하지 않으면 당신 딸은 여기서 나가지 못할 줄 알아! 우리가 데리고 놀 거야! 알았어?"
"아이코 나리! 아, 알았습니다!"

귀여운 딸을 그곳에 인질로 남겨둔 채 풀려 나온 덕집은 가슴을 칼로 도려내는 것 같았다. 이제 그의 머리 속에는 딸을 구해야 한다는 생각밖에 없었다.

그는 철저히 감시당한 채 조카를 만나러 갔다. 이미 약속시간보다 열 시간이나 지나 있었다. 그의 조카는 밤을 꼬박 지샌 채 그를 기다리고 있었다. 창백한 얼굴로 하숙방에서 그가 돌아오기를 기다리고 있던 홍은 맨발로 뛰어나오면서 그의 손을 덥썩 잡았다.

"무, 무슨 일이 있었습니까?"
"아, 아니야. 감시가 심해서 이걸 빼내오느라고 애를 먹었어."

조카는 큰아버지의 말을 그대로 믿었다. 믿을 수밖에 없었다. 날이 새기 전에 일을 끝내야 했으므로 그들은 즉시 목표지점을 향해 출발했다.

달 밝은 밤이었다. 그 달빛 아래 무수한 사람들이 소리 없이 한 지점을 향해 움직이고 있었다.

하림은 부하들과 함께 만반의 준비를 갖추고 다리 부근에 잠복해 있었다. 동원된 인원은 그 자신까지 합쳐 모두 10명이었다. 그중 4명은 미제 기관총까지 가지고 있었다. 도주할 때 이용하기 위해 각자 자전거 한 대씩도 준비해 놓고 있었다. 이제 약속대로 홍덕집이 나타나 다이너마이트만 다리에 설치해 놓으면 되는 것이었다. 그런데 밤이 거의 지나도록 그 사람은 오지 않고 있었다. 그를 데려오도록 되어 있는 부하로부터도 연락이 없었다.

　불길한 예감에 하림은 잠자코 기다리고 있을 수가 없었다. 수수밭 속에서 기어 나와 시내 쪽을 바라보았지만 달빛이 하얗게 깔린 길 위에는 아무도 보이지 않았다. 철수하느냐, 아니면 더 기다리느냐 하는 문제로 혼란에 빠져 있을 때 첫닭이 울었다. 그때 기다리고 있던 두 사람이 나타났다.

　"왜 이렇게 늦었어? 무슨 일이 있었나?"

　"아, 아닙니다."

　늦어진 이유를 듣고 난 하림은 마음이 놓이지 않았다. 무엇인가 잘못돼 가고 있는 것 같아 불안을 씻을 수가 없었다.

　"정말 아무 일 없었습니까?"

　하림은 보따리를 들고 한쪽에 서 있는 홍덕집을 바라보았다. 그늘이 져서 그의 표정은 잘 알아볼 수가 없었다.

　"네, 아무 일 없었습니다. 염려하시지 않아도 됩니다."

　"그렇다면 다행입니다. 날이 새기 전에 빨리 좀 부탁합니다."

　그들은 다리 쪽으로 다가갔다.

　덕집과 하림 두 사람이 옷을 벗고 물 속으로 들어가고 나머지 사람들은 부근에서 지켰다. 다리 밑으로 들어가자 물이 가슴까지 차 올랐다. 온몸이 얼어붙는 듯 차가웠다. 덕집은 추운지 덜덜 떨어대고 있었다. 하림이 플래시를 비추자 덕집이 펄쩍 뛰며 질책했다.

"누가 보면 어떡할려고 그럽니까? 꺼요! 불을 끄라구요!"

하림은 민망해서 불을 껐다.

"불이 없어도 되겠습니까?"

"이런 일 어디 한 두번 해봤나요. 눈감고도 할 수 있어요."

덕집이 다리 밑에 다이너마이트를 설치하는데는 반 시간도 채 못 걸린 것 같았다. 다이너마이트에 연결한 줄을 수수밭까지 끌고 온 덕집은 그 끝에다 배터리를 이용해서 원격조정장치를 했다.

"이 손잡이를 누르기만 하면 폭발합니다."

"이상 없겠죠?"

"이상 없습니다. 부디 성공하기를 빌겠습니다."

덕집은 하림과 굳은 악수를 나눈 다음 도망치듯이 시내 쪽으로 사라져 버렸다.

"자, 모두 각자 위치로 돌아가!"

하림은 부하들에게 다시 한번 작전지시를 내린 다음 다리를 건너 야산 위로 올라갔다. 다리를 사이에 두고 다섯 명씩 잠복해 있었다. 야산 위에서 하림이 손을 흔들면 다리를 폭파시킨다. 마프노의 차가 만일 박살나지 않으면 일제히 공격을 개시해 사살한다.

벌써 서리가 내리는지 새벽 공기는 몹시도 차가웠다. 하림은 숲 속에 쭈그리고 앉아 풀벌레 소리에 귀를 기울였다.

어느새 날이 훤히 밝아오고 있었다. 마침내 해가 떴다. 하림은 삶은 옥수수를 먹으면서 마프노의 별장 쪽을 바라보았다.

마프노의 차가 다리 위를 지나 별장 쪽으로 사라진 뒤 아직 나타나지 않고 있었다. 놈이 언제 나타날지는 모르는 일이었다. 따라서 몇 시간이고 기다릴 수밖에 없었다. 하림은 주위를 둘러보았다. 모두가 깊이 잠복해 있어서 잘 보이지가 않았다.

시계를 보았다. 어느새 9시가 넘고 있었다. 놈이 늦잠을 자고 나타나려면 아직도 두 세 시간은 더 기다려야 할 것 같았다. 그는 권총을 빼내 풀섶 위에 내려놓았다. 싸움이 벌어질 때는 권총이란 별로 쓸모가 없었다. 기관총 같은 것이 좋다. 그러나 그는 그것을 자신이 갖는 대신 부하들에게 주었다. 그만큼 그 스스로가 위험부담을 안은 것이다.

마프노 암살을 위해 하림 일행이 이렇게 밤을 새우며 기다리고 있을 때 마프노는 무엇을 하고 있었을까. 놀랍게도 그는 대책을 세우고 있었다. 홍덕집으로부터 자백을 받아낸 군특무대는 마프노가 그 다리를 통과해서 별장과 시내 사이를 왕복한다는 것에 생각이 미쳤고, 그것은 곧 마프노 암살에 목적이 있다는 것으로 이어졌다.

특무대에 초비상이 걸린 것은 물론이다. 즉시 마프노의 귀에 보고가 들어갔다. 마프노는 직접 앞에 나서서 암살범들을 전원 체포할 수 있도록 계획을 세웠다. 가능한 한 생포하라고 그는 명령을 내렸다.

밤새에 다리를 중심으로 반경 1킬로미터의 원형포위망이 구축되었다. 이를 위해 1개 대대 병력이 투입되었다. 포위망 속으로는 일체의 통행이 금지되었다. 포위망 속에 살고 있는 주민들은 조용하고 신속하게 소개되었다.

마프노는 별장에서 여자를 끼고 앉아 수시로 보고를 받고 있었고 필요한 명령을 그때그때 내리고 있었다. 어떤 놈들이 자신을 노리고 있다는 사실에 그는 몹시 기분이 상해 있었다. 기어코 잡아내어 전모를 밝혀내고야 말겠다고 그는 이를 부득부득 갈았다.

이런 줄도 모르고 하림은 마프노가 나타나기만을 기다리고 있었다.

하늘이 유난히도 파랗고 높아 보이는 가을날이었다. 시야에 가득 들어오는 들판에는 오곡이 무르익어 가고 있었다. 멀리 보이는 초가집들은 더없이 평화스러워 보였다. 그 평화스러움에 무엇인가 이상한 것이 느껴졌다. 사람의 움직임이 전혀 눈에 띄지 않고 있었다. 그리고 보다 중요한 것이 빠져 있었다. 밥짓는 연기가 피어오르지 않고 있는 것이다. 벌써 11시 가까이 되었는데 밥짓는 연기가 나지 않다니 아무래도 이상했다. 웬일일까. 가만 생각해 보니 아침 내내 사람 하나 보이지 않은 것 같았다. 다리를 통과하는 민간인 하나 없었다.

그가 이상하다고 생각했을 때, 멀리 자동차가 보였다. 햇빛을 받아 번쩍이며 달려오는 차는 마프노의 폴크스바겐이었다. 차 앞에서는 오토바이가 먼지를 뽀오얗게 일으키며 달려오고 있었다. 뒤에도 오토바이가 따르고 있었다. 언제나 보던 그 행렬이었다.

조금 전의 의혹은 씻은 듯이 사라지고 그의 몸은 긴장으로 날카롭게 일어섰다. 그는 권총을 움켜쥐고 앞으로 몇 발자국 뛰어나갔다.

마프노의 검은 차는 황진을 일으키며 질풍같이 달려오고 있었다. 어느새 그가 서 있는 야산 앞을 휙 지나더니 다리 위로 들어서는 것이 보였다. 하림은 하늘을 향해 권총의 방아쇠를 잡아당겼다. 한방의 총성이 그때까지의 깊은 정적을 뒤흔들어 놓았다. 그는 다리를 보았다. 다리는 폭파되지 않고, 마프노의 차는 이미 다리를 벗어나고 있었다. 수수밭 속에서 폭파를 담당한 부하가 손을 흔드는 것이 보였다. 불발이라는 신호였다.

하림은 다리 건너 쪽에 잠복해 있는 요원들에게 공격신호를 보냈다. 수수밭 속에 숨어 있던 사나이들이 일제히 뛰쳐나오며 총을 난사했다.

앞서 달리던 오토바이 병사가 밭 속으로 처박히는 것이 보였다. 그 순간 차 속에서 드르륵 하고 기관총탄이 날아왔다. 차의 유리창이 박살나는 모습이 흡사 고기비늘이 반짝이는 것 같았다. 공격을 가하다가 오히려 기습을 당한 사나이들은 혼비백산해서 밭 속으로 뛰어들었다.

누구보다도 가장 놀란 사람은 하림이었다. 함정에 빠진 것을 깨달았을 때는 이미 너무 늦어 있었다. 멀리 원을 그리며 군인들이 새까맣게 몰려오는 것이 보였다.

공격을 분쇄하며 미친 듯이 달려가던 차는 급정거하더니 뒤쪽으로 다시 기관총을 난사해왔다. 부하 두명이 풀잎처럼 쓰러지는 것이 보였다.

하림은 정신없이 밑으로 달려 내려갔다. 그대로 저항하다가는 전멸할 판이었다.

그가 있는 쪽으로 오기 위해 다리 위를 달려오던 부하 두 명 중 한 명이 총을 맞고 다리 밑 물 속으로 떨어졌다. 그 부하는 기를 쓰고 헤엄쳐 나오더니 두번째 총탄을 맞고는 그대로 물 속에 처박혔다.

생존자는 모두 일곱 명이었다. 모두가 절망적인 표정들을 짓고 있었다. 총알이 비오듯이 주위로 떨어지고 있었다.

"이, 이게 어떻게 된 일입니까? 다이너마이트도 터지지 않고……"

"배반당한 거야."

"그 늙은이를 끌어들인 게 너지?"

홍가의 가슴에 총구가 겨누어졌다. 홍은 고개를 끄덕였다.

"나도 배신당한 거야. 이럴 줄 몰랐어."

하림은 부하들의 어깨를 흔들었다.

"이러고 있을 때가 아니야! 뿔뿔이 흩어져 도망치도록 해!"

그는 눈물이 나오려고 했다. 포위망을 압축해 오는 적들의 모습이 뚜렷이 드러나고 있었다.

"도망치기는 불가능합니다! 옥쇄할 수밖에 없습니다!"

결연히 말하는 부하를 하림이 제지했다.

"도망칠 수 있는 한 도망쳐야 해! 한 사람이라도 좋아! 살아야 해! 옥쇄는 안 돼! 자, 빨리 뛰어!"

그는 허리를 굽히고 산기슭을 돌아 밭 속으로 들어갔다. 뒤에서 부하들이 소리쳤지만 그는 돌아보지 않고 뛰어갔다. 부하들은 흩어지지 않고 똘똘 뭉쳐서 그의 뒤를 따라왔다.

문득 뜨끔하는 통증과 함께 오른쪽 다리에서 힘이 빠지는 것을 느끼며 그는 밭 속으로 나뒹굴었다. 부하들이 달려와 그를 부축해 일으켰다. 오른쪽 바짓가랑이가 어느새 검붉은 피로 축축이 젖어들고 있었다.

자신이 등에 업히는 것을 알고 그는 부하를 밀어젖혔다.

"난 상관 말고 빨리 뛰어! 더 이상 포위망이 좁혀지기 전에 빨리 도망가!"

악을 써댔지만 아무도 물러날 기미를 보이지 않는다. 그는 권총을 집어들었다.

"가지 않으면 쏠 테다! 빨리 가란 말이야!"

부하들의 얼굴이 이그러지더니 약속이나 한 듯 울음을 터뜨렸다.

"다음에 만나! 빨리 가!"

그는 비틀거리며 일어섰다. 입술이 경련하고 있었다.

수수밭 속으로 사라지면서 그의 부하들은 뒤돌아보고 뒤돌아보고 했다. 차마 그를 두고 떠나기가 괴로웠던 모양이다.

그는 오른쪽 발을 질질 끌면서 밖으로 비틀비틀 걸어나갔다. 총알이 수 없이 지나가고 있었지만 그는 피하려고도 하지 않은 채 그대로 비틀비틀 걸어갔다.

적들은 이미 가까이 다가와 있었다. 그들은 상대로부터 저항의 기미가 보이지 않자 사격을 멈추고 경계태세에 들어갔다. 가능한 한 생포하라는 지시를 받았기 때문이다.

"총을 버리고 손을 들어! 그렇지 않으면 사살한다!"

하림은 푸른 하늘을 올려다보았다. 태양이 눈부시게 빛나고 있었다. 그러자 자살하고 싶은 마음이 눈 녹듯이 사라져 버렸다. 살고 싶었다. 딸 은하의 얼굴이 떠올랐다. 여옥의 모습이 보였다. 정말 죽고 싶지 않았다.

"총을 버려!"

고함 소리가 들려왔다. 부하들이 사라진 쪽에서 콩볶듯이 총소리가 들려왔다. 주위를 둘러보았다. 수십 개의 눈동자와 총구가 그를 노리고 있었다. 이윽고 그는 손에서 권총을 떨어뜨리면서 힘없이 모로 쓰러졌다. 기다렸다는 듯이 군인들이 달려와 그를 덮쳤다.

한동안 정신을 차릴 수 없을 정도로 맞고 나서 그는 막 도착한 트럭에 처넣어졌다. 밀폐된 트럭이라 안은 캄캄했다. 그는 바닥에 쓰러진 채 움직이지 않았다. 의식이 몽롱했다. 조금 후에 몇 사람이 더 처넣어졌다. 여기저기서 신음 소리가 흘러나오고 있었다. 그는 정신을 차려야 한다고 생각하면서도 꿈속에서처럼 마음대로 되지가 않았다.

총소리도 멎고, 조금 후 트럭이 움직였다. 차가 심하게 요동치는 바람에 신음 소리가 더욱 커지기 시작했다.

워낙 강인한 육체와 정신력을 가진 그인지라 얼마 후 정신을 차렸다. 일어나 앉아 거친 숨을 몰아쉬다가 한 사람씩 더듬어 보았다. 모두 네 명이었다. 하나 같이 다쳤는지 끈적끈적한 피가 손바닥에 느껴졌다.

"용기를 내. 용기를 잃으면 안 돼."

그렇게 중얼거리는 자신의 목소리가 허황스럽게 느껴졌다. 목이 메어 더 이상 입을 열 수가 없는 것을 억지로 말했다.

"미안해 모든 게 내 잘못이야."

"어떻게 그런 말을 할 수가 있습니까?"

말하는 부하의 얼굴을 보려고 고개를 돌렸지만 어두워서 볼 수가 없었다.

"우리는 어떻게 됩니까?"

이번에는 다른 목소리였다. 공포에 떨리고 있는 목소리였다. 하림은 아무 대답도 할 수가 없었다.

"우리는 이대로 죽는 겁니까? 싫어! 난 싫어!"

갑자기 발광하기 시작한다. 하림은 눈을 감았다.

한참 후 그들은 어느 건물의 뒤뜰에 내던져졌다. 그리고 각자 독방으로 끌려갔다.

하림은 지하실 복도로 질질 끌려가는 동안 가슴을 도려내는 것 같은 처절한 비명을 계속 들었다. 오싹 소름이 끼쳐서 그는 더욱 위축되었다. 복도는 어둠침침했다. 약한 전등이 겨우 앞을 밝혀 주고 있었다.

철문이 열리고 그는 처박혔다. 불이 켜지는 것과 함께 서너 명이 안으로 뛰어들어와 다짜고짜 그를 후려치기 시작했다.

"개새끼! 간나새끼!"

욕설을 듣고 있다가 그는 마침내 의식을 잃었다. 구겨진 몸 위로 냉수가 쏟아지자 그는 다시 정신을 차렸다가 이내 눈을 감았다.

불이 켜지면서 부하 네 명이 끌려들어왔다. 모두가 얼굴을 알아볼 수 없을 정도로 짓이겨져 있었고 손목에는 수갑이 채워져 있었다.

하림은 일어서려다가 도로 주저앉았다. 오른쪽 다리를 움직일 수가 없었다. 조금만 움직여도 다리가 떨어져 나가는 것 같았다.

"자, 누가 두목이지?"

유난히 키가 작은 조그만 사내가 체포된 사나이들을 곁눈질해 보면서 물었다. 꼽추였는데 그 사나이가 고문을 지휘하고 있었다. 조그만 눈이 끊임없이 반짝이고 있었고 목소리는 여자처럼 가냘팠다. 손도 여자처럼 작고 고왔다. 그런데도 불구하고 꼽추는 제일 무서운 사나이로 통하고 있었다. 그는 말할 때면 언제나 웃었다. 그 웃는 모습이 오히려 섬뜩한 느낌을 주고 있었다.

다섯 사람은 꼽추 앞에 꿇어앉혀졌다. 하림은 부상한 다리가 너무도 아팠지만 무릎을 꿇지 않을 수가 없었다. 그뿐 아니라 모두가 부상을 입고 있었다. 그러나 치료를 받기는커녕 상처를 이용해서 고문을 당하고 있었다.

꼽추는 차례대로 질문을 던졌다. 지휘자를 대라는 말에 모른다고 버티던 첫번째 포로는 꼽추가 부상한 머리를 몽둥이로 후려치자 기절해 버렸다.

하림이 자기가 지휘자라고 말했지만 꼽추는 믿으려 들지 않았다. 하림의 부하 두 명이 이구동성으로 자기가 지휘자라고 나서는 바람에 꼽추는 판단을 내리기가 난처한 모양이었다.

그는 다른 사람들을 젖혀 놓고 공포에 떨고 있는 포로를 가리켰다. 그 포로는 가장 나이 어려보였다. 팔에 관통상을 입었는지 왼쪽 팔이 온통 피로 말라붙어 있었다.

"몇 살이지?"

"스물 넷입니다."

"결혼했나?"

"아직 안 했습니다."

"구만리 같은 앞날을 포기하고 싶지는 않겠지?"

"제발……사, 살려만 주십시오!"

"두목이 누구지?"

"……"

동지들의 핏발선 눈초리에 그는 고개를 숙였다. 꼽추는 포로의 손목에서 수갑을 풀게 한 다음 왼팔을 홱 비틀었다.

"아이고, 나 죽네!"

젊은 포로는 땅을 치면서 몸부림쳤다.

"말해! 누가 두목이냐?"

"바로 저, 저 사람입니다!"

곧장 하림을 가리키자 다른 포로 두 명이 침을 뱉었다.

"더러운 새끼!"

비겁한 포로는 울부짖었다.

"나 살고 싶어! 살고 싶단 말이야!"

꼽추는 씨익 웃었다. 그리고 몽둥이로 하림의 어깨를 쳤다.

"이놈 이름이 뭐지?"

"장하림입니다."

"뭐? 장하림?"

고문자들은 놀란 표정을 지었다. 꼽추가 하림의 머리칼을 움켜쥐고 뒤로 젖혔다.

"그럼 이놈이 그 유명한 장가란 놈인가?"

"그렇습니다."

젊은 포로는 살기 위해 열심히 대답했다. 하림은 왠지 부하의 배신이 밉지 않았다. 오히려 가엾은 생각이 들었다. 꼽추는 무슨 물건을 보듯이 한동안 하림의 얼굴을 들여다보더니 갑자기 미친듯이 웃어댔다.

"네가 정말 장하림이냐? 진작 알려 줄 것이지. 알았으면 대접이 달랐을 텐데……"

소름끼치는 웃음이었다. 한참 동안 그렇게 웃고 난 꼽추는 고개를 끄덕이면서 말했다.

"이놈, 잘 만났다. 그렇지 않아도 네놈을 잡아죽이려던 참이었는데, 잘 만났다."

하림은 공포로 몸이 굳어지는 것 같았다. 동시에 살아서 나간다는 것은 불가능하다는 생각이 들었다.

꼽추는 배신한 포로에게 하림을 치라고 지시했다. 그리고 자신은 팔짱을 끼고 의자 위에 걸터앉았다.

"형식적으로 치면 안 돼. 가짜로 치면 대신 네가 맞을 줄 알아. 살고 싶으면 충성을 보이란 말이야."

그는 김형우(金炯祐)라고 했다. 매우 용감하게 첩보활동을 벌이던 젊은이였는데 한번 무너지기 시작하자 걷잡을 수 없이 무너져 내렸다.

하림은 자기 앞으로 천천히 다가오는 부하를 바라보았다. 조금도 적의를 가지지 않은 채 오히려 연민에 찬 눈으로 올려다보았다. 그런데 놀랍게도 부하는 얼굴에 뚜렷이 적의를 나타내고 있었다. 살기 위해 그렇게 변할 수 있다는 사실에 하림은 자못 놀랐다.

"개새끼!"

욕지거리와 함께 무릎이 그의 얼굴을 내질렀다. 이어서 다른 쪽 무릎이 올라왔다. 쓰러진 몸을 발로 걷어차기 시작했다.

"개새끼! 일어나! 일어나란 말이야!"

사정을 두지 않고 구타하는 바람에 하림은 신음을 토했다. 보고 있던 두 포로가 달려들려고 하는 것을 고문자들이 가로막으면서 후려쳤다.

"이 새끼들, 가만 있어! 구경만 하고 있어!"

김형우는 자진해서 고문자가 되고 있었다. 그는 수없이 욕지

거리를 해대면서 무자비하게 하림을 구타했다. 하림은 부하에게 그렇게 구타를 당하는 동안 어느 때보다도 의지가 꺾이는 것을 느꼈다. 조금도 저항할 마음이 일지 않아 때리는 대로 고스란히 얻어맞았다.

정신없이 하림을 때리던 김형우는 마침내 자기 쪽에서 먼저 지쳐서 허덕거리기 시작했다. 그는 모든 것을 버리고 오직 목숨만을 부지하기 위해 기를 쓰고 있었다. 그 모습이 불쌍해서 하림은 눈물이 나올 것만 같았다.

꼽추는 아무 것도 묻지 않았다. 상대를 완전히 주눅이 들게 한 다음 신문하려는 것이 분명했다. 꼽추가 무서운 자라는 것은 어떤 목적을 가지고 고문한다기보다는 고문 그 자체를 즐기고 있다는 데 있는 것 같았다. 사회에서 천대받던 자가 자기에게 유리한 특수상황이 주어질 때 변태적인 성격으로 돌변하는 경우가 있는데 이 꼽추야말로 바로 그러한 대표적인 경우에 해당하는 것 같았다.

"다리를 밟아! 오른쪽 다리를!"

꼽추의 지시대로 김형우는 하림의 오른쪽 다리를 밟아댔다. 다리뼈가 으스러지는 것 같았다.

"더 세게 밟아! 더 세게!"

꼽추는 의자 위에 앉아서 짧은 다리를 흔들어댔다. 하림은 더 이상 참을 수가 없어 김형우의 허벅지를 물어뜯었다. 김형우는 노성을 지르며 주먹으로 하림의 입을 후려쳤다. 입이 터지면서 피가 흘러나왔다.

"불쌍한 놈이구나!"

 하림은 부하를 쏘아보면서 중얼거렸다. 이윽고 그는 뒤통수에 강한 충격을 느끼면서 정신을 잃었다. 물을 쏟아부었지만 그는 깨어나지 않았다.

 지하실에 그는 짐짝처럼 버려져 있었다. 완전한 어둠이 그를 지배하고 있었다. 콘크리트 벽으로 차단된 그 속에서 그는 자신이 인간이라는 사실을 인정하고 싶지가 않았다.

 가까스로 의식을 차린 그는 몸을 조금 움직여 보았다. 그러자 기다렸다는 듯이 몸의 구석구석에서 고통이 엄습했다. 무서운 아픔이었다.

 바닥은 질퍽하게 젖어 있었다. 몹시 추웠다. 절로 몸이 덜덜 떨려오고, 목이 타는 듯했다. 입 속에 씹히는 것이 있어 꺼내 보니 이빨이었다. 두개가 부러져 있었다. 혀끝으로 이를 밀어 보았다. 이가 몇 개 흔들거리고 있었다. 오른쪽 다리에 힘을 주어 보았다. 전혀 반응이 없었다. 수갑만 풀 수 있어도 어떻게 해보련만. 그것 때문에 모든 것이 부자유스러웠다.

 벽에 어깨를 기대면서 가까스로 일어나 앉았다. 밤인지 낮인지 구별할 수가 없었다. 추운 것으로 보아 밤인 것 같았다.

 "나는 여기서 이대로 죽겠지."

 그는 중얼거렸다. 너무 어이가 없다는 생각이 들었다. 배가 몹시 고팠다. 무엇이라도 먹고 싶었다. 주먹밥 한 개를 먹지 않고 버린 것이 생각났다. 앉은 채로 바닥을 더듬어 보았다. 한참

만에 질퍽거리는 것이 발에 느껴졌다. 엎드려서 입을 댔다.

주먹밥이 짓이겨진 채 바닥에 늘어붙어 있었다. 입을 대고 씹으려다가 얼굴을 찡그렸다. 이빨이 흔들거려 씹을 수가 없었다. 입 속에 넣고 꿀컥 삼켰다. 목이 메어 넘어가지 않았다.

어디선가 길고 긴 비명 소리가 들려왔다. 가슴을 후비고 들어오는 비수 같았다.

문이 덜컥 열리는 것과 동시에 불이 켜졌다. 꼽추가 먼저 들어오고, 뒤를 이어 장대한 외국인 하나가 나타났다. 마프노였다. 마프노는 계급장이 없는 군복 차림에 번쩍거리는 검정 가죽장화를 신고 있었다. 지하실의 악취에 그는 소련말로 뭐라고 하면서 얼굴을 찌푸렸다.

"일어나!"

누운 채 시커먼 밥덩이를 먹고 있는 하림을 보고 꼽추가 얼굴을 걷어찼다. 마프노는 의자에 앉더니 가죽채찍으로 하림의 턱을 치켜올렸다. 그리고 이내 그를 알아보는 것 같았다. 과거를 더듬는 듯 잠시 부드러운 시선을 보내더니 고개를 끄덕였다.

"이놈이 미스 채를 이용해서 나한테 접근했었지."

그가 한국말로 서툴지 않게 말했다. 얼굴이 돌처럼 굳어지고 있었다. 하림은 번쩍거리는 검은 장화를 물끄러미 바라보았다.

"그때는 변장했었어."

그는 파이프를 꺼내 담배를 담았다. 거기에 불을 붙인 다음 뻑뻑 소리내어 빨았다.

"그 유태인 놈이 나를 죽이라고 하던가?"

마프노 역시 아얄티의 존재를 벌써부터 파악하고 있었던 모양이다.

"너를 언제라도 죽일 수 있어. 그렇지만 단번에 죽이면 재미가 없지. 네가 스스로 모든 정보를 우리한테 넘겨줄 때까지 너는 고통을 받아야 해. 우리한테 충성한다는 보장이 서면 그때 가서 살려 줄 수도 있어. 귀여운 딸이 보고 싶지 않나?"

 하림은 번쩍거리는 장화 위에다 침을 칵하고 뱉었다. 동시에 마프노의 가죽채찍이 휙하고 날아왔다. 얼굴이 찢어지면서 피가 튀었다. 채찍이 계속해서 날아왔다. 격노한 마프노는 미친 듯이 하림의 얼굴을 난타했다.

 순식간에 하림의 얼굴은 벌겋게 피로 물들었다. 그러나 마프노를 대하고 있는 하림은 격렬하게 저항했다. 증오심으로 몸을 떨면서 그는 절규했다.

"이 악마야! 네놈을 죽이지 못한 게 한이다! 귀신이 되어서라도 네놈을 죽이고야 말 테다! 반드시 내 손으로, 내손으로 죽이고야 말 테다!"

 그의 다음 말은 꼽추가 휘두르는 주먹에 막혀 나오지 않았다. 급소를 치자 하림은 그대로 뻗어 버렸다. 조금 후 의사가 와서 그를 진찰한 다음 주사를 한 대 놓았다.

"워낙 건강한 몸이라 당분간은 괜찮을 것 같습니다. 그렇지만 이 다리는 너무 썩어 가는데요."

"총알을 빼내고 적당히 치료해. 완전히 낫게 해서는 안 돼."

 죽지 않도록 치료해 주는 이유는 그가 그만큼 값이 나가는 인물이기 때문이다. 끊임없는 고문을 통해 그의 머리 속에 들어 있는 모든 것들을 토해내도록 하려는 것이 그들의 계획이었다.

마프노는 만사를 젖혀두고 고문에 앞장섰다. 그 뒤를 항상 꼽추가 그림자처럼 따라붙었다.

고문자와 고문을 받는 자의 싸움은 누가 더 오래 버티느냐에 따라 승부가 결정되게 마련이다. 이 싸움에 있어서 유리한 쪽은 물론 고문자 쪽이다. 그들은 충분히 자고 먹고 즐기면서 여유 있게 고문을 자행할 수 있다. 반면 피고문자는 불리하기 짝이없다. 개보다 못한 식사와 불면, 공포, 질병 등에 시달리면서 뼈를 깎는 고문을 견뎌내야 하는 것이다. 이렇게 불리하고 희망도 없는 싸움에서 피고문자가 의지할 곳이라고는 정신력밖에 없다. 오직 정신력으로 그 혹독한 고통을 견뎌내야 하는 것이다.

그러나 정신력에도 한계가 있게 마련이다. 그 한계를 극복하는 사람은 백만 분의 일 정도로 희소하다고 보는 것이 옳을 것이다. 정신력 하나로 혹독한 고문을 견디던 사람도 끝내는 고문자 앞에 무릎을 꿇는다. 그런데 끝까지 무릎을 꿇지 않는 사람이 있다면 그는 초인이라고 할 수 있다. 그런 사람이 전혀 없는 것은 아니다. 그런 사람은 죽음의 공포를 극복했기 때문에 모진 고문을 참아낼 수가 있는 것이다.

장하림은 바로 그 백만 분의 일에 해당하는 사람이었다. 그는 스스로를 이미 죽음 속에 몰아넣은 채 수없이 반복되는 고문을 견디어 나갔다.

죽지 않을 정도로 먹이고 치료하면서 마프노는 그를 고문했다. 고문 방법은 매일 달랐다. 고문하다 지치면 꼽추에게 다음을 맡겼다.

처음에는 여유 있게 고문하던 그들도 상대가 예상외로 버티어 나가자 차츰 초조해지고 악에 바치기 시작했다. 이제는 오직 상대를 굴복시켜야 한다는 승부욕 그 자체에 집착해 있었다. 고문하다 지치면 부드럽게 회유하고 설득도 해 보았다.

"젊은 사람이 개죽음해 봐야 남는 게 뭐가 있나? 남쪽이나 북쪽이나 다 같은 동족이 살고 있어. 꼭 남쪽에만 협조할 이유가 어딨어? 현실적으로 처신하는 게 제일 좋을 거야. 지금이라도 생각만 돌리면 당장 석방시켜 주겠어. 그리고 중요한 자리를 하나 주겠어. 쓸데없이 왜 이렇게 고생하나?"

"……"

무슨 말을 해도 마이동풍이었다. 그는 의식의 끝에 매달려 있었다. 의식의 끝은 순수했다. 오직 한 가지 굴복해서는 안 된다는 생각만이 선명히 남아 있었다. 그 밖의 다른 것은 일체 생각되지 않았다. 다른 것들은 의식의 바닥 밑에 깊이 침잠된 채 결코 떠오르지 않았다.

고문하는 대로 맞고 넘어지고 기절했다 깨어나면 다시 고문당할 준비를 했다. 대답은 항상 간단했다.

"말할 수 없다."

"모른다."

"빨리 죽여라."

자살을 생각해 보기도 했다. 그러나 아무리 생각해도 그 짓은 하고 싶지 않았다. 아니, 해서는 안 될 것 같았다. 고문을 이기지 못하고 자살했다는 것은 결국 패배를 인정하는 것이다. 비록 자백하지 않는다 해도 패배하는 것이나 다름없다. 죽음에 안주하고 싶지는 않다. 차라리 맞아죽는 한이 있더라도 자살에 의지하고 싶지는 않다.

남은 이빨마저 모두 부러져나가고 손톱도 빠져나갔다. 난쟁이가 펜치로 손톱을 하나씩 뽑았다. 다리의 상처에서는 구더기가 꿈틀거렸다. 앉은 채로 또는 누운 채로 배설을 했다. 고통에 대한 감각이 차츰 사라지고 있었다.

밤이면 몹시 추웠다. 춥다는 것으로 낮과 밤을 구별했다.

자주 총소리가 들려왔다. 별로 멀지 않은 곳에서 나는 총소리였다. 나중에 가서 하루에 한번씩 일정한 시간에 총소리가 난다는 것을 알게 되었다. 그리고 그것이 총살집행이라는 것도 알게 되었다.

그런 어느 날 그는 밖으로 끌려나갔다. 콘크리트로 된 지하복도를 한참 꾸불꾸불 걸어가자 앞이 막혔다.

벽앞에 세 사람이 서 있었다. 누더기를 걸친 채 피투성이가 되어 서 있는 그들은 바로 하림의 부하들이었다. 그들로부터 수 미터 떨어진 곳에 병사 세 명이 총을 들고 서 있었다. 맞은편 벽은 총상으로 온통 벌집이 되어 있었고 군데군데 피로 얼룩이 져 있었다.

조금 후 마프노와 꼽추가 나타났다. 마프노는 시가를 문 채 눈을 가느스름하게 뜨고 하림을 바라보다가

"만일 협조하지 않으면 네 부하들을 하루에 한 명씩 죽이겠다."

하고 말했다.

아무리 고문해도 통하지 않자 마지막 수단을 동원한 것 같았다. 하림은 비로소 흔들렸다. 자기도 모르게 소리쳤다.

"안 돼!"

"그럼 협조하겠나?"

그때 다 죽어가던 부하들이 약속이나 한 듯 부르짖었다.

"대장님 안 됩니다. 저희는 죽어도 좋습니다. 절대 이놈들한테 협조해서는 안 됩니다."

하림은 눈을 부릅떴다. 감동으로 그의 몸은 부들부들 떨렸다. 가슴이 벅차서 아무 말도 할 수가 없었다.

"협조하겠나 못하겠나?"

그는 고개를 저었다. 마프노의 눈꼬리가 치켜 올라갔다.

"좋다."

마프노가 신호를 보내자 병사들의 총구가 일제히 불을 뿜었다. 고막을 찢는 것 같은 총소리와 함께 맨 오른쪽에 서 있던 송효중(宋孝仲)이라는 부하가 풀썩 쓰러졌다. 송은 바닥에 엎어진 채 꿈틀거렸다. 마프노가 다가가 허리에 찬 권총을 빼들더니 송의 뒤통수를 겨냥하고 방아쇠를 당겼다.

"내일 또 한 명을 처형할 테다!"

마프노는 시가 연기를 하림의 얼굴 위에 확 뿜은 다음 꼽추와 함께 사라졌다.

부하가 눈앞에서 총살당하는 것을 보고 있는다는 것은 고문 중에서도 가장 무서운 고문이었다. 방으로 돌아온 하림은 피눈물을 흘렸다. 체포된 후 처음으로 흘리는 눈물이었다.

그가 울고 있을 때 꼽추가 들어왔다.

"너는 사형이다!"

그는 웃으며 말했다.

"마지막으로 총살당할 것이다!"

꼽추는 발로 그를 툭툭 건드렸다.

"울고 있구나. 왜 울지?"

"내 부하들 대신 나를 죽여라."

"나머지 두 명을 모두 죽인 다음에 너를 죽일 거야."

"안 돼! 그건 안 돼!"

하림은 머리를 저었다. 꼽추는 웃었다.

"죽이고 안 죽이고는 네 손에 달렸어. 네가 마음만 바꾸면 언제라도 중지할 수 있어."

"……"

하림은 무겁게 머리를 저었다. 꼽추는 몽둥이로 하림의 머리를 툭툭 두드렸다.

"넌 죽어서도 우리를 피할 수 없어. 네 머리를 잘라 유리관에 보관해 둘 거니까."

이튿날 하림은 또 끌려나갔다. 어제의 그 장소에 같은 모습으로 모두들 서 있었다. 다만 벽앞에 서 있는 부하의 수가 두 명으로 줄어들었을 뿐이었다.

곧이어 마프노와 꼽추가 나타났다. 마프노는 다시 물었다.

"협조할 텐가 안 할텐가?"

"……"

하림은 어제처럼 부들부들 떨었다. 마프노가 천천히 권총을 빼들었다. 하림과 부하들의 시선들이 격렬하게 부딪쳤다.

"먼저 가겠습니다!"

차례를 맞은 부하가 외쳤다. 안길주(安吉周)라는 부하였다. 하림은 문득 행복한 감정에 휩싸였다. 죽음을 초월한 사나이들의 뜨거운 교감이 그들의 표정에 잠깐 나타났다가 사라졌다.

"우물쭈물하지 말고 빨리 대답해!"

마프노가 재촉했다.

"협조할 수 없어."

하림은 차마 볼 수가 없어 고개를 돌렸다.

마프노는 권총에 철컥하고 장탄하더니 사수들에게 맡기지 않고 자신이 직접 총살을 집행했다. 그는 바로 악마의 화신이었다. 사람을 살해함에 있어서 그는 도살자로서의 솜씨를 십분 발휘했다. 뚜벅뚜벅 걸어가 포로의 관자놀이에 총구를 갖다대고 방아쇠를 당겼다. 안길주는 한 바퀴 빙그르르 돌더니 마프노의 발치에 철썩 떨어졌다.

"훌륭하십니다!"

꼽추가 웃으며 손뼉을 쳤다.

"이놈아, 나도 죽여라! 가지 말고 나도 죽여!"

마지막 남은 하림의 부하가 절규했다. 병사들이 시체의 다리를 한쪽씩 잡고 질질 끌고 나갔다.

"너는 내일 죽을 차례야."

마프노는 총구로 상대의 이마를 쿡 찔렀다.

"지금 죽여라!"

포로는 악을 썼다. 그리고 울부짖었다. 마프노는 하림을 가리켰다.

"살고 싶으면 이놈을 설득해! 마지막이니까 한 방에서 지내면서 설득해 봐!"

하림과 부하는 같은 방에 처넣어졌다. 부하는 바닥에 쓰러져 흐느껴 울었다. 비참한 울음 소리였다. 두 사람은 쓰러진 채 서로 부둥켜안았다. 죽음을 앞둔 부하에게 무슨 말을 해야할 지 하림은 알 수가 없었다. 자신은 죽더라도 부하를 살리고 싶었다. 그러나 그럴 수 없기에 가슴이 찢어지는 듯 괴롭기만 했다.

부하는 떨고 있었다. 공포와 생에 대한 열망으로 걷잡을 수 없이 떨어대고 있었다. 그러나 한편으로는 비겁해지지 않으려고 애쓰고 있는 것이 역력했다.

"전 죽겠습니다! 미련없이 죽겠습니다! 다만 이렇게 개죽음 당하는 것이 억울할 뿐입니다. 왜, 왜 우리는 이렇게 당해야 합니까? 이렇게 개죽음 당하는 것이 과연 가치 있는 일인가요?"

하림은 목이 잠겨 말이 나오지 않았다. 무슨 말을 할 수 있을 것인가! 무슨 말을 한들 위선으로 들릴 것이다. 그러나 그렇게 들리지 않기를 바라면서 그는 가까스로 입을 열었다.

"홍동지, 이건 개죽음이 아니야. 개죽음일 수가 없어. 어떤 목적을 위해 싸우다가 죽는 것은 개죽음이 아니야. 우리는 분명히 목적을 가지고 싸운 거야. 이제 와서 우리들의 투쟁에 회의를 느껴서는 안 돼."

"그렇지만 전⋯⋯살고 싶습니다! 살고 싶어요! 오래 오래 살고 싶어요! 누가, 누가 날 죽일 수 있단 말입니까!"

그는 울부짖었다. 정신착란 상태에 빠진 것 같았다. 미련없이 죽겠다 하다가도 갑자기 돌변해서 살고 싶다고 울부짖는 것이었다.

"내가 자백하든 안 하든 놈들은 결국 우리를 죽일 거야. 그걸 알아야 해. 이왕 죽을 거 입을 다물고 죽는 게 나아."

"아닙니다! 그렇지 않습니다!"

홍구(洪九)는 죽음의 공포를 더 이상 견디어내지 못하는 것 같았다. 마침내 그는 하림에게 애원하기 시작했다.

"저를 살려 주십시오! 대장님이 협조하겠다고 한마디 말씀만 하면 우리는 살아날 수 있습니다. 그들은 약속을 지킬 겁니다! 저 같은 거 죽여서 뭘 하겠습니까?"

드디어 무너져 버린 부하를 보고 하림은 눈물을 흘렸다. 부하가 결코 못나 보이지는 않았다. 극한상황하에서는 누구나 그럴 수 있다고 생각했다. 가능하면 부하의 요구대로 해 주고 싶었다. 그러나 달리 방법이 없었다.

그의 머리 속에는 방대하고 귀중한 최고 기밀들이 들어 있었다. 그것을 털어놓으면 역적이 되는 것이나 다름없다. 그리고 북한은 전쟁을 일으킬 것이다. 확실한 정보를 토대로 일거에

38선을 돌파할 것이다.

한 사람의 부하를 살리기 위해 그런 막대한 대가를 지불할 수는 없다. 차라리 부하 하나를 죽게 내버려두는 것이 길일 것 같았다.

"저, 저는 보장을 받았습니다!"

"무슨 보장……?"

"대장님을 설득시키면 살려 주겠다는 보장 말입니다."

하림은 부하의 손을 잡았다. 두 사람 다 손이 뜨거웠다.

"그걸 믿어서는 안 돼. 그놈들은 결국 우리 두 사람을 죽일 거야. 이용할대로 이용하고 나서 홍동지까지도 죽이고 말 거야."

"그래도 좋습니다! 여기서 나가고 싶습니다! 살려 주세요!"

"왜 이러는 거야? 내가 해 줄 수 있는 한계를 잘 알 거 아닌가? 왜 마음이 변했지?"

"살아서 원수를 갚겠습니다!"

뜨거운 것이 목구멍으로 치밀어 오르는 것을 하림은 꾹 눌러 참았다.

"홍동지, 내가 입을 열면 역적이 되는 거야! 차라리 나는 죽음을 택하겠어!"

"나는 죽고 싶지 않아요!"

다시 그는 흐느꼈다.

"나는 살고 싶다구요! 죽고 싶으면 혼자 죽으라구요! 왜, 왜 나까지 끌어들이는 겁니까?"

그는 이제 오직 살려고 몸부림치고 있었다. 나중에는 하림을 저주하기까지 했다.

"당신 때문에 모두 총살당했어! 부하를 아낄 줄 모르는 당신은 너무 잔인해! 모두가 당신을 저주하고 있을 거야! 제발 부탁이야! 살려 줘! 난 처자식이 있단 말이야! 자식들이 보고 싶어! 제발 부탁이야! 왜, 왜 대답이 없어? 대답해 봐! 이 개 같은 놈아! 대답해 봐! 너하고 같이 죽고 싶지 않아! 우리를 모두 죽게 하고 혼자 살려고 그러는 거지? 혼자 남으면 모든 것을 털어놓겠지. 다 알고 있어, 이 비겁한 놈아!"

홍구는 하림을 붙잡고 흔들었다. 호소하기도 하고 저주를 퍼붓기도 했다. 그러다가 반응이 없으면 흐느껴 울었다. 울부짖으며 몸부림쳤다. 하림은 죽은 듯이 웅크리고 있었다. 그는 이제 아무 말도 하고 싶지 않았다. 어떠한 말로도 부하를 이해시킬 수 없다는 것을 잘 알고 있었다.

다음 날 그의 부하는 그에게 저주를 퍼부으면서 끌려갔다.

"이놈아! 이놈아! 나를 죽게 하다니, 이 개 같은 놈아!"

그 어떤 고문보다도 부하의 저주는 그를 비참하게 만들었다. 그러나 그는 이를 악물고 참았다.

"미안해. 나를 저주해도 좋아. 나는 저주받아 마땅한 놈이야. 미안해. 잘 가라구. 가는 길이나마 편안히 가라구."

그는 피눈물을 흘리며 부하가 끌려가는 것을 지켜보았다.

얼마 후 그도 총살현장으로 끌려갔다.

"너 같은 놈은 처음이다!"

흉악한 마프노도 하림에게만은 질린 것 같았다. 그는 권총을 빼들고 뚜벅뚜벅 걸어가더니 기계적으로 홍구의 머리를 향해 방아쇠를 당겼다. 마지막 하나 남은 부하, 그렇게도 살고 싶어 하던 부하도 풀잎처럼 쓰러져갔다.

"이젠 네 차례야."

마프노는 권총을 든 채 돌아섰다. 그 어느 때보다도 하림을 무서운 눈으로 쏘아보았다. 하림은 벽에 기대 세워졌다. 그는 멍하니 서 있었다. 이미 죽음의 공포에서 벗어난 그는 아무런 두려움도 가지고 있지 않았다.

"1분의 여유를 주겠다. 마지막이다!"

권총 끝이 관자놀이에 와 닿았다. 하림은 눈을 감았다. 그리고 머리를 저었다. 딸의 얼굴이, 여옥의 얼굴이, 가쯔꼬이 모습이 스쳐갔다. 누군가가 희망을 이룰 것이라고 그는 생각했다. 해야할 일들을 너무 많이 남겨둔 채 먼저 떠난다는 것이 애석할 뿐이다. 은하는 형수님께서 맡아서 잘 길러 주겠지. 딸애한테는 너무 나쁜 아빠였다. 함께 놀아 줄 기회도 없었다.

무거운 침묵과 긴장이 흘렀다. 총소리가 들리지 않았다. 그가 눈을 떴을 때 마프노의 권총 손잡이가 그의 뒤통수를 후려겼다. 그는 앞으로 푹 쓰러지면서 의식을 잃었다. 병사 두 명이 그를 질질 끌어다가 방 속에 처넣었다.

얼마나 시간이 흘렀을까. 그는 철문이 열리는 소리에 눈을 떴다. 불이 켜지고 누군가 한 사람이 들어왔다.

그는 눈을 가늘게 뜬 채 서 있는 한 사람의 다리를 바라보았다. 마프노의 가죽장화가 아니었다. 꼽추도 아닌 것 같았다. 새로운 고문자가 나타난 것 같았다.

누굴까. 왜 나를 죽이지 않을까. 죽였으면 지금쯤 편안히 잠들어 있을 텐데……. 서 있던 자가 갑자기 허리를 굽혔다. 두 손을 뻗어 그의 얼굴을 받쳐들더니 와락 그를 껴안았다.

"네, 네가 이게 웬일이냐?"

울음 섞인 소리에 하림은 비로소 상대를 똑똑히 의식했다. 듣던 목소리였다. 놀랍게도 형 경림이 거기에 있었다.

"이놈아, 네가……네가……이 무슨 꼴이냐? 어쩌다가 이렇게……"

경림은 아우를 끌어안고 통곡했다. 너무 갑작스런 해후에 하림은 형이 흔드는 대로 흔들리고 있었다. 믿어지지가 않았다. 안도감과 함께 의식이 몽롱해져 왔다. 이런 꼴을 보이다니, 하고 그는 생각했다.

경림은 아우의 참담한 몰골에 완전히 경악하고 있었다. 해주에 있는 남로당 본부에서 선전관계 일을 보고 있던 그는 특무대로부터 아우가 체포되었다는 말을 듣고는 밤새 달려오는 길이었다. 무슨 방법을 써도 하림의 입을 열 수 없자 특무대는 마지막 수단으로 장경림을 동원한 것이다. 따라서 경림은 특무대로부터 아우를 기어코 전향시키라는 특명을 받고 있었다.

그러나 막상 아우의 모습을 보고 난 그는 자기가 맡은 임무보다도 같은 피를 나눈 육친의 정에 더 끌렸다. 거기에는 사상도 뭐도 없었다. 오로지 진한 피만 있었다.

"누, 누가 너를 이 지경으로 만들었지? 어떤 놈들이……어떤 죽일 놈들이 너를 이렇게 만들었지?"

시인은 한참 동안 아우를 붙잡고 울었다. 그럴 때는 공산주의자가 아니었다. 순수한 시인이자 형의 감정으로서 통곡하고 있었다.

"물……물 좀……"

하림은 겨우 입을 열어 말했다. 경림은 밖으로 뛰어나가더니 주전자를 들고 왔다. 그리고 아우를 앉히고 입 속에 물을 흘려 넣어 주었다.

하림은 거친 숨을 몰아쉬고 나서 형을 바라보았다. 형은 그전보다 많이 야위어 있었다. 사상을 달리하는 바람에 서로 헤어져 만나지 못한 지가 꽤나 오래되었다.

"뭐, 뭐하러……오셨습니까?"

그는 다 죽어 가는 목소리로 중얼거렸다.

"뭐하러 오다니……이, 이게 무슨 꼴이냐?"

경림은 이를 악물고 아우를 노려보았다. 아우가 더없이 원망스러운 모양이었다.

"미안합니다. 이런 꼴을 보여서……. 죽기 전에 형님을 만나 보게 되어 기쁩니다."

"네가 죽다니, 무슨 말을 하는 거냐?"

"저는 죽을 겁니다. 놈들은 저를 죽일 겁니다. 은하를 잘 길러 주십시오. 그리고……남한에서 살도록 하십시오. 형수님이 기다리십니다."

"알았다. 알았어."

경림의 눈에서 눈물이 방울방울 흘러내렸다. 그는 시종 몸을 떨고 있었다.

형제가 이렇게 순수한 감정으로 부딪쳐 보기는 처음이었다. 경림은 아우의 상처를 여기저기 들여다보고 나서는 더욱 경악하는 표정을 지었다. 이윽고 그의 얼굴은 원망과 분노로 이그러지기 시작했다.

"나쁜 놈들 같으니, 사람을 이렇게 고문하다니. 개돼지만도 못한 놈들!"

하림은 손을 들었다가 놓았다.

"형님, 돌아가십시오. 형님한테 화가 미치는 거 싫습니다. 제발 돌아가십시오. 죽기 전에 형님을 만나 보니 다행입니다."

"……"

경림은 눈물을 글썽이며 다시 아우를 끌어안았다. 사상 문제로 서로 다투기도 했지만 그에게는 역시 사랑하는 아우였다. 그런 아우가 알아볼 수 없을 정도로 고문에 짓이겨진 채 초죽음이 되어 있으니 형으로서 비통한 눈물이 안 나올 수 없었다.

"형님이 여기 왜 오셨는지 잘 알고 있습니다. 마프노는 고문하다 안 되니까 형님까지 동원한 겁니다. 그렇지요?"

"그래. 맞아. 그렇지만 나는 마음이 달라졌다. 너를 이 꼴로 만들다니, 용서할 수 없어. 개돼지 같은 놈들!"

"바로 이게 형님이 충성하고 있는 세계입니다. 잘 보십시오."

"사상 문제로 더 이상 너와 싸우고 싶지 않아. 그런 건 아무래도 좋아. 급한 건 너를 구해내는 일이야."

"그런 생각하지 마십시오. 여기서 살아서 나간다는 건 불가능합니다. 전향하기 전에는."

"무슨 수단을 써서라도 살아나가야 해! 나는 너를 구해 낼 수 있어!"

하림은 힘없이 고개를 저었다.

"돌아가십시오! 제발 돌아가세요!"

"아니야! 너는 죽어서는 안 돼! 용기를 가져!"

"용기를 잃지는 않았습니다. 용기를 잃었다면 벌써 입을 열었을 겁니다."

"거짓말이라도 해서 여기를 나가야 해!"

"놈들이 그렇게 어수룩하지는 않을 겁니다. 여기서 우리가 무슨 이야기를 하는지도 다 알고 있을 겁니다."

경림은 아우의 어깨를 붙잡고 흔들었다. 아우의 참담한 모습에 견딜 수 없다는 듯 전신을 떨기까지 했다.

"내가 시키는 대로 해!"

"돌아가십시오."

"돌아갈 수 없어! 내가 시키는 대로 해! 그렇다고 너보고 공산주의자가 되라는 말은 하지 않겠어! 알았지?"

"……"

하림은 퉁퉁 부은 눈 사이로 형을 바라보았다.

"우선 치료를 받고 건강을 되찾도록 하자."

"어떻게 할 생각입니까?"

"난 자신이 없어졌어. 내가 믿고 있는 사상에 자신이 없어졌어. 너를 보고 나서 더욱 그런 생각이 들어. 이 정도일 줄은 짐작도 못했어."

"형님은 역시 시인입니다. 평화로운 곳에서 시를 쓰셔야 합니다."

하림은 입을 벌리고 소리 없이 웃었다. 벌어진 입 사이로 부러지고 빠진 치열이 흉하게 드러나 보였다. 웃는 게 아니라 우는 것 같았다. 어디 한군데 제 모습을 갖추고 있는 곳이 없었다. 두 눈은 벌에 쏘인 것처럼 퉁퉁 부어오른 채 찌그러져 있었고 콧잔등은 푹 내려앉아 있었다. 턱은 비틀어져 있었고 귀는 찢어져 있었다. 손톱은 하나도 없었고 부상한 다리에는 구더기가 들끓고 있었다.

그러나 그는 살아 있었다. 단순히 목숨만 붙어 있는 것이 아니라 자신의 의지를 지닌 채 버티고 있었다.

경림은 아우를 거기에 놓아둔 채 밖으로 나갔다. 그는 지하실 계단을 올라가는 동안 분노를 가슴속 깊이 묻어둘 수가 있었다.

이윽고 한 방에서 꼽추는 책상 앞에 앉아 책을 읽고 있다가 그를 맞았다. 그것은 일어로 된 고문에 관한 책이었다. 꼽추는 누런 이를 드러내고 웃으면서 책을 덮어 놓았다.

"고문 받아본 적 있나요?"

"없습니다."

경림은 상대의 눈웃음에 전율을 느꼈다.

"고문이란 하면 할수록 묘미가 있단 말이야. 이 책은 일본군

특무대에서 애용하던 것인데 고문의 종류란 끝이 없다는 거야. 그리고 사람이 과연 고문에 어느 정도까지 견딜 수 있느냐 하는 것이 나왔는데……양쪽 팔뚝과 허벅지까지 잘리고서도 아무 것도 먹지 않고 한 달을 버틴 사람이 있었다는 거야. 장동무, 나한테 고문 한번 받아 보겠소? 흐흐……"

"고문 받을 일이 있어야지요."

"아우를 잘못 관리했으니까 책임이 전혀 없는 것도 아니지. 지금까지 내가 상대한 놈들 중에 장하림처럼 질긴 놈은 처음이었어. 당신 아우는 이제 고문으로 통하지 않아. 남은 방법은 두 가지 뿐이야. 당신이 책임지고 설득하던가, 아니면 죽여 버리던가, 두 가지 뿐이야. 만나 보니 어떻소?"

경림은 지긋이 어금니를 깨물었다.

"빨리 치료하지 않으면 위험합니다."

"그렇겠지. 아우가 그렇게 된 걸 보고 가슴이 아프겠지. 아우를 설득할 자신이 있소?"

"있습니다. 우선 치료를 받게 해 주십시오. 치료를 받는 동안 전향시켜 보겠습니다."

"만일 당신이 실패하면 장하림은 죽는다는 걸 알아야 해."

"알겠습니다."

"좋아. 당신은 당성이 강한 걸로 알고 있으니까 믿어도 좋겠지. 일 주일간의 여유를 주겠다."

이런 조건에 의해 하림은 지하실에서 풀려나올 수가 있었다. 그는 이층 별실에 감금된 채 즉시 치료를 받았다. 의사와 특무대원, 그리고 경림만이 거기에 출입할 수가 있었다.

그 방은 창문이 있어서 낮이면 햇빛이 가득 들어오곤 했지만 창문을 열도록 되어 있지는 않았다. 창문에는 견고한 철제 창살이 부착되어 있었기 때문에 그쪽으로 도망친다는 것은 불가능했다. 밖은 숲이었다. 숲 저쪽으로 멀리 시가지가 보였다.

일단 풀려 나와 침대 위에 눕혀지자 하림은 완전히 빈사상태에 빠졌다. 경림은 울면서 아우의 더러운 몸을 씻어 주었다.

의사가 자주 와서 상태를 점검했다. 젊은 의사로 매우 치료에 열성을 보여 주고 있었다. 시종 침묵 속에서 치료에만 전념했는데 환자의 상처를 보고는 적이 분노를 느끼는 것 같았다.

의사와 하림 단 두 사람만이 방안에 있을 때 하림은 빈사상태에서 깨어났다. 그의 눈에는 모든 것이 흐릿하게 보였다. 의사가 엽차 같은 것을 그의 입 속에 흘려 넣어 주었다.

"만 하루만에 깨어나는군. 담배 피우겠나? 담배를 무척 좋아한 걸로 알고 있는데……"

하림은 상대를 똑똑히 보려고 시선을 집중해 보았다. 그러나 초점이 잡히지 않아 잘 보이지가 않았다. 다만 흰 가운을 입고 있는 것이 의사라는 것만 알 수 있을 뿐이었다. 내가 담배를 좋아한다는 것을 어떻게 알고 있을까 하고 생각하면서 그는 입에 꽂아 주는 담배를 빨았다.

담배 한대를 모두 피우고 난 그는 다시 의식을 잃었다. 그러나 의사가 혈관주사를 놓자 이내 다시 깨어났다. 아까보다는 모든 것이 잘 보였다.

"어쩌다가 이렇게 됐지?"

"……"

하림은 멀거니 천장을 바라보았다.

"장하림, 나를 모르겠나?"

의사가 가까이 다가왔다. 하림은 비로소 상대의 모습에 눈이 익었다.

"이 사람아, 나야. 조풍(趙豊)이야."

눈물을 글썽이는 상대를 보고 하림은 깜짝 놀랐다. 그는 손을 뻗어 의사의 옷자락을 잡았다.

"아니, 자네가 여기 웬일이야?"

"자네야말로 여기 웬일인가? 난 도무지 믿어지지가 않아!"

그들은 일제 때 동경제대 의학부에서 함께 공부한 학우였다. 같은 지하 서클에서 학생운동도 함께 전개한 절친한 사이였는데, 조풍은 중도에 체포되어 옥살이를 겪었다. 그가 감옥에 있을 때 하림은 군에 입대했고, 그 이후 두 사람은 소식이 끊어졌다. 그런데 거의 6년만에 의외의 장소에서 느닷없이 만나게 되었으니 놀라는 것도 무리는 아니었다.

조풍은 문 쪽을 경계하면서 낮은 소리로 말했다.

"문밖에 항상 두 명이 경비를 서고 있어. 그러니까 조심하지 않으면 안 돼. 그런데 어떻게 된 일이야? 자네가 이 지독한 곳에서 이런 고문을 받다니……"

"그렇게 됐네. 자네야말로 이런 곳에서 일하고 있다니 금시초문이야……"

옛 동지를 만난 기쁨에 눈물을 글썽이던 하림은 이내 표정이 돌처럼 굳어졌다. 그는 허공을 무서운 눈으로 응시했다. 옛날에는 동지였지만 이제는 적대관계에 있다는 사실이 그의 가슴을 아프게 찔렀다. 그렇다고 현실을 뛰어넘어 옛 우정을 찾고 싶은 마음은 없었다.

"난 자네가 미군기관에서 일하고 있다는 소문은 들었지."

"미제 앞잡이라고 욕했겠군."

"음 그랬어. 그렇지만 진정으로 욕한 건 아니었어. 난 누구보다도 자네를 잘 알고 있으니까."

"의사까지 나를 설득할 셈인가 보군. 난 지금부터 치료를 거부하겠어."

"자네 마음이 어떻다는 건 충분히 이해할 수 있어. 나라도 그랬을 거야."

"나를 좀 일으켜 주겠나?"

"그대로 누워 있어."

"괜찮아."

상체를 일으킨 하림은 등에 베개를 괴고 앉아 노을진 창밖을 물끄러미 바라보았다.

"나를 오해하지 말게."

"……"

"난 어쩔 수 없이 여기서 일하고 있는 거야. 내 의사는 완전히 무시된 채 일하고 있는 거야."

"왜 그런 걸 나한테 말하는 거지? 자넨 나를 치료할 테고, 그런 다음에 그들은 또 나를 고문할 거고……. 치료하고 고문하고 치료하고 고문하고……그런 짓이 되풀이될 테지. 자네가 진정으로 옛정을 생각한다면 나한테 편안히 죽을 수 있는 주사나 한 대 놔 주게나."

"나를 이해하기는 어렵겠지. 이해해 달라고 요구하지는 않겠어. 그렇지만 자네를 이대로 놔둘 수는 없어. 자네를 치료하는 데 전력을 기울이겠어. 나는 순수한 의사야. 자네가 앞으로 어떻게 되든 난 상관하지 않겠어. 죽어 가는 사람을 치료하는 건 내 의무야. 막지 마."

두 사람의 시선이 뜨겁게 부딪쳤다. 하림은 뚫어지게 조풍을 바라보았다. 친구의 말을 어떻게 받아들여야 할 지 판단이 서지가 않았다.

"나는 결국 죽을 몸이야. 자네가 나를 치료하는 이유는 죽기 전에 내 입을 열게 하기 위해서야. 내 머리 속에는 귀중한 정보가 많이 들어 있거든."

"물론 그럴 거야. 이곳은 그런 일을 전문으로 하는 곳이니까. 그렇지만 자네의 치료를 포기할 수는 없어. 난 자네를 살리고 싶어. 이대로 두다가는 다리를 잘라야 할 지도 몰라."

"이왕 죽을 몸인데……다리 같은 거 아무려면 어떤가."

"일부러 죽으려 하다니……자네답지 않군."

조풍이 손을 잡으려는 것을 하림은 뿌리쳤다. 그의 심한 거부 반응에 조풍은 주춤했다.

"자백시키기 위해 사용하는 약이라도 있는가?"

"그, 그런 약은 없어."

"그렇지만 의지를 약화시키는 약은 있겠지? 자넨 나를 식물인간으로 만들려고 하지?"

"아니야. 그런 얼토당토않은 생각은 하지 마. 그건 오해야."

"흥, 오해라구?"

하림은 쓴웃음을 지었다. 고통으로 얼굴이 일그러져 있었다.

"왜 하필 자네한테 치료하게 하는 거지? 우리의 과거 우정을 이용하려는 거겠지? 자넨 거기에 동원된 꼭두각시고……"

"잘못 생각한 거야. 우리 사이를 아는 사람은 아무도 없어. 나도 자네를 보고서야 알아본 거야. 거짓말이 아니야!"

"왜 나한테 굳이 변명하려고 그러는 거지? 왜 그러지?"

하림을 바라보는 조풍의 눈빛이 붉었다. 눈에 눈물이 가득 괴더니 낮은 소리로 그러나 격렬하게 쏘아붙였다.

"나는 공산주의자가 아니야!"

"……"

무거운 침묵이 실내를 팽팽한 긴장 속에 몰아넣고 있었다. 하림은 노을이 사라진 창밖을 멍하니 바라보았다. 공산주의자가 아니라고? 그럼 그가 나와 뜻이 같단 말인가!

조풍은 더 이상 하림과 이야기하는 것을 삼가고 밖으로 사라졌다. 그러나 그는 얼마 안 있어 다시 나타났다. 그리고 말없이 치료에 전념했다. 하림도 잠자코 그의 치료를 받아들였다. 조풍이 얼마나 정성스럽게 치료해 주고 있는가를 하림은 잘 알 수 있었다 그것은 과거의 우정을 되살리기에 충분한 것이었다.

어느 날 그는 더 참지 못하고 친구의 손을 잡았다.

"고마워."

조풍은 고개를 끄덕이면서 그의 손을 잡아 주었다.

"살아야 해. 자네가 얼마나 귀중한 인물인가를 알고 있어."

그때 경림이 들어왔다. 하림은 비로소 마음 놓고 형에게 조풍을 소개했다. 서로 마주치면서도 경계의식을 풀지 않던 경림과 의사는 반갑게 인사를 나누었다. 그들 사이에는 어느새 신뢰의 감정이 짙게 일기 시작했다.

그들은 터놓고 이야기하지는 않았지만 하나의 목표를 향해 움직이고 있었다. 하림이 그러한 움직임을 눈치 못 챌 리가 없었다.

그는 중간에서 괴로웠다. 자기 때문에 두 사람이 희생될지도 모른다는 생각이 들었기 때문이다. 그런 것은 정말 바라고 싶지가 않았다. 가능하다면 또 모른다. 그러나 아무리 주위를 둘러보아도 보이는 것은 절망뿐이었다.

시간이 촉박하다는 사실이 경림과 조풍으로 하여금 어떤 결정에 보다 빨리 이르게 만들었다. 아우로부터 조풍이 어떤 인물인가를 설명 들은 경림은 주저하지 않고 그와 따로 자리를 마련했다.

그들이 처음 만난 곳은 변두리에 있는 어느 중국음식점에서였다. 평양 거리에는 그때까지만 해도 더러 군데군데에서 음식점들이 문을 열고 있었다. 대부분 화교들이 경영하는 보잘것없는 식당들이었는데, 당국의 탄압으로 이러지도 저러지도 못한 채 겨우 그날그날 연명하고 있는 처지였다.

이층의 구석진 방에 자리잡은 그들은 음식이 들어오기를 기다려 문을 걸어 잠그고 목표를 향해 한 걸음 다가앉았다.

"내 아우를 구할 수 있는 방법이 없을까요?"

먼저 입을 연 쪽은 경림이었다. 그는 애타는 눈길로 조풍을 바라보고 있었다.

"형님이 말씀 안하셔도 생각하고 있는 중입니다."

조풍은 경림을 깎듯이 존대했다. 친구의 형인 만큼 그러는 것이 당연했다.

"사상문제를 떠나서 하림이를 구해 주시오!"

"저는 형님이 공산주의자라는 것을 잘 알고 있습니다. 그렇지만 저는 공산주의자가 아닙니다."

"조형을 의심하고 있지는 않소. 나는 조형이 도와주리라고 믿고 있소."

조풍의 눈이 날카롭게 빛나면서 경림을 뚫어질듯 응시했다.

"한 가지 의문나는 점이 있습니다."

"음, 뭐요? 말해 보시오."

"형님은 공산주의자입니다. 그런데 아무리 아우라고 하지만 지금 극우 인물 한 명을 살려내려고 하고 있습니다. 그렇게 되면 형님의 거취는 어떻게 되는 겁니까? 형님은 사상을 버리시는 겁니까? 아니면······"

경림의 손이 상대를 막았다.

"무슨 말인지 알겠소. 그렇지 않아도 나는 그 문제로 고민했더랬소. 사실 나는 착실한 공산주의자였소. 그러나 이번에 내 아우가 당한 걸 보고는 생각을 달리하게 되었소. 그런 비인간적인 고문에 참을 수 없게 된 거요."

금방이라도 눈물을 흘릴 듯이 그의 얼굴은 일그러져 있었다.

"단순히 아우가 당한 고문 결과를 보고 그렇게 굳은 신념이 흔들릴 수 있을까요? 미안합니다. 이런 질문을 해서……"

"아, 아니오, 당연한 질문이오. 그렇지 않아도 나는 회의에 빠져 있던 참이었소. 처음에는 물불 가리지 않고 뛰어들었지만 지금은 내가 그리던 세계가 아니란 것을 깨달았소. 나는 원시의 유토피아를 그리던 소년이었음을 뒤늦게야 깨달았던 거요."

"그것은 시적 감정에서 나온 게 아니었던가요?"

"좋게 말해서 그렇다고 볼 수 있지요. 나라는 놈은 죽을 때까지 시를 버릴 수 없다는 것도 이번 기회에 깨달았지요. 그리고 북쪽에서는 절대 시다운 시를 쓸 수 없다는 것도 깨달았소. 나는 그 동안 선전요원으로서 수없이 선전문만 써왔었소. 그 안에는 미제국주의의 앞잡이란 말이 한번도 안 들어간 적이 없었지요. 이제는 솔직히 말해 구역질이 나오. 그러던 차에 아우를 만나게 된 거요. 아우를 보는 순간 나는 내가 서야할 곳을 분명히 결정했소. 이제 내가 제일 먼저 해야 할 일은 내 아우를 구하는 일이오."

그들은 음식에는 손도 대지 않은 채 이야기에 심취해 있었다. 술도 마시지 않았는데 눈들이 충혈되어 있었다.

"이제는 형님을 이해할 수 있겠습니다."

"조형은 어떻게 해서 그런 흉악한 곳에서 일하게 됐나요?"

"강제로 처박힌 겁니다. 처음에는 종합병원에 근무했었죠. 그런데 어느 날 갑자기 두 사람이 찾아와 출두지시서를 내보였습니다. 연행되어 온 곳이 바로 여기였습니다. 그때부터 여기서 일하게 된 거죠. 항의해 봐야 소용없다는 것을 알고는 그저 죽은 목숨처럼 일해 왔습니다."

"지금 있는 곳의 정확한 이름이 뭡니까?"

"특무대 분실이라고만 알려져 있지 뚜렷한 이름도 없습니다. 사상범을 취조하는 곳인데, 일단 끌려들어오면 살아 나가는 사람이 드물죠. 설령 살아 나간다 해도 이미 병신이 된 뒤죠."

조풍의 이야기는 소름끼치는 것이었다. 그가 하는 일이란 사상범이 고문 받는 동안 그의 생명을 연장시켜 주는 일이었다. 그러니까 그것은 목숨을 살리기 위한 치료가 아니라 고문을 위한 치료였다.

인술의 목적과는 전혀 다른 방향에서 악을 위해 일해야 하는 그는 날이 갈수록 고통을 이겨내기가 힘겨웠다. 처음 처참하게 짓이겨진 사람을 대했을 때는 구토가 나올 지경이었다. 그러나 거기에 익숙해지자 새로운 고통이 엄습했다. 고문 받은 사람의 아픔이 자신의 고통으로 전해져 온 것이다.

"저는 인간이 과연 어느 정도까지 잔악해질 수 있는가 하는 것을 거기서 처음 배웠습니다. 팔다리가 부러져 뼈가 튀어나오기나 손톱 발톱이 빠져 있는 것은 보통이었습니다. 눈알을 후벼

내고 혀를 뽑아내고……숫제 얼굴이 없어 진 사람도 상당수 있었습니다. 그러나 무엇보다도 견디기 어려운 것은 한밤중에 들려오는 비명 소리입니다. 그 소리를 듣고 있으면 소름이 쭉쭉 끼쳐서 피가 말라붙는 것 같습니다. 그러나 저는 그 소리를 매일 듣고 있어야 합니다. 사실 고문 받고 있는 사람은 바로 접니다. 한시라도 빨리 이곳을 벗어나 멀리 도망치고 싶은 마음뿐입니다. 고문자들을 증오하고 있지만 저 혼자로서는 어쩔 수가 없습니다. 그대로 있다가는 미치게 될 것 같습니다."

어느새 그의 얼굴에서는 진땀이 흘러내리고 있었다. 그는 두려운 눈빛으로 밖의 동정을 살피다가 다시 말을 이었다.

"누구보다도 그 꼽추놈……그놈이 제일 지독한 놈입니다. 그놈이 고문을 지휘하고 있는데 , 여기서 오래 있게 되면 언젠가는 그놈을 죽일 것만 같습니다. 그렇게 되면 결국 나도 죽겠지만……"

"그놈 이름이 뭔가요?"

"모르겠습니다. 여기 있는 고문자들의 이름은 모두 비밀에 붙여져 있습니다. 그 꼽추놈은 미친놈입니다. 고문을 즐겨하고 있는데다 실습 삼아 그런 잔혹한 짓을 하고 있는 것 같습니다."

"죽일 놈이군요."

그들은 다같이 증오하고 저주했다.

그들이 이렇게 하나의 결정을 위해 의견을 접근시키고 있을 때 하림은 병상에 앉아 창밖을 바라보고 있었다. 쇠창살 사이로 달빛이 유난히도 밝게 비쳐드는 밤이었다.

조금 전에 들려온 비명 소리에 그는 귀를 기울이고 있는 참이었다. 깊은 지하실에서 나는 소리였지만 조용한 밤이라 뚜렷이 들려오고 있었다.

비명 소리를 듣고 참을 수 없어 뛰쳐 일어난 것이다. 누가 고문을 받고 있을까. 얼마나 고통스러우면 그런 소리가 나왔을까. 그는 자신이 받은 고문을 생각하고는 치를 떨었다. 비명 소리는 한참 후에 다시 들려왔다. 끊어질듯 말듯 가늘게 들려오는 것이 차라리 큰 소리로 울부짖는 것보다 더 고통스럽게 귀를 후비고 들어왔다. 그것은 마치 뼈를 갉아내는 소리 같았다. 듣지 않으려고 귀를 막았지만 소용이 없었다.

청각을 통한 고통은 지금까지 받은 고문과는 또 다른 것이었다. 그것은 위협이었고 공포였다. 나중에는 귀에 환청이 들리는 듯했다. 잠을 잘 수가 없었다. 조그만 소리에도 그는 놀라 깨었다. 그곳을 벗어나지 않는 한 어떤 형태로든 자신이 죽고야 말 것이라는 것을 그는 더욱 절감했다.

"아그그그……아그그그……아아악!"

다시 비명 소리가 들려왔다. 마치 바람에 창문이 다르르다르르 떠는 것처럼 그렇게 들려왔다. 그는 입을 벌리고 눈을 크게 부릅떴다. 자신이 고문을 받는 것처럼 식은땀을 흘렸다.

"안 돼! 입을 열면 안 돼! 참아! 참으라구!"

그는 자기도 모르게 쇠창살을 잡고 몸을 부르르 떨었다. 입에서는 침과 함께 계속 중얼거리는 소리가 흘러나오고 있었다.

밤이 깊어, 문이 열리고 의사가 들어왔다. 하림이 식은땀을 흘리고 있는 것을 본 조풍은 이마를 짚어 보았다.

"열이 있군."

"저 소리 좀 들리지 않게 할 수 없을 까? 미치겠어. 잠을 잘 수가 없어."

"막을 수가 없어. 모두가 저 소리를 듣고 있어."

"누, 누가 고문을 당하고 있는 거지?"

"몰라. 자, 이걸 한 알 먹고 푹 자둬."

조풍은 하림의 입 속에 빨간 알약을 한 개 넣어 주었다.

"수면제니까 잠을 좀 잘 수 있을 거야."

"나……나를 어떻게 할 셈이지?"

"우리한테 맡겨."

조풍이 속삭였다. 하림은 조풍의 소맷자락을 잡았다.

"우리라니……무슨 말이야?"

"자네 형하고 나 말이야."

"미쳤나? 다 죽고 싶어서 그래?"

"다 계획을 세워 놓았으니까 염려하지 마."

"무슨 계획?"

"아주 간단한 거야."

"그러다가 실패하면 어떻게 되는 줄이나 알아?"

"물론 알고 있어. 잘 알고 있어."

"자넨 여기서 일하고 있으면 아무 탈 없을 텐데 왜 그래?"

"나도 저 소리가 듣기 싫어. 저 소리만 들으면 속이 뒤집힐 것 같아. 여기를 탈출하고 싶어."

"어, 어디로 가려고 그래?"

"남쪽밖에 갈 곳이 있나. 거기 가면 밥은 먹을 수 있겠지."

"제발 그만둬. 나 혼자만 죽으면 되는 건데 왜 그래?"

"자넨 죽어서는 안 돼!"

조풍은 단호하게 말했다. 하림은 우정에 감복되어 뜨거운 눈물을 줄줄 흘렸다.

인덕이 있다고나 할까. 아무튼 그가 그런 곳에서 대학동창을 만났다는 것은 참으로 다행한 일이 아닐 수 없었다.

다음날이었다. 장경림은 조금 다른 모습을 하고 나타났다. 다리를 다쳤는지 오른쪽 다리를 절룩거리며 지팡이를 짚고 있었다. 거기다 안경까지 끼고 있었다. 중절모까지 눌러쓰고 있어서 처음에는 하림도 다른 사람이 들어오는 줄 알 정도였다.

실제로 그는 안으로 들어오기 전 두 명의 감시원에게 제지당했었다. 그가 웃으며 모자를 벗어 보이자 그들은 비로소 그를 알아보고 그를 안으로 들여보냈다.

"아니, 어디 다치셨나요?"

하림이 놀라서 묻자 경림은 의미 있게 고개를 끄덕였다.

"위장이야."

무엇인지는 모르나, 하나의 계획이 진행되고 있음을 직감한 하림은 형을 붙들고 만류했다.

"안 됩니다. 위험합니다. 그러다가는 모두가 죽게 됩니다."

"염려하지 마. 멋지게 해낼 테니까. 준비나 하고 있어."

시인의 결심은 단호해서 어떻게 움직여 볼 도리가 없었다.

"귀중한 정보가 있어."

"뭡니까?"

그 처지에서도 하림은 귀가 번쩍 뜨였다.

"여수에서 반란이 일어날 거야."

"언제 말입니까?"

"곧……이삼 일 사이에……. 14연대가 움직이도록 돼 있어."

"큰일이군요! 연락을 취해야 할 텐데……"

"아마 순천 지역까지 휩쓸릴 거야. 계획은 다 서 있나 봐. 나도 곧 내려가라는 지시를 받았어. 여기서 일이 끝나면 내려가라는 지시야."

"어떡하죠? 군대가 반란을 일으키면 피해가 막심할 텐데……?"

안타깝기 짝이 없었지만 어쩔 수 없는 일이었다. 자신이 구속된 상태이니 불길을 바라보는 수밖에 딴 도리가 없었다.

"할 수 없지. 나로서도 어떻게 도와줄 수가 없구나."

경림의 변장에 관심을 보인 사람은 꼽추였다. 그는 경림을 자기 방으로 부르더니 이상스럽다는 듯이 그를 쳐다보았다.

"장동무, 차림이 갑자기 달라져서 몰라보겠소. 눈이 나쁘나요?"

"네 갑자기 앞이 안 보여 안경을 썼습니다."

"다리는 왜 그렇소?"

의심스러운 눈으로 꼽추가 다리를 쳐다보자 경림은 바짓자락을 끌어올렸다. 발목으로부터 정강이까지 온통 붕대로 감겨 있었다.

"좀 다쳤습니다."

"어쩌다가……"

"마차에 치였습니다."

"모레까지 기한이니까 기억해 두시오. 그때까지 아우를 설득하지 못하면 아우는 죽는 거요."

"잘 알겠습니다. 염려하지 마십시오."

무사히 꼽추 방을 벗어난 경림은 안도의 한숨을 내쉬었다.

그로부터 이틀 동안 그는 자신의 위장한 모습을 주변의 감시자들에게 충분히 보여주었다. 이틀 동안 그렇게 인상을 심어 주자 아무도 그를 불러 세우는 사람이 없었다.

사흘째 되는 날 밤 7시경, 경림과 의사 조풍은 마침내 행동에 들어갔다. 그들은 다짜고짜 하림의 옷을 벗겼다. 어리둥절해 있는 사이 경림은 자신의 옷들을 벗기 시작했다.

"빨리 이걸 입어! 시간이 없으니까 빨리 입어!"

비로소 탈출계획을 알게 된 하림은 완강히 저항했다. 함께 탈출한다면 몰라도 형을 인질로 남겨두고 자기만 탈출하는 것은 도저히 생각할 수도 없는 일이었다.

"안 됩니다! 죽어도 그런 짓은 못하겠습니다! 저는 혼자지만 형님에게는 형수님이 기다리고 계십니다."

"이것 봐. 이러고 있을 때가 아니야! 넌 내일이면 총살이야! 이번에는 살려두지 않을 거란 말이야!"

"형님이 제 대신 죽음을 당하시겠다는 겁니까? 싫습니다! 절대 안 됩니다!"

"하림이, 형님 말을 듣게!"

조풍이 끼여들어 설득했지만 하림은 막무가내였다.

"날 내버려 둬요! 제발 부탁이니 다들 나가요!"

"우리도 탈출계획이 다 세워져 있어! 그러니까 염려하지 말고 시키는 대로 해! 어서 옷을 입어!"

세 사람이 내뿜는 열기로 방안은 격렬하게 소용돌이치고 있었다. 문 저쪽에는 감시원 두 명이 서 있었다. 그러니 소리를 죽여 말할 수밖에 없었고, 그러자니 더욱 안타깝고 긴박감에 사로잡히지 않을 수 없었다.

"어떻게 탈출하시겠다는 겁니까?"

"너를 내보낸 뒤에 나는 너를 대신해서 주사를 맞고 의식불명 상태에서 병원으로 실려가는 거야. 병원은 감시가 덜하다니까 거기서 기회를 엿보다가……"

"차라리 제가 주사를 맞겠습니다!"

"그건 안 돼! 너는 몸이 약해서 뛸 수가 없어! 여기서는 천천히 걸어나가도 되지만……"

"만일 병원에 운반되기 전에 꼽추가 들여다보기라도 하면 어떻게 할 작정입니까?"

"그만한 위험 정도는 각오해야겠지."

뜨거운 형제애였다. 형제의 대화를 들으면서 조풍은 눈물을 흘리고 있었다. 탈출 가능성은 아무도 점칠 수 없었다. 그러나 그것이 문제가 아니었다. 하림은 형에게 위험을 안겨 주고 자기만이 빠져나간다는 것이 견딜 수 없이 괴로웠다.

양복을 입고 중절모를 눌러쓰고 안경을 끼자 그는 영락없이 경림의 모습으로 변했다. 눈물이 앞을 가려 그는 형을 볼 수가 없었다. 경림은 웃으며 아우를 바라보았다. 형제는 으스러지게 서로를 껴안았다.

"형님, 용서하십시오!"

하림은 몸을 떨며 흐느껴 울었다. 시인의 야윈 손이 그의 등을 어루만졌다.

"조심해서 가. 호주머니에 돈과 권총이 들어 있어. 정문초소에서 이걸 주고 증명을 받아."

하림은 번호패를 받은 다음 조풍과 포옹했다. 그 역시 울고 있었다.

"잘 가. 나중에 만나자구. 정문으로 곧장 나가. 오른쪽으로 한참 가다보면 마차가 있을 거야. 잠자코 타기만 하면 돼."

"고마워!"

하림은 다시 형과 포옹했다. 마지막 포옹이었기 때문에 아까보다 더욱 길고 격렬했다.

"자, 가 봐!"

경림이 마침내 아우를 밀었다. 하림은 물러났다. 충혈된 눈에서는 눈물이 걷잡을 수 없이 흘러내리고 있었다. 이윽고 그는 결심한 듯 돌아섰다. 문고리를 잡고 다시 한번 두 사람을 돌아본 다음 문을 열었다.

감시병 두 명이 불빛 아래 부동자세로 서서 그를 바라보았다. 허리에 권총을 차고 있었다. 하림은 고개를 숙이고 잠자코 그들 앞을 지나쳤다. 지팡이를 짚고 절룩거리며 계단을 천천히 내려갔다. 틀림없이 놈들이 나를 부르겠지. 자, 나를 불러 줘.

 마침내 계단을 모두 내려갔다. 그때까지 그는 부름을 당하지 않았다. 왜 나를 부르지 않을까. 형님을 희생시키고 살아야 할 정도로 내 목숨은 그렇게 가치가 있는 것일까.

 계단 밑을 돌아서면서 뒤돌아보았다. 아무도 따라오지 않는다. 사람의 눈이란 이처럼 어수룩한 것일까. 형님이 말한 계획이란 과연 실현성이 있는 것일까. 아니다. 공허한 계획일 뿐 실현성이란 하나도 없다. 그것을 알면서도 나는 혼자서 도망치고 있는 것이다. 더없이 비겁한 놈이다. 비겁한 놈……더없이 비겁한 놈…….'

 건물 출입구에도 두 명의 초병이 서 있었다. 부동자세로 서서 그를 노려본다. 기계적인 반응 같았다. 나는 비겁한 놈이야. 붙잡혀 총살당하는 것이 당연해. 속으로 중얼거리면서 그들을 바라보았다. 나를 잡아가, 이 바보들아. 나는 지금 도망치고 있는 거야. 도망치고 있는 거라구. 초병들의 시선이 흔들리는 것 같았다. 자신도 모르게 그는 미소를 짓고 있었다.

 "수고들 하십니다."

 마침내 고개를 숙이고 그들 앞을 지나쳤다. 나는 인류를 배반한 놈이야. 아무 값어치도 없는 쓰레기 같은 놈이 형님과 친구를 인질로 놔두고 도망치고 있는 거야.

마당을 가로질러 천천히 걸어갔다. 한쪽에 몇 대의 차량들이 나란히 서 있는 것이 보였다. 주위는 온통 숲으로 둘러싸여 있었다. 바람에 나뭇잎이 쏴아하고 쓸리는 소리가 들려왔다. 주위는 칠흑같이 어두웠다.

아니야. 형님은 계획대로 도망칠 수 있을 거야. 조풍이 능숙하게 처리해 줄 겨야. 너무 걱정하지 않아도 돼. 이렇게 자위하면서 그는 마지막 장애물에 다가섰다.

정문 양편에는 두 명의 초병이 총을 받쳐들고 서 있었다. 입구 오른쪽에는 초소가 있었다. 그 안에 또 한 명의 초병이 희미한 등불 아래 앉아 무엇인가 쓰고 있었다. 아마 편지라도 쓰고 있는 것 같았다. 레닌모의 챙에 가려 얼굴이 잘 보이지 않았다.

"수고하십니다."

조금 열려 있는 창문 사이로 번호판을 밀어 넣자 초병이 얼굴을 쳐들었다. 힐끗 이쪽을 바라보고 나서 잠자코 증명을 내준다. 하림은 웃으며 그것을 받아든다.

"수고하시오."

초병은 쳐다보지도 않고 고개만 끄덕한다. 하림은 돌아서면서 막혔던 가슴이 확 터지는 것을 느낀다. 바지 주머니에 왼손을 찌르고 오른손으로는 지팡이를 짚은 채 그는 매우 느릿느릿 정문을 빠져나왔다.

형님은 괜찮을 거야. 무사히 탈출할 수 있을 거야. 그는 끊임없이 형 생각만 하고 있었다. 만일 형님이 체포된다면 돌아가야지. 돌아가서 형님을 구하고 죽음을 받아야 한다. 그것이 나의 도리다.

온 몸의 뼈 마디마디가 녹아 내리는 것 같았다. 고문으로 완전히 해체되었던 몸이 다시 조립되기도 전에 탈출을 감행했으니 움직일 때마다 고통이 엄습하는 것이 당연했다.

결코 그는 허둥대지 않았다. 기뻐하지도 않았다. 마치 운명의 손에 이끌려가듯 어둠 속을 쩔룩거리며 천천히 걸어갔다. 뒤에서 적들이 쫓아온다 해도 도망치고 싶은 마음이 없었다. 이미 죽음을 극복했고, 형님이 그를 대신해서 안에 남아 있다는 사실이 그로 하여금 그렇게 움직이게 만들어 주고 있었던 것이다.

숲으로 둘러싸인 완만한 경사 길을 한참 내려가자 큰길이 나왔다. 오른쪽으로 꺾여져 다시 한참 동안 걸어가자 어둠 속에 마차가 한 대 서 있었다. 한 사람이 마차 위에 걸터앉아 담배를 피우고 있었는데, 어두워서 누구인지 잘 분간할 수가 없었다.

하림이 올라타자 마차는 즉시 출발했다. 조랑말 한 마리가 끄는 것으로 속력이야 형편없는 것이었지만 삐거덕거리며 열심히 달려갔다.

그 시간에 경림과 조풍은 어떻게 하고 있었을까.

시인은 아우를 내보내고 나서 즉시 침대 속으로 기어 들어갔다. 하림이 치러야 할 역할을 철저히 떠맡고 나선 것이다. 조풍은 경림이 요구하는 대로 얼굴을 온통 붕대로 감쌌다. 눈과 코만 남겨두고 붕대로 칭칭 감싸자 전혀 얼굴 모습을 알아볼 수 없게 되었다.

그는 담요를 목에까지 끌어당겨 덮은 다음 권총을 배 위에 올려놓았다. 6연발 45구경 권총에는 실탄이 여섯 발 모두 들어 있었다. 그 정도면 충분히 자결할 수 있을 것이라고 생각하면서 그는 조풍을 바라보았다.

"조형, 수고 많았소. 빨리 피하시오!"

조풍은 굳은 얼굴로 서 있었다. 일찍이 이토록 거룩하고 위대한 인간 정신을 그는 본 적이 없었다. 죽음을 초월한 시인의 행동에 그는 절로 머리가 숙여졌다. 처음부터 오직 하림만을 살리기 위해 꾸민 계획이었다. 그밖에는 다른 방법이 있을 수가 없었던 것이다.

차마 시인을 그대로 내버려둔 채 떠날 수가 없어 조풍은 머뭇거리고 있었다. 얼굴을 붕대로 감아 버렸기 때문에 경림의 표정은 알아볼 수가 없었다. 그래서 조풍은 더욱 안타깝기만 했다.

시인은 손을 내밀어 조풍의 손을 잡았다. 그리고 고개를 끄덕였다.

"아직까지 소동이 일어나지 않은 걸 보니까 그애가 무사히 빠져나간 것 같지요?"

"그런 것 같습니다."

조풍은 시계를 들여다보았다. 10시가 막 지나고 있었다. 하림이 빠져나간 지 30분이 경과하고 있었다.

"억세게 운이 좋은 놈이야. 그놈은……"

중얼거리면서 경림은 조풍에게 어서 나가라고 눈짓했다.

"누가 들어오기라도 하면 공모했다는 것이 드러날 거요! 빨리 피하시오! 내 염려는 말고 빨리 피하시오!"

"형님……"

조풍은 두 손으로 시인의 손을 움켜잡으면서 전신을 부르르 떨었다. 충혈된 눈에서는 두 줄기 눈물이 주르르 흘러내리고 있었다.

"나중에 만납시다. 언젠가 우리는 만날 수 있겠지. 어지러운 세상이지만 남쪽으로 가서 살도록 하시오. 거기에는 그래도 태양과 흙, 그것을 즐길 수 있는 자유가 있으니까……그쪽으로 내려가서 살도록 하시오!"

"형님! 그럼 부디 안녕히……"

안녕히 잘 있으라는 말을 어떻게 할 수 있단 말인가. 조풍은 차마 말끝을 맺지 못한 채 눈물을 뿌리며 돌아섰다.

"불을 꺼주게."

곧 어둠이 두 사람 사이를 가로막았다. 이어서 조용히 문이 여닫히는 소리가 났다.

시인은 벽 쪽으로 돌아누웠다. 권총을 쥐고 있는 손바닥이 땀으로 끈적거렸다. 갑자기 담배를 피우고 싶다고 생각했다. 목도 말라왔다. 그러나 그대로 누워 있었다.

아내의 얼굴이 떠올랐다. 아내는 나를 원망하지 않을 거야. 현명한 여자니까 아이들을 잘 키워 나갈 수 있을 거야.

월북하기 위해 마지막으로 집을 떠나던 날, 흐느껴 울던 아내의 모습이 눈앞에 어른거렸다. 그때 이후 거의 2년 동안 아내를 보지 못했다. 혁명을 한답시고 뛰어다니다 보니 처자식은 완전히 내버려져 있었다. 자신이 미쳐 돌아가는 동안 고통을 당한 사람들은 아내와 자식들이라는 것을 그는 새삼 깨달았다. 아내와 자식들에게 돌아가고 싶었다. 그러나 이제는 너무 늦어 버린 것이다. 영원히 돌아갈 수 없게 된 것이다.

헤어질 때 아내는 임신 중이었다. 그들 사이에는 딸이 하나 있었다. 그 후 아내가 아들을 낳았다는 소식을 인편으로 들어서 알고 있었다. 그러나 지금까지 어떻게 생겼는지 보지 못했다. 아들 이름은 인편으로 지어서 보내주기는 했다. 건(乾)이라는 외자 이름이었다. 딸 다련(多蓮)은 이제 여덟 살로 학교에 들어갈 나이였다.

자식들에게 있어서 그는 자신이 결코 잘나지 않은 애비라고 생각했다. 애비로서 자식들에게 아무 것도 해준 것이 없었다. 짐승처럼 생식본능에 따라 자식들을 세상에 내놓은 것에 불과했다. 그리고 이제 35세의 나이로 세상을 등지려 하고 있는 것이다.

그러나 시인은 후회하고 싶지 않았다. 아내와 자식들에게는 더할 수 없는 죄인이었지만 아우를 위해 빛나는 죽음을 맞이할 수 있다는 사실에 그는 만족스러움을 느꼈다. 지금까지의 자신의 방황이 바로 오늘 이 순간을 위해 마련된 것 같이 생각되는 것이다. 아이들은 장성한 후에 내가 어떻게 죽었는가를 알게 되겠지. 그리고 나를 이해해 주겠지. 아내에게는 미안하다. 이루 말할 수 없이 미안하다. 그러나 나를 어리석은 남자라고 비웃지는 않겠지. 아내여, 나를 원망해다오. 내 이름이 부서지고 내 모습이 사라질 때까지, 나를 원망해다오. 아내여, 사랑하는 아내여, 아무 것도 줄 것이 없는 이 가난한 시인을 용서해다오.

그러나 아내여, 당신에게 마지막으로 해 주고 싶은 말이 있다. 자유와 정의의 이름으로 당신의 남편은 빛나는 죽음을 맞이할 것이라고……."

밤이 소리 없이 흘러갔다. 그에게는 마지막 밤이라고 할 수 있었다.

밖에는 어느새 가을비가 소리 없이 내리고 있었다. 조용히 내리는 가을비에 귀를 기울이며 그는 기다리고 있었다. 나타날 악마들의 모습을 기다리고 있었다.

그가 기다리던 악마들은 밤이 채 가기도 전에 나타났다. 아마 이른 새벽쯤 되었을 시간이었다. 요란스러운 발짝 소리와 함께 문 앞에서 거친 목소리가 들려왔다.

"이상 없나?"

"네, 이상 없습니다!"

"장경림이 어젯밤 돌아오지 않았다는 보고다! 안에 있나?"

"없습니다!"

"뭐라고?"

문이 벌컥 열린 것과 동시에 방안에 불이 들어왔다. 마프노와 꼽추가 앞장서서 들이닥쳤다.

경림은 머리 위까지 담요를 덮어쓰고 있었다. 그는 침착하게 마지막 순간을 기다리고 있었다.

자, 올 테면 와라! 그렇지 않아도 너희들을 기다리고 있었다.

그는 방아쇠에 가만히 손가락을 걸었다.

"담요를 벗겨!"

마프노가 소리쳤다. 꼽추가 잽싸게 담요를 젖혔다.

"어?"

드러난 모습을 보고 모두가 한 걸음씩 뒤로 물러섰다. 얼굴에 온통 붕대를 감은 환자의 모습은 전혀 뜻밖이었던 것이다.

경림은 그들의 놀라는 모습을 가만히 지켜보고 있었다. 죽음의 순간을 맞이함에 있어서 그는 놀랄 정도로 침착했다. 조금도 두려워하거나 자신을 방어하려고도 하지 않았다.

그는 마프노와 꼽추를 쏘아보았다. 누구를 먼저 쏠까. 지금까지 사람을 죽여본 적이 없는 자신이었다. 그러나 처음이자 마지막으로 사람을 죽일 수 있을 것 같은 생각이 들었다. 방아쇠를 당기기만 하면 되는 것이다. 마프노 쪽이 더 중요하니까 저놈을 먼저 쏘아야지. 어디를 쏠까. 머리……가슴……배……. 아무래도 머리를 관통시키는 게 좋겠지. 단발에 즉사시켜야 한다. 아우도 내가 저놈을 죽였다는 걸 알면 기뻐할 것이다. 많은 죄악으로 가득 찬 저놈은 죽을 때 몹시 괴로워하겠지. 당연히 괴로워해야 한다. 고통으로 몸부림쳐야 한다. 저놈 다음에는 꼽추를 쏠 테다. 저 조그만 놈은 악마 같은 놈이다. 고문으로 낮과 밤을 지새는 놈이다. 저놈 손에 얼마나 많은 사람들이 고통을 당하며 죽었는지 모른다. 악마는 빨리 제거할수록 좋다.

"왜 이렇지?"

마프노가 손가락질을 하면서 물었다. 꼽추는 고개를 갸우뚱

하면서 의사를 찾았지만 의사의 모습은 보이지 않았다.

"수상하다. 붕대를 벗겨 봐!"

꼽추가 붕대를 벗기려고 손을 뻗었다. 그 순간 담요가 젖혀지면서 권총이 불쑥 올라왔다.

"움직이지 마! 움직이면 쏜다!"

총구는 곧장 마프노의 이마를 찔렀다. 경림은 천천히 상체를 일으키면서 마프노를 노려보았다.

"모두 총을 버려! 조금이라도 허튼 수작하면 이놈 머리통에 구멍이 뚫린다!"

이렇게 당당히 소리쳐 본 적이 없었다. 죽음을 앞둔 순간이었지만 그는 더할 수 없이 통쾌했다. 통쾌해서 눈물이 나올 지경이었다.

모두가 시키는 대로 총을 버리고 부들부들 떨고 있었다. 그중 마프노와 꼽추가 가장 떨어대고 있었다. 사람들을 무자비하게 고문하고 파리 잡듯 사람들을 죽이던 그들이 막상 자신들의 목숨이 위태로워지자 가장 비굴할 정도로 떨어대고 있었다.

경림은 그들의 어깨 너머로 조풍이 가만히 들어서는 것을 보았다. 조풍은 경악한 눈으로 이쪽을 바라보고 있었다.

경림은 조풍에게 마지막 일별을 던진 다음 총구로 마프노의 이마를 쿡 찔렀다. 마프노는 머리 위로 두 손을 들어올린 채 식은땀을 흘리고 있었다. 두 눈은 찢어질듯이 확대되어 있었다.

"살려 줘! 그럼 책임지고 당신도 살려 주겠다!"

그는 애걸했다. 경림은 코웃음쳤다.

"이 로스께야! 얼마나 많은 백성들의 피를 빨아먹었지? 가기 전에 피를 도로 쏟아 놓아라! 한 방울도 가져가서는 안 된다."

경림은 가만히 방아쇠를 당겼다. 벼락치는 것 같은 총소리와 함께 마프노의 이마에서 피가 튀었다. 마프노는 외마디 비명을 지르며 뒤로 벌렁 나가떨어졌다.

탕!

탕!

쓰러진 마프노를 향해 경림은 두 번 더 방아쇠를 당겼다. 마프노는 한 바퀴 구르고 나서 더 움직이지 않았다.

사나이들은 한쪽으로 몰려서서 사시나무 떨듯 떨어대고 있었다. 그러면서도 한편으로 덤벼들 기회를 노리고 있었다.

"움직이지 마! 움직이는 놈은 죽일 테다!"

총소리를 듣고 특무대원들이 우하니 몰려왔다. 그러나 방안에서 벌어진 광경을 보고는 안으로 들어오지 못한 채 웅성거리기만 했다.

경림은 방문을 잠그게 한 다음 꼽추를 겨누었다. 권총을 많이 다루어본 사람처럼 그는 침착하고 빈틈없어 보였다. 죽음을 각오하고 달려든 만큼 그럴 수밖에 없었다.

꼽추는 무릎을 꿇고 앉아 두 손을 싹싹 비벼댔다. 눈물까지 글썽이며 살려달라고 애걸했다.

"죽을 죄를 지었습니다! 저 같은 병신, 죽여서 뭐합니까! 목숨만 살려 주십시오! 반드시 은혜를 갚겠습니다!"

"이 악마야! 지옥에나 가라!"

방아쇠를 당기는 순간 꼽추는 침대 밑으로 머리를 처박았다. 경림은 꼽추의 등을 향해 다시 권총을 발사했다. 꼽추가 몸부림쳤다.

 이제 최후의 일발이 남았다. 그것만은 자신을 위해 사용해야 했다. 그는 머뭇거리지 않고 총구를 이마로 가져갔다. 그때 조풍과 시선이 마주쳤다. 조풍은 차마 볼 수 없다는 듯 시선을 돌려 버렸다.

 탕!

 마침내 최후의 일발이 시인의 머리를 관통했다. 그 한방에 시인의 머리는 부서져 날아가 버렸다. 이윽고 그의 몸이 침대 밑으로 굴러 떨어졌다. 그제야 특무대원들이 우르르 몰려들었다.

 조풍은 일부러 허둥대면서 마프노와 꼽추를 살펴보았다. 마프노는 즉사였지만 꼽추는 중상을 입고 목숨만은 붙어 있었다.

 경림은 손도 대볼 수가 없었다.

 한편 하림은 교외에 자리잡은 어느 조그만 오막살이에 숨어 있었다. 그곳은 세상에서 버림받은 나환자촌이었다. 음성 나환자들이 살고 있었지만 사회의 냉대는 마찬가지여서 완전히 격리된 생활을 하고 있었다.

 하림이 마차에 실려 그곳에 숨어든 것은 전적으로 조풍의 배려 덕이었다. 조풍은 일찍부터 그곳 주민들과 관계를 맺어오고 있는 터였다. 여느 사람들과는 달리 전혀 꺼리는 기색 없이 시간 나는 대로 와서 인술을 베풀고 가는 조풍을 나환자들은 매우 존경하고 따랐다. 그런 만큼 그가 사람 하나 숨겨달라는 데 마다할 리가 없었다. 매우 위험한 일이라 내키지 않으면 그만두라고 했지만 그들은 펄쩍 뛰면서 앞장서서 일을 맡고 나섰다.

버림받은 사람들이라 자기들끼리의 단결이 강했고 자기들에게 은혜를 베푸는 사람을 위해서라면 목숨을 내놓고 의리를 지킬 줄 알았다. 그런 만큼 하림으로서는 매우 안전한 곳에 숨어들었다고 할 수 있었다. 나환자촌인 만큼 수사의 손길이 미치지 않을 가능성도 많았다.

긴장이 풀리는 바람에 그는 오막살이에 들어앉자마자 거의 혼미상태로 빠져들었다. 겨우 정신을 차렸을 때는 한낮이었고, 전신이 녹아드는 것처럼 아려왔다.

강렬한 시선을 느끼고 바라보니 아름다운 처녀 하나가 그를 내려다보고 있었다. 눈이 마주치자 처녀는 시선을 돌리면서 미음 그릇을 집어들었다.

"식기 전에 이걸 좀……"

"고맙습니다."

하림은 처녀의 부축을 받고 일어나 앉아 미음을 받아먹었다.

스물이 채 안 될 것처럼 보이는 처녀였다. 쪽진 머리의 이마 부분이 유난히 깨끗해 보였다. 댕기 머리가 허리까지 내려와 있었는데, 그 끝에는 빨간 리본이 달려 있었다. 눈빛이 투명하고 살결이 하얀 아름다운 처녀였다. 그런 처녀가 나환자로 천대받고 있다고 생각하니 하림은 못내 가슴이 아팠다.

처녀는 잠시도 자리를 뜨지 않고 그의 곁에 앉아서 병간호를 했다. 하림은 억지로 마음을 먹고 다시 자리에 누워 있었지만 잠이 올 리가 없었다. 지금쯤 어떤 결말이 났을 것이라고 생각하니 불안하고 초조해서 견딜 수가 없었다. 해가 질 때까지도 조풍은 돌아오지 않았다.

형은 물론 조풍까지도 희생된 것이 아닐까 하고 생각하자 눈앞이 캄캄해서 아무 것도 보이지가 않았다.

조풍이 돌아온 것은 밤이 깊어서였다. 밤개 짖는 소리가 요란해서 귀를 기울이고 있는데 그가 급히 방안으로 들어왔다.

두 사람만 남자 조풍은 창백한 얼굴로 한동안 하림을 외면한 채 앉아 있었다. 차마 입을 열 수가 없어 괴로워하고 있는 것이 역력했다. 그가 입을 열기도 전에 이미 사태를 짐작한 하림은 그대로 침묵을 지키고 앉아 있었다.

한참 후 조풍은 가까스로 입을 열어 말했다.

"놀라지 말게. 형님은 자결했네."

"......"

하림은 두 손을 맞잡고 고개를 떨어뜨렸다. 조풍의 말은 허공에서 울려오는 듯했다.

"형님은 마프노를 쏴 죽였어. 그리고 꼽추한테도 중상을 입히고……"

조풍은 말끝을 맺지 못하고 흐느껴 울었다.

하림은 문득 고개를 쳐들고 허공을 바라보았다. 자신이 마치 꿈을 꾸고 있는 것 같은 기분이었다. 조풍의 말이 하나도 믿어지지가 않았다.

"형님은 용감했어. 가장 사나이다운 죽음을 택하신 거야. 그분은……영웅이야."

"……"

"나는 이렇게 비굴하게 살아왔어. 면목이 없네."

"……"

하림은 가까스로 일어나 밖으로 나왔다.

바람이 차가웠다. 초생달이 중천에 걸려 있었다.

눈앞에서 달빛이 흐트러지고 있었다. 집 주위는 숲이었다. 미풍에 나뭇잎이 사르르 쓸리는 소리가 들려왔다. 마을 앞은 개울이었다. 바람이 자면 물 흐르는 소리가 들려오곤 했다.

그는 개울가로 나가 주저앉았다. 바람이 차가웠다. 무릎을 세우고 그 위에 머리를 처박았다.

그대로 돌이 되고 싶다고 생각했다. 마음은 차갑게 가라앉아 있는데도 뜨거운 눈물이 소리 없이 흘러내리고 있었다. 눈물은 무릎을 적시고 밑으로 흘러내렸다. 무릎이 따뜻해 왔다. 고개를 쳐들고 밤하늘을 올려다보았다. 달빛이 흩어져 눈앞을 뿌우옇게 가렸다.

형님은 정말 돌아가신 것일까. 그는 머리를 흔들었다. 아니다. 돌아가실 리가 없다. 믿을 수 없는 일이다. 형님이 나대신 돌아가시다니, 있을 수 없는 일이다. 형님은 돌아가셔서는 안 된다. 안 된다. 안 된다!

그는 돌멩이를 집어 물 속으로 던졌다. 자꾸 돌을 집어던졌다. 움직임을 멈추면 몸이 자꾸만 떨려왔다.

한 시간이 지났다. 조풍이 다가왔다가 차마 말을 걸지 못한 채 돌아갔다.

밤이 깊어감에 따라 기온이 뚝 떨어져서 공기가 차가웠다. 서리가 내리는지 옷이 축축해지고 있었다. 몹시 추웠다. 몸의 이곳저곳에서 고통이 몰려오고 있었다. 그러나 무엇보다도 가슴에서 오는 고통이 제일 컸다. 견딜 수 없을 정도로 가슴이 저려왔다.

자정이 지나고 이튿날 한 시가 되었다. 어느새 내린 무서리로 주위가 하얗다. 으스스 한기가 느껴졌다.

그는 돌처럼 앉아 있었다. 자신이 살아 있다는 사실이 저주스러웠다. 형님을 대신 죽게 하다니, 나는 영원히 죄인이다. 그대로 앉아서 얼어 죽어 마땅하다. 어떻게 뻔뻔스럽게 고개를 쳐들고 살아가겠다는 것인가.

형수의 모습이 눈앞을 어지럽혔다. 그녀에게 뭐라고 위로의 말을 할 것인지 생각만 해도 몸이 떨려왔다.

"나는 죄인이야."

그는 중얼거렸다. 중얼거리면서 땅바닥을 손가락으로 긁었다. 뜨거운 눈물이 손등 위로 후드득 떨어졌다. 발작적으로 두 손으로 얼굴을 감싸쥐고 흐느껴 울었다. 소리를 내지 않으려고 기를 썼지만 격한 흐느낌을 막을 수가 없었다. 자신의 무력감이 뼈저리게 느껴졌다.

한참 동안 정신없이 흐느끼고 난 그는 넋이 빠진 채 멀거니 허공을 바라보았다. 밤하늘의 별에서 형의 모습을 찾으려는 듯 그는 소년 같은 얼굴을 하고 있었다. 유성이 건너편 야산 너머로 선명한 빛을 뿌리며 떨어지는 것이 보였다. 그때 소리 없이 다가서는 인기척을 느끼고 그는 뒤돌아보았다.

어느 결에 처녀가 다가와 있었다. 저고리 옷고름과 치맛자락이 바람에 날렸다. 처녀는 머뭇거리다가 곁으로 다가왔다.

"서리가 내리고 있어요."

"……"

그는 눈물을 거두고 한숨을 길게 내쉬었다.

"선생님……서리가 내리고 있어요."

"아, 난 괜찮아요."

처녀는 움직이려고 하지 않았다. 그가 일어나려고 하지 않자 그 자리에 꼼짝하지 않고 우두커니 서 있었다. 별로 말이 없는 처녀였다. 나이가 어리면서도 행동거지가 무척 섬세했다.

하림은 문득 그녀와 이야기를 나누고 싶어졌다. 손을 뻗어 치맛자락을 잡아당기자 처녀는 미끄러지듯 곁으로 다가와 앉았다. 손을 잡아도 그녀는 가만 있었다. 그러나 몸을 떨고 있는 것이 고스란히 느껴졌다. 이미 성숙한 여자의 감각이 그대로 전해져 오고 있었다.

"선생님……다……들었어요."

목소리가 가늘게 떨리고 있었다. 하림은 그녀의 손을 두 손으로 감싸쥐었다.

"그럼 나는 어떻게 해야 할까?"

"……"

"나는 어떻게 해야지?"

처녀의 손이 뜨거웠다. 어둠 속에서도 처녀의 눈이 반짝이고 있는 것이 보였다. 무슨 말인가 하고 싶은 눈치였지만 말이 되어 나오기까지 무척 애를 먹는 것 같았다.

"우리 형님은 나를 살리고 대신 돌아가신 거요. 형님이 아니었다면 나는 죽었을 거요. 나는……형님이 돌아가실 줄 알면서도 도망쳐 나온 거요. 비겁한 놈이지."

"아, 아니에요."

처녀가 머리를 흔들었다.

"뭐가 아니지?"

"선생님은 비겁해 보이지가 않아요. 선생님은……아니에요."

"나는 비겁해!"

거칠어지는 숨결을 들이켜면서 그는 허공을 노려보았다.

"나는 죽었어야 했어!"

"죽는 건……아무 때나 죽을 수 있지 않아요?"

그는 흠칫 놀라서 처녀를 바라보았다. 어린 처녀의 입에서 그런 말이 나왔다는 사실이 도무지 생경하기만 했다. 그녀의 말은 누구나 할 수 있는 평범한 말이었다. 그러나 나이 어린 처녀가 이미 죽음을 경험한 것 같은 목소리로 그런 말을 했다는 사실이 전혀 뜻밖으로 받아들여지는 것이었다. 그래서인지 그 평범한 말도 새로운 느낌으로 가슴에와 부딪치는 것이었다.

아무 때나 죽을 수 있다. 그렇다. 아무 때나 죽을 수 있는 것이다. 죽는 것을 서두를 필요는 없다. 살아 있는 동안 형님의 죽음을 보상할 수 있는 무슨 일인가를 해야 한다. 죽음의 시기를 선택하는 것은 개인의 절대적인 자유에 속하는 일이다. 형님은 그 자유에 의해 죽음의 기회를 선택하신 것이다. 형님은 위대한 결단을 내리신 것이다.

나는 지금 형님의 주검 위에 서 있다. 형님의 위대한 주검을 밟고 서서 울고 있는 것이다. 가장 나약한 모습으로 비탄에 잠겨 있는 것이다. 형님은 나의 이러한 모습에 분노를 느끼실 것이다.

하림은 천천히 몸을 일으켰다. 마을에서 새벽을 알리는 닭 울음 소리가 들려오고 있었다. 처녀도 그를 따라 일어섰다. 그들은 손을 꼭 잡고 있었다.

"아가씨도 죽음에 대해 생각해 봤소?"

"네……항상……"

"왜 그런 생각을……?"

"하늘에서 벌을 내렸으니……아무도 거두어 주지 않아요. 버림받은 몸……죽고 싶을 때가 많아요. 그렇지만 요새는 아무 때나 죽을 수 있다는 생각에……하루하루 견디어가고 있어요."

가냘프게 떨리면서도 처녀의 목소리는 뚜렷했다.

"음성은 얼마든지 사회생활을 할 수 있어요."

"그렇지만 남들이 믿질 않아요. 세상이 그리워요."

하림은 처녀의 손을 들어올려 거기에 입을 맞추었다. 고개를 들면서 보니 그녀의 눈에 눈물이 가득 맺혀 있었다.

"이름이 뭐요?"

"을화……을화라고 불러요."

"부모님은?"

"안 계셔요."

더 물어 보려다가 그만두었다. 과거를 캐본들 가슴만 아플 것이다.

"서리가 많이 내렸어요."

"남쪽보다는 일찍 내리는군."

형의 시신이라도 거두고 싶다고 생각했다. 어디에 버려졌을까. 그러나 현재 시신을 찾는다는 것은 불가능한 일이었다.

"선생님은 남쪽으로 가시겠지요?"

"……"

그는 말없이 고개를 끄덕였다. 형님의 죽음을 욕되게 해서는 안 된다. 결코 욕되게 해서는 안 된다.

"우리 형님은 시인이었지요. 위대한 시인이었지요."

다시 닭 우는 소리가 들려왔다.

불타는 도시

1948년 10월 19일, 땅거미가 지는 남녘 땅 여수항은 더없이 평화로운 정적 속에 파묻혀 있었다. 주로 상업과 어업에 종사하고 있는 시민들은 중앙의 정치 바람에서 벗어나 하루하루를 안정된 생활 속에서 보내고 있었다. 그날 역시 하루의 일들을 끝내고 모두가 평온한 휴식 속에 젖어 들고 있었다.

그러나 이러한 평화로움의 뒤에는 아무도 눈치채지 못한 태풍의 눈이 도사리고 있었다. 태풍은 시외곽 남서쪽에 있는 신월리(新月里)에서부터 그 눈을 뜨려 하고 있었다. 신월리에는 해방 전까지만 해도 구일본 해군의 비행기지가 설치되어 있었다. 바로 그 자리에 국군 14연대가 주둔하고 있었다.

14연대가 그곳에 창설된 것은 48년 5월의 일이었다. 광주에 있는 제4연대 1대대를 기간으로 창설되었는데 창설 초기부터 남로당원들의 침투가 조직적으로 이루어져 오고 있었다.

연대 내에는 남로당 군사부 요원이 파견되어 있었고 또 당의 오르그(조직책)까지 위장 잠입해서 좌익 청년들을 최대한으로 받아들이고 있었다. 연대 인사계 상사가 남로당 군사부요원이었으니 14연대가 어느 정도 오염되어 있었는가 하는 것은 충분히 짐작할 수 있는 일이다.

14연대는 여수 지방 외에 순천(順天)까지도 경비하고 있었다. 순천은 2개 중대가 경비하고 있었고, 여수에는 연대의 주력이 주둔하고 있었다.

10월로 접어들어 제주도에서 게릴라들이 다시 행동을 개시하자 육군본부는 여수 주둔 14연대에게 1개 대대를 출동시켜 제주도 공비 토벌 작전에 참가하라고 명령했다. 어이없게도 이렇게 중요한 명령을 가져온 사람은 여수 우체국 직원이었다. 우체국을 통한 일반 전보로 명령을 하달했기 때문이다.

「14연대는 10월 19일 20시를 기해 1개 대대를 해군 LST(상륙용 주정)편으로 출동시킬 것. 목적지는 제주도. 도착 즉시 대대는 제주도 경비 사령관의 지휘하에 들어가라.」

이 명령에 따라 제1대대가 출동하게 되었다. 출동 병력 전원에게는 최초로 미제 M1소총이 지급되었고 60미리 박격포도 배당되었다.

그런데 출동 당일인 19일 아침이 되자 연대장은 혹시 기밀이 누설되었을 것을 염려해서 다음과 같이 예정을 두 시간씩 늦추었다.

· 출동 부대의 환송 회식 = 17시에서 19시까지
· 출동 부대의 영문 출발 = 21시
· 여수항 출항 = 22시

당시 제주도 근해에는 소련 잠수함이 출몰하고 있다는 정보가 있었기 때문에 이렇게 출발 시간을 갑자기 연기한 것이다. 출동 부대는 출발 시간이 두 시간이나 연기된 것을 기뻐하면서 느긋하게 회식을 즐긴 다음 삼삼오오 둘러앉아 군장을 꾸리기 시작했다.

구름 한 점 없는 밤하늘에는 별들이 영롱한 빛을 뿌리고 있었다. 군장을 다 꾸린 병사들은 담배를 피우면서 출동 시간을 조용히 기다리고 있었다.

밤 8시 정각이 되었을 때 비상 나팔이 울렸다. 영문 출발 시간보다 1시간이 앞당겨진 시간이었다.

"웬일이지?"

"또 시간이 변경됐나?"

병사들은 어리둥절한 채로 군장을 갖추고 연병장으로 뛰쳐나갔다. 총과 탄약은 출발 직전에 나누어 주기로 되어 있었기 때문에 그들은 그때까지도 무장이 되어 있지 않았다.

만일 연대 지휘부가 현장에 있었다면 사정이 달라졌을지도 모른다. 그러나 그 시간에 연대장 이하 고급 장교들은 항구에 나아가 있었다. 거기서 그들은 화물 싣는 것을 감독하고 있었다.

10분도 못 돼 연병장에는 대대 병력이 집결했다. 병사들은 차렷자세로 서서 대대장이 나타나기를 기다리고 있었다. 그런데 대대장은 얼른 모습을 들어내지 않았다.

이상하다고 생각하고 있는데, 인사계의 지창수(池昌洙) 상사가 단상 위로 올라왔다. 그와 동시에 무장한 수십 명의 병사들이 금방이라도 발사할 듯이 연병장을 포위했다. 모두가 아연해 하고 있을 때 탄약고 쪽에서 탕탕하고 총소리가 들려왔다. 그러자 기다렸다는 듯이 단상 위의 지상사가 일장 연설을 하기 시작했다.

"모두 들어라! 우리는 그 동안 경찰로부터 많은 괄시를 받아 왔다! 경찰은 우리를 멸시하고 우리를 괴롭혀 왔다!"

"경찰을 죽여라!"

병사들 속에 잠입해 있던 세포원이 소리를 질렀다. 여기저기서 고함이 터져나왔다.

"지금 경찰이 이곳으로 공격해 오고 있다는 정보가 들어왔다! 그래서 비상소집한 것이다!"

"경찰을 죽여라!"

"앞잡이들을 죽여라!"

지상사는 권총을 뽑아 들었다. 분위기가 한층 살벌해지고 있었다.

"우리는 제주도에 가야 할 몸이다. 제주도에 가서 동족의 가슴에 총을 겨누어야 할 입장이다! 동족끼리 서로 죽여야 하다니 그것이 과연 옳은 짓인가!"

"제주도에 가서는 안 된다!"

"제주도에 가지 말자!"

"이 모든 것은 우리 민족을 영구 분열시키기 위해 꾸민 것이다! 모두 총을 들고 놈들을 타도하자!"

"옳소!"

세포원들의 함성이 연병장을 울렸다. 그때까지도 오염되지 않은 병사들은 멀거니들 서 있었다. 지상사는 다시 한번 열변을 토했다.

"지금 북조선 인민 군대는 38선을 넘어 남하하고 있다! 우리가 여기서 궐기해서 쳐 올라가면 그들과 합류할 수 있을 것이다! 우리 모두 북조선 인민 군대에 들어가 조국 통일을 이룩하자!"

그야말로 되는 대로 지껄이는 열변이었다. 그러나 세포원들이 여기저기서 호응을 보이고 있었기 때문에 병사들은 동요하기 시작했다. 금방이라도 폭발할 듯이 불안한 열기가 연병장을 휩싸고 있을 때 돌연 다른 주장이 튀어나왔다.

"안 된다! 우리는 대대장님의 명령 없이는 절대로 움직여서는 안 된다! 이건……명령 불복종이다!"

"옳소! 부화뇌동하지 말자!"

여기저기서 반대하는 소리가 나오자 지상사는 공중에 대고 공포를 쏘았다.

"방금 그 소리한 놈 누구냐? 이리 나와!"

세포원들이 반대 의사를 표명한 병사 세 명을 끌고 나오자 지상사는 연단에서 뛰어내렸다.

"너희 같은 놈들은 죽어야 해!"

말을 마치자마자 그는 서슴없이 세 병사를 향해 권총을 발사했다. 무기가 없는 병사들은 저항도 해보지 못한 채 피투성이가 되어 연병장 위에 나뒹굴었다.

세 명이 힘없이 나가떨어지는 것을 본 순박한 병사들은 비로소 대세에 기울어지기 시작했다. 제전에 뿌려진 피는 어느 쪽으로든 움직일 것을 요구하고 있었다. 움직이지 않으면 그 자리에서 죽는 것이다. 혼자서 다른 방향으로 뛴다는 것은 불가능하다. 모두가 함께 뛴다면 뒤따라가면 되는 것이다. 그 길이 제일 안전하다.

수십 명의 세포원들이 앞장서서 달려가자 어리둥절해 있던 병사들은 마치 자석에 끌리듯이 우하니 몰려갔다. 그 많은 병사들이 일거에 그렇게 돌아섰다는 사실이 도무지 믿어지지 않을 정도였다.

탄약고와 무기고는 이미 세포원들에 의해 점령되어 있었다. 병사들은 총에 대검을 꽂고 실탄을 호주머니에 쑤셔 넣었다.

"무슨 일이야?"

"장교들은 모조리 죽여!"

그들은 닥치는 대로 장교를 사살했다. 겨우 위기를 모면한 장교들은 죽을힘을 다해 영내를 빠져나갔다. 어떤 장교는 병사들에 둘러싸여 매를 맞고 있었다. 무턱대고 반란에 가담한 병사들은 한순간에 입장이 바뀌어 장교를 마음대로 때릴 수 있다는 사실에 희열을 느끼는 것 같았다.

뒤늦게 나타난 다른 장교가 그들을 밀치고 들어서면서 소리쳤다.

"이 봐! 장교를 때리다니, 용서할 수 없다!"

"뭐가 어째?"

이미 제정신이 아닌 반군 하나가 대검으로 그 장교의 배를 쿡 찔렀다.

연병장은 이제 완전히 수라장으로 변해 있었다. 총소리와 비명이 엇갈리는 가운데 막사 여기저기서 불길이 치솟고 있었다.

아무리 훈련에 의해 질서가 잡힌 군대라 해도 조그만 계기에 의해 한 순간에 파괴자로 돌변하는 경우가 허다하다. 질서와 복종을 강요받는 자는 언제나 거기에 반항하고 싶은 충동을 가슴 밑바닥에 감추고 있다. 그리고 그것을 밖으로 터뜨릴 수 있는 기회가 오면 서슴없이 자신의 가슴에 불을 당긴다. 그 다음부터는 모든 것을 파괴 본능에 맡겨 버린다.

14연대의 반란은 남로당 세포원들의 충동질에 의해 인간의 파괴 본능이 다발적이고 집중적으로 터져나온 것이라고 볼 수 있다. 지휘자는 성냥불을 대주고 방향만 제시하면 되는 것이다.

14연대 연병장은 흡사 거친 파도가 휩쓸고 간 어촌을 연상케 했다. 반란군들은 노도처럼 여수 시내로 밀려들어갔다.

높은 지대에 서서 그 광경을 바라보는 애꾸눈의 사나이가 있었다. 최대치였다. 눈에 안대를 대고 있었다.

"성공이다!"

그는 속으로 부르짖으며 연병장 쪽으로 뛰어갔다.

"장교 다섯 명을 잡아서 가둬 뒀습니다."

그는 안내를 받고 뛰어갔다. 불타고 있는 막사 안에 장교들이 몰려 서서 살려 달라고 외치고 있는 것이 보였다.

"끌어내서 사살해!"

그는 담담히 지시했다. 다섯 명의 장교들은 밖으로 끌려나와 일렬 횡대로 늘어섰다. 대치는 권총을 뽑아 들고 그중 제일 계급이 높은 대위를 향해 방아쇠를 당겼다. 대위는 배를 움켜쥐고 쓰러졌다가 다시 몸을 일으켰다. 뒤이어 반란군들이 기성을 지르며 총을 난사했다.

구름 한 점 없던 밤하늘은 어느새 시커먼 연기로 뒤덮였다.

대치는 연대본부로 뛰어들어 경비전화를 걸었다. 연대본부 막사는 거의 반쯤 타 들어가고 있었다.

"순천 나와라!"

그는 고함을 질렀다.

"여기는 순천이다!"

저쪽에서도 고함을 질러 대고 있었다.

"중대장 나와라!"

"중대장이다!"

"여기는 성공이다!"

"축하한다! 기다리고 있겠다!"

"준비하고 있어!"

순천 주둔 병력의 지휘자도 남로당원이었다. 반란의 주역이었으니 순천 또한 풍전등화의 신세였다.

대치는 지프를 타고 시내 쪽으로 달려갔다. 시내로 들어가는 한길은 반란군들의 차륜행렬로 몹시 소란스러웠다.

반란군 주모자들은 시내로 진입하기 전 파출소 하나를 점령

하고 앉아 대치가 나타나기를 기다리고 있었다. 그들에게 있어서 대치는 무시할 수 없는 배후 인물이었다. 그는 뒤에서 팔짱을 끼고 서서 모든 것을 지휘하고 있었다. 모든 작전은 그가 짠 것이었다. 반란이 실패했을 경우 도주로까지 이미 그는 짜 놓고 있었다.

"순천에서는 우리가 오기를 기다리고 있소! 내일 아침 9시까지는 여수를 완전히 점령하고 곧바로 순천으로 가야합니다! 우물쭈물하지 말고 들어갑시다!"

"지금 전방에 경찰이 집결해 있습니다! 2백 명은 될 것 같습니다!"

"그까짓 2백 명이 뭐가 문제야! 자, 돌파합시다! 돌격대를 3조로 나누어 세 방향에서 일시에 쳐들어가면 문제될 것 없을 거요!"

과연 백 명씩 조직된 3개조의 돌격대가 세 방향에서 일시에 달려들자 경찰 주력은 혼비백산해서 뿔뿔이 흩어졌다. 반란군은 물밀 듯이 시내로 들어갔다.

잠자던 시내는 순식간에 아비규환으로 돌변했다. 곳곳에서 총소리와 비명이 폭풍처럼 거리를 휩쓸고 있었다.

6백 명 가까운 좌익단체의 회원들과 학생들이 반란군에 가담해서 날뛰기 시작했다. 그들은 곳곳에 벽보를 붙이고 붉은 깃발을 꽂았다.

"생포된 경찰간부, 각 기관장, 우익단체원, 지방유지 등은 모두 경찰서 뒤뜰에 집합시켜!"

대치는 지프를 타고 시내를 돌면서 수시로 지시를 내렸다.

시간은 이미 19일을 지나 20일 새벽으로 접어들고 있었다.

관공서란 관공서는 모두 불타고 있었다. 은행도 불타고 있었다. 살육은 밤새도록 계속되고 있었다.

일단 우익이라고 인정되면 무조건 사살되었다. 무기가 없는 일반 폭도들은 도끼나 낫 또는 곡괭이, 몽둥이 같은 것들을 들고 가가호호를 뒤지고 있었다.

사상적인 이유에 앞서 개인적인 감정이 살육을 보다 처참한 것으로 만들어 주고 있었다. 평소에 개인적으로 감정을 품고 있던 자들은 그 기회를 타서 가장 잔인한 방법으로 자신의 감정을 풀었다.

그렇게 해서 죽음을 당한 시체들이 길바닥에 즐비했다. 시체는 하나 같이 피투성이가 된 채 짓이겨져 있었다.

질서와 평화가 붕괴된 도시의 밤은 한마디로 지옥이었다. 하늘은 연기로 뒤덮이고 거리는 피비린내로 가득 차 있었다.

"인민군은 38도선을 돌파하여 서울 점령을 목표로 남진 중에 있다.! 여수에 상륙한 인민 해방군은 여수 · 순천을 해방하고 목하 북상 중이다! 남조선 해방은 눈앞에 다가왔다!"

곳곳에 붙어 있는 벽보는 타오르는 불빛을 받아 한층 자극적으로 보였다.

큰길가에서 장사를 크게 벌이고 있는 사람도 당했다. 문을 부수고 들어온 폭도들은 주인을 무자비하게 타살한 다음 물건을 밖으로 집어던졌다. 가난한 사람들에게 물건을 골고루 나누어 준다는 논리에 의해 자행된 약탈이었다. 약탈자들 가운데는 물론 가난한 사람도 있었다. 그러나 대부분이 이것도 저것도 아닌 기회주의자들로서 노동의 신성함에 의해 얻어지는 소득을 별로 귀중하게 여기지 않는 사람들이었다. 그런 사람들인 만큼 절호의 기회를 놓칠세라 남의 물건들을 챙기는데 혈안이 되어 날뛰었다.

평화롭던 항구도시는 하룻밤 사이에 가장 저주받은 곳으로 변했다. 죽이려는 자들과 죽음을 당하지 않으려는 자들이 벌이는 처절한 싸움으로 시내는 광란의 도가니가 되어 있었다.

죽음을 당하지 않으려고 쫓기는 사람들은 자기의 이웃이 한 순간에 그렇게 표변할 수 있다는 데에 경악했다. 낮에까지만 해도 정답게 지내던 이웃이 갑자기 칼과 몽둥이를 들고 나타나 죽이겠다고 덤비니 기가 막히지 않을 수 없었다. 사소한 이유, 이를테면 좀 섭섭했다는 것이 죽이려는 이유의 대부분이었다. 사상적인 이유는 골수분자들에게나 해당되는 것이었다. 그들은 주로 우익이라고 생각되는 사람들만 골라서 죽였다. 그러나 그들에게 휩쓸린 멋모르는 대중들은 단지 사소한 감정으로 이웃을 죽이고 집에 불을 질렀다.

쥐꼬리만한 월급을 받으며 순경이라는 직업을 택한 사람들은 가장 참혹한 죽음을 당했다. 경찰은 지위 고하를 막론하고 발견되는 대로 살해되었다. 강요된 질서의 수호자가 파괴의 본능에 사로잡힌 무법자들에게 저주의 대상이 된 것은 당연한 일이었다.

이웃에 경찰 가정이 있는 폭도들은 그 집으로 몰려가 먼저 경찰관을 끌어내어 타살하는 것으로 저주의 기름에 불을 붙였다. 피에 굶주린 그들은 경찰관 하나 살해하는 것으로 만족할 수가 없었다. 경찰은 씨를 말려야 한다는 생각에 울부짖는 경찰 가족들까지 잡아죽였다.

어떤 젊은 부인은 아기만 살리려고 아기를 가슴에 깊이 품은 채 등으로 대창을 받았다. 그러나 대창은 등을 꿰뚫고 들어가 아기까지 찔렀다. 광란의 극치에 이른 폭도들 중에는 이를 드러내고 웃는 자들도 있었다.

세상이 완전히 바뀐 줄 알고 덩달아 폭도들을 따라다니는 자들도 부지기수였다. 그런 자들일수록 나중에는 극악무도한 짓들을 자행하는데 서슴지 않았다.

"죽여라!"
"죽여라!"
"죽여라!"

폭도들의 외침은 오직 죽이라는 것뿐이었다. 왜 죽여야 하는지도 모르고 죽이는 무리들도 있었고, 왜 자기가 죽어야 하는지도 모르고 죽는 사람들도 많았다.

밤거리는 타오르는 불길로 휘황했다. 멀리서 이 도시를 볼 때는 무슨 축제라도 벌어진 듯했다. 밤하늘로 치솟아 오른 불꽃 모양은 아름다웠다. 그 밑에서 사람들은 아우성치고 있었다. 총소리, 비명, 울부짖음, 증오의 외침, 이런 것들이 뒤엉켜 멀리서 들을 때는 무슨 축제의 함성 같았다.

10월의 밤이었지만 수난을 당하는 사람들에게는 그 밤은 너무도 길고 길었다.

어둠과 바다는 숨을 죽이고 있었다. 검은 연기 사이로 드러난 별빛들은 침묵 속에 떨고 있었다.

시를 완전히 장악한 반란군들은 남아도는 탄환을 사용하려고 사냥개처럼 먹이를 찾아 돌아다녔다. 채 숨이 끊어지지 않은 부상자들이 그들의 먹이가 되었다. 폭도들이 휘두르는 흉기에 짓이겨진 채 길바닥 위에 나뒹굴고 있는, 아직 숨이 붙어 있는 부상자들은 고통에 못 이겨 신음하며 꿈틀거리고 있었다. 그것을 볼 때마다 반란군들은 가차없이 총을 난사했다.

그렇게 해서 죽은 시체들이 길바닥 위에 즐비했다. 거리는 흡사 시체들의 전시장 같았다. 불을 끄는 사람도, 시체를 치우는 사람도 없었기 때문에 붕괴되는 도시의 마지막 신음 소리가 들려오는 듯했다.

붉은 화염, 붉은 깃발, 붉은 얼굴, 붉은 피……거리는 온통 붉은색 일색이었다. 인간이 사는 거리에서, 수십 년 수백 년 걸려 이룩된 인간의 거리에서 왜 그런 참혹한 살육과 파괴가 있어야 하는지, 선량한 양민들은 그 이유를 몰랐다.

아무 죄도 없는 그들이지만 그들은 큰 죄나 지은 듯 어두운 방안에서 이불을 뒤집어쓴 채 웅크리고 앉아 공포에 오돌오돌 떨고 있었다. 언제 도살자가 문을 부수고 들이닥칠지 모르기 때문에 그들은 오직 죽음이 두려워 끊임없이 떨어 대고 있었다.

반란의 물결은 시 외곽으로 멀리 확산되어 나갔다. 시 변두리의 파출소는 모두 파괴되고 저항하거나 미처 피하지 못한 경찰은 하나같이 죽음을 당했다.

여수 일원이 송두리째 반란군의 수중으로 떨어진 그 시간에 대치는 임시 지휘본부가 차려진 경찰서에서 죽음의 선고를 내리고 있었다. 그 방에는 대치를 비롯해서 4명의 사나이들이 책상을 앞에 두고 앉아 있었다. 침침한 불빛이 그들의 석고같이 굳은 얼굴 위에 그늘을 드리우고 있었다.

그들의 뒤쪽 벽면에는 큼직한 인공기가 붙어 있었다. 그것이 방안의 분위기를 한결 살벌하게 만들어 주고 있었다.

출입문은 활짝 열려 있었다. 출입구 저쪽에는 두 명의 반란군이 총을 들고 서 있었다. 최초의 사나이가 끌려들어왔다. 포승으로 칭칭 동여매어져 있었는데 머리가 희끗희끗한 것이 꽤나 나이 들어 보였다. 몸에는 잠옷만 걸치고 있었는데 온통 피투성이였다. 반란군 두 명이 양쪽에서 팔짱을 끼고 있었다.

"직업은?"

네 명 중 한 명이 물었다.

"으, 으, 으, 은행원입니다."

늙은 사내는 몸을 떨어 대며 숨 넘어가는 소리를 했다.

"지점장이지?"

"예……죽을 죄를 지었습니다."

세 사나이의 시선이 일제히 대치에게 향했다. 그것은 대치에게 마지막 결정을 내리라는 요구였다. 그때까지 대치는 묵묵히 앉아 있었다. 말없이 앉아 떨고 있는 사내를 외눈으로 쏘아보고 있었다. 그의 말 한마디로 상대를 죽일 수도 살릴 수도 있었다.

"죽을 죄를 지었습니다.! 목숨만 살려 주시면 무슨 일이나 하겠습니다!"

늙은 지점장은 무릎을 꿇으며 머리를 마룻바닥에 갖다 댔다. 대치의 턱이 오른쪽으로 홱 돌아갔다. 끌고 나가 처단하라는 표시였다.

"내가 무슨 죄가 있다고……이놈들아! 이놈들아!"

늙은 사내는 울부짖으며 끌려나갔다.

두번째 인물이 끌려들어왔다. 중년 여인이었다. 그때 총소리가 요란스럽게 들려왔다. 창문이 부르르 떨었다. 첫번째 사내를 총살하는 소리였다.

여인은 동그란 안경을 끼고 있었다. 옷이 갈갈이 찢겨 허연 살이 드러나 있었다. 헝클어진 머리칼 사이로 드러난 얼굴은 기품이 있어 보였다. 부인회의 회장직을 맡고 있는 여자였다. 그 부인회는 우익단체로서 자주 좌익단체와 충돌을 벌여 왔었다. 그것이 그녀를 체포한 이유였다.

"당신은 악질 반동분자야!"

"……"

"왜 말을 못해?"

책상이 쾅하고 울렸다.

"당신 같은 사람들하고 상대하고 싶지 않아요!"

여인이 남자들을 노려보며 쏘아붙였다.

"뭐라고? 개 같은 년 같으니! 너 같은 반동은 살려둘 수 없어!"

그때 대치의 손이 그들의 말을 막았다. 그는 여자와 말싸움 벌일 시간이 어디 있느냐는 듯 그들을 흘겨보고 나서 턱을 오른쪽으로 홱 꺾었다.

"악마들……"

여인은 끌려가면서 저주스런 한마디를 내뱉었다.

세번째로 끌려온 사람은 경찰 간부였다. 얼굴이 알아보기 어려울 정도로 짓이겨진 그는 거의 미쳐 있었다. 킬킬거리고 웃다가 갑자기 표정을 바꾸어 욕지거리를 퍼부었다. 그러다가 다음에는 훌쩍훌쩍 울었다.

두번째 총살 집행하는 총소리가 창문을 뒤흔들었다.

"너는 가장 악질 경찰이었지?"

"네? 뭐라고요? 아, 아닙니다! 천만의 말씀입니다! 에헤헤……"

세 사람의 시선이 대치에게 향해졌다. 대치는 턱을 오른쪽으로 꺾었다.

경찰 간부는 마룻바닥 위에 뒹굴며 몸부림쳤다. 두 명의 반란군이 그를 짐짝처럼 끌고 갔다.

총살은 뒤쪽 마당에서 집행되었다. 벽 앞에 세워 놓고 그대로 총을 난사한 다음 시체를 한쪽 구석으로 던져 놓곤 했다.

네번째 끌려들어온 사내는 총소리에 놀라 오줌을 줄줄 흘렸다. 무슨 협동조합장이라는 40대의 사내였다. 입이 얼어붙어

제대로 말을 하지 못했다. 허리를 연방 굽히면서 살려 달라고 애걸했다.

"자식이 여섯이나 됩니다……나리……노부모도 모시고 있습니다……나리……목숨만 살려 주시면……평생……"

대치의 턱이 오른쪽으로 돌아갔다. 그의 턱이 왼쪽으로 꺾어지면 목숨 하나를 살릴 수가 있다. 그러나 턱은 오른쪽으로만 돌아갔다.

밤새도록 그는 오른쪽으로만 턱을 돌렸다. 나중에는 지루했기 때문에 담배를 피우기도 하고 냉수를 마시기도 하면서 그 짓을 되풀이했다. 그는 기계처럼 턱을 돌리곤 했다. 턱짓 하나로 사람의 목숨을 결판내는 그 일에 그는 조금도 동요하는 빛을 보이지 않았다. 감정이라곤 털끝만큼도 없는 그는 책상 앞에 묵묵히 앉아 턱만 돌려 댔다.

한번 턱을 돌리는데 대개 3분 정도의 시간이 걸렸다. 그러니까 3분 정도에 한 명씩 사형 선고를 내리는 셈이었다. 총소리도 3분 정도의 간격으로 들려오곤 했다. 다섯 발이 한꺼번에 터지는 바람에 매우 소리가 컸다. 그러나 그것도 밤새 계속되다 보니 나중에는 대수롭지 않게 들렸다.

새벽녘이 가까웠을 때쯤에는 네 사람의 눈에 졸음이 가득 밀려와 있었다. 그들은 하품을 하면서 죽음의 선고를 내렸다. 두세 마디 물어 보고, 오른쪽으로 턱을 돌리고, 그러고 나서 1분 정도 지나면 총소리가 들렸다.

총살될 때마다 구석에 던져 놓은 시체는 어느새 더미를 이루고 있었다. 벌써 수십 구의 시체가 구석에 쌓여 있었다.

반란군들은 기계적으로 총을 쏘아 댔다. 벽앞에 대상이 세워지면 그대로 총을 난사했다. 경찰서 뒤뜰에서는 밤새도록 총소리가 났다.

일흔 아홉 번째 끌려온 사람은 백발이 성성한 노인이었다. 노인은 여수에서 알아주는 갑부였다. 그리고 인색하기로 소문난 사람이었다. 굉장한 갑부이면서도 기운 옷만 입고 잡곡밥만 먹는다고 했다. 나쁘게 말하면 인색한 사람이었고 좋게 말하면 검소한 사람이었다. 아무튼 돈 많은 갑부로서 인색하다는 이유 하나만으로 죽음의 심판을 받게된 것이다.

"나는 남이 세끼 밥을 먹을 때 두끼만 먹으면서 살아왔소. 안 먹고 안 입으면서 평생을 살아왔소. 재산이 좀 있다고 해서 호의호식한 적은 없소. 내 자식들이라고 해서 남들과 다르게 기르지는 않았소. 오히려 못하면 못했지 호의호식하지는 않았소. 남들은 내가 인색하다고들 하지만 나는 나름대로 생각이 있어서 그들에게 인색하게 군 거요. 남의 도움을 바란다는 것은 거지 근성이나 다름없소. 그런 사람은 영영 가난에서 벗어나지 못합니다. 그래서 나는 누구도 도와주지 않은 겁니다. 나는 죽기 전에 내 재산을 모두 사회에 내놓을 생각입니다. 나는 아무리 생각해도 내가 여기에 끌려온 이유를 모르겠소."

책상이 쾅하고 울렸다.

"당신 같은 사람은 이 사회의 암이야! 암이란 말이야!"

그들은 밀려오는 졸음을 물리치려는 듯 소리질렀다.

대치는 오른쪽으로 고개를 돌렸다.

"불쌍한 놈들……"

노인은 살려고 애걸하지 않았다. 타는 듯한 눈초리로 자기에게 죽음의 선고를 내린 애꾸눈의 사나이를 바라보고 나서 묵묵히 끌려갔다.

어느새 동이 뿌우옇게 터 오고 있었다.

꼬박 밤을 지새면서 죽음의 선고를 내리고 난 대치는 몹시 피로했다. 뒤뜰로 나간 그는 거기에 산더미처럼 쌓인 시체를 보고는 사뭇 놀랐다. 이렇게 많은 사람들이 고갯짓 하나에 죽어 갔을까 하고 생각하니 기분이 언짢았다.

안으로 들어온 그는 반란군 간부들과 함께 다음 행동을 위한 회의를 열었다.

"광주에서 적들이 몰려오고 있다는 정보가 들어왔습니다."

"여수 방어를 위해서 1천 명 정도 남겨 두기로 합시다! 나머지는 북쪽으로 쳐들어 가기로 합시다! 시기를 놓치면 안 됩니다! 일거에 북상하면 벌교, 순천, 광양, 구례 일대는 단숨에 석권할 수가 있을 겁니다!"

"모두가 기다리고 있습니다!"

"서둘러 아침식사를 마치고 출발합시다! 열차는 어떻게 됐나요?"

"9시 통근 열차를 대기시켜 놓았습니다!"

여수 방어를 맡은 반란군은 시내로 들어오는 요소 요소에 방어망을 구축하고 결전의 순간을 기다렸다. 나머지 반란군들은 역으로 집결했다. 밤새도록 살육과 파괴에 참가한 폭도들도 흉기를 들고 역으로 집결했다.

하늘은 비라도 올 듯 우중충했다. 바다에서는 소금기를 머금은 바람이 불어닥치고 있었다. 역구내 철도 위에는 증기기관차가 허연 김을 내뿜고 있었다.

며칠이 지났다.

남도의 붉은 황톳길 위를 한 사람이 걸어가고 있었다. 캡을 눌러쓰고 있었고 더운지 저고리를 벗어 어깨에 걸치고 있었다. 넥타이도 없이 입은 와이셔츠는 땀과 때에 잔뜩 절어 있었다.

특징이 있다면 지팡이를 짚고 오른쪽 다리를 약간 절고 있다는 점이었다. 다름 아닌 장하림이었다. 마침내 살아서 반란 지구에 모습을 드러낸 것이다. 그가 살아서 돌아왔다는 것은 분명 하나의 기적이었다. 그러나 그 기적을 음미할 여유조차 없었다.

야산 기슭에 소나무 한 그루가 서 있었다. 그는 그늘 속으로 들어가 앉아서 이마에 흐르는 땀을 닦았다. 먼길을 걸어오느라고 몹시 힘이 들었다. 그는 담배에 불을 붙인 다음 하늘을 바라보았다. 가을하늘이라 높고 청명해 보였다. 들에는 이미 수확이 끝난 곳이 많았다. 멀리 저쪽 공동묘지 쪽에서 까마귀 떼가 날아다니고 있는 것이 보였다.

그는 많이 초췌해 있었다. 얼굴은 수염으로 덮여 있었고 두 눈은 충혈되어 있었다. 그래서 겉으로 보기에는 이곳저곳 할 일

없이 돌아다니는 뜨내기 같아 보이기도 했다.

 공동묘지 쪽에서는 까마귀 울음 소리가 계속 들려오고 있었다. 웬 까마귀들일까 하고 생각하면서 그는 몸을 일으켰다. 멀리서 보기에도 그곳은 꽤 큰 공동묘지였다. 가까이 감에 따라 까마귀들이 날아올랐다 내려앉았다 하는 것이 뚜렷이 보였다. 미풍이 불어오자 그와 함께 피비린 냄새가 풍겨 왔다.

 얼마 후 그는 우뚝 멈춰 섰다. 그리고 못 박힌 듯 그 자리에 꼼짝 않고 서서 거기에 벌어져 있는 참혹한 광경을 바라보았다. 무덤과 무덤 사이의 공지에 몇 구의 시체들이 널부러져 있었다. 시체는 온통 피로 젖어 있었다. 그렇게 참혹한 죽음을 당한 지가 별로 오래 된 것 같지는 않았다.

 까마귀 떼는 바로 그 시체들 위에 내려앉아서 상처를 쪼아대고 있었다. 그런데 놀랍게도 시체 하나가 그때마다 손을 번쩍 들어올리곤 했다. 그러면 까마귀 떼는 놀라서 소리지르며 날아오르는 것이었다. 시체는 일정한 간격으로 손을 번쩍 들어올리곤 했다. 손을 내리면 까마귀 떼가 다시 달려들었다. 손을 쳐들면 날아오르고 손을 내리면 내려앉는 것이었다.

 그는 길에서 벗어나 그쪽으로 다가가 보았다. 손을 쳐드는 사람은 노파였다. 노파의 다른 부분은 모두 죽어 있었다. 다만 한쪽 팔만이 살아서 기계적으로 움직이고 있었다.

 그는 손을 뻗어 노파의 어깨를 가만히 흔들어 보았다. 노파는 여전히 오른쪽 팔만 쳐들어 보였다.

 "할머니! 할머니!"

"……"

"할머니! 할머니!"

"……"

아무 반응이 없다. 맥을 짚어 보았다. 거의 느끼지 못할 정도로 약하게 뛰고 있었다. 아직 목숨이 붙어 있는 사람은 노파 한 사람 뿐이었다. 그밖에는 모두 죽어 있었다. 모두 해서 여덟이었다. 거의 두개골이 부스러지거나 전신이 날카로운 흉기에 찔려 있었다. 그는 두리번거리다가 골짜기 쪽으로 구르듯이 내려 갔다. 골짜기에는 물이 좀 고여 있었다.

손수건에 물을 적셔 가지고 묘지로 올라와 노파의 입 속에 물을 짜 넣자 비로소 노파의 입이 움직거렸다. 물을 다 짜 넣은 다음 그는 노파를 들쳐업었다. 그 자신도 불편한 몸이었지만 노파를 그대로 거기에 내버려두고 갈 수가 없었던 것이다.

노파의 몸이 가벼웠기 망정이지 그렇지 않았더라면 업고 가는 것이 불가능했을 것이다. 그는 기를 쓰고 마을 쪽으로 걸어 갔다.

마을은 꽤 멀리 떨어져 있었다. 쉴 때마다 노파는 한쪽으로 쓰러지곤 했다. 송장이나 다름없는 몸이었다. 산다는 보장도 없었다. 그렇지만 그는 노파를 버리지 않고 끝까지 업고 갔다.

겨우 마을 어귀까지 다다르자 한 노인과 만날 수가 있었다.

"아이고, 저런……쯧쯧……"

노인은 혀를 차면서 머리를 흔들었다.

"이분 댁이 어딥니까?"

"저기……저 기와집……김약국댁이오."

노인은 주위를 두리번거리며 불안한 빛을 보였다.

"잡히면 죽소. 젊은 양반, 어쩌자고 그러오? 어디서 왔소? 처음 보겄는디……?"

"이 마을에 아직도 반란군이 있습니까?"

"있다마다요. 죽어 가는 사람 살리려 들다가는 성한 사람까지 죽소."

하림은 골목으로 꺾어 들었다. 기와집 앞에 겨우 닿았을 때는 금방이라도 쓰러질 것만 같았다.

"어이구머니! 어무이!"

집안 사람들이 뛰어나와 노파를 안아 들었다. 거의가 여자들과 아이들이었다.

하림은 안방으로 뛰어들어가 응급조치를 취했다.

"뉘신지 모르지만 고맙습니다."

며느리로 보이는 젊은 부인이 오열을 참으며 말했다. 김약국 내외가 폭도들에게 끌려나간 것은 어젯밤이라고 했다.

하림은 노파를 업고 오게 된 경위를 이야기해 주었다.

"할머니 외에 다른 사람들은 모두 죽어 있었습니다."

식구들이 모두 울음을 터뜨렸다. 교양이 있어 보이는 며느리만은 좀 침착한 편이었다.

"살아 계신 걸 알문 또 죽이려 들 텐데 어쩌지요?"

"아까 들어올 때 보니까 관(棺)이 걸려 있더군요. 거기다 할머니를 모시고 치료하십시오. 한편으로는 곡을 하십시오. 초상

집처럼 말입니다. 놈들이 관까지 열어 보지는 않을 겁니다."

"고맙습니다. 시키는 대로 하겠습니다."

노파는 곧 관 속으로 옮겨졌다. 안방 윗목에 관을 놓아두고 여자들은 "아이고……아이고……" 하면서 곡을 했다.

"처음에는 숭늉을 조금씩 주시고 내일쯤에 미음을 쒀 주십시오. 밥은 당분간 주지 않아도 됩니다."

주사 한 대 놓을 수 없는 것이 애석했다. 운명에 맡길 수밖에 없었다.

젊은 부인은 약국집 며느리답게 어깨 너머로 배운 한약 처방을 조심스럽게 선보였다. 나중에 안 일이었는데, 그녀의 남편은 서울에서 정치운동을 하고 있는 듯했다.

부인은 떠나려는 나그네를 붙들었다. 하룻밤이라도 묵고 가라고 했다. 그러면서 자기 남편이 입던 옷가지들을 내놓았다.

"옷에 피가 온통 묻어서……이걸로 갈아입으셔야겠습니다. 입던 것이지만 괜찮으시다면……"

"감사합니다."

하림은 그 집의 사랑채에 주저앉았다. 그 집은 마을에서 제일 부유한 듯했다. 고래등 같은 기와집에 대지가 무척 넓었다.

소문을 들었던지 오후에 들어 흉기를 든 사내들 몇 명이 들이닥쳤다. 그들은 살벌한 기세로 집안을 휘둘러보고 관을 확인하고는 여자들에게 곡을 하지 말라고 엄명했다.

"마땅히 죽어야 할 인간이 죽었는데 왜 시끄럽게 울고불고 하는 거야?"

여자들은 울음을 뚝 그치고 공포에 떨었다.

"당신은 뭐야? 처음 보는 사람인데……"

그때 하림은 피하지 않고 한쪽 마루 끝에 앉아 있다가 지적을 당했다.

"친정 오라버닌데 몸이 아파 내려와 있습니다."

젊은 며느리가 재빨리 꾸며대어 말했다.

"어디가 아픈데……"

"가슴이 좀……"

"폐병 환자구먼."

그들은 침을 뱉고는 나가 버렸다. 안도의 빛이 모든 사람의 얼굴에 나타났다.

날이 저물어 징소리가 났다. 하림은 징소리가 난 쪽으로 가보았다. 그곳은 마을 가운데 있는 공터였는데 마을 사람들이 꾸역꾸역 몰려들고 있었다. 하나 같이 불안한 빛이었다.

이윽고 마을을 지배하고 있는 것으로 보이는 자가 나타났는데 머리에 캡을 쓰고 있었고 허리에는 권총을 차고 있었다. 마을 사람들은 지배자 앞에 웅크리고 앉았다. 그들 주위를 흉기를 든 사내들이 둘러쌌다. 그들 중 몇몇은 횃불을 들고 있었다. 그래서 그곳은 대낮같이 밝았다.

"무상몰수 무상분배의 원칙에 따라 여러분들이 짓고 있는 논과 밭을 공평하게 분배하겠습니다. 이의 있소?"

"……"

아무도 대답하지 않았다. 모두 입들을 다물고 있었지만 표정에는 무언의 항거가 드러나 있었다.

"그러면 여러분들이 모두 찬성한 걸로 알고 분배하겠습니다."

캡을 쓴 사나이는 눈치 같은 것 보지 않고 거침없이 말했다.

그 공터에는 한 아름되는 느티나무들이 서 있어서 마을 사람들의 휴식처로 이용되고 있었다. 특히 여름철에는 느티나무들이 시원한 그늘을 만들어 주고 있어 더없이 좋은 휴식처로 마을 사람들의 아낌을 받고 있었다.

지금은 가을이라 잎들이 모두 떨어져 바람에 낙엽들이 우수수 날리고 있었다. 낙엽은 공터에 앉아 있는 사람들의 머리 위로 우수수 날아 앉곤 했다.

하림은 느티나무 곁에 붙어 서서 낙엽이 날리는 소리와 지배자의 목소리를 동시에 듣고 있었다.

"김씨의 대나무 밭은 몇 평이지요?"

"1천 평 정도입니다."

노인 하나가 일어서서 대답했다.

"그 대나무 밭은 과부댁에 주시오."

중년 부인 하나가 일어나더니 지배자에게 두 손을 모으고 절을 했다.

"저는 그것 없이도 살아갈 수 있습니다."

"가지라면 가지시오!"

캡의 사나이는 버럭 고함을 질렀다. 과부댁은 더 큰 소리 못하고 앉았다.

그 마을은 거의 김씨성을 가진 사람들이 살고 있었다. 그런 만큼 이리저리 촌수가 걸리는 일가들이라고 할 수 있었다.

그러나 하루아침에 그 일가친척이라는 관계는 원수 관계처럼 변했다. 외부의 입김에 의해서 그렇게 된 것이었지만 막상 피땀 흘려 마련한 전답이 말 한마디로 이리 찢기고 저기 찢기자 그 주인들의 눈에서는 불이 일었다. 말은 못하고 벙어리 냉가슴 앓듯 보고만 있으려니 맨입으로 남의 땅 차지하는 자들이 저주스럽기만 했다.

지배자의 말인즉 극히 간단하기 짝이 없었다. 아무개는 어디에 있는 논 서마지기를 아무개에게 무조건 주라는 것이었다. 턱없는 명령이었지만 거기에 항의란 있을 수 없었다.

공짜로 남의 땅을 차지하게 된 사람들이 낯이 붉어지지 않을 수 없었다. 그러나 못 이기는 체하고 슬그머니 받아 챙기기 마련이었다. 그것은 굴러들어온 떡치고는 너무도 큰것이라 받는 사람도 그 무게에 눌려 질식할 정도였다.

그래도 그 중에서 얼굴에 철판을 깐 자들은 당연하다는 듯 설치고 다녔다. 앞으로의 세상은 그들의 것이기나 한 듯 턱을 쳐들고 큰소리치며 지배자의 결정에 맞장구를 치는 것이었다.

하림은 거기에서 빠져나와 어둠이 깔린 들판으로 나갔다. 들판 위로 스산한 가을바람이 불고 있었다. 하얀 달빛이 쏟아지고 있었다. 높은 하늘에서는 별들이 무수히 떨고 있었다. 서리가 내리는지 몸이 축축해져 왔다. 가을걷이가 끝난 들판은 삭막해 보였다. 어디선가 산짐승의 울부짖는 소리가 들려왔다.

그는 허리를 굽혀 돌멩이를 하나 집어들고는 어둠 속을 향해 그것을 힘껏 던졌다. 뼈마디에서 우두둑하는 소리가 나는 것과 함께 고통이 엄습했다. 아직 몸이 완쾌되지 못한 그는 하루에도 여러 번씩 통증을 느껴야 했다.

들판 저쪽 끝에 거대한 산의 흐름이 웅크리고 있는 것이 보였다. 바로 지리산이었다. 그 산은 옛부터 영산(靈山)으로 불려오고 있었다. 해발 1915미터로 기복이 심하고 굽이가 많은데다 흐름이 대하처럼 길어서 무궁함을 느끼게 하는 데가 있었다.

그 산이 지금 흔들리고 있었다. 반군의 일부는 이미 산 속으로 들어가 진지를 구축하고 있다는 소문이었다. 인간들의 더러운 발자국에 짓밟힌 영산은 괴로움에 허리를 비틀고 있었다. 반군과 폭도들이 모두 입산하는 날에는 영산은 뿌리째 흔들릴 것이다. 그렇게 되면 영산의 신비는 한순간에 사라지고 산은 사람들이 흘린 피로 검붉게 얼룩이 지겠지.

이튿날 그는 읍으로 가기 위해 하룻밤 신세진 집을 떠났다. 젊은 부인은 김밥을 싸주면서 동구 밖까지 따라나와 작별을 아쉬워했다. 연락할 주소와 이름을 가르쳐 달라고 했지만 그는 말할 수가 없었다.

그 마을에서 읍까지는 시오리 길이었다. 마침 읍으로 가는 소달구지가 하나 있어서 그는 얻어탈 수가 있었다. 달구지를 몰고 가던 노인은 이 말 저 말 끝에 한숨처럼 이렇게 늘어놓았다.

"인심 좋은 순천은 역천(逆天)되고 산고 수려하다던 여수도 변했지라우. 옛부터 명산대천으로 소문났던 구례(求禮) 땅에는 웬 까마귀 떼가 그렇게 날아와서 울어 쌌는지 난리는 난린 개비요. 우리 같은 사람이야 가진 거 없응께 아무 일 없지만 논마지기나 가진 사람들은……흠……"

노인은 말끝을 흐리며 젊은 나그네의 눈치를 살폈다.

읍거리는 폐허가 되어 있었다. 상점은 박살나 있었고 반반한 벽들은 온통 격렬한 구호들로 뒤덮여 있었다.

아이들의 울음 소리에 그는 걸음을 멈추었다. 어린 계집아이들이 손을 잡고 맹렬히 울어대고 있었다. 동네 아낙 서너 명이 저쪽에 몰려 서서 측은한 듯 계집아이들을 바라고 있었다. 하도 서럽고 맹렬히 울어대는 바람에 하림의 발길이 그쪽으로 향했다. 어린 계집아이들 곁에는 다른 조무래기들도 있었다.

"아가, 왜 우는 거지?"

머리를 쓰다듬자 아이들은 더욱 자지러질 듯 울어댔다.

"왜, 왜 우는 거지? 누가 때렸나?"

그는 옆에 몰려서 있는 조무래기들을 바라보았다. 꼬마들은 약속이나 한 듯 하나같이 고개를 저었다.

"엄마하고 아부지하고 죽었대요."

그중 커 보이는 아이 하나가 입을 삐쭉거리며 대답했다. 하림은 가슴속으로 무엇이 날아와 박히는 것을 느꼈다.

"뭐라고? 그거 정말이니?"

조무래기들은 어른처럼 무겁게 고개를 끄덕였다.

"왜, 왜 죽었지?"

"총 맞아서 죽었어요. 느그 아부지도 죽었지야?"

지적을 받은 아이는 고개를 푹 숙였다. 그래도 남자아이라 그런지 울지는 않았다. 입술을 깨물고 있는 그 모습이 더 측은해 보였다.

그곳을 지나자 광장이 나타났다. 광장 한쪽에 경찰서 건물이 있었는데, 지금은 인공기가 펄럭이고 있었다. 건물을 둘러싸고 있는 벽 한쪽에는 「인민재판」이라고 쓴 휘장이 걸려 있었다. 그 밑에 사람이 하나 쓰러져 있었다. 피에 젖어 검붉은 모습을 하고 있었다. 움직이지 않는 것으로 보아 죽은 것 같았다. 가까이 다가서서 보니 목에는 밧줄이 걸려 있었다. 얼굴은 알아볼 수 없을 정도로 으깨어져 있었고 온몸은 깊은 상처투성이였다.

시선을 느끼고 그는 주위를 둘러보았다. 겁먹은 눈들이 멀리서 이쪽을 바라보고 있었다. 시체가 거기 방치되어 있는 이유를 알 수 있을 것 같았다. 시체를 치우면 주목을 받게 된다. 반동으로 몰릴까 봐 두려워하고 있는 것이다.

거리는 이상할 정도로 한산했다. 굶주린 개들이 오히려 사람들보다 더 바쁘게 움직이고 있었다. 반군들의 모습도 폭도들의 그림자도 보이지 않았다. 모두가 갑자기 사라진 듯했다. 질식할 것 같은 무거운 정적이 거리를 덮고 있었다. 흡사 죽음의 거리 같았다.

읍을 빠져나가는 큰 길목에 이르자 갑자기 총소리가 들려왔다. 총소리는 10분쯤 요란스럽게 들려오다가 뚝 그쳤다.

조금 후에 수십 명의 남루한 군복 차림의 사나이들이 읍거리로 몰려들었다. 반란군 패잔병들이었다. 거지들 같았다. 많은 수가 부상을 입고 있었다.

지휘자로 보이는 자가 권총을 빼 들고 앞장서서 뛰어가고 있었다. 눈에 안대를 매고 있었다. 얼굴은 온통 수염으로 덮여 있었다. 짐승 같았다. 선두에 서서 화엄사(華嚴寺) 쪽으로 도망치고 있었다.

"최대치다! 최대치다!"

하림은 눈에 불이 확 이는 것 같았다. 터져나오려는 외침을 겨우 억제하면서 멀리 사라지는 대치의 뒷모습을 바라보았다.

"미친 놈!"

그는 속으로 부르짖었다. 여기서 그를 보게 되다니 정말 뜻밖이었다.

계엄군은 길 양켠에 종대로 서서 조심스럽게 읍거리로 접근해 왔다. 어디서도 저항하는 총소리는 들리지 않았다. 국군의 행렬은 끝없이 이어지고 있었다.

정적에 묻혀 있던 거리는 계엄군이 들이닥치면서부터 아연 활기를 띠기 시작했다. 목숨을 부지하기 위해 숨어 있던 주민들은 밖으로 일제히 쏟아져 나오면서 환호와 울음을 동시에 터뜨렸다. 울부짖는 사람들의 수가 훨씬 많아 보였다. 가족을 잃고도 슬픈 내색을 하지 못한 그들은 비로소 그 동안 쌓이고 쌓였던 비통한 감정들을 한꺼번에 쏟아 놓고 있었다.

경찰서 지붕 위에서 펄럭이던 인공기가 끌어내려지고 대신 태극기가 게양되었다. 그것을 보자 사람들은 눈물을 글썽이며 환호했다.

"반란군 잡았다!"

어디선가 이런 외침이 들리면서 사람들이 골목 쪽으로 우하니 몰려가는 것이 보였다. 하림도 그쪽으로 급히 달려가 보았다. 막다른 골목 끝에 자리잡은 어느 집 마당에 퇴비더미가 있었다. 반란군 한 명이 그 속을 뚫고 들어가 숨어 있다가 열기를 참지 못해 기어나오던중 발각된 모양이었다. 다리에 심한 부상을 입고 뒤에 처져 하는 수 없이 남의 퇴비 더미 속으로 숨어들었다가 붙잡힌 것 같았다.

중년의 사내로 노한 군중들에게 얻어맞아 이미 반쯤 죽어 있었다. 헌병들이 달려와 군중들을 해산시키려고 했지만 그들의 분노를 끄기에는 너무 미약했다. 가족의 일원 혹은 그 전부가 반군에게 학살당한 유족들은 오로지 원수를 갚아야 한다는 일념에 제정신들이 아니었다.

비극이었다. 피가 피를 부르는 비극이었다. 평화로움 속에 세월 가는 줄 모르고 농사만 짓던 순박한 주민들이었다. 그러한 그들이 하루아침에 돌변한 것이다.

그들은 초죽음 당한 반군을 골목 밖으로 끌어내 주먹으로 치고, 발로 짓밟고, 몽둥이로 후려쳤다. 학살당한 그들의 가족들이 받은 것과 똑같은 방법으로 반군을 죽였다. 어린 꼬마까지도 울면서 몽둥이로 적을 때렸다.

"울 아부지 살려내!" 울 아부지 살려내!"

꼬마는 몽둥이로 시체를 쿡쿡 찌르면서 울부짖었다.

계엄군은 주민들의 격렬한 증오를 어루만져 줄 방법도 명분도 가지고 있지 못했다. 증오가 폭발하는 대로 수수방관할 수밖에 없었다.

선발대로 진주한 도보 부대에 이어 군수송차량이 읍으로 밀려왔다. 트럭에는 군인들이 콩나물 시루처럼 가득가득 실려 있었다.

계엄군이 거리의 질서를 회복하는 동안 토벌군은 읍 외곽에 방어 진지를 구축하는 한편 입산한 반군을 격퇴하기 위한 준비 작업에 들어갔다. 또한 토벌군은 각 면(面)으로 산개해 들어갔다. 아직도 적의 수중에 있는 면이 남아 있었기 때문에 사방에서 하루종일 콩볶듯이 총소리가 들려왔다.

읍거리는 평정을 되찾았다. 그러나 불안한 평온이었다. 벽에 쓰여진 붉은 구호는 모조리 지워지고 대신 다른 구호들이 차지했다. 벽보도 뜯기고 다른 벽보들이 나붙었다. 여러 가지 말들이 난무했지만 그 배경에는 오로지 하나의 소망만이 있었다. 그것은 우리는 옛날처럼 평화롭게 농사나 지으며 살고 싶다라는 것이었다. 평정 지역에는 계엄사령관 포고가 나붙었다.

본관에게 부여된 권한에 의하여 10월 22일부터 별명이 있을 때까지 다음과 같이 계엄령을 선포한다. 만일 위반하는 자는 군법에 의하여 사형 또는 기타형에 처한다.

1. 오후 7시부터 다음날 아침 7시까지 일체의 통행을 금한다(통행증을 소지한 자는 차항에 부재한다).

2. 옥 내외에 있어서 일체의 집회를 금한다.

3. 유언비어를 퍼뜨리거나 민중을 선동하는 자는 엄벌에 처한다.

4. 반도를 숨기거나 반도와 밀통한 자는 사형에 처한다.

5. 반도들이 갖고 있던 무기, 기타 일체의 군수품을 계엄사령부에 반납하라. 숨기거나 비장한 자는 사형에 처한다.

한편 반란군 선발대는 구례 화엄사 일대를 중심으로 입산할 채비를 차리고 있었다. 거기에는 이미 호부대(虎部隊)라고 부르는 반란 단체가 은거하고 있다가 반란군 선발대와 합류했다.

반란군이 태풍처럼 들이닥친 여수, 순천, 보성, 광양, 학구 등지에서는 아직 치열한 교전이 벌어지고 있었다. 그러나 토벌군이 계속 증파되어 오고 있었기 때문에 그대로 점령지에서 버티다가는 머지 않아 모조리 괴멸될 것이 뻔했다.

"주력을 지리산으로 빼돌려 지리산을 근거지로 장기 항전 태세에 돌입해야 한다."

이렇게 결론을 내린 반군 지휘부는 재빨리 도주로를 확보하기 위해 화엄사 쪽으로 달려간 것이다.

토벌군에게 포위될 경우 반군이 숨을 곳이라고는 지리산밖에 없었다. 산세가 깊고 험한데다 광대무변한 지리산은 많은 병력이 숨어서 유격전을 벌이기에는 그야말로 알맞은 곳이었다. 절해고도 위에 우뚝 솟아 있는 한라산과는 비교도 안 될 만큼 입지적 조건이 좋은 곳이었다.

그런데 토벌군 역시 반군이 쫓기다 못해 마지막으로 도주해 갈곳이 지리산밖에 없다는 것을 잘 알고 있었다. 반군이 일단 입산해 버리고 나면 장기전에 들어갈 것이고, 그렇게 되면 골칫거리가 아닐 수 없다. 따라서 그전에 그들을 소탕할 필요가 있었다.

토벌군은 먼저 구례를 평정함으로써 지리산으로 들어가는 주요도로를 봉쇄했다. 그리고 섬진강 계곡에 연한 중요 지점을 하나하나 장악해 나가기 시작했다.

반란 선발대는 첫날밤 퇴로를 뚫기 위해 적은 병력으로 사방에서 파상적인 공격을 해 왔다. 토벌군은 적의 집결지를 향해 81밀리 박격포를 발사했다.

밤새도록 쿵쿵하는 포소리가 지층을 흔들었다. 날이 밝자 반군은 화엄사 일대에 구축한 방어 진지를 버리고 산 속 깊이 들어가 버렸다.

반군 주력은 붕괴되고 있었다. 여수에서 일어난 그들은 순천까지 삼킨 후 그 여세를 몰아 주력을 삼분하여 서쪽의 벌교, 북쪽의 학구, 동쪽의 광양으로 쳐들어갔다. 그러나 국군 대부대가 사방에서 밀고 내려오는 바람에 그나마 삼분된 주력은 이리 찢기고 저리 찢겼다. 그들은 이제 부대 단위의 행동을 할 수가 없었다. 단지 삼삼오오 짝을 지어 파상적인 저항을 벌이면서 입산할 수 있는 기회만을 노릴 뿐이었다.

반란군 토벌 전투 사령부 예하에는 10개 대대 병력이 있었다. 각 연대에서 차출한 병력이었다. 반란 지역을 향해 출동한 토벌군은 최초의 탈환 목표를 순천에 두고 있었다.

"순천 탈환 여부가 성패를 가늠하는 가장 중요한 분기점이 될 것이다. 순천 탈환에 실패하면 반란군은 그 기세가 한층 커져서 나중에는 우리로서도 걷잡을 수 없게 될 것이다. 토벌이 늦어지면 늦어질수록 다른 부대에 잠복해 있는 오르그가 불평분자들을 끌어모아 준동할 것이고, 결국에 가서는 북한이 남침해올 가능성도 있다. 따라서 반란군이 전열을 가다듬기 전에 재빨리 그들을 소탕할 필요가 있다."

군 수뇌부는 이렇게 방침을 굳힌 다음 순천에 있는 반란군을 여수 반도 쪽으로 몰아붙여 일거에 섬멸하도록 작전을 세웠다.

토벌군은 세 방향에서 순천을 공격하기 시작했다. 토벌군 주력은 학구에서 순천을 향하여 남하해 들어갔고, 제2진은 보성을 경유하여 오른쪽으로 공격해 들어갔고, 제3진은 하동에서 광양을 거쳐 왼쪽 방향으로 돌입해 들어갔다.

적 치하의 순천은 반란군에게 점령된 지역 중에서 가장 참혹한 시련을 겪고 있었다. 인구 5만(반란 당시)의 조그마하고 평온한 전원도시는 하루아침에 지옥으로 변해 있었다. 하늘 아래 이치를 거역하기를 두려워하고 오직 순리대로 살아가는 것을 낙으로 알았던 사람들은 하늘을 배반하는 역천(逆天)의 무리들 앞에서 어린양들처럼 제물이 되는 수밖에 없었다.

세상이 뒤집히는 순간 경찰관, 우익 정당원, 학생연맹원, 각 행정기관의 관리, 지방유지, 종교인 등은 닥치는 대로 경찰서로 연행되었다. 그리고 경찰관들은 불문곡직하고 그 자리에서 사살되었다. 나중에 체포된 경찰관들은 한 사람씩 군중 앞에 끌려나와 인민재판에 회부된 후 하나같이 「인민의 고혈을 빨아먹는 개」라는 낙인과 함께 집단 구타를 받고 학살되었다. 인민재판이 열린 거리 곳곳에서는 학살당한 사람들이 흘린 피가 물줄기를 이루어 하수구로 철철 흘러내릴 정도였다.

경찰관 외에도 우익 반동분자로 체포된 수백 명의 시민들은 거의가 자기가 부리고 있던 사람들에 의해 밀고되어 인민재판을 받았다. 인민재판의 재판관은 거의 평소에 남의 신세를 지거나 부림을 받은 피고용인들, 그리고 좌익 학생 단체에서 일하던 까까머리의 중학생들이었다.

"혁명은 혼란과 파괴 속에서, 그리고 총구 속에서 나온다."

이러한 이론을 증명하기라고 하는 듯 그들은 무자비하게 양민들을 살해했다. 어린 학생들들이 살육의 선봉이 되어 날뛰었다는 것은 실로 서글픈 일이었다. 앞뒤를 분별할 줄 모르는 그들은 파괴와 살육의 소용돌이에 휘말려 미친 듯이 흉기를 휘둘렀다.

죽어 가는 사람들의 몸 위에 휘발유를 뿌려 태워 죽이는 바람에 하늘은 검은 연기로 뒤덮였고 시체 타는 냄새가 가득했다. 역천에서는 까마귀 떼가 울어대고 집집의 잠긴 문안에서는 공포에 떠는 아녀자들의 울음 소리가 그칠 새 없이 흘러나왔다.

죽창, 낫, 곡괭이, 도끼, 몽둥이 등속을 들고 거리를 휩쓰는 학생들의 수가 자그마치 4천이나 됐으니, 인구 5만의 소도시가 어떠했으리라는 것은 충분히 짐작이 가고도 남았다.

한마디로 순천 시가지는 지옥화를 재현해 놓은 듯했다.

보성을 경유해서 오른쪽으로 순천을 공략한 토벌군 부대는 광주에 주둔하고 있는 제4연대 소속의 2개 중대였다.

트럭에 분승해서 광주를 떠난 그들은 보성에 가까이 접근할 때까지 별로 적의 저항을 받지 않았다. 보성 정도는 쉽게 평정할 수 있을 것이라고 생각한 그들은 지체하지 않고 전진했다. 보성 북쪽 4킬로미터 지점에 깊은 골짜기가 하나 있었다. 길 양편은 소나무 숲이었다.

길은 협소했다. 그러나 그 길은 보성으로 진입할 수 있는 가장 가깝고도 중요한 작전 도로였다.

차에서 내린 토벌군은 두 줄로 늘어서서 골짜기로 들어섰다. 전방과 좌우를 살피면서 조심스럽게 전진하는 그들은 거의가 전투 경험이 없는 병사들이었다. 갈수록 골짜기는 깊어지고 공연히 긴장하고 있는 것이 아닌가 하고 생각할 정도로 인기척 하나 없이 적요하고 괴괴했다.

전병력이 골짜기에 완전히 들어섰을 때 쿵하는 소리가 골짜기를 울렸다. 60미리 박격포탄이 토벌군의 허리를 후려쳤다. 이어서 기관총 소리가 다르르륵 하고 들려왔다. 포연 사이로 흙이 튀어오르고 수명의 병사들의 몸뚱이가 팔랑개비처럼 공중으로 날아 올랐다. 우지끈하고 나무 부러지는 소리가 연이어 들려왔다.

"적군이다! 후퇴하라!"

병사들은 엄폐물을 찾아 이리 뛰고 저기 뛰었지만 위에서 쏘아 대는 총알을 피할 도리가 없었다. 골짜기는 흡사 소나기가 쏟아지는 듯했다. 적들은 숲 속에 몸을 가리고 있어서 거의 눈에 뜨이지 않았다. 반면 토벌군은 너무도 환한 위치에 노출되어 있었다.

겨우 골짜기를 빠져나와 무너진 부대를 수습했을 때 병력은 절반 가까이 줄어들었다. 세 방향에서 순천을 공략하려던 시도는 이렇게 해서 먼저 보성 방면에서부터 무너지기 시작했다.

한편 마산에서 출발한 제15연대의 1개 대대 병력은 하동에서 하룻밤 숙영하면서 공격할 채비를 차렸다.

이튿날 이른 아침 대대 병력은 서쪽으로 진군했다. 적의 점령 하에 있는 광양을 먼저 탈환하지 않고서는 순천을 공격할 수 없었으므로 토벌군은 광양 탈환을 서둘러야 했다.

첨병 중대는 광양 동쪽 8킬로 지점인 옥곡면(玉谷面)으로 들어섰다. 그들이 S자 길로 산개해 들어갔을 때 일시에 좌우의 야산에서 총알이 날아왔다.

야산에 매복한 반란군들은 쉴새 없이 총을 쏘아 댔다. 토벌군은 가까스로 북쪽 고지를 점령한 다음 적과 응전했다.

기습을 받은 부대를 수습하고 부하들을 독려하기 위해 이리 뛰고 저리 뛰던 대대장은 도중에 한 무리의 병사들과 부딪쳤다. 반란군이나 토벌군이나 복장이 비슷해서 얼른 분간이 안 가는 것도 무리는 아니었다.

"너희들은 어느 부대냐? 나는 대대장인데 여기서 어정거리고 있으면 되나?"

그 순간 앞에 서 있던 병사의 총구에서 연기가 피어올랐다. 총알은 대대장의 가슴을 정통으로 꿰뚫었다. 병사들은 반란군이었다.

대대장이 쓰러지는 바람에 토벌군의 사기는 저하되었다. 응전할 의지를 잃고 당황하는 사이 첨병 중대는 적에게 포위 당하고 말았다.

후방에서 전투를 바라보고 있던 연대장은 각 중대에게 후퇴 명령을 내렸다. 그리고 3중대의 퇴진을 용이하게 하기 위해 트럭 세대를 퇴로에 확보해 두려고 했다. 그러나 이미 트럭 주위로는 반군들이 몰려들고 있었다. 그런 줄도 모르고 연대장은 그들을 자기 부하로 알고 손짓을 했다.

"차를 이쪽으로 빼돌려! 빨리!"

그러나 차 주위에 늘어서 있는 병사들은 움직이려고 들지 않았다. 화가 난 연대장은 권총을 빼 들고 그쪽으로 뛰어갔다. 그러자 그들 중의 하나가 소리쳤다.

"이치가 연대장이다!"

연대장은 주춤했다. 어느새 여러 개의 총구가 그를 포위했다. 어이없이 당한 일이었다. 연대장은 반군에게 체포되어 어디론가 끌려가 행방불명이 되었다.

동서에서 전진하던 토벌군이 변변히 싸워 보지도 못한 채 이렇게 패하자 반란군의 사기는 하늘을 찌를 듯이 높아졌다.

이제 마지막 남은 부대는 북쪽에서 남하하는 토벌군 주력이었다.

반란군은 토벌군 주력을 막아내기 위해 학구에 집결하기 시작했고, 토벌군 역시 제12연대의 2개 대대, 제2연대의 1개 대대, 제3연대의 2개 대대, 제4연대의 1개 대대, 도합 6개 대대 병력으로 총공격을 감행했다.

처음 얼마 동안은 병력이 비슷해서 학구를 중심으로 전투는 교착 상태에 빠진 듯이 보였다. 그러나 토벌군 주력을 이끄는 지휘관들 중에 지략이 뛰어나고 용감한 사람들이 몇이 있었다. 그들은 2진과 3진의 지휘관들처럼 실수를 범하지 않았다.

2개 대대를 나란히 병렬시킨 다음 지휘관이 직접 진두에서 맹공해 들어가자 그때까지 진을 치고 있던 반란군 주력은 삽시간에 무너지기 시작했다. 숨쉴 겨를도 주지 않고 토벌군은 노도처럼 밀고 들어갔다. 함성과 총소리에 산천초목이 모두 떠는 듯했다.

반란군은 순천과 광양 방면으로 퇴각했다. 미처 도망치지 못한 반란군은 투항했으며, 길과 들판에는 반항하다가 사살된 그들의 시체가 즐비했다.

학구를 돌파한 토벌대는 지체하지 않고 순천으로 급진했다. 반란군은 순천 북쪽 입구가 내려다보이는 고지에 경계 부대를 배치하고 주력은 시내에서 결전에 대비하고 있었다.

토벌군 선발대 주력은 시내로 진입하는 한길을 따라 돌격해 들어갔고 일부는 양쪽 고지를 향해 공격을 개시했다. 뒤에서는 81밀리 박격포 8문이 일제히 포문을 열었다.

시내는 지진이 난 듯 흔들렸다. 반군은 얼마 동안 맹렬히 저항하다가 박격포탄의 세례를 받고는 동요하기 시작했다.

토벌군은 박격포의 집중사격이 끝나는 것과 동시에 시내로 돌입했다. 반군은 순천교 근처로 몰리기 시작하면서 발악적으로 저항했다. 그들은 2개 대대 정도의 병력이었는데 배후에 폭 1백50미터의 동천강을 두고 있어서 막다른 곳에까지 몰린 셈이었다. 그러니 발악적으로 저항할 만도 했다.

토벌군이 시가의 절반 이상을 탈환했을 때 날이 저물었다. 어둠이 내리는 것과 함께 치열하던 시가전도 끝이 나고 거리에는 정적이 찾아왔다. 토벌군은 탈환 지역에 방어선을 구축하면서 한편으로는 다음날 새벽을 기해 공격할 준비를 갖추었다.

이때 동천강 쪽에 몰려 있던 반군 주력은 이미 앞으로 닥쳐올 위기를 예견하고 시가전에 더 이상 전력을 소모할 필요가 없다고 판단한 끝에 안전한 도피처를 찾아 몰래 시내를 빠져나가고 있었다.

그렇게 판단할 만도 한 것이 토벌군은 시간이 흐를수록 증강되어 있었고 반대로 반란군은 약화되고 있었다. 따라서 약화되는 전력을 보호하고 장기간 버티려면 아무래도 평지에서의 전투보다는 산을 배경으로 한 게릴라전이 그들 자신에게 유리할 수밖에 없었다.

반군 주력은 순천을 빠져나와 광양 북쪽의 백운산으로 향했다. 아무도 눈치채지 못하게 야음을 타 몰래 도망친 것이다. 일단 백운산으로 들어서면 북쪽의 지리산으로 들어가는 것은 아주 쉬운 일이었다.

반군 주력이 소리없이 빠져나간 줄도 모르고 그들에게 동조해서 날뛰던 폭도들은 무기와 죽창을 들고 결전에 대비하고 있었다. 이미 그들은 마치 신들린 듯 광신자로 변해 있었다. 맹목적인 광신자들이 대부분이었다. 피의 축제 끝이라 제정신이 아닐 만도 했다.

밤새 순천은 토벌군의 여러 부대에 의해 이중 삼중으로 포위되었다. 마침내 날이 밝자 토벌군은 M—8형 장갑차를 앞세우고 공격을 재개했다.

거리는 다시 불타고 양민들은 여기저기서 울부짖었다. 제정신이 아닌 폭도들은 악을 쓰면서 장갑차로 달려들어 목숨을 던지기도 했는데, 그들 중에는 어린 중학생들도 많았다. 어느 토벌군 지휘관은 죽어 가는 어린 학생을 내려다보면서 눈물을 흘리기까지 했다.

"이놈아, 너를 쏘고 싶어서 쏜 게 아니다! 왜 공부는 하지 않고 반란에 가담했느냐 말이다! 왜 그런 짓을 했느냐 말이다! 너는 이용당한 거야! 그런 줄도 모르고 총알받이가 되다니……바보 같은 자식……"

그 지휘관은 어린 중학생을 사살하지 않을 수 없는 자신의 입장을 비통해 했고, 그를 이용해서 그들을 죽음으로 몰아넣은 자들을 저주했다.

훈련도 받지 않은 폭도들이라 토벌군의 상대가 될 수 없었다. 토벌군이 질서정연하게 쏘아 대는 사격에 그들은 추풍낙엽처럼 나뒹굴었다.

　일방적인 전투였지만 전투가 가열되면서 시가지는 뒤죽박죽이 되다시피 했다. 토벌군은 무엇보다도 폭도와 양민을 구분하기가 힘이 들었다. 폭도들도 토벌군과 반란군을 구별하지 못하고 있었다. 토벌군과 반란군은 똑같이 철모에 흰 띠를 두르고 있었기 때문에 토벌군을 반란군으로 알고 접근하다가 사살되거나 체포되는 폭도들도 부지기수였다. 그런 속에서도 순천 일원은 그날 오전 중에 거의 수복이 되었다. 토벌군은 곳곳에서 반란군에 의해 자행된 약탈과 살육의 처참한 현장들을 목격하고는 하나같이 치를 떨었다. 그와 함께 그들은 감정이 격화되었다. 반란군의 만행은 토벌군으로 하여금 적개심에 불타게 하기에 족한 것이었다. 토벌군 병사들은 겉으로 표현은 안 했지만 반란군을 하나도 남기지 말고 이잡듯이 잡아죽여야 한다고 다짐했다.

　치열한 시가전이 끝난 거리는 파괴와 살육이 남긴 참혹한 잔해로 뒤덮여 있었다. 불타 버린 인가와 건물의 잔해 위에서는 아직도 연기가 피어오르고 있었고 곳곳에는 각양각색의 시체들이 뒹굴고 있었다.

　그 잔해 위로 삐라가 팔랑거리며 떨어지고 있었다. L—4형 연락기가 평정 지역 상공을 돌며 뿌리는 계엄 포고문이었다.

하림은 걸음을 멈추고 움직이는 것을 내려다보았다. 교복을 입은 어린 학생 하나가 죽어 가고 있었다. 한 손으로 복부를 누르고 있었는데, 이미 내장이 밖으로 터져나와 있었다. 죽어 가는 그 눈길이 사슴의 눈망울처럼 맑아서 하림은 차마 발길을 떼어놓을 수가 없었다. 학생이 무슨 말인가 할 듯 입술을 움직였기 때문에 그는 허리를 굽히고 귀를 기울였다.

"물……물……물……"

"조금만 기다려."

그는 두리번거리다가 빈집으로 들어갔다. 마침 우물이 있었다. 그릇에 물을 담아 가지고 나와 학생의 입에 흘려넣어 주자 학생은 한참 동안 정신없이 물을 마셨다.

"고……고맙습니다."

"몇 살이지?"

"……"

아마 열 일곱, 열 여덟쯤 되었을 것이라고 그는 생각했다.

"공산당원인가?"

"……"

학생은 숨을 거칠게 내쉬면서 고개를 저었다.

"그럼 왜 그런 짓을 했지?"

"모……몰라요."

"모르다니 말이 되나?"

그는 때릴 듯이 학생을 노려보았다.

"지금도 늦지 않았어. 자기 잘못을 깨달아야 해."

불타는 도시 · 125

"용……용서해……주세요. 잘못했어요."

학생은 피에 젖은 두 손을 들어올려 공포에 젖은 눈으로 들여다보다가 이내 그것들을 밑으로 떨어뜨렸다. 초점 없이 허공을 응시하는 눈을 감겨 준 다음 하림은 몸을 일으켰다.

그때 헌병 완장을 찬 계엄군 두 명이 뛰어왔다. 살벌한 모습들이었다.

"당신, 무슨 짓했지?"

"물을 달라고 해서 물을 줬습니다."

"누가 그런 짓을 하라고 그랬지?"

"……"

"수상한 점이 많다. 수색해."

하사관이 권총을 빼 들며 턱짓을 하자 부하가 재빨리 하림의 몸을 뒤졌다. 하림의 몸에서는 권총 한 자루만이 댕그라니 나왔다. 그것을 본 헌병들은 바싹 긴장해서 그의 손목에 수갑을 철컥 채웠다.

얼마 후 그는 경찰서 유치장에 수감되었다. 거기에는 순천 지구 계엄 사령부가 설치되어 있었다. 유치장 안에는 생포된 반군과 폭도들이 가득 들어차 있었는데, 그토록 날뛰던 모습과는 달리 하나같이 불안에 싸여 있었다.

하림은 굳이 자신의 신분을 밝히고 싶지가 않았다. 자학에 빠진 그는 자신이 살아 있다는 사실을 몹시 부끄러워하고 있었다. 그래서 자신의 수치스러운 모습을 아무에게도 드러내고 싶지가 않았다.

하룻밤을 유치장에서 보내는 동안 그는 많은 것을 목격하고 배울 수가 있었다. 수감된 자들 중 골수분자들은 여전히 적개심에 사로잡혀 있었다. 그러나 그 밖의 사람들, 특히 나이 어린 학생들은 하나같이 겁에 질려 훌쩍훌쩍 울었다.

전투 지구에서 계엄령 하에 실시되는 군사재판인 만큼 반역 행위가 드러나면 가차없이 총살형이었다. 가까스로 총상을 면한 자라도 중벌에 처해지기 마련이었다. 반란군과 폭도들의 만행이 너무도 참혹했던 만큼 거기에 대한 반응 역시 가열될 수밖에 없었다.

피해를 입은 백성들의 원성이 관용이나 용서를 묵인하려 들지를 않았다. 오직 눈은 눈으로 갚아야 한다는 논리만이 그들의 비통함을 달래 줄 수 있을 뿐이었다.

하림은 차례가 되어 끌려나갔다. 그에게는 뚜렷한 반역죄가 없었다. 단지 수상하다는 점 때문에 그는 곤욕을 치르고 있었다. 그는 한 방으로 들어갔다. 방안의 분위기는 살벌했다. 그는 젊은 소위 앞으로 다가가 섰다. 소위 옆에는 사복 차림의 30대 사나이가 앉아 있었다. 소위는 핏발선 눈으로 그를 쏘아보다가

"바른대로 말해. 정체가 뭐야?"

하고 물었다. 하림은 괴로웠지만 입을 열 수밖에 없었다.

"난 특수 기관에 있는 사람이다."

"뭐라고?"

소위가 어이없다는 듯이 그를 바라보았다. 고개를 숙인 채 서류를 검토하고 있던 사복의 사나이가 천천히 고개를 쳐들었다.

동시에 경악하는 빛이 얼굴에 나타났다.

"아니, 대장님 아니십니까?"

"수고하는군."

하림이 고개를 끄덕이자 사복은 벌떡 일어나면서 거수경례를 했다.

그가 그렇게 신분을 드러냄으로써 계엄사령관은 하림을 직접 자기 방으로 데리고 들어가 잘못을 사과했다. 하림은 그런 것에는 조금도 개의치 않고 자신이 반란 지구를 답사하면서 느낀 것을 이야기했다.

"옥석을 분명히 가려야 할 줄로 압니다. 기회주의자들이 날뛰는 데다 사사로운 감정으로 무고하는 경우가 허다하기 때문에 자칫 잘못하다가는 양민이 다치는 수가 없지 않을 겁니다."

"그렇지 않아도 그 점에 대해 각별한 주의를 주고 있습니다."

어느새 연락이 되었는지 CIC요원들이 몰려왔다. 그들은 하림의 몰골을 보고 하나같이 놀랬다.

"빨리 입원하셔야겠습니다."

모두가 이구동성으로 말했지만 그는 고개를 저었다.

"조금 불편하긴 하지만 괜찮아. 움직이는 게 오히려 나아. 내가 죽은 줄 알았나?"

"네……"

"38선을 너머 곧장 이쪽으로 내려왔지. 본부에 들어가고 싶지 않았어. 그 동안 많은 것을 반성했고, 내가 역부족이라는 걸 뼈저리게 느꼈어."

이가 온통 빠진 그는 손으로 입을 가리면서 말했다.

"나는 일선에서 사라지고 싶었어. 그러나 비명에 간 동지들을 생각하고 반란 지구를 돌아보는 동안 어떤 형태로든 싸워야 한다는 걸 깨달았어. 백의종군하더라도 말이야."

비참한 기분이었다. 그러나 그대로 주저앉을 수가 없었다. 국외자가 되기에는 그는 너무 깊이 역사의 소용돌이 속에 들어가 있었고, 너무 많은 것을 알고 있었고, 너무 많은 것을 목격하고 있었던 것이다.

아무튼 그가 살아 돌아왔다는 사실은 충격적인 일로 받아들여졌다. 아얄티 중령이 L—4형 연락기를 타고 나타난 것은 그 다음날이었다. 광주에서 비행기를 내린 그는 지프를 타고 순천으로 곧장 달려와 하림을 껴안았다. 그 역시 하림이 죽은 줄 알았다고 털어놓았다.

그들은 계엄 사령부 내의 밀실에서 단 둘이서만 대좌했다. 하림은 그 동안 겪었던 일들을 하나도 빼놓지 않고 이야기했다. 형이 자기를 대신해서 죽은 일, 마프노를 살해한 일, 그 과정에서 자기를 도와주었던 은인들에 대해서 자세히 말했다.

아얄티는 그의 이야기를 듣는 동안 내내 침묵했다. 어느 것 하나 놀라운 일이 아닐 수 없었다. 그러나 그 중에서도 마프노를 살해한 사실에 무엇보다도 놀라운 표정을 지었다.

그는 하림을 포옹하면서 어깨를 두드렸다. 그것은 다른 어떠한 말보다도 뜨거운 감정을 느끼게 하는 행동이었다.

"마프노……그놈이 마침내 죽었군. 내가 가장 증오했던 놈이었는데……우리 유태 조직에서는 매우 기뻐할 거요."

아얄티는 진심에서 우러나는 찬사를 던졌다. 그러나 하림의 귀에는 그런 것이 기분 좋게 들릴 리가 없었다. 그는 죽어 간 동지들과 형을 생각했고, 아얄티 앞에서 더욱 수치심을 느끼고 있었다.

마침내 그는 참지 못하고 자신이 맡고 있는 자리에서 물러날 뜻을 비쳤다. 책임을 통감한 그는 자신의 실수를 용서할 수 없었다. 아얄티는 펄쩍 뛰었다.

"무슨 말을 하는 거요? 지금 그 자리를 떠나면 누가 맡는단 말이오?"

"거기를 떠난다고 해서 마음까지 떠나는 건 아닙니다. 그건 다름 아닌 바로 우리 일이니까요."

하림의 결심을 돌릴 수 없다고 생각한 아얄티는 한참 무엇인가 생각하다가

"내가 결정할 수 있는 문제는 아니지만 아무튼 당신이 거기서 떠난다는 건 매우 유감이오."

하고 말했다.

그 즈음 CIC는 육군 정보국 소속으로 직제가 개편되어 있었다. 처음 출발했을 때는 미군정 보국과 손을 잡고 중요한 일들을 처리했으나 정부가 수립되면서 차츰 독자적인 체제를 갖추다가 육군 정보국 예하로 들어가게 된 것이다.

정보국 산하에는 CIC(방첩과) 외에도 HID(대외 정보과)와 전투 정보과가 있었다.

이렇게 독립된 체제를 갖추면서부터 CIC는 이제 미군정보국과 대등한 위치에서 상호 협조하는 관계에 서 있었다. 그렇지만 아얄티의 입김이 전혀 없다고 말할 수는 없었다. 다만 그는 그것을 표면에 드러내려고 하지 않을 뿐이었다.

여기서 그는 매우 중요한 언질을 하림에게 주었다.

"미군은 조만간 한국에서 철수하게 될 거요."

하림은 긴장한 눈으로 아얄티를 응시했다.

"언제 철수하게 되느냐 하는 것은 정책 결정자들이 내리는 일이기 때문에 뭐라고 말할 수 없지만……여러 가지 정보로 비추어 보아 내년 6월까지는 완전 철수하게 될 거요."

미군이 철수한다 — 하림은 그 말에 한 대 얻어맞은 기분이었다. 우리도 독립국가가 되었으니 외국군대가 주둔한다는 것은 별로 환영할 만이 일이 못 된다고 할 수 있었다. 그러나 현실은 미군의 철수를 허용하지 않고 있었다.

북쪽은 소련제 무기로 막강한 전력을 갖추고 있었다. 거기다 잘 훈련된 보병 10개 사단이 언제라도 출동할 수 있는 태세에 놓여 있었다. 거기에 비해 남한의 군사력은 너무도 보잘것이 없었다. 따라서 현재 남한을 유지시키고 있는 미군이 철수할 경우 북한 인민군이 남침할 것임은 너무도 뻔한 이치였다.

힘의 균형을 유지해서 전쟁을 막기 위해서는 국군이 일정한 수준이 될 때까지 미군은 남한에 주둔할 필요가 있었다. 이것은 너무도 당연한 논리라고 할 수 있었다. 그런데 내년 6월까지는 미군이 철수를 완료한다는 것이다. 최고 정보책임자의 말이니 틀림이 없을 것이다. 하림은 심한 현기증을 느꼈다.

"미국은 무책임하군요."

"뭐라고 변명할 말이 없소. 여러 가지 정보자료를 제시하면서 극구 막아 보았지만 정책 결정자들의 생각을 돌릴 수는 없었소. 그들은 전쟁이 일어난다는 걸 믿지 않아요."

"전쟁이 일어난 뒤에야 과오를 깨닫겠군요. 그때는 이미 너무 늦어 버릴지도 모릅니다."

누구를 탓할 것도 없었다. 남이 도와주지 않으면 우리가 해결할 수밖에 없었다.

"그렇지만 미국이 완전히 손을 떼는 것은 아니오. 소수의 고문단과 정보요원들은 계속 여기에 남아 있을 거요."

"상징적인 주둔인가요?"

"……"

아얄티는 대답하기가 괴로운지 창밖을 바라보았다.

밖에는 체포된 반도들이 무리지어 웅크리고 앉아 있었다. 남쪽에서는 계속 쿵쿵하고 포소리가 들려오고 있었다.

"갈 때 가더라도 우리한테 충분한 무기를 주고 갔으면 좋겠습니다. 그건 어려운 일이 아니겠지요?"

"그것은 쉽지 않을 것 같아요. 의회의 승인이 있어야 하는데……지금은 비둘기파들이 득세를 하고 있거든요. 남한을 무장시키면 북침할지도 모른다고 생각해요."

"착각도 이만저만이 아니군요!"

하림은 분노로 몸을 떨면서 벌떡 몸을 일으켰다.

"전쟁에 모두가 지쳐 있어요. 신경과민이 돼서, 결국 판단까지 흐려지고 있어요. 한국으로서는 불행한 일이지만 정치인들의 생각이 그 정도이니 할 말이 없소."

아얄티는 싸움에 지친 듯한 표정이었다. 그가 한국을 위해서 막후에서 얼마나 열심히 일하고 있는가는 누구보다도 하림 자신이 잘 알고 있었다. 그가 아무리 중요하고 확실한 정보 자료를 제시해도 본토에 있는 자들은 좀처럼 들어먹지를 않는다. 그러니 아얄티로서는 지칠 만도 했다.

"그자들은 밤마다 열리는 파티에서 자신을 돋보이는 일에 더 관심을 기울이고 있을 거요. 한국문제란 아프리카의 조그만 오지에서 일어난 문제 정도로 알고 있을 거요."

아얄티는 분노를 억누르면서 빈정대는 투로 말했다. 하림은 지팡이를 꽉 움켜쥐고 창밖을 쏘아보았다

"움직여도 괜찮겠소?"

"괜찮습니다."

"그럼 여수 쪽으로 나가 봅시다."

하림은 몹시 피로했지만 아얄티와 함께 지프에 올라 여수 쪽으로 향했다.

밖에는 어느새 늦가을 비가 축축이 내리고 있었다.

헌병 지프가 앞에서 그들을 인도하고 있을 뿐이어서 행렬은 단조롭고 위험했다. 출발할 때 계엄사 측에서 위험하니 며칠 후에 가라고 했지만 아얄티와 하림은 듣지 않고 강행군에 들어갔

다. 그들은 호위 병력도 뿌리치고 다만 헌병 지프 한 대를 따라 부슬비 속을 달려갔다.

순천에서 여수까지는 백 리 길이다. 험한 길인데다 산들을 넘어야 하고, 산에는 패주하는 반란군들이 출몰하고 있었다.

앞서가는 지프에는 4명의 헌병들이 타고 있었는데 기관총까지 갖춘 그들은 몹시 긴장한 모습으로 사방을 살피고 있었다..

아얄티는 위스키 병을 꺼내 하림과 나누어 마셨다. 두 사람 모두 화가 나 있어서 사양하지 않고 독한 술을 들이켰다. 그들이 탄 지프는 미군 중위가 운전하고 있었다. 아얄티의 부관으로 운전솜씨가 아주 능숙했다. 산으로 올라감에 따라 안개가 연막처럼 시야를 가리기 시작했으므로 차의 속도가 뚝 떨어졌다.

"거기를 그만두는 대신 다른 일을 맡아 줘요!"

"무슨 말입니까?"

하림은 얼굴을 찡그리며 물었다.

"같은 정보관계인데……Q라고 부르게 될 거요. 암호명이지. 미군이 철수하는 것과 동시에 비밀 첩보활동을 벌이게 될 거요. 능력 있는 한국인들이 필요한데……당신이 가장 적임자요."

"Q는 무엇을 가리키는 겁니까?"

"퀸(queen · 여왕)의 두문자요."

"지원은 누가 하는 겁니까?"

"G2……"

G2라면 미육군 정보국을 가리킨다. 하림은 저려 오는 무릎을 주물렀다.

"이미 Q를 조직해도 좋다는 허락을 받았어요. 내가 지휘하게 될 거요."

"그럼 나는 군복을 벗어야 하나요?"

"아니, 그럴 필요는 없어요. Q는 한국군과 계속 유대를 가져야 하니까 특별 파견 근무를 하면 되겠지요."

그때 전방에서 총소리가 들려왔다.

"그대로 달려!"

아얄티가 소리치자 중위는 지프를 세우려다 말고 액셀러레이터를 힘껏 밟았다. 지프는 비탈길을 요란스럽게 올라갔다. 헌병들은 차를 세워 놓고 기관총을 쏘아 대고 있었다.

적은 약 1개 분대 정도 되는 것 같았다. 길을 차단하고 위에서 사격을 가해 오고 있었다. 매우 발악적으로 총을 쏘아 대고 있었다. 지프가 급정거하는 바람에 그들은 앞으로 몸이 쏠렸다.

"나무로 길을 막아 놓았습니다!"

"시끄럽군."

아얄티는 중얼거리면서 술병 마개를 닫았다. 술을 마신 탓인지 하림의 귀에도 총소리가 마치 장난감 소리처럼 들렸다.

헌병들은 사력을 다해 싸우고 있었다. 그러나 수적으로 열세인데다 한 명이 적탄을 맞고 쓰러지자 기세가 꺾여 뒤로 후퇴하기 시작했다.

마침내 아얄티가 밖으로 뛰어나갔다. 나이 많은 그는 역전의 용사답게 대담하고 민첩한 데가 있었다.

"이것 봐. 모두들 이리 오라구. 후퇴하면 안 돼!"

그는 후퇴하는 헌병들을 손짓해 부르면서 지프 위로 뛰어올라 기관총을 잡았다. 이윽고 기관총 소리가 콩뒤듯이 주위를 울리기 시작했다. 아얄티는 대담하게 몸을 드러낸 채 기관총을 쏘아 대고 있었다.

하림은 전투할 수 있을 정도로 몸이 완쾌되지는 않았지만 사태가 급박했으므로 지프에서 내려 위로 올라갔다.

"너희들은 저 숲 속으로 들어가서 저놈들 배후를 공격해 봐."

지프 뒤에 웅크리고 앉아 쓸데없이 총알만 낭비하고 있는 헌병들에게 그는 지시를 내렸다. 그리고 지프 위로 올라가 아얄티 옆에 붙어 앉았다.

"당신은 비켜요!"

"괜찮아요!"

"저것들은 우리를 쉽게 잡아먹을 수 있을 것이라고 생각하는 모양이지?"

"헌병들을 뒤로 보냈습니다!"

"잘했소."

지프의 유리창이 박살나는 바람에 파편이 사방으로 튀었다. 두 사람의 얼굴에서 피가 흘러나왔지만 그들은 상관하지 않고 적들을 공격했다.

어느새 저만치 앞에는 적의 시체가 네 구나 나뒹굴고 있었다. 아얄티는 숨돌릴 틈도 없이 맹렬히 쏘아 대고 있었다.

"저놈들은 도망가는 게 목적이니까 끝까지 저항하지는 않을 겁니다!"

"자식들 정말 도망치는데……"

저만큼 위로 헌병들의 모습이 보였다. 적들이 도망치자 그들은 와아하고 함성을 지르며 적들을 추격했다.

한참 후에 그들은 노획한 무기들을 들고 돌아왔다. 모두가 싸우는 동안 철모를 잃어 버렸지만 그런 것에는 상관하지 않고 출발을 서둘렀다.

이쪽의 피해는 부상 한 명이었다. 가슴에 총을 맞았기 때문에 출혈이 심해서 도중에 숨을 거두고 말았다. 유난히 어려보이는 헌병이었다.

"지리산 일대가 시끄러워지겠군."

"이곳의 평화가 깨지기는 처음이죠."

이윽고 그들은 어느 조그만 마을에 들어섰다. 간이역이 있는 그 마을 역시 온통 쑥밭이 되어 있었다. 여기저기서 통곡 소리가 들려오고 있었고, 길바닥에는 시체들이 방치되어 있었다.

그들은 어느 불타 버린 집앞에서 잠시 멈추었다. 산발한 머리에 갈갈이 찢긴 옷을 걸친 젊은 여인 하나가 넋이 빠진 채 길바닥 위에 주저앉아 있었는데 품에 죽은 아기를 안고 있었다. 헌병이 아기를 뺐으려고 하자 여자는 기묘한 신음 소리를 내면서 일어섰다.

"그대로 놔둬!"

하림은 헌병을 제지하고 여인 앞으로 다가갔다. 그녀는 스물이 될까말까 한 어린 여자였다. 일찍 결혼한 부인 같았다. 희고 탐스러운 젖을 아기 입에 물리고 있었다.

"아들입니까?"

여인은 겁먹은 눈으로 그를 바라보다가 가만히 고개를 끄덕거렸다. 하림은 아기 머리를 가만히 쓰다듬었다. 아기는 죽은 지 오래인 듯 포동포동해야 할 살이 주저앉아 있었다.

"아기가 죽었습니다. 우리가 묻어 주겠습니다."

여인은 고개를 세차게 내젓더니 뒤로 주춤주춤 물러섰다.

"이리 주세요. 도와줄 테니, 이리 주세요."

여인은 뺏기지 않겠다는 듯 더욱 세차게 아기를 끌어안더니 급히 뛰어가기 시작했다.

"뺏을까요?"

헌병이 뒤쫓을 것처럼 물었다. 하림은 손을 저었다.

"내버려 둬."

그는 가슴이 산산이 부서져 버리는 것 같은 기분을 느끼면서 여인이 골목으로 사라질 때까지 그 자리에 멍하니 서 있었다.

여수가 가까워지자 총소리에 귀가 따가울 정도였다. 피아간에 치열한 전투가 벌어지고 있음을 알 수가 있었다. 반란군은 최후발악을 하고 있는 것이 분명했다.

얼마 후 그들은 지휘부에 도착해서 소령의 브리핑을 들을 수 있었다. 비에 후줄근히 젖은 소령은 군사지도를 펴 놓고 큰 소리로 설명했다.

"반란군 주력이 여수 반도에 남아 있을 리는 없습니다. 도주할 데가 없기 때문에 주력은 내륙 쪽으로 빠져나갔을 가능성이 큽니다. 그래서 우리는 1개 대대 병력과 장갑차 부대만 여수 탈환에 투입했습니다."

"1개 대대로 여수를 진압할 수 있을까?"

아얄티는 중얼거리면서 하림을 바라보았다. 하림이 그의 말을 통역하는데 그들의 머리 위로 무엇인가 쉬익하는 소리를 내면서 날아갔다.

"엎드려!"

소령이 소리치는 것과 동시에 불과 수미터 뒤에서 쾅하고 폭음이 울렸다. 60미리 박격포탄이 터진 것이다. 무엇인가 묵직한 것이 뒤통수를 치는 바람에 하림은 잠시 멍한 기분이었다.

머리를 흔들며 일어나자 사람의 다리 하나가 바로 옆에 떨어져 있었다. 허벅지에서부터 잘려진 다리였다. 뒤쪽에 있던 장교 하나가 즉사한 모양이었다. 장교의 몸은 형체를 찾을 수 없을 정도로 사방으로 산화되어 버렸다. 하림도 아얄티도 브리핑하던 장교도 흙탕물에 뒤범벅되어 있었다.

젊은 초급 장교 몇 명이 후퇴해야겠다고 말하자 소령은 권총을 빼 들고 악을 썼다.

"지휘부는 후퇴하지 않고 여기에 있겠다! 너희들이 지휘부 뒤로 후퇴하겠는가! 최소한 진격은 못해도 현재 위치는 지켜야 할 게 아닌가?"

소령은 용감한 데가 있었다. 박격포탄이 계속해서 주위를 강타하고 있었지만 후퇴하려고 하지 않았다.

"소령! 지원을 요청하시오!"

하림은 보다 못해 소리쳤다.

"이대로 버티다가는 피해가 클 거요!"

"지원할 부대가 없습니다."

"왜, 왜 없다는 거야?"

"주력은 광양 쪽을 맡고 있습니다!"

토벌군 주력이 순천에서 남하하지 않고 광양 쪽으로 빠진 데에는 이유가 있었다.

토벌군 사령부는 반란군 주력을 포착하려고 노력했지만 쉽지가 않았다. 정보망이 갖추어지지 않은데다 체포된 반란군들의 자백이 제각기 달랐기 때문이다. 결국 상황판단에 따를 수밖에 없었는데, 반군 주력이 광양의 동쪽 산지를 타고 백운산 방면으로 이동하고 있을 것이라는 의견이 가장 지배적이었다. 연일 계속되는 공격에 반군은 극도로 피곤하여 사기가 크게 저하되어 있을 것인즉, 오로지 숨을 곳을 찾아 도주하고 있음이 분명하다고 보았다. 그들이 안전하게 숨을 수 있는 마지막 지점은 결국 지리산일 수밖에 없었다. 그들이 백운산을 타고 지리산으로 들어가 게릴라화한다면 토벌이 어려워지고 장기화된다. 그 전에 주력을 섬멸하기 위해 토벌군 주력이 광양 쪽으로 몰려간 것이다. 그러니 여수 쪽에 지원군을 보낼 여유가 없었다.

하림은 망원경으로 앞을 살펴보았다. 적은 고지에서 유리하게 토벌군을 저지하고 있었다. 반대로 토벌군은 평지에 있었기 때문에 고전할 수밖에 없었다.

"양쪽 고지를 향해 집중 포격을 해보시오! 저놈들은 보급이고 지원이고 없기 때문에 시간이 지나면 꺾일 거요!"

하림의 말을 듣고 소령은 81밀리 박격포를 양쪽 고지로 향하게 배치시켰다. 이윽고 포들이 일제히 불을 뿜기 시작하자 흡사 지진이 난 듯 땅이 흔들렸다. 장갑차들은 고지 가까이로 접근해서 공격을 퍼부었다.

이쪽에서 마구잡이로 퍼부어 대자 적은 저항을 늦추고 갑자기 수그러들었다. 물량 공세에 기가 꺾인 것 같았다. 보병 부대가 기회를 놓치지 않고 우하니 몰려갔다.

적의 방어망이 일순 무너지는 듯했다. 그러나 돌연 적들은 맹렬한 기세로 반격을 가해 왔다. 위에서 날아오는 총탄은 흡사 소나기 같아서 뚫고 나갈 수가 없었다. 고지에 숨은 적들은 보이지도 않았다. 하는 수 없이 토벌군은 후퇴했다.

사기가 말이 아니게 땅에 떨어져 있었다. 반란군은 잡히면 죽는다는 생각에 악착스럽게 버티고 있는 반면 토벌군한테는 그러한 악착스러움이나 긴박감이 없었다. 지휘관들은 물론 초조하고 속이 부글부글 끓고 있었지만 일반 사병들이야 그렇지가 않았다. 그들은 우세한 전투에서는 잘 싸웠지만 불리한 상황에서는 소극적으로 움직였다. 그럴 수밖에 없는 것이 초창기의 정예화되지 못한 군대인데다 전투 경험이 전혀 없었던 것이다.

여수를 목전에 두고 토벌군이 반군과의 전투에서 패했다는 소문은 밤새에 파다하게 퍼졌다. 전국민의 시선이 집중되고 있는 터에 그러한 소문이 퍼졌으니 여론은 물끓듯했다.

아얄티는 미군 투입을 넌지시 암시했다. 그러나 하림은 고개를 저었다.

"이것은 우리 국내 문제입니다. 우리가 해결해야 하고 해결할 수 있습니다."

토벌군 지휘관들의 의견 역시 하림과 마찬가지였다.

하루가 지나 작전은 변경되었다. 백운산을 토벌하던 주력이 여수 쪽으로 방향을 돌린 것이다.

반란군 주력을 추격하던 제12연대 2개 대대는 순천을 탈환한 용감한 부대였다. 젊고 패기 있는 지휘관은 부하들을 이끌고 여수 쪽으로 달려왔다. 순천을 경비하던 제2연대의 일부도 여수 쪽으로 급파되어 왔다. 그밖에 부산에 주둔하고 있는 제5연대의 1개 대대 병력도 LST를 타고 여수로 항진했다.

반란의 거점인 여수를 진압하지 못하고 지지부진 시간만 끌 경우 반란의 불길이 확산될 우려가 있었고 민심의 동요는 걷잡을 수 없을 것이었다. 북쪽의 움직임도 심상치가 않았다. 이런 저런 것들을 살펴볼 때 매우 위급한 상황이었다.

결전에 임박한 토벌군 지휘관들은 비장한 각오로 혈서를 썼다. 유서를 쓴 지휘관도 있었다. 반란군과 수없이 교전하고 그 만행을 목격한 토벌군 병사들은 증오에 사무쳐 있었다. 결전을 눈앞에 둔 그들은 태풍 전야를 침묵 속에 조용히 보냈다.

마침내 결전의 아침이 밝아 왔다.

날이 새는 것과 동시에 토벌군은 세 방향으로 공격을 개시했다. 주공을 담당한 부대는 장갑차를 선두로 시가지의 동부를 향해 진격했고 또 한 부대는 종고산(鐘鼓山)으로 곧장 밀고 갔다. 나머지 부대는 반란군의 탈출을 경계하면서 서부를 맡았다.

하림과 아얄티는 주력부대의 후미에서 전투를 관전했다. 어제와 달리 날씨는 청명했다.

난공불락이던 미평(美坪)의 고지대는 아군이 쏘아 대는 포탄에 맞아 뿌우연 흙먼지로 뒤덮이고 있었다. 젊고 패기에 찬 지휘관은 장갑차 위에 올라앉아 부하들을 진두 지휘했다.

이상하게도 적탄이 그를 피해 가는 듯했다. 부하들이 옆에서 쓰러져 가는데도 그만은 의연하게 앞으로 달려나갔다. 지휘관이 선두에서 공격하는데 뒤에 있을 부하가 있을 리 없었다.

소나기처럼 날아오는 적탄을 뚫고 병사들은 계속 고지대로 기어올라갔다. 고지대 위에 진지를 구축하고 저항하는 적들은 그야말로 사력을 다해 총을 쏘아 대고 있었다.

한순간 장갑차 위의 지휘관이 비틀하며 쓰러지는 듯했다. 부관이 급히 부축해 주는데 어느새 지휘관의 왼쪽 가슴부위가 검붉은 피로 흥건히 젖어 있었다. 젊은 지휘관은 상관하지 않고 그대로 공격을 감행했다. 흙먼지를 허옇게 뒤집어쓴 그는 자기를 향해 쏜살같이 달려오는 적군을 향해 권총을 발사했다. 그 적군은 아마 일제의 가미가제 특공대 흉내를 그대로 낸 듯했다.

장갑차 옆에까지 거의 와서 그 적군은 쓰러졌다. 자기 손에서 빠져나간 수류탄을 깔아뭉개는 바람에 적병은 산산조각이 되어 공중 분해됐다. 고지 위에서 버티다 못한 반란군 일부는 총검을 내뻗으며 토벌군 속으로 돌진해 왔다. 토벌군들도 총검으로 적을 상대했다.

백병전이 전개되는 동안 하림은 손에 땀을 쥐고 그 광경을 바라보고 있었다. 백병전은 그야말로 살육전이었다. 먼저 죽이지 못하면 자기가 죽는 것이다. 눈꼽만큼의 연민이나 사정 따위가 있을 수가 없었다. 오로지 죽이는 것만이 목적이었다.

적은 의외로 수가 작았다. 이미 주력은 다른 곳으로 빠져나간 듯했다. 그런데도 그렇게 버틸 수 있었던 것은 하나같이 악착스러웠기 때문이었다.

백병전이 끝났을 때 고지 위에 서 있는 사람들은 토벌군뿐이었다. 그들은 눈물을 흘리며 허공에 대고 공포를 쏘았다. 이쪽 저쪽의 시체들이 언덕 위에 널브러져 있었고, 땅을 흥건히 적신 핏물은 햇빛을 받아 더욱 타는 듯이 붉었다.

미평의 고지대가 점령된 데 이어 구봉산, 종고산, 장군산 등 시외곽에 솟아 있는 고지들이 차례로 떨어져 나갔다.

시를 포위한 토벌군은 시가지를 향해 박격포를 발사했다. 일주일 동안 반란군과 폭도들에 의해 짓밟힐 대로 짓밟힌 시가지는 쉴새 없이 날아오는 박격포탄에 우르르 무너져내렸다.

시커먼 연기와 먼지로 시가지의 하늘은 먹구름이 낀 듯 어두웠다. 하림은 여기저기서 치솟는 불기둥을 보면서 계속 한숨만 토해 냈다. 그는 아무리 생각해도 알 수 없었고 이해할 수 없었다. 그곳이 천형(天刑)의 땅이어야 할 이유를 아무래도 발견할 수가 없었다.

이윽고 위협 포격이 멈추자 토벌군은 장갑차를 선두로 초토화된 시가지로 돌진했다. 살아남은 양민들 몇 명이 태극기를 흔들기도 하고, 울기도 하고, 혼이 빠진 듯 멀거니 진주군을 쳐다보기도 했다.

시내에 잠복한 적들은 격렬하게 응사해 왔다. 그러나 반란군이 아닌 폭도들이 대부분이었다. 반란군은 이미 도주해 버린 뒤였고, 그들에게 동조한 폭도의 무리들만이 남아서 최후의 저항을 벌여 오고 있었다. 그러니 토벌군의 상대가 될 수 없었다.

열두 대의 장갑차는 시내를 관통하는 주도로를 따라 들어가면서 적들을 섬멸해 나갔다. 각 부대는 소탕 지역을 맡아 가가호호를 뒤지면서 샅샅이 적을 색출해 나갔다.

시민은 모두 공공시설에 수용되어 전투가 끝날 때까지 군의 보호하에 두었다.

하림과 아얄티는 불타는 거리로 지프를 몰고 들어갔다. 거리는 시체 타는 냄새로 가득했고, 머리 위에 불똥이 튀는 바람에 조심하지 않으면 화상을 입을 염려가 있었다.

부두 쪽에서는 제5연대 병력을 태운 LST가 접근하고 있었다. 그런데 부두에는 적의 방어선이 구축되어 있었다. 몸을 드러내고 사격을 가해 오는 자들을 가만 보니 십대 여학생들이었다. 어이가 없었다.

마침 부두 가까이에 이른 하림과 아얄티도 그 광경을 목격할 수가 있었다. 그들은 너무도 어이가 없어 한동안 넋을 잃고 여학생들을 바라보고 있었다. 무엇이 저 여학생들로 하여금 총을 들게 만들었을까. 하림은 속으로 계속 되뇌고 있었다.

여학생들은 남자들 이상으로 악착같이 저항해 오고 있었다. 여자가 연약해 보이지만 무섭다는 것을 그는 비로소 처음 보는 듯했다. 한참 그 광경을 보고 있자니 가슴이 찢어지는 것 같고 비감스러웠다.

나중에 안 일이지만, 하나밖에 없는 여수 여자 중학교 교장이란 사람이 여수 인민 위원장이었다. 그러니 어린 여학생들을 충동질해서 싸움터에 내보낼 만도 했다.

LST는 여학생들의 공격으로 부두 가까이 접근해 오지 못하고 있었다. 제5연대의 양륙점을 확보해 주기 위해 부두로 진격해 온 토벌군들은 차마 여학생들을 사살하지 못하고 구경만 하고 있었다.

부대를 이끌고 온 지휘관은 여학생들을 향해 고함을 질렀다.

"너희들은 포위됐다! 쓸데없는 짓하지 말고 항복하라!"

그러나 돌아온 것은 격렬한 총소리뿐이었다. 지휘관은 하는 수없이 부하들에게 위협사격을 가하라고 명령했다. 소나기 퍼붓듯 머리 위로 총알이 날아가자 여학생들은 머리를 숙이고 안절부절못했다. 그 틈을 이용해서 지휘관은 권총을 뽑아 든 채 지프를 타고 여학생들 쪽으로 돌진했다.

"모두 손을 들어!"

소녀들은 무기를 버리고 손을 번쩍번쩍 쳐들었다. 잡아 놓고 보니, 그들은 더욱 어려보였다. 화가 나서 식식거리는 여학생도 있었고 훌쩍훌쩍 우는 여학생도 있었다. 그들은 모두 공공건물에 수용되었다.

그녀들 외에도 여학생들은 시내 여기저기서 끝까지 버티며 토벌군들을 괴롭혔다. 그녀들은 흡사 신들린 듯 총을 쏘아 대고 있었다.

일이 이렇게 되니 토벌군들도 눈물을 머금고 여학생들을 사살하지 않을 수 없었다. 어른들에게 이용당한 여학생들은 사실 왜 싸워야 하는지도 모른 채 꽃잎처럼 쓰러져 갔다. 그녀들의 주검 위로 스산한 가을바람이 낙엽을 몰고 지나갔다.

어느 소녀의 주검을 지나치다가 하림은 뭉클한 감정을 느끼면서 걸음을 멈추지 않을 수 없었다. 그녀는 장총을 쥔 채 길바닥 위에 쓰러져 있었는데 총구에 들국화를 잔뜩 꽂아 두고 있었다. 바람에 들국화 잎이 화르르 흩어지면서 소녀의 머리를 덮었다.

어느 어린 토벌군 병사는 죽어 가는 여학생을 부둥켜안고 울고 있었다. 그 병사의 입에서는 계속「바보」라는 말만 흘러나오고 있었다.

"바보⋯⋯바보 같은 거⋯⋯네가 나를 죽이려 하니까 내가 너를 죽인 거지⋯⋯바보⋯⋯바보 같은 거⋯⋯네가 뭘 안다구⋯⋯바보⋯⋯"

물이 고운 여수(麗水)는 악수(惡水)되고, 그해 남도의 가을 하늘은 유난히도 슬픈 빛이었다.

개중에는 아주 무서운 여학생도 있었다. 그런 여학생은 마음 약한 토벌군 병사에게 반도가 숨어 있는 곳을 가르쳐 주겠다고 해 놓고는 으슥한 곳으로 유인해서 권총으로 쏘아 죽이기까지 했다. 그들은 토벌군에게 맞서서 싸우기에는 너무나 약했으므로 성분을 감추고 가까이 접근해서는 갑자기 권총을 발사하거나 수류탄을 던지는 대담무쌍한 짓들을 저질렀다.

완전히 진압된 구역에서도 그런 일들이 발생되곤 했으므로 토벌군들은 어이없게도 나이 어린 소녀들에 대해서 불안을 느끼게 되었다. 웃으며 접근하는 소녀들을 조심하라 — 이런 경계령이 내려질 정도였다.

하림은 군인을 사살한 여학생이 체포되어 있는 것을 보았는데, 그녀는 완전히 제정신이 아닌 듯했다. 눈에서는 광기가 흐르고 있었고 입에서는 거품을 뿜고 있었다. 순진하기 짝이 없을 어린 여학생을 그토록 미치게 만든 그 힘에 그는 전율하지 않을 수 없었다.

"그건 아편과 같은 힘을 가지고 있어요. 일단 붉은 사상에 물들면 저렇게 돌아 버리지."

아얄티의 말에 하림은 고개를 저었다.

"전향시킬 수 없나요?"

"스스로 잘못을 깨달을 때까지는 사실 어려울 거요."

그 여학생은 새끼줄로 묶여 트럭 앞에 세워져 있었다. 곧 주위로 구경꾼들이 몰려들었는데 조무래기들은 그녀를 향해 침을 뱉었고 아낙들은 머리채를 잡아 흔들었다.

"요년! 요 독살스런 년! 요런 년은 찢어 죽여야 해!"

그대로 두면 그 자리에서 찢어 죽일 것 같았다. 하림은 사람들을 헤치고 소녀에게 다가서서 그녀의 어깨 위에 손을 얹었다.

"부모님은 다 계시나?"

"……"

소녀는 입을 꼭 다문 채 경련하고 있었다. 옷이 찢긴 사이로 처연하도록 흰 살결이 보였다. 아무리 생각해도 군인을 쏴 죽였다는 사실이 믿어지지가 않았다.

"부모님은 모두 계시나?"

그는 다시 물었다. 소녀는 여전히 대답이 없었다. 푸른 눈빛으로 그를 쏘아보더니 갑자기 개처럼 신음을 토하며 그의 팔뚝을 물어뜯었다. 눈 깜짝할 사이였다. 하림은 얼굴을 찡그리며 물러섰다가 주먹을 쳐들었다. 두 사람의 시선이 격렬하게 부딪혔다.

"죽여! 제발 죽이란 말이야!"

여학생은 그를 노려보며 울부짖었다. 하림은 힘없이 주먹을 내렸다. 그리고 말없이 그곳을 빠져나왔다.

격노한 아낙네들이 다시 그녀에게 우르르 달려들어 몰매를 가하기 시작했지만 그는 되돌아보지 않고 차에 올랐다.

그가 몹시 침울한 낯빛이었으므로 아얄티도 말을 걸어오지 않았다. 그들은 묵묵히 시가지를 지프로 돌아다녔다.

반란의 상흔은 너무나도 깊고 컸다. 일부에서는 초토화된 거리를 복구하는 작업이 시작되고 있는 동안 다른 곳에서는 숨어 있는 반도들을 색출하고 잔당들을 섬멸하느라고 총소리가 끊이지 않고 있었다.

공공 기관의 건물에서는 으레껏 썩은 시체들이 실려나왔다. 반란군 치하 일 주일 동안의 지옥 속에서 무자비하게 학살되어 방치된 시체들이었다. 제일 많이 시체가 발견된 곳은 경찰서였다. 지하실에는 경찰관들의 시체가 무더기로 쌓여 있었다. 반군에 끝까지 저항하다가 숨진 경찰관들의 시체였다.

거리 곳곳에 널려 있는 시체들을 무수히 보는 동안 하림은 주검에 대한 감정이 차츰 무디어지는 자신을 발견하고는 적이 놀랐다.

오후에 들어서 여수 전역은 완전히 탈환되었다.

시체 썩는 냄새와 시체 타는 냄새, 유족들의 울음 소리, 하늘을 덮은 검은 연기, 피곤에 젖은 병사들의 허탈한 모습, 너덜거리는 벽보, 갈갈이 찢긴 인공기, 미풍에 흔들리는 태극기, 시체를 노리는 주인 없는 개들, 무너진 벽, 검게 그을린 처마, 유리 조각 하나 붙어 있지 않은 창틀, 쓰러진 전봇대, 길바닥에 뒹구는 신발짝들, 의혹과 살기에 찬 눈초리들, 식량을 타려고 줄지어 선 양민들의 처량한 행렬, 사이렌을 울리며 달려가는 헌병 지프, 계엄 포고문……반란이 진압되던 날의 여수 시가의 오후는 참혹과 허무 그것이었다.

하림은 아얄티와 함께 오동도 쪽으로 나갔다. 육지와 오동도를 이어 주는 긴 콘크리트 방파제 위로 그들은 천천히 걸어갔다. 하림은 긴 여행을 끝낸 기분이었다. 피곤하고 허탈한 기분이 가슴을 꽉 채우고 있었다. 방파제를 두드리는 파도 소리에 귀를 기울이면서 그는 갈매기 떼를 눈으로 좇았다.

해가 진 바다는 먹물 빛이었다. 바다는 말이 없다. 모든 것을 알고도 말이 없다. 저 바다의 침묵 속에 안기고 싶다고 그는 생각했다.

"아름다운 곳이군."

참혹한 광경들을 잊고 싶다는 듯 아얄티가 중얼거렸다.

"네, 좋은 곳이죠. 저 섬에 동백꽃이 무리 지어 피면 더욱 아름답답니다."

"이런 곳에서 대살육이 벌어졌다는 것이 믿어지지 않아요. 나는 이번에 인간에 대해 깊은 회의를 느꼈소. 남의 일 같지가 않아요."

"……"

하림은 대답할 말을 잃고 멍하니 수평선을 바라보았다.

"시련차고는 너무 상처가 컸어요. 다시는 이런 비극이 일어나지 않게 막아야 할 텐데……"

"이미 시작되고 있는 거 아닙니까? 이것은 비극의 서막인지도 모릅니다. 아니 틀림없습니다."

그는 절망적인 기분이 되어 말했다.

"동족끼리 싸운다는 거……나는 이해할 수가 없고."

"직접 보시지 않았습니까?"

"그래도 이해가 가지 않아요."

"선량한 백성들은 이용당하고 있는 겁니다. 그들은 어떻게 할 수가 없습니다. 자신들을 지킬 힘이 없습니다. 그들에게는 아편이 투입되고, 그들은 싸울 것을 강요당합니다. 그때부터 그들은 죽을 때까지 싸워야 합니다. 슬프고 불행한 일이죠."

"만일……만일 전쟁이 일어난다면 어떻게 할 건가요?"

"싸워야죠. 선량한 백성들, 아편을 맞지 않은 백성들과 함께 싸워야죠. 한반도에 단 한 사람이 남는다 해도 싸울 수밖에 없죠. 싸울 겁니다. 절대 물러나지는 않을 겁니다. 전쟁이 일어나면 시체는 산처럼 쌓이고 강물은 붉은 피로 물들여지겠지요. 그러나 이 땅을 떠나지 않는 한 싸울 수밖에 없습니다. 미군이 철수한다고 해서 원망하지는 않겠습니다."

"당신은 휴머니스트요!"

"모르겠습니다."

"반드시 승리할 거요!"

"악을 증오할 따름입니다!"

그들은 방파제를 건너 섬으로 들어섰다. 섬은 어느새 어둠에 잠겨 있었다. 낙엽이 바람을 타고 그들의 몸 위로 와르르 날아왔다.

흰손검은손

 시인 장경림의 아내는 소복으로 갈아입고 나서 머리를 풀어헤쳤다. 그리고 남편의 사진이 놓여져 있는 상머리에 몸을 내던지더니

 "여보!"

하고 불렀다.

 그녀의 울음은 너무도 비통해서 차마 듣고 있을 수가 없을 지경이었다. 하림은 비통함과 죄의식에 사로잡혀 감히 형수를 위로할 말이 떠오르지 않았다.

 엄마가 쓰러져 울자 여덟 살 먹은 딸 다련과 두 살 짜리 아들 건도 엄마한테 달려들어 함께 울기 시작했다. 그들과 함께 자라고 있는 하림의 딸 은하도 덩달아 울음을 터뜨렸다.

 집안은 삽시간에 울음바다가 되어 하림의 가슴을 마구 두드려 댔다. 장녀 다련은 울면서 엄마를 흔들고 있었다.

 "엄마, 엄마, 울지 마! 울지 마! 엄마가 우니까 다 울지 않아! 아빠 없으면 우리끼리 살면 되지 않아! 엄마, 울지 마! 울지 말란 말이야!"

두 살 짜리 건은 엄마만 부르고 있었다. 은하는 그들 곁에 서서 두 손으로 얼굴을 가리고 훌쩍거리고 있었다.

"형수님, 고정하십시오. 형님은 큰일을 하시고 돌아가셨습니다."

형수를 위로할 수 있는 말은 이것밖에 없었다. 그러나 이 따위 말을 어떻게 할 수 있단 말인가. 비록 못난 남편이라도 곁에 있어 주어야 여자는 행복한 것이다. 그것만이 여자의 전부이고 행복인 것이다.

그는 마당으로 나와 감나무를 바라보았다. 빨간 홍시가 몇 개 달려 있는 것이 보였다. 잎이 모두 진 가지에 대롱대롱 매달려 있는 빨간 감을 보자 불현듯 자신이 얼마나 생활을 잊고 있었는가 하는 것이 느껴졌다. 울음 소리는 그가 서 있는 곳까지 들려왔다.

그는 감나무 밑에 웅크리고 앉아 낙엽들을 손으로 긁어모았다. 형님은 이제 영원히 이 집에 돌아오시지 않을 것이다. 형님의 손길이 구석구석 닿은 이 아름다운 정원은 누가 손질할 것인가. 시인의 혼이 서려 있는 이 집안은 앞으로 황폐해지겠지. 아니다. 시인의 혼은 살아 있을 것이다. 살아 있어야 한다.

손등으로 뜨거운 눈물이 후드득 떨어졌다. 그는 낙엽을 잡아 찢었다. 감나무 가지 위에서 까마귀가 울었다. 그때 그의 딸 은하가 울면서 뛰어왔다. 어느새 다섯 살인 은하는 가쯔꼬를 그대로 빼 닮아 무척 예뻤다.

"아빠……"

은하는 하림의 가슴에 덥석 안기며 더욱 큰 소리로 울었다. 하림은 딸을 안고 일어서면서 잔등을 다독거려 주었다.

"울지 마. 울지 마."

"아빠, 아줌마 왜 그래? 왜 우는 거야?"

"음……그건 나중에 얘기해 줄께, 응?"

은하는 고개를 끄덕이다가 다시 아빠의 목을 끌어안았다. 오랜만에 나타난 아빠라 잠시도 떨어져 있지 않으려고 했다.

"아빠, 수염 많이 났어."

"음, 따갑니?"

"응……아빠……"

"응?"

"왜 우리는 엄마가 없어?"

"엄마는 멀리 갔어."

"어디로?"

"저어기 하늘로……"

"비행기 타고?"

"으응……"

그는 빨간 홍시를 올려다보았다. 은하는 잘 이해가 가지 않는지 빤히 그를 바라보다가 마지못해 고개를 끄덕였다.

경림의 아내 윤명혜(尹明惠)는 처음으로 하림이 원망스러웠다. 하림이 그렇게 솔직하게 털어놓지 않았다면 그런 마음이 일지는 않았을 것이다. 그러나 시동생은 하나도 숨김없이 남편이 죽게 된 경위를 설명해 주었다. 그것은 너무도 비참하고 충격적인 이야기였다.

남편은 시동생을 살리기 위해 대신 목숨을 바친 것이다. 그리고 시동생은 남편을 제물로 바치고 혼자 살아서 도망쳐 온 것이다. 세상에 이런 일이 어떻게 있을 수 있단 말인가. 그녀가 생각하기에는 아우가 형을 위해 목숨을 바치는 것이 도리인 것 같았다. 그런데 장씨 집안의 형제들은 그러한 도리를 망각했다. 차라리 함께 죽었다면 이야기가 다르다. 그러나 형은 죽고 아우 혼자서 빠져나온 것이다. 더구나 원망스러운 것은 형님이 빤히 죽을 줄을 알면서도 혼자 도망쳐 나온 그 뻔뻔스러움이다. 시동생한테 그런 일면이 있을 줄은 정말 몰랐었다. 야속하고 원망스럽고 비통한 생각에 그녀는 몇 시간이고 엎드려 울었다.

여자 나이 스물 아홉이면 인생의 황금기에 들어선 나이다. 사랑하는 남편과 귀여운 아이들 속에 파묻혀 인생을 즐길 나이다. 그런데 남편이 죽은 것이다. 스물 아홉 살 과부가 된 것이다. 비통할 수밖에 없었고 생각할수록 원망스러웠다. 원래가 마음이 곱고 선량한 여자였다. 그러기에 밖으로 쏟아 내지 못하고 안으로만 침몰하고 있었다.

하림이 보다 못해 그녀를 부축해 일으키려고 어깨에 손을 댔을 때 그녀는 마치 전기에 감전되기나 한 듯 경련을 일으키며 그의 손길을 뿌리쳤다. 그리고 원망에 가득 찬 눈으로 그를 쏘아보았다.

하림은 형수의 적의에 찬 눈초리에 가슴을 칼로 도려내는 듯한 아픔을 느꼈다. 그리고 형수가 자기를 원망하는 것을 당연한 일이라고 생각했다. 형수의 원망과 적의를 모두 받고 싶었다. 죄인이 된 심정으로 그는 집안을 겉돌았다. 그 널따란 집안이 어떻게든 안정이 되어야겠다고 생각했지만 그럴 기미는 좀처럼 보이지 않았다.

형수한테 변명을 늘어 놓고 싶은 마음은 추호도 없었다. 형의 시신도 거둘 수가 없으니 형수는 더욱 애통해 할 것이다. 나는 그때 거기서 죽었어야 옳았다. 그런데 형님을 사지에 몰아넣고 혼자 악착같이 살아온 것이다. 무슨 변명을 늘어놓아도 내가 철면피한 인간이라는 데에는 의심할 여지가 없다. 아아, 이를 어쩌면 좋단 말인가.

그날 밤 그는 서리를 맞으며 밤이 깊도록 마당을 거닐었다. 자학에 싸인 나머지 몹시 초라한 모습이었다. 형의 빈소가 마련된 방에는 촛불이 타오르고 있었다. 문에는 형수의 그림자가 그린 듯이 비치고 있었다. 고개를 숙인 채 앉아 있는 그림자는 끊임없이 오열을 삼키며 떨고 있었다.

형수는 식음을 전폐하고 하루종일 흐느끼고 있었다. 형수의 애통해하는 그림자를 바라보는 하림의 눈에도 눈물이 흐르고 있었다. 형수는 나에게 아무 말도 하지 않고 있다. 차라리 울부짖으며 나를 원망해 준다면 좋으련만 그녀는 한마디도 말을 꺼내지 않는다. 그것이 더욱 하림으로서는 안타까웠다.

그는 감나무 쪽으로 걸어가 돌 위에 가만히 앉았다. 밤공기가 몹시 차가웠지만 그는 밤이 새도록 그 자리에 앉아 있었다. 죄인이 된 심정으로 그렇게 앉아 있었다. 찬바람에 낙엽들이 우수수 날리고 있었다. 밤하늘에 반짝이는 영롱한 별빛 저편으로 겨울의 그림자가 다가오고 있음을 느낄 수가 있었다.

여수 반란은 진압됐지만 지리산 일대에는 빨치산들이 준동하고 있었다. 그밖에도 불법화된 공산당 당원들은 지하로 잠입해서 극렬한 투쟁을 벌이고 있었다.

정부가 세워졌다고는 하지만 정국은 불안정하기만 했다. 38선은 이제 뛰어넘을 수 없는 장벽으로 굳어져 있었다.

하림은 11월 한달 동안 미군 병원에 입원해 있었다. 고문으로 입은 상처가 아물기도 전에 너무 돌아다녔기 때문에 후유증이 심했다. 그래서 한달 동안을 내내 병실에서 보낸 것이다.

미군은 그의 입 속에 틀니를 끼워 주었다. 치아가 온통 부러지고 빠진 바람에 틀니를 끼지 않고는 달리 방법이 없었다.

퇴원하던 날 윤여옥이 찾아왔다. 여옥은 그가 병원에 있는 줄 몰랐다고 하면서 눈물을 글썽였다.

그들은 몇 달만에 처음 만나는 것이었다. 하림이 일부러 그녀를 찾지 않은 것이다. 보고 싶은 마음이야 항상 있었지만 상처투성이의 초라한 몰골로 만나보고 싶지 않았기 때문에 지금까지 만나는 것을 피해 온 것이다.

여옥은 이제 두 아이의 어머니로서 성숙한 여인의 모습을 보여 주고 있었다. 성숙한 여인답게 행동거지나 말하는 폼이 의젓하고 겸손했다. 불안 같은 것을 겉으로 드러내 놓지 않고 속으로 감출 수 있는 여유도 있는 것 같았다. 성숙한 모습이 더욱 아름답고 세련되어 보였다.

하림은 그녀의 손을 두 손으로 가만히 감싸쥐고 손등에 입을 맞추었다.

"아이들은 잘 크오?"

여옥은 말없이 끄덕이면서 조심스럽게 그를 올려다보았다.

그들은 시내로 들어와 스산한 거리를 나란히 걸어갔다. 남들이 보기에는 부부 같은 모습이었다.

"댁에 갔었어요. 다련이 엄마한테 이야기 다 들었어요."

"……"

하림은 뱃속이 뒤틀리는 것 같았다.

"전 그런 일이 있었는지 몰랐어요. 장선생님……정말 그렇게 돌아가셨나요?

"정말이오. 형수님은 나를 몹시 원망하고 있을 거요."

"아니에요. 그렇지 않아요. 선생님을 이해하고 계세요."

하림은 너무 괴로운 나머지 고개를 저었다.

"나는 죄인이오. 씻을 수 없는 죄를 지었소."

"선생님, 너무 괴로워하시지 마세요."

그들은 거의 두 시간 가까이 걸었다. 그 동안 나눈 대화라고는 몇 마디뿐이었다. 대화보다는 서로 슬픈 눈으로 쳐다보는 경우가 더 많았다.

날이 어두워지자 하림은 그녀를 데리고 찻집으로 들어갔다. 찻집 안은 훈훈했고, 사람이 별로 많지 않은 것이 몹시 조용한

편이었다.

그들은 탁자를 사이에 두고 앉아서 뜨거운 커피를 마셨다. 그녀는 하림 대신 부임한 신임 대장에 대해서 이야기했다. 그 이야기 끝에

"선생님이 안 계시니 같이 일하고 싶은 마음이 없어요."
하고 말했다.

"나는 다시 일하게 될지도 몰라요. 더 생각해 봐야겠지만, 그렇게 되면 같이 일해 보도록 합시다."

"무슨 일을 하실 건데요?"

"역시 같은 정보 계통이지만 미군 기관이지요."

"저는 아무 데 있어도 괜찮아요."

하림은 그녀의 손을 잡았다.

"언제나 함께 있고 싶어."

두 사람의 시선이 뜨겁게 부딪쳤다. 하림은 불현듯이 그녀를 껴안고 싶은 충동이 일었다.

여옥의 시선이 밑으로 떨어졌다. 그녀는 가만히 손을 빼면서 조심스럽게 말했다.

"저한테 너무 신경을 쓰시지 않아도 돼요. 저는 잘해 나갈 수 있어요."

"물론 잘해 나가겠지. 여옥이는 굳세고 용기가 있으니까."

"……"

"그렇지만 내 진정한 마음은……언제나 함께 있고 싶다는 거요."

"그러시다가 저 때문에 해를 입으시기라도 하면……"

"해는 무슨 해란 말이오?"

하림의 눈이 부드럽게 여옥을 바라보았다. 그 부드러움 뒤에는 자기도 모르게 어느새 날카로운 빛이 드러나고 있었다. 자신이 그러한 반응을 보인다는 것에 그는 못내 당황했다.

여옥은 그의 시선을 피해 머뭇거리다가 힘들게 입을 열었다.

"저는 공산주의자의 아내예요."

"그게 어떻다는 거요?"

"저는 위험에 빠질 소지가 많아요. 제가 생각해도 저는 위험하기 짝이 없는 여자예요."

하림의 얼굴에서 차츰 핏기가 가시고 있었다. 그는 가만히 여옥을 바라보다가 천천히 고개를 저었다.

"여옥이가 공산주의자의 아내라고 해서 내가 경계한다거나 불안해할 거라고 생각지는 마시오. 나는 오히려 그 점 때문에 여옥이를 가까이 하고 싶은 거요."

"왜 그러죠? 왜 그러셔야 하나요?"

여옥의 맑은 눈이 타는 듯이 하림을 바라본다. 그녀를 응시하는 하림의 눈도 굶주려 있는 빛이었다.

"위험에 빠질지 모르는데 그냥 버려둘 수가 없기 때문이오. 여옥이를 보호하고 싶단 말이오. 물론 여옥이는 어떤 위험도 극복해 낼 힘이 있겠지만……난 항상 옆에 있고 싶단 말이오."

"그렇게 되면 선생님의 희생이 너무 클지도 몰라요."

"여옥이를 위해서라면 어떠한 희생도 감수할 준비가 되어 있어요."

"제가 만일 선생님을 배반하게 되면 어떡하지요?"

그렇게 묻는 그녀가 아름답다고 하림은 생각했다. 고뇌의 빛이 드리워진 여옥의 얼굴은 이제 성숙한 여인의 아름다움을 지니고 있었다.

"여옥이가 나를 배반해도……나에게 있어서 여옥은……역시 여옥이야. 나는 결코 여옥이를 미워하거나 외면하지 않을 거야. 그럴수록 여옥이를 애타게 찾게 되겠지."

여옥은 한 손을 가슴으로 가져갔다. 가슴이 미어져 숨쉬기가 거북했다.

"만일 제가……선생님을 배신하게 된다면……제 본심이 아니란 걸 알아주세요. 선생님, 저는 너무 나쁜 여자예요!"

그녀의 몸이 떨리고 있었다. 하림은 그녀의 손을 꼭 잡아 주었다.

여옥은 터지려는 감정을 용케 견뎌 냈다. 그리고 침착한 목소리로 자신의 심정을 토로했다.

"저는 지금 몹시 방황하고 있어요. 결혼한 것을 후회하고 있어요. 그런 생각을 가지지 않으려 해도 자꾸만 후회가 돼요. 차라리 혼자였다면 이렇게 한 남자를 기다리고 외로워하지는 않을 거예요. 언제까지 이런 생활을 계속해야 할지 모르겠군요."

"대치씨 소식은 없나요?"

"없어요."

하림은 화엄사 쪽으로 패주하던 반란군들 중에서 최대치를 보았던 일을 생각했다. 그것은 밖으로 드러내 놓기 싫은 장면이었다. 그러나 그는 여옥에게 그것을 이야기해 주었다. 이야기해 주는 것이 당연하다고 생각했기 때문이었다.

"대치씨는 지금 지리산에 있을 거요."

여옥의 얼굴이 금방 창백해졌다. 그녀는 한동안 초점 없이 한 곳을 바라보다가

"거기서 무얼 하나요?"

하고 물었다.

"빨치산이 되어 쫓기고 있을 거요."

"그렇다면 반란군들과 함께……?"

"그래요. 여순 반란에 참가했나 봐요. 우연히 봤어요."

"어디서요?"

여옥이 다급하게 묻는다.

"구례에서 봤어요. 전남 구례에서요. 화엄사 쪽으로 들어가는 길로 패잔병들을 이끌고 도망치는 걸 봤어요. 화엄사를 경유해서 입산하려는 것이 분명했어요. 도망갈 데라고는 그쪽밖에 없으니까요."

"차림은 어땠나요?"

"싸움만 하고 다니고, 계속 쫓기고 있으니 오죽하겠소."

"거지나 다름없겠군요. 이제 겨울인데……"

여옥의 목소리가 갑자기 잠기는 바람에 하림은 입을 다물어 버렸다. 괜히 말했다 싶었지만, 대치가 어떤 생활을 하고 있는지 여옥이 알고 있어야 한다는 것이 그의 생각이었다.

"고생이 심할 거요. 이만저만 심하지 않을 거요."

"고생해서 당연하지요. 반란군에 가담하다니……그이는 너무 큰 죄를 저지르고 다녀요."

"반란 지구를 돌아보았는데, 너무나 참혹해서 눈뜨고 볼 수가 없을 지경이었소. 많은 사람들이 아무 죄도 없이 희생되었어요. 유족들의 비통한 울음 소리가 지금도 들려오는 것 같아요. 대치씨는 반란을 배후에서 조종한 인물이오. 만일 체포되면 살아나기 어려울 거요."

"이젠 어쩔 도리가 없겠지요. 저도 그이에 대해서는 모든 것을 포기했어요."

무거운 침묵이 흐른 뒤 그녀는 다시 절망적인 어조로 질문을 던졌다.

"지리산에서는 지금 전투가 한창이겠군요?"

"빨치산 소탕전이 한창이지요. 눈이 내리기 전에 완전히 소탕하려고 사단 병력이 투입되었으니까요."

"대치씨도 죽겠군요?"

"……"

하림은 대답할 수가 없었다. 안타까운 눈으로 여옥을 바라보기만 할 뿐이었다. 그 눈은 자신의 힘으로도 어쩔 수 없다는 뜻을 나타내고 있었다.

대치가 지리산 속에서 사살된다 해도 정말 어쩔 수 없는 일이다. 그를 살리려고 애쓴다는 것은 무엇보다도 양심이 허락지 않는다. 반란 지구에서 무참히 학살된 양민들의 죽음, 잿더미로

화한 거리, 유족들의 원한에 사무친 통곡 소리……. 이런 것들을 무시하고 어떻게 반란 주모자를 위험으로부터 건져낸단 말인가. 생각조차 할 수 없는 일이다.

"너무 걱정하지 마시오."

하림은 마지못해 이렇게 말하는 수밖에 없었다.

"걱정하지 않아요. 이미 그런 단계는 지났어요. 그이의 죽음을 맞을 준비는 항상 되어 있어요."

그녀는 아주 담담한 어조로 말했다. 그러나 그 어조 속에는 강한 결의 같은 것이 깃들어 있었다.

"그런 생각하지 말아요. 그 사람은 어디서도 살아남을 거요."

"그런 식으로 살아서 뭘 하나요. 아이들이 불쌍해요."

노기 같은 것이 얼굴에 나타났다가 사라진다. 여옥의 그러한 모습에서 하림은 처음으로 그녀의 확고한 의지를 보는 듯했다.

"미안하군, 도움을 주지 못해서……"

"아니에요. 그런 말씀하시지 마세요. 저는 너무 많이 선생님의 은혜를 입어 왔어요."

"무슨 소릴……. 굳세게 살아야 해요. 어느 경우에도 굴하지 말고 자기를 지켜야 해요. 여옥이한테는 두 아이가 있다는 걸 잊지 말아요."

여옥은 고개를 끄덕였다.

"그래서 이렇게 혼자서도 살 수 있는 거예요. 이제 저는 그이를 잊겠어요. 기다리지 않겠어요. 아이들 커 가는 모습이나 보면서 살겠어요."

"여옥이…… 난 후회하고 있어."

하림의 눈이 뜨겁게 여옥을 응시했다.

"안 돼요. 그러시면…… 안 돼요."

그들은 밤거리로 나왔다. 거리에는 찬바람이 불고 있었다. 하림은 일부러 어두운 골목으로 들어가 여옥의 손을 잡았다.

"그때 여옥이를 붙잡았어야 했어. 그리고 결혼했어야 옳아. 그랬더라면 우리는 행복하게 살고 있을 거야."

"아니에요. 저 같은 게 어떻게……"

하림은 두 손으로 여옥의 얼굴을 감싸쥐고 가까이서 들여다보았다.

"결혼했어야 했어."

"아니에요."

그 입술을 하림의 입이 막았다. 그때 인기척이 났다. 두 사람은 얼른 떨어졌다. 노인 한 사람이 기침을 하며 그들 곁을 지나쳐 갔다.

"바래다 줄께."

"괜찮아요. 혼자 걷고 싶어요."

하림이 잡을 사이도 없이 여옥은 큰길 쪽으로 뛰어가 버렸다.

하림과 헤어진 여옥은 금방이라도 몸이 무너질 것만 같아 조심스럽게 걸어갔다. 바람이 불어 코트 깃을 자꾸만 젖히고 머리칼을 헝클어뜨렸다. 어깨를 웅크리고 두려운 눈으로 어둠 속을 바라보았다. 그분과 결혼했더라면 행복했겠지. 당연한 일이다. 생각하지 말자. 이제 와서 그런 어리석은 생각을 하다니.

시야가 더욱 어두워 왔다. 대치의 모습이 시야 가득히 밀려왔다. 그를 잊다니. 불가능한 일이다. 하림 앞에서는 거짓말한 것이다. 이 추운 밤에 그는 산 속에서 떨고 있겠지. 낙엽을 덮고 잔다 해도 그것으로 추위를 막을 수는 없을 것이다. 고산지대에는 벌써 눈이 내렸을지도 모른다. 따뜻한 물 한 모금이라도 마실 수 있을까. 무얼 먹고 지낼까. 나쁜 사람. 왜 그래야만 할까.

아무리 저주받을 악한이라 해도 대치는 두 아들의 아버지다. 아이들에게는 아버지가 필요하다. 나에게는 남편 구실을 해 주지 않아도 좋다. 아이들을 위해서 그는 죽어서는 안 된다. 살아서 가정으로 돌아와야 한다.

그녀는 몸을 떨며 비틀거렸다. 가로수에 기대서서 하늘을 올려다본다. 갑자기 산다는 것이 무섭게 느껴진다. 그녀는 급히 집으로 향했다. 아이들 먹을 과자를 사 가지고 들어가니 아이들은 그때까지 자지도 않고 엄마가 돌아오기를 기다리고 있었다.

"엄마 미워!"

대운이가 현관으로 들어서는 그녀를 흘기며 소리쳤다.

"어머, 우리 대운이……미안하다. 자, 이거 먹을래?"

과자 봉지를 내밀자 아이는 그것을 홱 뿌리쳤다. 그리고 입을 삐죽거리며 엄마를 때렸다.

사이판도에서 하림이 받아 낸 그 아이는 이미 네 살이 되어 있었다. 자랄수록 아버지를 그대로 닮아 가고 있었다. 성격도 아버지를 닮아 격렬한 데가 있었다. 투정이 심했고 하루종일 말썽만 부리고 다녔다. 그래서 여옥이 직장에 나가 있는 동안 그

애를 돌보고 있는 할머니는 혀를 내둘렀다. 많은 애들을 겪어 봤지만 대운이 같이 성격이 드세고 고집스런 아이는 처음이라는 것이었다. 그런 말을 들을 때마다 노인 부부에게 몹시 미안한 마음이 들었고, 아이한테는 큰 죄를 짓고 있는 것 같았다.

특별하게 태어난 아이인 만큼 여옥은 그 아이한테 신경이 더 쓰였고, 얼굴빛 하나 변하지 않고 온갖 투정을 다 받아 주었다. 그것이 아이의 성격을 나쁘게 인도할지도 모른다고 생각했지만, 그녀의 눈에는 아이의 고집스런 앙탈이 한없이 귀엽게만 생각되는 것이었다.

아이가 생떼 쓰는 것을 보면 마치 남편을 보는 듯했고, 그래서 남편한테 못다 쏟은 정을 온통 아이한테 쏟는 것이었다.

둘째는 아직 젖먹이라 성격이 채 형성되지 않았지만 큰애와는 다른 것 같았다. 그녀를 닮아 여자처럼 예쁘고, 별로 울지도 않고 순하게 자라고 있었다.

"엄마 미워. 늦게 오면 미워."

"그래. 그래. 이젠 빨리 올께. 응?"

덥석 안아 들자 큰아이는 몸부림치면서 그녀의 머리칼을 쥐어뜯었다.

"예끼놈, 엄마한테 그러면 못써!"

김노인이 소리치자 아이는 마침내 울음을 터뜨렸다. 얼굴이 시뻘개져서 결렬하게 울어댔다. 목소리가 하도 커서 귀가 따가울 정도였다.

싫고 좋은 것을 뚜렷이 구별할 줄 알게 되면서부터 아이는 엄마를 유난히 따랐다. 일단 그녀가 집에 돌아오면 옆에 붙어 다니면서 떼를 썼다. 잠시도 떨어져 있지 않으려 했고, 함께 있는 동안 속에 쌓였던 갖은 투정을 다 쏟아 내는 것이었다. 질투가 심해서 둘째에게 젖을 먹이는 것까지 싫어할 정도였다.

그러한 아이에게서 정에 주린 모습을 발견하기까지는 한참이 걸렸다. 아이가 정에 굶주려 있다고 생각하자 더욱 안쓰러워 한없이 아이의 투정을 받아들이기만 했다.

아이는 거의 두 시간 가까이 지나서야 화를 풀었다. 놈은 엄마가 사 온 과자를 열심히 먹어대더니 느닷없이

"엄마, 아빠는 어디 갔어?"

하고 물었다. 무심히 묻는 것 같았지만 엄마의 대답에 귀를 기울이고 있는 눈치였다.

"응, 아빠는……저어기 일하러 갔어."

"다른 애들은 아빠가 매일 있는데……"

부리부리한 눈을 굴리면서 입술을 내민다. 그녀는 당황했다.

"아빠는 곧 오실 거야."

"아빠 오문 못 가게 해, 알았지?"

"응."

아이들에게는 아빠야말로 하나님 같은 존재다. 아이들의 가슴에 자신감을 채워 줄 수 있는 사람은 아빠밖에 없다. 엄마란 아이들에게 있어서 마음 놓고 뛰어 놀 수 있는 따뜻한 품속일 뿐이다. 그 품속에서 기어 나온 아이는 아빠를 찾기 마련이다. 그리고 아빠를 배경에 업고 다른 아이들에게 자신감을 보여주

는 것이다. 얼마나 아빠를 자랑하고 싶을까.

아이의 투정을 받아주다 보니 어느새 밤이 깊었다. 그녀는 잠든 아이의 이마를 쓰다듬어 주다가 불을 끄고 자리에 누웠다. 몸은 피로에 젖어 솜처럼 늘어져 있었지만 쉬이 잠이 올 것 같지가 않았다.

조용히 일어나 창밖을 바라보았다. 마당에 달빛이 가득하다. 앙상한 나뭇가지가 바람에 흔들리고 있었다. 잠들 수 없는 긴긴 겨울밤이 다시 시작되고 있었다. 작년 겨울에도 밤이면 잠을 이루지 못하고 창가에 붙어 서서 남편을 기다리곤 했었다. 그러한 밤이 다시 찾아온 것이다.

이 세상에서 기다리는 것보다 더 고통스러운 일이 또 있을까. 언제 돌아올지 기약 없는 사람을 뜬눈으로 밤을 지새며 기다린다는 것이야말로 피를 말리는 일이다. 그 고통에서 헤어나고 싶다. 헤어나서 멀리멀리 떠나 버리고 싶다. 그러나 그럴 수 없다는 것을 그녀 자신이 잘 알고 있었다.

나는 언제까지고 그이를 기다리고 있을 것이다. 머리가 하얗게 될 때까지라도 그이를 기다리고 있을 것이다. 기다린다는 것은 나의 운명이다. 달빛에 드러난 그녀의 얼굴은 창백하다 못해 피가 돌지 않는 석고 같았다. 남편을 기다리다 기다리다 망부석이 되어 버린 모습이었다.

산 속에서 굶주림과 추위에 떨고 있을 대치의 모습이 눈앞을 스쳐 갔다. 그이도 저 달을 쳐다보고 계실까. 달을 쳐다보면서 가족들을 생각하고 계실까. 얼마나 추울까. 얼마나 배고플까.

얼마나 무서울까. 당신은 언제까지 그러고 계실 거예요? 거기서 도망쳐 나올 수 없나요? 빨리 집으로 돌아오세요. 대운이가 당신을 찾고 있어요. 우리 멀리 외딴 곳에 가서 살아요. 당신이 가족들을 데리고 멀리 떠나만 주신다면 저는 행복하게 살 수 있을 거예요.

당신은 혁명이 완수되는 날 행복이 찾아올 거라고 말씀하시지만, 제 생각에는 행복이란 것이 그렇게 많은 것을 희생시킨 다음에 피어나는 것은 아닌 것 같아요. 전 잘 모르지만 제 어리석은 생각에는 행복이란 것이 그렇게 먼 곳에 있는 것 같지는 않아요. 그것은 아주 가까운 곳에 누구의 희생도 필요치 않은 곳에 있다고 생각해요. 당신이 보고 싶어요. 당신은 아이들이 보고 싶지 않으세요? 저 같은 거야 아무래도 좋아요. 그러나 아이들에게는 아빠가 반드시 필요해요. 대운이는 이제 아빠를 의식하고 있어요. 동네 아이들한테 아빠를 자랑하고 싶은 거예요. 그애는 커 갈수록 당신을 닮아 가고 있어요.

한번 투정을 부리기 시작하면 여간해서는 풀리지가 않아요. 그애를 보고 있으면 꼭 당신을 보고 있는 것만 같아요. 오늘밤에도 그애는 당신을 찾다가 잠이 들었어요. 이제 매일매일 아빠를 찾겠지요. 그러면 저는 뭐라고 대답해야 하나요? 아빠가 안 계신 아이는 어쩐지 외롭고 기운이 없어 보여요. 자기를 지탱해 주는 튼튼한 기둥이 없기 때문이겠지요.

여보. 당신을 이렇게 부르다니, 저도 이젠 나이가 들었나 보지요. 그러나 당신이 보는 앞에서는 이렇게 못 부를 거예요.

여보, 제 손은 두 개 있어요. 그러나 한쪽 손은 더럽혀질 대로 더럽혀져 있어요. 그 더럽혀진 손에는 쇠사슬이 묶여 있어서 제 마음대로 움직일 수가 없어요. 제 몸에 붙어 있는 검은 손은 제 손이 아니에요. 지령에 따라 움직이고 있는 남의 손이에요. 제발 제 손을 쇠사슬에서 풀어 주세요. 그리고 깨끗이 씻게 해 주세요. 부탁이에요.

어째서 저는 흰 손 검은 손을 가져야 하나요? 제 손은 양쪽 모두 흰 손이었어요. 비록 짓밟힌 몸이었지만 두 손으로 나쁜 짓을 한 적은 없었어요. 저는 깨끗한 두 손으로 아이들을 기르고 싶어요. 행복한 가정의 평범한 주부로서 남편을 받들고 아이들을 사랑해 주고 싶어요. 제 요구가 너무 무리한 것일까요? 아니에요. 결코 무리한 게 아니에요. 저는 남들처럼 살고 싶은 것뿐이에요. 저는 왜 남들과 달리 살아야 하나요?

12월 중순, 여옥은 그 동안 일하던 CIC에 사표를 냈다. 하림이 없는 그곳에서는 그렇지 않아도 배겨나기가 어렵게 되어 있었다. 여옥이 그곳에서 일할 수 있었던 것은 어디까지나 하림을 등에 업고 있었기 때문이었다. 하림이 지켜 주고 있었기 때문에 공산주의자를 남편으로 두고 있는 처지이면서도 그런 곳에서 일할 수가 있었던 것이다.

그러나 하림이 없는 지금은 사정이 달랐다. 그녀를 심상치 않게 보는 눈들이 많아졌고, 며칠 전에는 간부 한 사람이 최대치에 대해 꼬치꼬치 캐묻기까지 했었다. 그런 속에서 하루하루를 보낸다는 것은 괴롭고 불안한 일이었다. 자신의 움직임이 하나하나 감시당하고 있다는 사실, 그리고 자신이 체포될지 모른다는 불안감에 그녀는 마치 가시방석에 앉아 있는 기분이었다.

사태는 그녀 스스로가 사표를 내지 않으면 안 되게끔 되어 있었다. 기관측에서 사표를 강요하지 않은 것은 하림의 체면 때문이었다. 비록 그곳을 떠났다고는 하지만 아직 그의 잠재적인 영향력은 남아 있었다. 그를 추종하는 인물들도 상당수 남아 있었고, 더구나 그는 미군 측과 긴밀한 관계를 맺고 있는 중요한 인물이었던 것이다.

CIC를 그만둔 그녀에게는 새로운 일자리가 기다리고 있었다. 하림이 새로 일하게 된 Q라는 기관이었다. 그 기관에 들어가기 전 그녀는 물론 당지도부의 승인을 얻어야 했다.

지도부는 검토 끝에 그녀가 CIC에 더 이상 머물러 있다는 것이 위험하다고 판단, 하림을 업고 Q에서 일하는 것이 좋겠다는 결론을 내렸다. 지시에 따라 움직여야 하는 만큼 그녀는 그 결정에 따라 하림의 제의를 받아들였다. 그것은 이루 말할 수 없이 괴로운 일이었지만 이미 그 세계에 깊숙이 발을 들여놓은 그녀로서는 옴치고 뛸 수가 없었다.

스파이가 스파이 세계의 비정을 인정하지 않으려는 것 자체가 잘못인지도 몰랐다. 그녀는 끊임없이 그 비정에 도전했고, 최소한의 인간적인 삶을 요구했다. 이제 제발 발을 씻게 해 달라. 부탁이다. 자식이 둘이나 있는 몸으로서 이제는 가정 생활에 충실하고 싶다. 더 이상 나에게 요구하지 말라. 당신들도 처자식이 있을 것 아닌가. 그러나 이러한 애소에 귀를 기울여 주는 사람은 아무도 없었다.

그들은 끊임없이 요구했고 듣지 않으면 죽이거나 폭로해 버리겠다고 위협했다. 죽인다는 위협 정도는 참아 낼 수 있었다. 그러나 지금까지의 스파이 행위를 폭로하겠다는 데에 이르러서는 그녀도 꼼짝없이 두 손을 들어야 했다. 그것은 실로 무시무시한 일이었다.

그녀가 빼돌린 정보량은 막대한 것이었다. 그것이 백일하에 드러날 경우 정보요원들은 기가 막혀 입을 벌릴 것이고 그녀 자신은 당장 체포되어 사형 당할 것이 뻔하다. 그러나 그보다 더 무서운 것이 있다. 그것은 즉 하림이 받을 충격이다.

하림은 경악할 것이다. 그리고 배신감에 치를 떨 것이다. 사랑하는 여자로부터 기막힌 배신을 당했을 때의 남자의 심정은 어떠할까. 더구나 문제는 개인 대 개인의 문제가 아니다. 자기가 취급한 국가의 기밀이 사랑하는 여인을 통해 흘러 나간 것이다. 사랑하는 여인은 애정을 이용해서 정보를 빼돌렸다. 얼마나 기막힌 노릇인가.

배신감에 치를 떨며 절망에 싸일 하림의 모습 — 그것이 그녀는 제일 두려웠던 것이다. 하림 역시 그녀를 감싸준 책임을 면치 못할 것이다.

또 하나 그녀를 꼼짝 못하게 붙들어매는 것이 있었다. 그것은 귀여운 두 아들이었다. 두 아들은 그녀의 모든 희망이었다. 사실 두 아들을 훌륭히 키워야 한다는 모성애와 의무감 때문에 그녀는 가정에 버티고 있다고 해도 옳았다. 아이들은 그녀에게 있어서 목숨을 걸고 지켜야 할 최후의 보루였다. 따라서 그녀는 아이들을 위해 어떠한 희생도 감수할 결의가 되어 있었다.

가정이 파괴되고 자신이 체포된다면 누가 아이들을 돌볼 것인가. 상징적인 아빠로 존재하고 있는 대치에게는 아이들의 장래를 맡길 수가 없다. 내가 체포되면 아이들은 그날로 당장 고아 신세가 되겠지. 불쌍한 아이들. 아이들을 위해서 나는 체포되어서는 안 된다. 비록 반역의 몸이 된다고 해도 하는 수 없는 일이다. 나에게는 국가보다도 아이들이 더 중요하다.

여성다운 논리였다. 또한 어리석은 논리였다. 그것을 알면서도 그녀는 반역의 길에서 벗어나려고 하지 않았다. 벗어날 수가 없었기 때문이었다. 가장 가냘픈 여자가 가장 무서운 여자로 변신할 수도 있다는 사실은 바로 여옥을 두고 한 말인 것 같았다. 그녀는 사실 하루가 다르게 무서운 여자로 변해 갔다.

하림에 대한 죄의식도 처음과는 많이 다르게 퇴색되어 있었다. 기밀을 훔쳐낼 때마다 하림을 의식하곤 했지만 어쩔 수 없는 운명으로서 자신의 비행을 인정하려고 애를 썼다.

첫눈이 내리던 날 저녁, 그녀는 미행의 그림자가 있다는 것을 깨달았다. 퇴근길이었는데 이상한 예감에 뒤돌아보니 누군가가 뒤를 따라오고 있었다. 어두운데다 행인들이 많았기 때문에 누구라고 꼬집어 말할 수는 없었다. 그러나 미행의 그림자가 있다는 것을 그녀는 의식했다.

미행은 Q에 오긴 전부터 있었다. 그러나 최근에 들어서는 한

동안 뜸한 것 같았다. 그래서 마음을 놓고 있었는데 Q에 들어가자 다시 시작된 것 같았다.

미행을 의식하고 움직인다는 것은 불안한 일이었다. 미행도 수법이 발달해서 뚜렷이 얼굴을 드러내지 않고 따라오고 있었다. 그녀는 일부러 느릿느릿 걸었다. 미행자가 덮친다 해도 걸릴 것은 없었다. 그녀 역시 교묘해진데다 극도로 조심하고 있어서 어수룩하게 스파이 짓을 하지는 않았다.

그녀가 노리는 것은 미국의 대한방위전략(對韓防衛戰略)과 국군의 전력(戰力)에 대한 것이었다. 실로 어마어마한 것을 노리고 있다고 할 수 있었다. 만일 그녀가 흘려 넘기는 정보가 믿을만하다고 판단될 때 어떤 모종의 결정이 북쪽에서 내려질 것은 뻔한 이치였다. 물론 정보란 다방면에 걸쳐 여러 루트를 통해 전달된다. 그렇게 흡수된 정보들은 전문가들에 의해 분석되고 판단되어 하나의 결론을 추출한다.

따라서 한 사람의 정보에 의해 어떤 결정이 이루어지는 건 아니다. 그렇다고는 하지만 여옥의 정보는 북쪽에 매우 중요한 것으로 받아들여지고 있었다. 정보 책임자들은 여옥이 보내는 것에 가장 큰 눈독을 들이고 있었던 것이다.

CIC가 한국군 예하로 독립되어 나간 반면 Q는 미군 사령부 내에서 조용히 업무를 개시하고 있었다. 그 속에서 여옥은 전보다 더 자유스럽게 활동할 수가 있었다.

그녀가 하는 주된 일은 역시 타이핑이었다. 그밖에 그녀는 하림을 도와 각종 자료들을 정리하고 있었다.

하림과 그녀는 같은 방을 쓰고 있었다. 그래서 중요한 자료들을 얼마든지 손댈 수가 있었다. 하림은 털끝만큼도 여옥을 의심하지 않고 있었다. 스파이 사실이 드러난다 해도 그는 믿으려 들지 않을 정도로 여옥을 신뢰하고 있었다.

물론 어떤 위기의식이 없는 것은 아니었다. 평양에 가기 전에 여옥에 대한 의혹이 일었던 것을 그는 기억하고 있었다. 그러나 그의 감정은 한사코 그것을 부정하고 있었다. 그 부정의 노력으로 그는 일부러 여옥을 그의 방에 데려다 놓고 기밀 자료의 홍수 속에서 일하게 한 것이다. 그리고 위기의식을 느낄 때마다 자신을 질타하고 혐오하기까지 했다. 여옥을 의심하는 것만으로도 죄를 짓는 것이다. 만에 하나라도 여옥이 스파이 짓을 한다 해도 너는 그녀를 탓할 자격이 없다. 그 누구도 그녀를 탓해서는 안 된다. 그녀는 사상적으로 결백하다. 그녀는 다만 희생자일 뿐이다.

여옥은 스파이 세계에 들어서면서부터 그 어느 때보다도 촉각이 날카롭게 발달되어 있었다. 영리한 그녀는 하림이 자신을 너무 믿는다는 사실 자체에 의혹을 품었다. 그리고 그 믿음에는 하림다운 노력이 짙게 배어 있음도 느꼈다. 그는 의식적으로 나를 믿으려고 노력하고 있는지도 모른다. 아무리 사랑하는 사람이라 해도 나를 한번쯤 의심해 보는 것은 당연한 일이다. 그런데도 그는 오히려 갈수록 나를 더 믿고 있다는 무언의 태도를 보여 주고 있다.

그렇게 생각한 그녀는 주춤했다. 마치 도둑질을 묵인해 주는 사람 앞에서 해볼 테면 해보라는 여유 있는 웃음을 받으면서 도둑질하는 기분이었다. 그러니 더욱 손대기가 어렵기만 했다.

하림은 여러 시간씩 사무실을 비워 두기가 일쑤여서 기밀 서류를 복사한다거나 훔쳐내는 것은 누워서 떡먹기처럼 쉬웠다. 적어도 그 안에서만은 어떤 것도 손에 넣을 수가 있었다. 그렇지만 자신이 그것들을 감춰 가지고 나오는 것만은 절대 피했다. 그것은 아주 위험천만한 일이었기 때문이다.

기밀을 빼돌리기 위해 그녀는 그전처럼 쓰레기통을 이용했다. 쓰레기통 속에 기밀 내용을 구겨서 던져 넣으면 청소부가 그것을 들고나가 처리하곤 했다. 그 청소부는 여옥에게 지령을 알려 주기도 했다.

미행은 계속되었다. 미행자는 한 사람이 아닌 것 같았다. 어느 때는 여자가 보이기도 하고, 또 어느 때는 거지가 뒤를 따라오기도 했다. 여옥은 조금도 빈틈을 보이지 않고 미행자들과 신경전을 벌였다.

어느 날 밤 그녀는 불시에 몇 사람에게 둘러싸여 부근 여관으로 끌려갔다. 여관방에는 그전부터 그녀에게 눈독을 들이고 있던 김인후라는 형사가 기다리고 있었다.

"미안합니다. 이러고 싶지 않지만 지시가 있어서요."

여옥은 잠자코 그들을 상대했다. 30대의 여인 하나만이 남고 그들은 방을 나갔다. 그 여인 앞에서 여옥은 옷을 벗었다. 여인은 벗은 옷들과 백을 밖으로 던졌고, 밖에 있던 사나이들은 그것들을 받아 샅샅이 뒤졌다.

여인은 여옥의 몸을 구석구석 살폈다. 여옥은 창백하게 질린 채 뻣뻣이 굳어 있었다.

"누워서 다리를 벌려 봐요."

여인은 마지막 주문을 했다. 여옥은 흑하고 숨을 들이키면서 몸을 떨었다.

"싫어요!"

"싫은 게 어딨어. 누워요."

여인이 어깨를 낚아채자 여옥은 뒤로 물러섰다.

"왜 이렇게 사람을 괴롭히죠?"

"죄가 없으면 순순히 말 들어요. 남자들을 들어오게 할까?"

여옥은 단념하고 때에 절은 이부자리 위에 누워 두 다리를 벌렸다. 여인은 마치 산부인과 의사처럼 그곳을 손가락으로 한번 휘저어 보더니

"여긴 없군. 엎드려 봐요."

하고 말했다.

그들은 어떤 확신을 가지고 그녀를 덮친 것 같았다. 그 확신에 여옥은 심한 공포를 느꼈다. 나와야 할 것이 나오지 않는다. 이상하지 않은가. 그들은 그렇게 생각하는 듯했다.

내 스스로 자초한 일. 달게 받아야 한다. 이들은 자신들의 임무를 충실히 이행하고 있을 뿐이다. 여옥은 여인의 손이 엉덩이를 더듬는 동안 이를 악물고 수모를 참았다.

"좋은 몸이야."

여인은 손을 털고 일어서면서 중얼거렸다. 옷가지가 안으로

들여 보내지고 여옥이 그것들을 입는 동안 여인은 가만히 그녀를 지켜보면서 연방 고개를 갸우뚱했다.

김형사는 안으로 들어와서 여옥에게 정중하게 사과했다.

"미안합니다. 이해해 주십시오."

여옥은 밑으로 시선을 떨어뜨리고 있다가 갑자기 김형사의 따귀를 후려갈겼다. 김형사의 눈이 등잔만하게 커지면서 입이 벌어졌다. 여옥은 눈물을 글썽이면서 그곳을 뛰쳐나왔다. 형사가 미운 것이 아니다. 자신이 미운 것이다.

집에 도착했을 때 그녀는 어떤 결정을 내려야 할 필요를 느꼈다. 더 이상 기다릴 수는 없다고 생각했다.

다음날 청소부가 들어왔을 때 그녀는 재빨리 물었다.

'제 남편은 지금 어디 있지요? 지리산에 있나요?"

"그건 알 필요 없어요."

"빨리 알아 봐 줘요. 그리고 만나게 해 줘요. 만일 제 요구를 들어 주지 않으면 일하지 않겠어요."

그날부터 그녀는 정보를 하나도 넘기지 않았다. 사흘만에 청소부는 종이 쪽지를 하나 넘겨 주었다.

다음날 여옥은 며칠 쉬겠다고 일러 놓고 서울역으로 나가 남행열차에 몸을 실었다. 그날은 하필 크리스마스 이브였고 아침부터 눈이 내리고 있었다. 차창에 기대앉은 그녀는 몹시 심난해서 견딜 수 없는 심정이었다.

아침에 출발한 기차는 다음 날 정오 경에야 남원에 도착했다.

남원 거리에는 토벌군들이 득실거리고 있었다. 눈이 내리는 바람에 전투는 소강 상태에 접어들었고 그래서 군인들은 거리로 쏟아져 나와 휴식을 취하고 있었다.

여옥의 모습은 금방 젊은 군인들의 시선을 자극했다. 여기저기서 휘파람 소리가 나고 웃음 소리가 일었다. 거리를 걸어가는 동안 여옥은 하늘에서 꽃종이가 화르르 쏟아져 내리는 것 같은 느낌을 받았다.

그녀는 먼저 고향 마을로 가서 부모님 산소에 엎드려 절했다. 그녀는 추운 줄도 모르고 오래도록 눈 위에 엎드려 있었다.

아버님, 어머님, 제가 왔어요. 왜 대답이 없으시나요? 저는 행복하답니다. 부모님이 살아 계신다면 귀여운 손자들을 보실 수 있을 텐데요. 아버님, 어머님······.

그녀는 묘 위에 덮인 눈을 손으로 쓸었다. 떠날 줄 모르고 그 앞에 앉아 눈을 쓸고 또 쓸었다. 끊임없이 눈물을 흘리고 있었지만 소리내어 울지는 않았다.

"어머님, 아버님······저는 행복하답니다."

그녀는 자꾸만 이렇게 중얼거렸다.

"나는 행복해야 한다."

산소를 뒤로 하고 떠나올 때 그녀는 자신에게 거듭 다짐했다.

야산을 내려왔을 때 젊은 사내 하나가 그녀 쪽으로 급히 다가오며 털모자를 벗고 꾸벅 절했다.

"오셨구먼요."

그녀의 논밭을 붙여 먹고 있는 김씨였다. 봉우(鳳宇)라는 이름의 그는 전형적인 토박이로서 매우 순박한 사람이었다.

수인사를 하고 함께 마을 쪽으로 가는데, 어느새 소식을 들었는지 마을 아낙들이 한쪽에 몰려 서서 그녀를 바라보고 있었다. 그녀가 인사를 해도 아낙들은 멋쩍게 고개를 돌려 외면하기만 했다.

"상관하지 마십시오. 몹쓸 것들이니……"

김씨가 민망한 나머지 이렇게 말했지만 여옥은 몹시 기분이 우울했다. 고향 마을 사람들이 자기를 경원하는 이유를 도무지 이해할 수가 없었다.

김씨의 부인 산청댁은 그전보다 많이 꺼칠해 보였다. 그녀는 뛰어나와 여옥의 손을 잡으며 몹시 반겨 했다. 여옥이 아이들에게 줄 과자를 내놓자 산청댁은 한층 어쩔 줄 모르며 마치 여왕 모시듯이 그녀를 안방으로 안내했다.

넓은 집안은 김씨 부부가 관리를 잘해 깨끗이 정돈되어 있었다. 그들은 안채는 그대로 둔 채 별채만을 사용하고 있었다. 매우 조심스럽고 양심적인 사람들이었다.

방안은 따뜻했다. 그녀가 내려온 것을 알고 급히 불을 지펴 따뜻하게 해 놓은 것 같았다. 그 마음 씀씀이에 여옥은 몹시 감사한 마음이 일었다.

조금 후 김씨 부부가 함께 들어와 그녀와 대좌하더니, 김씨가 손에 들고 있던 것을 앞으로 내놓았다. 창호지로 곱게 싼 것이었다.

"이게 뭡니까?"

여옥이 웃으며 묻자 김씨가 머뭇머뭇 입을 열었다.

"그 동안 농사지은 것들을 돈으로 팔아 모아 뒀습니다. 아가씨헌테⋯⋯아니 아주머니헌테 드려야 할 것입니다. 곡식은 짐이 될 것 같아 이렇게 돈으로 드리는 겁니다."

여옥은 가슴이 터질 것 같았다. 종이를 풀어 보니 상당한 액수의 돈이었다.

"박서방 것허고 칠석이네 것도 거기에 들어 있습니다."

"올해 농사는 어땠나요?"

"흉작이었습지요."

여옥은 두말 않고 돈을 반으로 나누어 김씨에게 내 주었다.

"이건 도로 거두십시오. 전 이거면 충분합니다."

"아니, 이러시면 안 됩니다."

김씨 부부는 몹시 당황해 하며 사양했지만 여옥은 끝내 받지 않았다.

"고맙구먼요."

김씨는 투박한 손으로 돈을 받아 들며 눈물까지 글썽였다. 여옥은 자기가 받은 돈을 다시 내놓았다.

"이건 가지고 계시다가 적당한 전답이 있으면 사 두십시오."

남이 보기에 가냘픈 여자에 불과했지만 여옥은 일을 처리하는 것이 남자를 뺨 칠 정도로 대범하고 여장부다웠다.

"앞으로 소작료는 지금의 반만 받겠습니다. 그리고 저한테 주실 것은 아저씨께서 모두 모아 두셨다가 전답을 사 두십시오. 언제 다시 여기에 내려올지 모르겠습니다."

이러니 소작인이 감동하지 않을 리가 없었다. 산청댁이 정성 껏 지어 주는 저녁을 먹고 나서 우물가로 나갔다. 그리고 산청댁이 말리는 것을 뿌리치고 일부러 차가운 우물물을 퍼서 세수를 했다. 우물 속으로 떨어지는 눈송이를 보고 있으니 행복했던 옛날이 생각났다.

 세수를 하고 나서도 자꾸만 우물가에서 어정거리며 집안을 둘러보았다. 정말 떠나고 싶지가 않았다. 부모님의 손때가 묻고 자신의 어린 시절의 꿈이 알알이 영근 옛집에서 아이들을 기르며 살고 싶었다. 그러나 그녀는 자신의 마음대로 할 수가 없는 처지였다. 생각할수록 한숨만 나올 수밖에 없었다.

 날이 저물고 눈이 더욱 내렸지만 여옥은 고향집을 나섰다. 그녀가 볼일이 있다고 하면서 굳이 떠나려 하자 김씨가 어디서 달구지를 빌어 왔다. 몹시 미안했지만 사양할 수가 없어 그녀는 달구지 위에 올라앉았다. 그녀가 불편하지 않게 달구지 위에는 방석까지 마련되어 있었다.

 바람 한점 없는 밤이었다. 소리 없이 내리는 함박눈을 맞으며 달구지는 하얀 눈길 위로 삐걱삐걱 굴러가고 있었다. 시야가 막혀 앞에는 아무 것도 보이지 않았다. 무수한 입자들이 끊임없이 얼굴에 와 부딪치고 있었다. 마치 꿈속을 흘러가는 것 같았다.

 "여기도 난리에 피해가 많았지요?"

 "아이고, 말도 마십시오."

 김씨는 진저리를 쳐 보였다.

 이렇게 눈이 오는데, 그이는 저 산 속에서 어떻게 지내고 있을까. 그이를 만날 수 있을까. 산 그림자는 보이지 않았다.

"산에는 공비들이 많이 있나요?"

"있다마다요. 산사람들 등쌀에 산밑에 사는 사람들은 죽을 지경입니다."

"죽을 지경이라니요?"

김씨는 털모자를 눌러쓰고 웅크리고 있었다.

"곡식이란 곡식은 있는 대로 다 훑어 가니, 그렇지 않아도 흉년으로 굶어 죽을 판에 어디 살 수가 있어야지요. 갈수록 세상이 험해지기만 허니, 원……"

여옥은 어둠 속을 가만히 바라보았다

한 시간쯤 지나 그들은 읍에 도착했다. 김씨는 몇 번이나 절을 하면서 몸조심하라고 이른 다음 삽골로 돌아갔다.

여옥은 물어 물어 어느 여인숙을 찾았들었다. 「남강 여인숙」이라는 간판이 붙어 있는 집이었다. 주인 남자를 찾자 안경을 낀 40대의 비쩍 마른 사내가 나와서 그녀를 맞았다.

"제가 주인입니다만……어디서 오셨는지요?"

"서울에서 왔습니다. 드릴 말씀이 있는데……"

주인 사내의 표정이 순식간에 변했다.

"이리 들어오십시오."

그는 은밀하게 꾸며진 방으로 그녀를 안내했다. 여옥은 눈을 털고 나서 안으로 들어갔다.

"혼자 오셨나요?"

자리에 앉자마자 사내가 살피듯이 하고 물었다.

"네, 혼자 왔어요."

여옥은 종이 쪽지를 꺼내 사내에게 건네 주었다. 종이를 들여다 보고 난 사내는 안경을 벗었다가 도로 끼면서 다시 한번 여옥을 찬찬히 바라보았다.

"누구 따라오는 사람 없었나요?"

"없었어요."

사내는 성냥을 드윽 긋더니 앉은자리에서 밀서를 태워 재떨이 속에 던져 넣었다.

"용건을 얘기해 보십시오. 편지에서는 믿고 편의를 봐 주라고 돼 있는데……무슨 일입니까?"

"남편을 만나고 싶어서 왔어요."

"어디 계시는데요?"

"산 속에요."

사내의 안경이 번쩍 했다.

"산 속에……?"

사내는 급히 담배를 피워 물더니 맞은편에 앉아 있는 여자가 새삼 아름답다고 생각되는지 탐욕스런 눈길을 던져 왔다.

"부군 되시는 분의 존함이 어떻게 되시는가요?"

"최대치라고 해요."

"아니, 그 사람이 바로……?"

몹시 놀라는 눈치였다. 여옥은 똑바로 사내를 주시했다.

"지금 산에 계시죠?"

"……"

사내는 대답하지 않고 그녀를 놀랜 듯이 바라보다가 한참만에 무겁게 고개를 끄덕거렸다.

"좀 만나게 해 주세요."

"쉬운 일이 아닙니다."

사내는 머리를 설설 흔들며 두려운 빛을 보였다. 그는 읍에 숨어 있는 당세포책인 듯했다. 확실한 것은 알 수 없었지만 그런 것은 아무래도 좋았다.

"비용이 필요하시다면 드리겠어요."

"그게 문제가 아닙니다. 보시다시피 경계가 엄해요. 계엄령 하라 조금 이상해도 체포됩니다. 한번 체포되면 끝장입니다."

"그런 건 잘 알고 있어요. 어떻게 좀 연락만이라도 취해 주시면……은혜는 갚겠습니다."

"그런 건 바라지 않습니다. 다른 사람도 아닌 최대치 동무라면 너무 거물이라 모두가 눈독을 들이고 있어요."

바로 그때 벼락치듯 사방에서 총소리가 들려왔다. 고함치는 소리도 들려왔다.

"아니, 이렇게 눈이 오는데……"

사내는 벌떡 일어서더니 밖에 귀를 기울였다. 여옥도 따라 일어섰다.

"뭔가요?"

"산에서 동무들이 내려왔나 봐요. 아니, 그게 아니라 입산하는 동무들인가 봐요."

사내는 급히 나갔다. 여옥도 마당으로 따라나가 보았다.

어둠 속을 가르는 불꽃이 밤하늘을 아름답게 수놓고 있었다. 담 너머로 보니 검은 그림자들이 무수히 뛰어가고 있었다. 그들을 쫓는 토벌군들의 발짝 소리와 호각 소리가 몹시 시끄러웠다.

여옥은 대문 밖으로 나가 보았다. 주인 사내와 검은 그림자 하나가 이야기하고 있다가 그를 보고는 멈칫했다.

"이 여자는 누구요?"

어둠 속에서 총구가 곧장 그녀를 겨누었다. 여옥은 후들거리는 다리에 힘을 주면서 검은 그림자를 쏘아보았다.

"바로 최대치 동무의 부인이오."

"아, 그래. 미안하오."

추격해 오는 총소리가 가까워지자 검은 그림자는 어둠 속으로 몸을 날렸다.

"전해 드리겠소! 기다리시오!"

"잘 가시오!"

사내는 급히 여옥의 손을 끌고 안으로 뛰어들더니 대문을 걸어 잠갔다.

여옥은 그 여인숙에서 사흘을 보냈다. 그리고 나흘째 되는 날 아침 여인숙 주인으로부터 연락이 되었다는 통고를 받았다.

"운봉으로 가십시오. 까치골을 찾아가서 오동탁(吳東卓)이란 사람을 만나십시오. 그리고 이걸 주십시오. 편리를 봐 줄 겁니다."

주인 사내는 호두알 두 개를 꺼내 놓았다. 여옥은 그것들을 집어서 챙겨 넣었다.

"언제쯤 만날 수 있을까요?"

"그건 여기서 뭐라고 말씀드릴 수가 없습니다. 작전에 관계되는 일이라. 하여튼 거기 가시면 알 수 있을 겁니다. 그리고 거기 가실 때는 그 차림으로는 안 됩니다. 시골 여자처럼 꾸미셔야지……그 차림으로는 너무 눈에 뜨입니다."

사내의 말에 일리가 있었기 때문에 여옥은 즉시 시골 여인의 모습으로 차림을 바꾸었다. 무명으로 지은 검은 색 통치마에 위에는 솜을 넣은 흰 저고리를 입고 얼굴에는 올이 굵힌 흰 목도리를 둘렀다. 발에는 흰 버선에 검정 고무신을 신었다. 더욱 그럴듯하게 차리기 위해 봇짐까지 하나 꾸렸다. 봇짐 속에는 그녀가 밤잠을 안 자며 짠 털 셔츠와 털목도리, 털모자, 털장갑, 양말, 농구화, 내의 등이 들어 있었다. 시루떡과 인절미까지 준비해서 봇짐 속에 챙겨 넣은 다음 그녀는 여인숙을 나섰다. 서울서 내려올 때 입고 온 양장 옷들은 돌아갈 때 찾아가기로 하고 여인숙에 맡겨 두었다.

동행을 붙여 주는 것도 아니었고 차편을 마련해 주지도 않았다. 따라서 혼자 찾아가야 했다. 매우 비밀스럽고 위험한 일이라 그러는 것은 당연했다.

날씨는 흐려 있었다. 그래서 지리산 봉우리들은 구름 속에 들어가 있었다. 구름 밑으로 드러난 산의 허리는 끝없이 이어지고 있었다. 구름에 싸인 모습이 신비스럽고 장엄해 보였다.

시골 아낙처럼 차렸다고는 하지만 그녀는 역시 눈에 띄게 아름다웠다. 그것은 군인들의 반응으로 금방 나타났다.

운봉까지는 50리 길이 더 된다고 했다. 교통편이 없었기 때문에 걸어가기로 작정하고 들판을 걸어가는데 군용 트럭 한 대가 지나갔다. 트럭은 그대로 달리는 듯하다가 갑자기 멈춰 섰다. 보급품을 잔뜩 싣고 있는 트럭으로 덮개 안에 몇 명의 군인들이 앉아 있는 것이 보였다. 군인들은 휘파람을 불기도 하고 소리를 지르기도 하면서 그녀에게 손짓했다. 모두가 먼지를 뿌우옇게 뒤집어쓰고 있었다.

"어디까지 가세유?"

군인 하나가 익살스럽게 물었다. 여옥은 고개를 숙인 채 그대로 지나쳤다. 그러나 트럭이 덜컹거리면서 따라왔다.

"타라구요! 태워 줄 테니까 타라구요!"

여옥은 들판 저쪽으로 이어지는 산길을 바라보았다. 너무 아득하다는 생각이 들었다.

"자, 이리 오세요! 이리 와요!"

트럭 위에서 병사들이 손을 내밀었다. 서로 그녀의 손을 잡아주려고 야단들이었다. 여옥은 얼굴이 빨개져서 어쩔 줄을 몰라 했다. 그들이 두렵기도 하면서 한편으로는 타고 싶은 마음이 없지 않아 있었다. 머뭇거리고 있는데 병사 한 명이 뛰어내려 그녀를 잡아끌었다.

"타세요! 타시라구요! 어디든 모셔다 드릴 테니까요."

병사는 흰 이를 드러내고 웃었다. 술에 얼큰히 취해 있었다.

"아이, 괜찮아요."

병사는 그녀의 말을 묵살한 채 봇짐을 빼앗아 차 속으로 던졌다. 병사들은 봇짐을 안아 들며 와아 하고 함성을 질렀다. 오랜만에 들어 보는 유쾌한 환호 소리였다. 여옥은 당황했다. 병사들의 장난이 심하다고 생각하면서도 불쾌하지는 않았다.

그녀는 끌리다시피 트럭 위로 올라갔다. 밑에서 병사 하나가 그녀의 엉덩이를 받쳐 주고 위에서는 병사들이 우하니 달려들어 손을 잡아당기는 바람에 그녀는 나르듯이 쉽게 트럭 위로 올라가 앉았다.

"어디까지 가세유?"

"운봉까지요."

트럭 위에는 곡식 가마니가 쌓여 있었다. 병사들은 파카를 벗어 가마니 위에 깔아 주면서 그녀에게 앉으라고 했다. 어깨 위에 파카를 덮어 주기도 했다. 삭막한 남자들만의 세계에 여자가 하나 끼여들자 모두가 어쩔 줄 모르고 있었다.

병사들과 운전병 사이에 한동안 말다툼이 벌어지더니 운전병이 구멍을 통해 여옥의 모습을 눈여겨보고서야 출발했다.

"예뻐서 태워다 준다. 허지만 이별할 때는 키스 선물이라도 줘야 해."

하고 말했다.

"아가씨예유? 아주머니예유?"

익살스럽게 생긴 병사가 눈웃음을 치며 물었다. 여옥은 다시 얼굴이 붉어졌다.

"결혼했어요."

이렇게 말하자 병사들의 표정이 일순 굳어지는 것 같았다.

"어머머, 난 처년줄 알았네."

이 말에 모두가 와르르 웃었다.

"처녀나 유부녀나 뭐 어때. 치마만 둘렀으면 됐지. 난 아줌마 같은 여자만 있으면 밥 안 먹고 살겠어."

여옥은 그들의 심한 농담에도 친밀감을 느꼈다. 그들은 군복 입은 병사들이면서도 수년 전 그녀가 상대한 일본군들과는 전혀 달랐다. 그들에게는 피가 통하는 따스함과 인간적인 유머가 있었다. 그리고 생동하는 열기 밑에는 그녀의 가슴을 젖게 만드는 피로와 우수가 깃들어 있었다.

그들은 총을 아무렇게나 내버려둔 채 철모를 두드리며 노래를 불렀다. 군가가 아닌 유행가를 청승맞도록 함께 불렀다. 모두가 오랜 전투에 지친 듯했고 번득이는 눈들은 그리움에 젖어 있는 것 같았다.

트럭은 들판을 지나 가파른 언덕을 기어오르고 있었다. 길이 좋지 않아 트럭은 마구 튀었다. 북풍에 나뭇가지들이 윙윙 소리를 내며 흔들리고 있었다. 여옥은 봇짐을 풀어 남편에게 주려고 만들어 온 떡을 병사들 앞에 내놓았다.

"아이고 이 떡……너 본 지 오래구나."

떡을 본 병사들은 다투어 집어들고 정신없이 먹어댔다.

"아주머니도 드세요."

"전 괜찮아요."

여옥은 흐뭇한 기분이었다. 그들의 먹는 모습을 보니 떡을 내놓은 것이 백번 잘했다는 생각이 들었다.

"아주머니 댁이 운봉에 있는가요?"

가장 나이들어 보이는 병사가 물었다. 오래 면도를 못해 턱이 온통 시커먼 털로 덮여 있었다. 여옥은 긴장했다.

"아니에요. 친정에 다니러 가는 길이에요."

"아, 그래요. 그럼 댁은 어딥니까?"

"읍에 살고 있어요."

"읍 어디요?"

"읍에서 조금 들어가야 해요."

나이 든 병사는 더 자세히 물어 볼 기세였다. 그런데 마침 다른 병사들이 훼방을 놓았다.

"야, 털보! 무슨 수작하는 거야? 너 혼자 차지하려고 그러는 거야? 고약한 놈 같으니!"

나이 든 병사는 웃으면서 고개를 돌렸다.

"아주머니 남편은 무얼 하세요?"

이번에는 어린 병사 하나가 눈을 반짝이며 묻는다.

"장사하고 있어요."

"무슨 장사요?"

"쌀장사하고 있어요."

그들은 쌀장수 마누라치고는 너무 아름답다고 생각하는 눈치였다.

"아, 아주머니 남편은 참 행복하겠다."

어두운 곳에 앉아 있는 병사가 한숨처럼 말하자 다른 병사가 그 말을 받아 물었다.

"행복한지 안 한지 니가 어떻게 알지?"
"물어 보나 마나지 뭐. 저렇게 예쁜 부인하고 사니 얼마나 행복 허겠어. 나같으문 밥도 안 먹고 살겠당게."
"짜아식, 떡만 잘 쳐묵드라."
"아주머니가 해준 떡잉께 묵지, 히히히……"
병사들은 또 요란스럽게 웃어 젖혔다. 그들은 어떻게 해서든지 많이 웃으려고 노력하고 있었다. 거기에는 모든 고뇌를 잊으려는 듯한 노력이 역력히 드러나 있었다.

트럭은 언덕을 넘어 한참 흔들리며 내려가더니 얼어붙은 내를 건너 다시 황톳길로 접어들었다. 그늘진 길바닥과 산에는 눈이 하얗게 덮여 있어서 몹시도 삭막한 풍경이었다. 시커멓게 불타 버린 나무줄기들이 떼지어 몰려서 있는 것이 더욱 을씨년스러워 보였다. 그것들은 전투가 얼마나 치열했던가를 말해 주고 있었다.

"요새도 매일 전투하나요?"
여옥의 곁에 앉아 담배를 피우고 있던 미남 병사가 상체를 그녀 쪽으로 돌렸다.
"눈이 많이 와서 좀 뜸한 편입니다. 눈이 쌓이면 저쪽이나 이쪽이나 불편하지요."
"언제쯤 끝날까요?"
"그거야 알 수 없지요."
"아직도 공비들이 많이 있나요?"
"많이 있다 마다요. 악착 같은 놈들……이 겨울에도 버티고 있는 걸 보면 불쌍하기도 해요."

"전투가 벌어지면 많이 죽나요?"

"그야 당연하지요."

"어느 쪽이 많이 죽나요?"

"우리 쪽이 수는 많지만 피해가 커요. 저놈들은 산 속에 숨어서 다람쥐처럼 뛰어다니니까 일당백으로도 싸울 수가 있지만 우리는 그렇지가 못해요. 그렇지만 결국 모두 토벌될 겁니다. 놈들은 완전히 포위되어 있고 보급도 없으니 언젠가는 죽던가 항복하겠지요. 제놈들이 언제까지 버티겠어요?"

가슴속을 쓸고가는 삭풍의 거친 소리에 여옥은 가만히 귀를 기울였다.

"공비들 중에는 여자들도 상당수 있지요. 아주머니처럼 예쁜 여자도 있지요. 그런 여자들은 정말 안됐다 싶어요. 헌데 여자들이 더 악착스럽게 잘 싸워요. 왜 그래야 하는지 이해할 수가 없다구요."

흐린 하늘에서 눈발이 조금씩 날리고 있었다.

"어, 또 눈이 오네. 올 테면 많이 좀 와라. 키가 푹 빠지게."

트럭이 멎더니 운전병이 뒤에다 대고 소리질렀다.

"야, 이거 너무 방향이 틀려. 아직도 멀었어?"

"조금만 가면 돼. 쭉 가라고!"

"12시까지는 돌아가야 한단 말이야!"

"오라질 자슥, 무슨 말이 그렇게 많아. 가라면 갈 것이지."

"그럼 그 여자보고 노래 하나 하라고 그래. 그렇지 않으면 안

간다!"

운전병은 아예 시동을 꺼 버렸다.

"저런 오라질 자석······"

병사들의 시선이 여옥에게 집중되었다. 그들은 깊은 눈길로 그녀를 바라보더니 갑자기 박수를 쳤다. 여옥이 내려서 걸어가겠다고 했지만 그들은 들어 주지 않았다. 연방 박수를 쳐대면서 노래를 하나 부르라고 성화였다.

"하나 부르라고요! 멋지게 하나 부르라고요! 부탁합니다, 아주머니! 그 목소리, 영원히 기억해 두겠습니다!"

병사들은 발을 구르고 손뼉을 쳤다. 여옥은 고개를 숙인 채 옷고름을 만지작거렸다. 노래를 불러 본 지 정말 오래였다. 부르긴 불러야 할 것 같은데 입이 굳어 아무 소리도 나올 것 같지가 않았다. 소녀처럼 가슴이 울렁거리고 자꾸만 입 속이 타 들어갔다.

"조용히! 조용히 하라구! 조용해야 노래를 부를 거 아니야!"

떠들던 병사들은 갑자기 입을 다물고 꿀 먹은 벙어리처럼 여옥을 바라보았다. 트럭은 움직일 기미를 보이지 않았다. 노래를 부르지 않으면 결코 움직일 것 같지가 않았다. 여옥은 꾸물거리다가 마침내 가만히 입을 열어 노래를 부르기 시작했다.

울밑에 선 봉선화야
네 모양이 처량하다
길고 긴 날 여름철에

아름답게 꽃필 적에
어여쁘신 아가씨들
나를 반겨 놀았도다.

노래가 끝나자 박수와 환호가 차안을 뒤엎었다. 병사들은 발을 구르면서 계속 부르라고 소리쳐 댔지만 여옥은 얼굴을 빨갛게 물들인 채 고개를 푹 숙여 버렸다. 어느새 그녀의 눈에는 눈물이 잔뜩 고여 있었다.

수년 전 일본군에게 끌려 다니던 때를 그녀는 생각하고 있었다. 잊을래야 잊을 수 없는 일이었다. 어느 눈 내리던 밤 일본군 헌병의 감시를 받으며 트럭에 실려 어디론가 정처없이 끌려가고 있을 때 어린 정신대 소녀들은 서로 약속도 하지 않았는데 봉선화를 불렀었다. 그것은 마음에서 우러나온 서글픈 민족의 노래였다. 헌병이 짓밟아 대는 바람에 끝까지 부르지는 못했지만 그후 얼마나 마음속으로 그 노래를 부르며 눈물지었던가.

그런데 지금은 그 노래를 부르게 된 사정이 그때와는 정반대였다. 지금은 행복한 순간이었다. 너무 행복하기 때문에 과거가 생각난 것이다.

"어? 아주머니 우시네."

노래를 계속하라고 조르던 병사들은 모두 멈칫해서 그녀를 바라보았다. 그녀는 얼른 눈물을 훔치면서 웃어 보였다.

"아주머니, 우리가 너무했나 보지요?"

잘 생긴 병사가 조심스럽게 물었다.

"아, 아니에요. 좀 슬픈 노래라서 괜히 눈물이 나왔나 봐요."
"그렇다면 괜찮습니다만……"
병사들은 그녀에게 더 이상 노래하라고 요구하지는 않았다.

이윽고 트럭이 출발하자 병사들은 약속이나 한 듯 합창으로 봉선화를 부르기 시작했다. 우렁찬 노래 소리에 여옥도 휩쓸려 들어 함께 불렀다.

트럭은 골짜기로 들어서면서부터 힘겹게 기어가듯이 굴러갔다. 좁은 협로 양켠으로는 산비탈이 높다랗게 치솟아 있었다. 그런데 병사들이 봉선화 3절 마지막 부분을 거의 다 불렀을 때였다. 집채 더미 만한 바위 하나가 트럭 앞 수 미터 되는 곳에 쿵하고 떨어졌다. 트럭은 아슬아슬하게 충돌을 면하면서 급정거했다.

"왜 그래?"

병사들이 노래를 그치고 의아해 할 때 운전병이 악을 썼다.

"공비다!"

그것이 신호이기라도 하듯 돌연 사방에서 총성이 울렸다. 한순간에 골짜기가 무너져 내리는 듯했다. 병사들은 눈 깜짝할 사이에 차 밖으로 뛰어내리고 차 속에는 혼자 남아 있었다.

"꼼짝하지 말고 거기 있어요!"

여옥은 시키는 대로 차 속에 남아 가마니 위에 납작 엎드렸다. 총알이 덮개를 뚫고 피웅피웅하고 날아가는 소리가 들려왔다. 여옥은 두 손을 맞잡고 기도했다.

트럭이 굴러갈 때는 사람의 그림자라곤 하나도 보이지 않았었다. 한낱 황량한 산골짜기만이 보였었다. 너무나 황량해서 사람이 숨을 만한 데도 없었다. 그런데 그것이 아니었다. 총소리와 함께 어디서 솟아나왔는지 모르게 수십 명의 사나이들이 앞뒤에서 총을 쏘아 대고 있었다.

탕!

탕!

탕!

봉선화 노래의 여운은 무참히 짓밟히고 생과 사의 처절한 혈전이 좁은 골짜기에서 벌어지고 있었다. 총소리 사이사이로 여옥은 장끼가 울부짖으며 날아가는 소리를 들었다.

토벌군 병사들은 한 사람이 열 명을 상대로 해서 싸우는 격이었기 때문에 필사적으로 저항하고 있었다. 그들은 총알이 다할 때까지 항복하지 않고 끝까지 버티었다. 사력을 다해 싸우는 그들의 모습은 용감하다 못해 숭고해 보이기까지 했다.

산 사나이들은 그야말로 산적들 같았다. 사람들의 모습을 갖추고 있는 자는 아무도 없었다. 추위를 막으려고 닥치는 대로 마구 옷을 껴입은 데다 그나마 더러울대로 더럽혀지고 해질 대로 해져서 흡사 누더기를 입고 있는 거지들 같았다.

양켠은 기어오르기 어려운 높은 산비탈이고 앞뒤는 공비들이 막고 있었기 때문에 포위망을 뚫고 도망친다는 것은 불가능한 일이었다. 항복 아니면 끝까지 싸우다 죽는 수밖에 다른 도리가 없었다. 항복해서 포로가 될 경우 더욱 참혹하게 죽는다는 것을 병사들은 너무도 잘 알고 있었다. 그래서 항복하는 병사는 하나도 없었다.

격렬한 전장 위로 흰 눈이 소리 없이 내리고 있었다. 여옥은 조금 전까지만 해도 손뼉을 치며 노래하던 나이 든 병사가 총을 맞고 힘없이 쓰러지는 것을 보았다. 그 병사는 눈 덮인 땅위를 기어가다가 갑자기 돌아누우며 하늘을 향해 두 손을 들어올렸다. 그 모습은 흡사 하늘에서 내리는 흰 눈송이들을 품속으로 끌어들이려고 애쓰는 것 같았다. 이윽고 병사의 두 손이 밑으로 떨어졌다. 턱을 덮은 검은 수염 위로 흰 눈송이가 날아와 앉았다. 병사는 점점 하얗게 변해 갔다.

총소리는 차츰 식어 가고 있었다. 병사들은 봉선화 노래 속에 하나하나 쓰러져 갔다. 그것을 바라보는 여옥의 눈은 눈물로 젖어 있었다. 주체할 수 없이 흘러내리는 눈물 때문에 그녀는 잘 보이지 않았다. 그녀의 귀에는 여전히 병사들의 합창 소리가 들려오고 있는 듯했다. 이럴 수가 없다! 이럴 수가 없다! 안 돼! 안 돼! 그녀는 주먹을 부르쥐고 속으로 울부짖고 있었다.

마침내 토벌군 병사 하나만이 살아남아 있었다. 제일 나이 어린 병사였다. 어린 병사는 이미 다리에 총을 맞고 있었다. 그는 손으로 땅을 짚으며 일어서고 있었다.

총소리가 약속이나 한 듯 뚝 멎었다. 공비들이 여기저기서 몸을 일으키는 것이 보였다. 험상궂은 사나이들이 어린 병사를 향해 총구를 겨누면서 한발 한발 다가오고 있었다. 여옥은 반사적으로 몸을 일으켜 차밖으로 뛰어내렸다.

갑자기 여자 하나가 나타나는 바람에 공비들은 주춤했다. 이어서 총성이 울렸다. 위협사격이었다. 여옥은 상관하지 않고 어린 병사 쪽으로 달려갔다. 공비들도 몰려들기 시작했다.

"안 돼요! 안 돼!"

여옥은 어린 병사를 끌어안으며 부르짖었다. 병사는 헐떡이며 그녀를 밀어냈다.

"아주머니! 비키세요! 위험합니다!"

공비들의 총구가 원을 그리며 그들을 겨누었다. 신호 하나에 벌집이 되느냐 마느냐 하는 순간이었다.

공비들은 방아쇠를 당기지 않고 지켜보고만 있었다. 죽음을 두려워하지 않는 여인의 모습에 함부로 거스릴 수 없는 초인의 의지와 위엄을 느낀 것 같았다. 그들은 얼어붙은 듯 움직이지 않고 서 있기만 했다.

"아주머니……노래 정말……잘 들었어요……아름다운 목소리였어요."

병사는 다리가 아픈지 주저앉았다. 그리고 사랑에 굶주린 신선한 눈빛으로 여옥을 바라보았다. 여옥은 몸을 떨며 흐느껴 울었다. 병사가 총을 들어 자신의 가슴을 겨누는 것을 지켜보며 그녀는 연방 고개를 흔들고 있었다.

"안 돼요……안 돼요……"

그녀의 말소리는 중얼거림에 불과했다. 그밖에 다른 방법이 그 병사에게는 없다는 것을 그녀는 잘 알고 있었다. 병사는 웃으며 말했다.

"……아주머니……고마워요……저는 행복합니다……언젠

가는 싸움도 끝나겠지요……아, 눈이 많이 오네요……"

어린 병사의 손이 그녀의 손을 잡았다. 병사는 그녀의 손을 끌어당기더니 손등 위에 입을 맞추었다.

"사랑합니다"

그와 동시에 탕 하는 일발의 총성이 허공을 울렸다. 병사가 자결하기 전에 공비의 총구에서 먼저 총알이 날아온 것이다.

등에 총을 맞은 병사는 그대로 여옥의 품에 쓰러지며 미소지었다. 입술을 움직이며 무엇인가 말하려고 애를 쓰는 모습을 보고 여옥은 격렬하게 몸부림쳤다.

"쏴요! 왜 나는 죽이지 않는 거예요! 나를 쏘란 말이에요. 나도 죽이라구요! 죽이란 말이에요!"

그녀는 흐느끼며 병사의 얼굴에 마구 얼굴을 비벼 댔다.

"개쌍년!"

공비 한 명이 여옥의 목덜미를 홱 낚아챘다. 그 바람에 그녀의 몸이 뒤로 벌렁 나가자빠졌다. 개머리판으로 후려치는 자와 여옥의 눈이 마주쳤다. 여자가 의외로 미인이라고 생각했던지 그는 주춤했다.

죽음을 각오한 여옥은 두려움이 조금도 없었다. 그녀는 일어서서 증오에 서린 눈으로 공비들을 쏘아보았다.

사내들의 얼굴은 하나같이 검은빛이었다. 때가 까맣게 낀 데다 시커먼 털로 덮여 있어서 보기에도 흉칙스러웠다. 살기와 탐욕으로 번득이는 충혈된 눈동자들을 보자 그녀는 비로소 몸이 절로 움츠러들었다.

"음, 예쁜 계집이군."

캡은 쓴 자가 손을 뻗어 그녀의 뺨을 만졌다. 여옥은 그 손을 탁 뿌리쳤다.

"이년이!"

캡은 부리나케 그녀의 뺨을 올려붙였다. 여옥이 비틀거리며 쓰러지려는 것을 다른 사내가 끌어안았다.

"흐흐흐······."

시커먼 손이 그녀의 가슴이며 엉덩이를 쓰다듬었다. 몸부림 칠수록 더욱 억세게 죄어들었다. 역겨운 냄새가 확 풍겨 왔다.

"이상한 계집이다. 어찌 군인 차에 타고 있었지?"

여옥의 눈은 분노에 차 눈물로 가득했다.

"죽여 버릴까요?"

"죽이는 거야 아무 때라도 할 수 있어."

"그럼 오랜만에 고기 맛이나 좀 봅시다. 산 속에 있으니까 어찌나 여자 생각이 나는지. 요년은 두고두고 맛볼만허겄는디요. 씨암탉처럼 통통히 살이 오른 것이······."

둘러서 있는 사내들이 누런 이를 드러내고 웃었다. 먹이를 놓고 요리해 먹을 생각을 하니 즐거운 모양이었다.

여옥의 눈에는 모두가 하나같이 비슷비슷해 보였다. 더럽고 추한 도둑들 같았다. 그 얼굴들을 쏘아보면서 그녀는 그 속에서 대치의 모습을 찾았다. 그러나 남편의 모습은 보이지 않았다.

"짐을 끌어내고 빨리 불을 질러! 10분 후에 출발이다!"

지휘자로 보이는 자의 명령에 공비들은 재빨리 행동을 개시했다. 트럭 위에 있는 보급품은 공비들에게는 하나도 버릴 것이 없는 매우 귀중한 것들이었다. 가져갈 수 있을 만큼 각자 짐들을 챙긴 다음 공비들은 트럭에다 불을 질렀다. 그리고 서둘러 그곳을 떠났다.

물론 그들은 여옥도 끌고 갔다. 여옥은 체념하고 그들을 따라갔다. 수십 명의 산 사나이들을 따돌리고 도망친다는 것은 도저히 불가능한 일이었다. 시커먼 연기를 내뿜으며 타오르고 있는 트럭과 그 주위에 쓰러져 있는 병사들의 시체를 돌아보고 하면서 그녀는 산으로 기어올라갔다.

국군 병사들이 몰살당한 것은 순전히 그녀 때문이었다. 그녀가 승차를 거부했다면 트럭은 운봉 쪽으로 들어서지 않고 곧장 제갈길로 갔을 것이다. 그런데 도중에 그녀가 나타나 탑승하는 바람에 그와 같은 비극이 일어난 것이다. 병사들로서는 여우에게 홀렸다고 볼 수도 있었다.

여옥은 병사들이 자기 때문에 죽었다고 생각하니 가슴이 찢어지는 것만 같았다. 어린 병사의 마지막 모습이 자꾸만 눈앞을 어지럽혀 발길이 제대로 잡히지가 않았다.

보고 싶은 사람

 그녀가 제대로 걷지 못하자 호송을 맡은 공비는 그녀의 허리에 새끼줄을 동여맨 다음 흡사 짐승을 끌고가듯이 그녀를 사정없이 끌어당겼다. 여옥은 아예 고무신을 새끼줄로 싸매고 따라갔다.

 솜같이 부드러운 눈이 펑펑 쏟아지고 있었다. 모두가 허옇게 눈을 뒤집어쓰고 있었다. 공비들은 그런 대로 익숙하게 움직이고 있었지만 여옥은 이루 말할 수 없을 정도로 고통스러웠다.

 눈 쌓인 험한 산 속을 연약한 여자 몸으로 걷는다는 것은 그야말로 어려운 일이었다. 그것은 극한상황에서나 있을 수 있는 일이었다. 그렇지 않은 상태에서는 정말 한 걸음도 내딛기가 힘들 정도였다. 산 속으로 깊이 들어갈수록 적설량이 많아져 발이 푹푹 빠져들었고, 그녀는 눈밭에 자꾸만 나뒹굴곤 했다. 버선발이었기 때문에 발은 물에 빠진 듯 젖어서 걸음을 옮길 때마다 질퍽거렸다. 처음에는 발이 몹시 시렸지만 정신없이 걷다 보니 아무런 감각도 느끼지 못하게 되었다.

 언덕 하나를 간신히 넘고 난 여옥은 마침내 소나무 둥치를 끌어안고 주저앉아 버렸다. 호송을 맞은 공비가 새끼줄을 끌어당기다가 안 됐다 싶었던지 농구화를 한 켤레 내 주었다. 트럭에서 가져온 것인 듯했다. 여옥은 젖은 버선을 벗고 남편에게 주려고 가져왔던 양말을 신었다. 그 위에다 농구화를 껴 신자 찬 기가 조금 가시는 듯했다.

"조심해야지 안 그러문 동상에 걸려."

여느 공비들과는 달리 그 공비는 무식하고 미련스러워 보였다. 다른 공비들이 보이지 않을 때는 여옥의 손을 잡아 끌어 주곤 했다. 그러면서 이런 말까지 했다.

"죽지 못해 이러고 있다고. 색시는 정말 큰일이네. 끌려가문 살아나기 어려울 텐데 말이여."

모두가 허덕거리며 걸어가고 있었다. 하늘을 가득 채우며 날아오는 눈발은 수 미터 앞을 분간할 수 없을 정도로 어지럽게 몰려오고 있었다.

"기회 봐서 도망쳐."

여옥은 믿을 수 없다는 듯 공비를 바라보았다. 공비의 눈꼽 낀 두 눈은 진지한 빛을 띠고 있었다. 주위에 눈을 돌렸다. 어디를 보나 눈 덮인 산이었다. 수십 명의 공비들을 따돌리고 도망친다는 것은 아무리 생각해도 불가능했다. 걸음이 빠른 남자라면 또 모른다. 여자 몸으로 도망친다는 것은 정말 어려운 일이었다.

절망감에 사로잡히자 다리에서 힘이 빠지는 것 같았다. 휘청거리며 간신히 걸음을 옮겨 놓았다.

"나는 끌려와서 억울하게 이 짓을 허고 있다고. 이젠 오도 가도 못 허는 신세지. 내려가문 거그서 가만두지 않을 거고, 여기서 있자니 오래 살 것 같지도 않고……어쩌문 좋을지 모르겠구만. 이 넓은 천지에 이 몸 하나 숨길 데가 없으니 원……"

절망적인 한숨 소리에 여옥은 더욱 암울한 기분이 들었다.

모두가 눈을 허옇게 뒤집어쓰고 있어서 눈사람 같았다. 그들이 언덕 세 개를 넘었을 때 어디선가 독특한 새 울음 소리가 들려왔다. 이쪽에서도 새 울음 소리를 보내자 얼마 후 그들 앞에 두 사내가 나타났다. 길목을 지키고 있던 공비들이었다.

"어이, 수고한다!"

"오늘은 대성공이야!"

"어, 저건 뭐야? 여자 아니야?"

"한 마리 잡아왔지."

공비들은 재빨리 달려와 여자의 얼굴부터 들여다보았다.

"히야, 기막히게 예쁜데……"

"오늘밤은 몸을 좀 풀겠군."

여옥은 그들을 외면하고 그대로 걸어갔다. 그녀에게는 이해하기 어려운 힘이 있었다. 그것은 절망에 빠질수록 솟아 나오는 힘이었다.

처음에는 병사들의 죽음과 공비들의 폭력에 짓밟힐 자신의 모습을 생각하고는 걷잡을 수 없는 절망과 공포에 휩싸였지만 시간이 지나자 이제는 자신을 지키려는 새로운 힘이 서서히 고개를 쳐들고 있었다.

"여기서 쓰러져서는 안 된다! 나는 여기서 살아 돌아가야 한다! 이들에게 짓밟혀 눈 속에 묻힌다는 것은 정말 참을 수 없는 일이다!"

그녀는 목도리를 벗어 눈을 털었다.

얼마 후 그들은 동굴 앞에 닿았다. 그곳은 가파른 비탈 쪽으로 돌아간 곳에 나무로 교묘하게 위장되어 있어서 길 쪽에서는 도무지 알아볼 수가 없도록 되어 있었다. 애초에는 조금 움푹 들어간 곳이었는데 일부러 파 들어가 십여 명 정도는 기거할 수 있게 만들어져 있었다. 거기 말고도 여기저기에 은신처가 마련되어 있는지 공비들은 잠깐 사이에 사방으로 흩어져 모습을 감추어 버렸다.

뒤에서 밀어 대는 바람에 여옥은 동굴 안으로 짐짝처럼 처박혔다. 바닥은 낙엽을 깔았는지 푹신했다. 낙엽 위에는 가마니를 펴 두고 있었다. 내부에는 제법 온기가 감돌고 있었다. 낙엽 타는 냄새와 함께 남자들에게서 느낄 수 있는 퀴퀴한 냄새가 코를 찔렀다. 그런 곳에서 겨울을 나는 사내들의 모습이 문득 신기해 보였다.

어둠침침한 안쪽에 한 사내가 웅크리고 있는 것이 보였다. 여옥은 그 앞으로 끌려가 무릎을 꿇리었다. 사내는 늙수그레해 보였다. 추운지 담요를 둘러치고 앉아 불을 쬐고 있었다. 땅을 파고 거기다 숯불을 만들어 그것을 쬐고 있었다. 머리가 몹시 길어 귀를 덮고 있었고 얼굴은 온통 수염투성이였다.

공비 하나가 보고하는 동안 그 사내는 번득이는 눈으로 여옥을 쏘아보고 있었다. 마치 진득진득 묻어 나는 것 같은 그 시선을 받고 여옥은 오싹 소름이 돋았다.

"왜 트럭에 타고 있었지?"

늙은 사내가 느린 어조로 물었다. 기침을 하는 것이 병들어 있는 듯했다.

"아마 집에 가는 길에 편승한 것 같습니다."

여옥이 대답하지 않자 다른 공비 하나가 대신 말했다.

"너보고 묻지 않았어."

그는 손을 뻗어 여자의 얼굴에 감겨 있는 목도리를 걷어냈다.

"으음."

의외로 미인이라고 생각했는지 그는 낮게 신음했다.

"이름이 뭐지?"

"……"

여옥은 늙은 사내를 물끄러미 바라보았다.

이상하게도 두려움도 불안도 가시고 그들이 가련하다는 생각이 들었다. 남자를 받는데 있어서 그녀는 역전의 용사라고 할 수 있었다. 그녀는 자신의 배 위로 지나간 일본군 병사들을 생각했다. 사단 병력이 지나갔다면 거짓말일까. 아무튼 헤일 수 없이 많은 병사들이, 똑같이 생겨 하나하나 뚜렷이 기억할 수조차 없는 병사들이 자신의 배를 타고 지나갔다. 멀리 안개 속으로…….

역전의 용사답게 전신에 팽배해 오는 힘을 그녀는 느꼈다. 그와 함께 울컥 치미는 비분을 목구멍을 넘기며 가만히 한숨을 내쉬었다. 이들이 강간한다면 하는 수 없는 일이다. 다만 과거와 달리 자식과 남편이 있다는 사실이 마음에 걸린다.

대치에 대한 반발이 거세게 일었다. 자기를 그 지경으로 만든 장본인이 남편이라고 생각하자 자진해서 옷을 벗어붙이고 그들에게 몸을 제공하고 싶은 충동이 일었다.

"이름이 뭐지? 왜 트럭에 타고 있었지? 군인들에게 몸을 팔고 있었나?"

늙은 사내는 거듭 물었다. 그러나 여옥은 멍하니 앉아 있기만 했다. 흘러내린 머리칼과 유난히도 하얀 얼굴이 처연해 보이기까지 했다.

사내는 그녀의 손을 만져 보았다. 꺼끌꺼끌한 감촉에 그녀는 몸서리가 쳐졌다. 그러나 뿌리치지 않고 그대로 앉아 있었다.

"음, 넌 농사 짓는 계집이 아니군. 손이 이렇게 고울 수가 있나."

그녀가 농촌의 아낙 같지 않고 세련된 미모를 갖추고 있다고 보는 것은 비단 한 사람만이 아니었다. 그녀를 가까이서 관찰한 사람이면 누구나 그렇게 생각하기 마련이었다.

"대답을 안 하겠다 이 말이지? 으음, 보기보다는 독한 년인지도 모르겠다. 무서워하는 것 같지도 않군. 어차피 잘됐다. 남자들만 있어서 너무 삭막했는데 잘됐어. 호랑이 굴에 들어온 이상 밥이 되는 건 당연하지. 우리 해방군을 위로해 주는 걸 영광으로 생각해. 이 여자 옷을 모두 벗겨!"

명령이 떨어지자 공비 하나가 그녀를 향해 손을 뻗었다. 여옥은 그 손길을 뿌리치면서 물러앉았다.

"당신들이 진정코 백성들을 위한 해방군이라면 남의 유부녀한테 손을 대지는 않을 거예요. 이게 무슨 짓들이에요?"

"뭐라구? 제법 똑똑한 계집이군. 이것 봐. 해방군은 사람이 아닌가? 우리도 밥을 먹어야 하고 여자가 그리워."

"여자가 그립다고 아무 여자나 겁탈하는 것이 옳은 짓인가요? 그런 짓은 산적들이나 하는 짓이에요!"

"우리는 산적이 아니야!"

늙은 공비는 거세게 쏘아붙이더니 가래 끓는 소리를 내고 기침을 토하기 시작했다.

"산적이 아니라면 제 몸에 손대지 마세요! 그리고 저를 돌려보내 주세요!"

"그건 안 돼. 당신은 우리가 있는 곳을 알았으니까 좋으나 궂으나 우리와 동고동락해야 돼. 강제로 당하기 싫으면 순순히 옷을 벗어."

늙은 공비는 그래도 자기 나름대로 혁명 의식을 갖추고 있는 듯이 보였다. 그것을 굳이 내보이면서 자신의 행동을 합리화시키려고 애쓰고 있었다. 여옥이 좀처럼 들어줄 기미를 보이지 않자 그는 마침내 이렇게 결론을 내렸다.

"혁명을 위해서는 희생이 불가피해. 뭣들 하는 거야? 빨리 옷을 벗겨!"

이번에는 두 명이 달려들었다. 그중 한 명이 칼을 빼어 들더니 그녀의 목에다 그것을 들이댔다.

"까불지 마! 순순히 옷을 벗지 않으며 죽여 버릴 테다!"

여옥은 숨을 흐윽 들이키면서 눈을 감았다. 그리고 떨리는 목소리로 중얼거렸다.

"산적들 같으니……. 나에게 손대면 당신들은 후회하게 될 거야."

그녀의 저고리가 홱 벗겨져 나갔다. 그때 늙은 공비가 부하들의 행동을 제지했다.

"잠깐……. 그게 무슨 소리지?"

"후회할 거란 말이에요!"

늙은 사내는 그녀를 쏘아보다가 그녀가 가져온 봇짐을 풀었다. 그리고 물건들을 헤쳐 보고 나서 눈을 치떴다.

"이건 모두 남자들 것이군, 누구 주려고 가져온 거지?"

"손대지 말아요."

그녀는 날카롭게 외쳤다. 늙은 사내는 털 셔츠를 몸에 대보면서 빙그레 웃었다.

"손수 짠 거군. 내가 입으면 딱 맞겠군."

"입으십시오."

부하가 맞장구를 쳤다.

"손대지 말라고요!"

여옥은 곧 울음을 터뜨릴 것 같았다. 늙은 사내는 흐물흐물 웃었다.

"그럼 말해 봐. 이거 누구 줄 거지?"

"그분 줄 거예요!"

밝히고 싶지 않은 것을 그녀는 마침내 털어놓았다.

"그분이 누구야? 네 서방 말이냐?"

"……"

그녀는 재빨리 저고리를 집어 입었다.

"으음, 서방님 줄 것이란 말이지. 서방님은 어디 살고 있지?"

"그건 알 필요 없어요."

"뭐라고? 이놈의 계집이 갈수록 맹랑하군. 불 때까지 혼을 내 줘!"

한 놈이 그녀의 왼손을 잡더니 한쪽으로 홱 비틀었다. 여옥의 얼굴이 고통을 못 이겨 일그러졌다. 가냘픈 팔이 금방이라도 부러져 버릴 것만 같았다.

"말하겠어요! 이거 놔요!"

"풀어 줘!"

여옥은 한 바퀴 굴러 구석에 처박혔다가 일어나 앉았다. 그녀는 아픈 팔을 매만지며 입술을 깨물었다.

"야만인들 같으니……산적들……"

"잔말 마! 네 서방은 어디 살고 있으며 이름이 뭐지?"

"그렇게 알고 싶다면 말하죠. 사실은 창피해서 말하고 싶지 않았는데……"

"창피하다니……넌 목숨도 아깝지 않느냐?"

"아깝지 않아요."

"좋아. 죽여 달라면 죽여주겠다. 그런데 뭐가 창피하다는 거지?"

보고 싶은 사람 · 213

"그분이 당신들과 같은 신세니까 창피하다는 거예요."

"뭣이?"

모두가 긴장한 눈으로 그녀를 바라보았다. 늙은 사내가 상체를 움직였다.

"우리와 같은 신세라니……그럼 네 서방이 산 속에 있단 말이냐?"

"그래요."

"그, 그럼 이름이 뭐지?"

"말하고 싶지 않아요!"

사내는 한참 여옥을 쏘아보다가 그녀의 뺨을 후려쳤다.

"이년! 누구를 놀리고 있는 거냐? 말하지 않으면 당장 요절을 내고 말 테다! 이름이 뭐냐?"

사내는 불 속에서 서서히 쇠젓가락을 뽑아 들었다. 그것으로 여자를 지질 속셈인 것 같았다. 몹시 화가 난 것이 금방이라도 그것을 휘두를 것 같았다. 그러나 여옥은 그것을 거들떠보지도 않은 채 헤쳐진 봇짐을 도로 싸매면서 빼앗듯이 말했다.

"최대치라고 해요. 저주받을 이름이에요."

"뭐, 뭐라고? 방금 뭐라고 했지? 다시 말해 봐!"

"대치라구요! 최대치!"

그녀는 봇짐을 끌어안고 거기에 얼굴을 묻었다. 눈물이 마구 쏟아졌다. 몸이 마구 떨리고 있었다. 그녀는 소리내지 않으려고 봇짐으로 입을 틀어막았다.

사내의 손에서 쇠젓가락이 굴러 떨어졌다. 사내는 경악에 가까운 눈으로 울고 있는 여자를 바라보고 있었다. 다른 공비들도 마찬가지였다. 그들은 얼어붙은 듯 꼼짝하지 않고 있었다. 어느새 그들의 얼굴은 두려운 빛으로 변해 있었다. 그들은 더 물으려고 하지도 않았다. 최대치라는 한마디에 완전히 벙어리가 되어 무거운 침묵 속에 빠져 있었다.

늙은 공비가 자신의 실수를 만회할 기회를 찾으려는 듯 머뭇거리다가 조심스럽게 입을 열었다.

"그거……정말입니까?"

"……"

여옥은 울기만 했다. 사내의 얼굴이 잔뜩 일그러졌다.

"정말이라면 정말 미안하게 됐습니다. 처음부터 말씀을 했다면 이러지는 않았을 건데……. 그만 진정하시고, 용서하십시오. 최대치 동무는 잘 계십니다."

남편이 잘 있다는 말에 여옥은 비로소 고개를 쳐들었다. 눈물에 질펀히 젖은 그녀의 얼굴은 유난히도 신선해 보였다.

"정말 죄송스럽게 됐습니다. 뭐라고 말씀드려야 할지 모르겠군요"

조금 전과는 전혀 딴판이었다. 늙은 공비는 비굴할 정도로 고개를 숙이며 용서를 빌고 있었다.

"대치 동무가 알면 가만있지 않을 겁니다. 진작 말씀을 하셨다면 우리도 이런 실수는 하지 않았을 겁니다. 부인께서 너그러운 마음으로 이해해 주십시오. 정말 죄송합니다."

그들은 남편을 몹시 두려워하고 있다는 것이 피부로 느껴졌다. 그들 세계에서 남편의 위치가 어느 정도인가를 물어 보지 않아도 알 수 있을 것 같았다.

"그런 건 걱정하지 마세요. 전 아무렇지도 않아요. 그분을 만나게만 해 주세요."

"그거야 어렵지 않습니다. 연락을 취할 테니 조금만 기다리십시오."

사내는 비로소 안심이 되는지 한숨을 놓는 눈치였다.

"그분은 여기에 안 계시는가요?"

"네, 여기에 계시지 않고 지도부에 계십니다. 여기서 좀 떨어져 있습니다. 내일 중으로는 만나실 수 있을 겁니다."

"그렇게 먼 곳에 계시나요?"

여옥은 적이 실망하여 물었다.

"네, 좀 떨어진데다 눈이 많이 내리고 있어서 연락을 받고 여기까지 오려면 시간이 꽤 걸릴 겁니다. 틀림없이 연락을 해 드릴 테니 염려하지 마시고 기다리십시오."

"제가 거기까지 갈 수는 없을까요?"

여옥은 한시가 급해서 물었다.

"그건 안 됩니다. 멀고 길도 험한데다 보안상의 문제도 있고 해서 직접 가시는 건 곤란합니다."

이렇게 나오니 기다리는 수밖에 다른 도리가 없었다.

추운 겨울밤이 찾아왔다. 어둠과 함께 공포가 밀려왔다. 공포를 느끼기는 공비들도 마찬가지였다.

그들은 비록 깊은 산중에 숨어 있다고는 하지만 그 생활에도 한계가 있다는 것을 누구보다도 그들 자신이 잘 알고 있었다. 그들은 토벌군과 굶주림에 포위되어 있었다. 그것은 실로 무서운 고통이었다. 그러나 무엇보다도 무서운 것은 죽음이 몰고 오는 공포였다. 어둠이 찾아들 때마다 그들은 죽음의 그림자가 한 발짝 더 앞으로 다가선 것을 느끼는 것이었다. 그렇게 시시각각 다가오는 죽음의 그림자를 외면한다는 것은 불가능한 일이었다. 그들은 어둠과 함께 그것을 안고 긴긴 밤을 뜬눈으로 지새워야 하는 신세였다.

어둠이 찾아오자 그들은 약속이나 한 듯 모두 입을 다물고 있었다. 공포에 사로잡힌 나머지 입이 얼어붙은 듯했다. 그래서 동굴 안은 무거운 정적 속에 가라앉아 있었다. 부스럭거리는 소리만 나도 모두가 그쪽을 바라보며 눈을 번득였다. 하나같이 신경이 극도로 날카롭게 곤두서 있었다. 그들의 그러한 모습을 의식하고 있는 동안 여옥은 남편을 생각하고 있었다.

남편도 저들처럼 공포에 사로잡혀 어둠 속에서 떨고 있을 것이라고 생각하니 견딜 수가 없었다. 그는 여느 사람들보다는 용기가 있으니 저렇게 떨고 있지 않을지도 모른다. 그러나 속으로는 몹시 떨고 있을 것이다. 아무리 강철 같은 남자라 하더라도 이와 같은 상황에서는 어쩔 수가 없을 것이다.

동굴 안은 사내들이 내뿜는 악취로 가득 차 있었다. 열 명이 넘는 사내들이 몸을 비집고 드러누워 있으니 몸을 움직이기도 불편했다.

여옥은 사내들 틈에 차마 드러누울 수가 없어 한편 구석에 웅크리고 앉아 있었다. 그렇게라도 밤을 지새울 수밖에 없었다. 어둠 속에서 사내들의 눈초리가 끊임없이 자신을 향해 번득이고 있는 것이 피부에 와 닿았다. 먹이를 놓고도 보기만 해야 하는 안타까움이 거기에 있었다. 만일 다른 여자였다면 벌써 짓이겨졌을 것이다. 그러니까 여옥이 최대치의 아내라는 사실이 그들에게 대단한 충격을 안겨 준 것임이 틀림없었다. 그들 중 그 누구도 그녀에게 수작을 거는 자는 없었다. 감히 그럴 엄두도 내지 못하고 있었다. 다만 끓어오르는 욕망을 목구멍으로 집어삼키느라고 무진 애를 쓰고 있을 뿐이었다. 여기저기서 가만히 한숨을 내쉬는 소리가 들려오기도 했다. 아름다운 여자 하나가 그들과 함께 굴 속에 있으니 그들이 괴로워하는 것도 무리는 아니었다. 사람이란 극한 상황에 놓여 있을수록 이성이 그리운 법이다. 거기에 몸을 담그고 고통과 공포를 잊고 싶은 것이다.

여옥은 무거운 공기를 이기지 못해 밖으로 가만히 빠져나왔다.

어느새 눈은 그쳐 있었다. 하늘도 맑게 개어 있었다. 차가운 밤하늘에는 별빛이 유난히도 영롱했다. 앙상한 나뭇가지 사이로 둥근 달이 흔들리고 있는 것이 보였다. 달이 흔들리는 것이 아니라 나뭇가지가 흔들리고 있었다. 차가운 바람에 나뭇가지 위에 쌓여 있던 눈가루가 우수수 흩어져 내렸다.

달빛에 하얗게 드러난 산은 태고의 신비를 간직하고 있는 듯했다. 푸르스름한 기운이 산을 덮고 있었다. 저만치 눈앞에 무엇인가 움직이고 있는 것이 보였다. 꼬리가 긴 것이 늑대 같았다. 이윽고 늑대의 울음 소리가 높고 길게 밤하늘로 울려 퍼지기 시작했다.

 컹컹 컹컹. 늑대의 울음 소리는 더없이 공허하게 들려왔다. 조금 후 또 한 마리의 늑대가 나타났다. 그들은 나란히 서서 차가운 허공을 향해 컹컹컹 하고 짖었다. 암수 한 쌍인 듯했다.

 여옥은 문득 그들이 부러운 생각이 들었다. 차라리 짐승으로 태어났더라면 이런 고통은 없었을 것이다.

 아, 인간으로 태어난 것이 싫다. 정말 싫다.

 나뭇가지 사이를 스쳐 가는 바람이 몹시 맵다. 얼굴이 얼얼할 정도로 춥다. 나무 둥치에 쌓여 있는 눈가루를 손으로 긁어 모아 꼬옥 뭉쳤다. 손이 시릴 때까지 그것을 꼭 뭉쳐 쥐고 있었다. 눈물이 어려 자꾸만 달이 두 개로 보였다. 두 마리의 늑대는 어디로 갔는지 보이지 않았다. 적막한 밤이었다. 거대한 산의 침묵이 가슴을 압박해 들어오고 있었다. 침묵 속으로 자신의 조그만 육신이 용해되어 들어가는 것을 느꼈다. 대자연의 신비에 비하면 인간의 생각이나 움직임이란 얼마나 보잘 것 없는 것인가. 그 모든 것이 티끌 같은데 인간들은 그것이 전부인 양 목숨을 걸고 싸우고 있다. 우스운 일이다. 가엾은 일이다. 인간은 이 대자연의 신비에 귀의하는 마음으로 살아갈 수 없는 것일까. 그이는 지금 무슨 생각을 하고 있을까. 저 달을 쳐다보며 혁명을 생각하고 있을까. 아니면 추위와 굶주림에 마냥 떨고만 있을까. 혹시 가족들 생각에 눈물을 흘리고 있는 게 아닐까. 아니야. 그이는 그럴 사람이 아니야. 그럴 리가 없어. 어둠 속에서 비록 추위와 굶주림에 떨고 있다 하더라도 가족들을 생각하며 눈물 흘릴 사람이 아니야. 모르면 몰라도 아마 이를 갈며 혁명을 생각하고 있을 거야 그의 인간됨을 잘 알고 있으면서도 나는 왜 쓸데없는 생각을 하고 있을까. 나는 왜 여기까지 그를 만나러 왔을까. 그가 남편이기 때문일까. 아니면 그를 사랑하기 때문일까. 지금이라도 늦지 않다. 지금이라도 돌아갈 수 있다. 아니야. 만나고 가야 해. 그를 보고 싶어서 여기까지 온 게 아닌가.

그녀는 와락 나무를 끌어안았다. 그리고 눈 위에 얼굴을 마구 비볐다. 사랑해요. 당신을 사랑해요. 죽도록 당신을 사랑해요. 당신이 지구 끝에 있다 해도 저는 당신을 찾아갈 거예요. 야속해요. 당신이 야속해요.

산에서 보낸 첫날밤은 아무 일도 일어나지 않았다. 꼬박 뜬눈으로 밤을 지샌 여옥은 온몸이 얼어붙어 있었다. 그녀가 보는 앞에서 공비 하나가 대치에게 연락을 취하기 위해 길을 떠났다.

아침식사라고 주는데 보니 주먹밥에 짜디짠 무조각 하나였다. 주먹밥은 잡곡으로 만든 것이었다. 사내들은 아무 군소리 없이 소가 새김질하듯 하나 남김없이 꼭꼭 씹어먹었다.

"어제 보급 투쟁 성과가 좋았기에 오늘은 그래도 나은 편입니다. 맛은 없지만 많이 드십시오."

늙은 공비가 예의를 차리며 깎듯이 말했다. 여옥은 주먹밥을 내려다보았다. 차마 먹을 수가 없었다. 어제 골짜기에서 죽어가던 병사들의 모습이 눈앞에 어른거려 아무 것도 먹을 수가 없었다. 저 사내의 말대로라면 이것은 병사들이 싣고 가던 보급품을 약탈해서 만든 음식이 아닌가. 이들은 그 병사들의 주검 위에서 식사하고 있다. 이 살인자들은 오직 먹는 데만 정신이 팔려 있다.

그래도 좀 나은 식사가 이 정도라니, 평소 때의 이들의 식사가 어느 정도인가는 충분히 짐작이 가고도 남는다. 짐승들도 이들보다는 기름진 식사를 할 것이다.

"왜 드시지 않습니까? 허긴 이런 식사하시기 어렵겠지요. 허지만 할 수 있습니까? 그거나마 드시지 않으면 여기서는 살아가기가 어렵습니다. 억지로라도 드셔야지요."

그러나 그녀는 그것을 입에도 대지 않았다. 차마 먹을 수가 없었다. 식사가 더럽고 형편없어서 그런 것이 아니었다. 죽은 병사들을 생각하니 차마 먹을 수가 없었던 것이다.

그날은 아무 움직임도 없었다. 공비들은 하루종일 굴 속에 틀어박혀 지냈다. 먹을 것이 확보되면 죽은 듯이 누워지내는 것이 일과인 듯했다. 그러다가 토벌군이라도 오면 도망치는 모양이었다.

기다리기에 지친 여옥은 그들과 이야기를 나누어 보았다. 그들의 신세가 갑자기 처량하게 생각되었기 때문이다.

"언제까지 이런 생활을 하실 건가요?"

"글쎄올시다. 우리도 잘 모르겠소. 언제까지 이러고 있어야 할지 아무도 무르는 일이지요."

우악스럽게 생긴 공비 하나가 다른 사람들의 눈치에는 아랑곳없이 말했다. 그는 꽁초 끝이 거의 없어질 때까지 빨아 대고 있었다. 동상처럼 움직이지 않고 있던 다른 공비들도 대화에 관심이 있는지 조금씩 몸을 움직이기 시작했다.

"그렇다고 언제까지 이러고 있을 수는 없지 않아요? 이런 생활에도 한계가 있지 않나요?"

"그걸 모르는 바 아닙니다. 알면서도 이러고 있는 거지요. 이럴 수도 저럴 수도 없으니까 이러고 있는 거 아닙니까?"

그러자 잠자코 있던 늙은 공비가 끼어들었다.

"동무는 무슨 말을 그렇게 하나요? 우리가 이 고생을 하고 있는 것은 엄연히 목적이 있어서 그러는 거 아니오? 대원들의 사기에 영향을 미치는 그런 발언을 삼가시오."

우악스럽게 생긴 공비는 쿡하고 코웃음을 쳤다.

"사기에 영향이 있다고요? 흥, 사기를 따질 때는 이미 지났습니다. 말은 하지 않지만 모두가 같은 생각일걸요. 속아도 한두 번 속아야지요. 금방이라도 내려올 것 같던 해방군은 왜 안 내려옵니까? 우리가 모두 죽은 뒤에야 내려올 모양이지요?"

그 말에 공비들은 모두 웃었다. 공허한 웃음 소리였다. 혁명 의식이 투철하다든지 희망을 가지고 있는 사내들은 거의 없는 것 같았다. 하나같이 절망을 안고 어쩔 수 없이 목숨을 부지하고 있다는 인상이 짙었다.

"동무가 그런 의식을 가지고 있다니 기억해 두겠소. 혁명 의식을 저해하는 언동이 어떤 결과를 가져오리라는 것은 동무가 잘 알 거요. 그때 가서 이러쿵저러쿵 변명하지 마시오."

"네에, 변명도 하지 않고 사정도 하지 않겠습니다. 그럴 바에는 차라리……"

"차라리 뭐요?"

"자살하는 게 낫지요."

"묘한 말을 하는군. 그런 패배 의식을 가지고 있는 한 동무는 결코 고난에서 헤어나지 못할 거요."

"패배 의식은 여기에 들어와서 생긴 거지요. 그 전에는 나도 희망과 투쟁의식에 불타고 있었지요. 그것이 여기에 들어와서 이 모양 이 꼴이 된 거지요. 나뿐만 아니라 모두가 같은 생각일 걸요. 동무들, 안 그런가?"

모두가 무겁게 고개를 끄덕거렸다. 그들은 자신들이 패배 의식에 사로잡혀 있다는 것을 굳이 숨기지 않았다. 막판에 몰려 있는 그들은 오직 동물적인 생존 본능만을 안고 있는 듯했다.

늙은 공비는 얼굴을 붉히면서 쿨럭쿨럭 기침을 했다. 몹시 불만인 것 같았지만, 위계질서가 무너지고 있는 판에 힘이 있을 리 없었다. 내부에서 반란이라도 일어나 자신이 제거될까 봐, 그는 몹시 두려워하고 있는 것 같았다.

"동무들, 희망을 가지시오. 아마 머지않아 좋은 소식이 있을 거요."

그는 무마하듯이 겨우 이렇게 말했다. 그런데도 그의 부하들은 여전히 코웃음을 쳤다. 상사고 뭐고 안중에 없는 것 같았다.

어느새 동굴 안은 불안한 공기로 차 있었다. 여옥은 조심스럽게 그들을 바라보았다. 그들은 자신이 세운 위계질서를 스스로 파괴하려 하고 있다. 당연한 귀결일지도 모른다. 그러나 만일 파괴가 이루어질 경우 그 피해는 누구보다도 먼저 그녀에게 돌아올 것임을 그녀는 간파하고 있었다. 그들은 나를 가만두지 않을 것이다. 나를 찢어 놓고 말 것이다. 이들은 발악 직전에 놓여 있다. 저 번득이는 눈초리⋯⋯내 몸을 기어올라오는 벌레들⋯⋯.

그녀는 몸을 움츠리면서 밖을 살폈다. 그이가 빨리 와주면 얼마나 좋을까. 만일 그이가 오지 않으면 나는 이들의 손에서 헤어나지 못하겠지. 이들이 나를 순순히 풀어 줄 리가 없다. 나는 여기서 죽을 때까지 이들의 위안부 노릇을 해야 할지도 모른다. 별의별 생각이 다 들었다. 일본군 위안부 시절의 비참했던 생활이 주마등처럼 머리를 스쳐 가자 오싹 소름이 끼쳤다.

불안과 공포 속에서 이틀째 밤이 찾아왔다. 무엇인가 일어날 것만 같은 불안한 공기가 공비들 사이에 감돌고 있었다. 특히 그녀를 바라보는 눈초리들이 탐욕의 극에 다다른 듯해서 배겨 나기가 힘들었다. 그녀는 밖으로 나와 남편을 기다렸다. 어젯 밤처럼 밝은 밤이었다.

두 사람의 그림자가 나타난 것은 밤이 꽤 깊어서였다. 여기저기서 휘파람 소리가 들려오자 공비들이 우하니 몰려나왔다.

"기다린 보람이 있어서 오늘밤은 몸을 풀 수가 있겠군. 얼마나 좋을까. 색시는 얼마나 좋을까."

공비 하나가 그녀가 들으라는 듯이 중얼거렸지만 그녀는 모른 체했다.

이쪽으로 다가오는 두 사람 중 하나가 대치라는 것을 알았을 때 여옥은 가슴이 뛰고 시야가 뿌우옇게 흐려 와서 아무 것도 생각할 수 없었고 아무 것도 볼 수가 없었다. 남자들이 서로 인사를 나누는 동안 그녀는 한켠에 말없이 서 있었다. 남편에게 달려가서 안기고 싶었지만 외면한 채 그대로 눈 쌓인 산등성이를 바라보고 있었다.

한참 후 어깨를 잡히는 바람에 그녀는 고개를 돌렸다. 바로 곁에 대치가 서 있었다. 그는 몰라보도록 변해 있었다. 눈에 안대를 대고 있지 않았다면 알아보기가 어려울 정도였다.

여느 공비들처럼 그 역시 얼굴에 수염이 시커멓게 자라 있었다. 그런 얼굴을 귀를 덮는 방한모로 감싸고 있었다. 얼굴은 바짝 말라서 피골이 상접했다. 주름투성이의 그 얼굴이 무척 늙어 보인다고 생각하면서 여옥은 왈칵 눈물을 쏟았다.

그가 웃을 듯이 눈가에 주름을 모았다. 여옥은 눈물이 가득한 눈으로 남편을 하염없이 바라보기만 했다. 낡고 해진 더러운 옷에서 풍겨 오는 냄새가 한층 그녀를 슬프게 해 주고 있었다. 만일 그가 허리에 권총을 차고 있지 않았다면 그는 더욱 초라해 보였을 것이다. 허리의 권총이 그런 대로 그를 빨치산의 거물답게 꾸며 주고 있었다.

"여기가 어디라고 찾아왔어?"

웃음이 사라지는 대신 놀라움이 나타나고 있었다.

"……"

"춥지?"

"괜찮아요."

그의 손이 여옥의 손을 가만히 잡았다. 몹시 거친 손이었다.

"손이 얼었군."

"괜찮아요."

"아이들은 잘 있나?"

"네, 잘 있어요."

달빛 때문인지 대치의 얼굴에 부드러운 빛이 감돌고 있었다. 그는 아내가 그를 만나려고 그곳에까지 왔다는 사실에 몹시 감동하고 있는 눈치였다.

여옥은 남편이 이끄는 대로 숲 속을 걸어갔다. 눈이 녹지 않아 그대로 발이 푹푹 빠졌지만 상관하지 않고 그를 따라갔다. 아무도 보이지 않는 곳에 이르자 대치는 걸음을 멈추고 그녀를 끌어안았다. 여옥도 신음을 토하며 그의 품에 안겨 들었다.

"보고 싶었어요!"

"나도 보고 싶었어!"

그들은 미친 듯이 서로의 얼굴을 비비고 부딪치며 신음했다.

"미워요……미워요……"

여옥은 중얼거리며 더 깊이 남편의 가슴속으로 파고들었다. 뜨거운 눈물이 걷잡을 수 없이 흘러내리는 바람에 두 사람의 얼굴은 눈물로 흥건히 젖어 들고 있었다.

"미안해. 당신을 고생시켜서……"

"전 괜찮아요. 저보다도 당신이 불쌍해요."

"난 괜찮아."

그의 눈에 순간적으로 노기가 스쳐 갔다. 그리고 그 자리에 눈물이 번지고 있었다. 그의 눈에서 눈물을 보기는 처음이었으므로 여옥은 소스라치게 놀랐다. 무슨 눈물일까. 강철 같은 이 사람이 눈물을 다 보이다니.

그는 두 손으로 여옥의 얼굴을 감싸쥐고 깊고 뜨거운 눈길로 들여다보았다. 이윽고 입술이 내려와 그녀의 입을 가만히 막았다. 여옥은 담배 냄새와 구린내를 동시에 느꼈다. 그러나 아무렇지도 않았다. 남편의 목에 매달려 뜨겁게 입을 맞추었다.

나무 사이로 흘러내린 달빛이 한몸이 되어 붙어서 있는 두 사람을 비추고 있었다. 상상할 수도 없는 만남이었지만 두 사람의 해후는 엄연한 현실이었다. 아무래도 믿어지지 않아 여옥은 손을 뻗어 무슨 물건을 만지듯 자꾸만 대치의 얼굴을 어루만졌다.

"믿어지지 않아요. 이렇게 만난 것이……"

"나도 믿을 수가 없어. 꿈만 같아."

"오긴 왔지만 이렇게 만나리라고는 생각지도 못했어요."

"춥지?"

"괜찮아요."

"여긴 따뜻한 데가 없어. 어디를 가든 추운 곳뿐이야. 미안해. 따뜻이 해 주지 못해서."

"괜찮아요. 당신을 기다릴 때는 정말 추웠어요. 그렇지만 지금은 당신이 이렇게 안아 줘서 춥지 않아요."

대치는 그녀를 안은 채로 허공을 물끄러미 바라보았다.

"사실 나는 당신한테 이런 꼴을 보이고 싶지 않았는데……"

"저한테는 당신이 전부예요. 당신이 어떤 모습을 하고 있다 해도 저한테는 오직 당신밖에 없어요. 당신은 저에게 모든 것이고 마지막이에요."

"당신은 여전히 천사 같군. 당신 같은 아내가 있다니, 나는 행복한 놈이야."

그는 아내를 끌어안았다. 여옥은 숨이 막혀 바둥거렸다.

"참을 수가 없어. 춥지만 여기서 해 버리지."

뜨거운 숨결이 그녀의 목에 감겨 왔다. 그 말을 듣는 순간 그녀는 소녀처럼 얼굴을 확 붉혔다. 그리고 무언의 승낙인 듯 얼굴을 마구 그의 가슴에 비볐다.

"동굴을 비워 달라고 하면 되겠지만, 그렇게 되면 우리가 일을 치르는 동안 저놈들은 밖에서 떨며 기다리고 있을 거란 말이야. 기다리고 있을 때의 기분이 어떻겠어?"

"안에 들어가고 싶지 않아요."

"좋아. 그럼 여기서 하지. 춥지만 참아."

"전 괜찮아요. 당신 마음대로 하세요."

두 사람은 공동의 목적을 위해 움직이기 시작했다. 먼저 아늑한 장소를 찾기 위해 그들은 좀더 밑으로 내려가 보았다. 마침 집채더미만한 바위가 그들을 기다리고 있었다.

대치가 허리를 구부리고 쌓인 눈을 쓸어내는 동안 여옥은 그것을 가만히 지켜보고 있었다. 육체관계를 맺기 위해 눈을 부지런히 쓸어 내는 그 모습이 가슴 저리도록 처절해 보였다.

쌓인 눈을 모두 쓸어 내자 낙엽이 보였다. 낙엽은 수북히 쌓여 있었다. 낙엽 냄새가 물씬 풍겨 왔다.

"낙엽이 쌓여 있어서 차갑지는 않을 거야. 자, 이리 누워."

대치는 옷을 벗어 낙엽 위에 깔았다. 여옥은 달빛이 부끄러운 듯 몸을 움츠리다가 자리 위에 가만히 누웠다. 그리고 조용히 숨을 몰아쉬면서 눈을 감았다.

이윽고 대치의 손이 그녀의 몸을 더듬기 시작했다. 그녀는 차가운 밤공기를 깊이 들이마셨다. 그리고 가만히 몸을 떨었다. 아랫도리가 갑자기 춥다고 느꼈을 때 대치의 몸이 그녀의 몸 위로 올라왔다.

육중한 몸에 눌리자 여옥의 몸에서도 탄력이 솟아났다. 그녀는 대담하게 남편의 몸을 받쳐 안았다.

"미안해."

"괜찮아요. 그런 말씀하지 말아요."

남편은 거듭되는 고생에 많이 변한 듯했다. 그전 같지 않고 언행에 부드러운 데가 많았고 말투도 점잖아져 있었다. 연륜이 쌓이면서 무게가 더해진 것 같았다.

추웠기 때문에 두 사람은 필요한 부분만 밖으로 드러내 다급하게 일치점을 찾으려고 노력했다. 그것이 자꾸만 초점을 빗나가게 만들었다. 추운데다 사방이 훤히 터진 허허로운 곳이라 마음만 다급했지 아무래도 몸이 말을 듣지 않았다. 아늑하고 따뜻한 은밀한 곳에서라면 관계를 맺기 전에 느긋하게 애무라도 할 수 있을 것이고 그것이 무르익으면 자연히 성사되게 마련인 것이다.

그러나 이들 불행한 부부는 애무 같은 것으로 몸을 덥게 할 처지가 못 되었다. 추위에 얼어붙은 몸을 쓰다듬어 보았자 더욱 추위만 느낄 뿐이었기 때문이다.

애무도 없이 얼어붙은 몸으로 관계를 가지자니 쉽게 한 몸이 되어질 리가 없었다. 특히 이런 경우에는 여자보다도 남자 쪽에 문제가 더 있었다. 여자는 하늘을 보고 누워서 받아들일 자세만 취하면 되는 것이지만 남자는 그렇지가 못하다. 그것이 힘차게 일어서야만 여자를 찌를 수가 있는 것이다.

그런데 대치는 추위 때문에 그것이 일어서지가 않았다. 마음만 다급했지 오그라붙어서 제 기능을 발휘하려고 들지를 않았다. 초조해 할수록 더욱 그것은 위축되기만 할 뿐이었다. 산 속의 추위는 매서운 데가 있었다. 더구나 한밤중이라 영하 20도쯤은 될 것 같았다. 그런 데서 하체를 벌거벗고 사랑을 일으키려고 하니 마음먹은 대로 될 리가 없었다. 온몸에 소름이 돋고 턱이 덜덜 떨려 왔다.

"이거 어떡하지? 잘 안 되는데……"

그는 급기야 얼굴을 으그러뜨리면서 비참하게 중얼거렸다. 행위에 실패하면 이루 말할 수 없이 비참해지는 것이다. 여옥은 남편을 위로했다.

"못해도 괜찮아요. 너무 추워서 그럴 거예요."

그러나 자존심이 강한 대치가 그대로 물러날 리 없었다. 그는 허덕거리며 실패하지 않으려고 기를 썼다.

"하지 않으면 안 돼. 여기까지 왔는데 아무 일 없이 간다는 건 말도 안 돼. 꼭 해야 해."

여옥의 몸도 얼어붙어 갔다. 그녀는 추위에 고통을 느꼈다.

그러나 입을 꼭 다물고 참고 기다렸다.

"그러고 있지 말고 좀 도와줘. 당신 몸은 부드러우니까."

그야말로 비참한 관계였다. 눈물이 나오도록 비참해서 여옥은 목이 메었다.

"그러고 있지 말고 도와줘. 내 손은 목석 같아서 안 돼."

그녀는 상체를 일으켰다. 그리고 두 손을 뻗어 남편의 그것을 어루만졌다.

"아 손이 따뜻한데……"

그가 흥분해서 말했다. 여옥은 그를 외면한 채 열심히 그것을 쓰다듬었다. 따뜻해질 때까지 쓰다듬고 어루만졌다. 한참 그러고 나자 거기에 온기가 돌면서 그것이 서서히 머리를 쳐들기 시작했다.

"고마워."

"……"

여옥은 눈물어린 눈으로 바라보았다. 이윽고 그것이 돌처럼 단단해지자 그녀는 애무를 끝내고 도로 누웠다. 대치의 몸이 다시 그녀 위로 올라왔다. 그녀는 오그렸던 몸을 벌리면서 그의 모든 것을 받아들일 준비를 갖추었다.

삭풍에 머리 위의 나뭇가지들이 괴로운 신음 소리를 내면서 흔들리고 있었다. 나뭇가지들이 우루루 소리를 내면서 흔들리는 바람에 달도 조각이 나면서 흔들리고 있었다.

마침내 그토록 갈구하던 뜨거운 것이 몸 속으로 미끄러져 들어오는 것이 느껴졌다. 그녀는 입을 벌리고 신음을 토했다. 몸이 떨리면서 시야가 뿌우옇게 흐려 왔다. 둥그런 달이 갑자기 가슴 위로 떨어져 내리고 있었다. 그 황금의 덩어리를 가슴으로 안으면서 그녀는 눈을 감았다.

어느새 추위는 눈 녹듯이 사라지고 그들은 뜨겁게 살과 살을 맞부딪치고 있었다. 숨결이 거칠어지면서 그들은 자신들의 존재를 잊었다. 뒤엉킨 그들의 모습은 완전무결한 결합을 보여 주고 있었다.

그녀는 덥다고 생각했다. 왼손을 뻗어 눈을 움켜쥐었다. 차가운 것이 열에 부딪쳐 이내 펄펄 끓는 것 같았다.

남자는 그 자리에서 삶을 끝내 버리려는 듯 무섭게 그녀를 파들어가면서 몸부림치고 신음했다. 이윽고 뜨거운 것이 폭발하는 순간 그는 여옥을 덥쳐안으며 흐느껴 울었다. 여옥도 울면서 남자의 목을 끌어안았다.

"울지 말아요"

"너무 기뻐서 운 거야. 마치 꿈만 같아."

그들은 추위를 느끼고 몸을 일으켰다. 그리고 부지런히 옷을 입었다. 땀이 가시자 더욱 추위가 느껴졌다. 오돌오돌 떠는 그녀를 대치가 끌어안았다. 그들은 다시 입을 맞추었다. 뜨거운 것이 아닌 감미로운 입맞춤이었다.

"사랑해."

"……"

"갈수록 당신을 사랑하고 있다는 것을 느끼고 있어."

"저도 그래요."

여옥은 행복했다. 따뜻한 방 속에서 그런 말을 들을 때보다 더욱 행복감을 느꼈다.

"나는 많이 변했어."

"네, 그런 것 같아요."

그녀는 남편의 흉한 몰골을 바라보았다. 흉칙하다기보다 불쌍하다는 생각이 들었다. 너무 불쌍해서 가슴이 미어지는 것 같았다.

"과거에는 이러지 않았어. 당신한테 마음을 빼앗긴 적이 없었어. 그런데 지금은 그렇지 않아. 내가 많이 약해졌나 보지?"

"아니에요. 약한 것하고는 다른 거예요."

"혁명을 한다는 내가 사랑을 고백하다니……이래서 될까?

"후회하세요?"

그녀는 두려운 빛으로 남편을 바라보았다.

"아니, 후회하는 게 아니야. 어느 것이 옳은 길인지……요즘은 갈피를 잡을 수가 없어."

"여기서 떠나세요. 당신……너무 불쌍해요. 이게 뭐예요? 왜 이런 생활을 하셔야 해요. 왜 이런 고생을 하시는 거예요?"

"아, 미안해."

"너무 불쌍해요. 차마 못 보겠어요."

그녀는 남편의 가슴에 얼굴을 묻고 울음을 터뜨렸다. 그는 아내의 머리를 가슴에 꽉 끌어안으며 그녀가 실컷 울도록 내버려 두었다. 그의 눈에서도 두 줄기 눈물이 소리 없이 흘러내리고 있었다.

한참 후 눈물을 거둔 여옥은 대치의 옷깃을 잡고 가만히 흔들었다. 그러나 목소리는 흥분으로 떨리고 있었다.

"제발 이런 생활 그만두시고 저하고 함께 떠나요. 우리는 행복하게 살 수 있어요. 아무도 모르는 곳에 숨어서 우리들만의 세계를 꾸려갈 수 있어요. 저는 언제나 당신과 함께라면 어디든지 떠날 준비가 되어 있어요. 아이들은 커갈수록 아빠를 찾고 있어요. 제발 가정으로 돌아오세요! 부탁이에요!"

"쉿! 목소리가 너무 커. 여기서는 배반자를 극형에 처하고 있어. 함부로 그런 말하지 마."

그러나 여옥은 하고 싶은 말을 모두 털어놓았다.

"사실 저도 못 견디겠어요. 스파이 짓일랑 못하겠어요. 당신만 아니라면 벌써 그만뒀을 거예요. 그리고 자수하던가 그들의 손이 닿지 않는 곳으로 도망쳤을 거예요."

"미안해."

그의 손이 그녀의 얼굴을 더듬었다. 돌처럼 거친 손이었다. 여옥은 그의 손을 잡고 들여다보았다. 얼어 터져 사람의 손이라고 보기 어려울 정도였다. 그 손에 얼굴을 묻고 그녀는 다시 흐느꼈다.

"왜 이래야 하는 거예요? 왜 이러시는 거예요? 미워요! 미워요!"

대치는 말없이 아내의 머리를 쓰다듬었다.

"그만 울어. 당신이 이러면 내 마음이 약해져. 마음이 약하면 여기서는 살아남기 어려워."

울어도 울어도 슬픔은 가시지 않았다. 가슴이 갈갈이 찢기는 것만 같았다.

"마음을 단단히 먹지 않으면 안 돼. 강하지 않으면 당신은 살아가기 어려워. 나는 당신이 강하게 살아갈 수 있을 것이라고 믿어. 당신은 강한 여자야. 중국에서도 사이판에서도 살아남은 여자야. 아기까지 낳아 가지고 살아온 여자야. 그런 당신이 이까짓 고생을 못 견뎌 낼 리 없어."

"아, 아니에요! 전 강한 여자가 아니에요! 당신은 저한테 너무 많은 것을 기대하고 있어요! 전 다만 당신의 아내에 불과해요! 그밖에는 전 아무 것도 아니고 아무 것도 바라지 않아요!"

"나를 이해해 줘. 당신이 이해해 주지 않으면 누가 나를 이해하겠어? 부탁이야. 어쩌면 아마……내가 마지막으로 기대고 믿을 수 있는 사람은 당신뿐일 거야. 쭉지가 부러져 갈 곳이 없어진다면 그때 나는 당신을 찾아갈 거야. 당신은 나를 거절하지 않고 받아 주겠지."

"싫어요! 싫어요!"

몸부림치는 여옥을 대치는 가만히 껴안아 주었다.

이윽고 대치는 그녀를 데리고 토굴로 들어갔다. 토굴 속에 있던 두 명의 공비가 자리를 비워 주었다. 그곳은 나무와 흙으로 교묘하게 위장되어 있었다. 땅을 파서 만든 것이었는데 두 사람이 겨우 기어 들어가 누울 수가 있을 정도로 비좁았다. 위에서 뚜껑을 덮자 캄캄한 어둠이 숨막힐 듯 덮쳐 왔다. 일어나 앉을 수도 없었기 때문에 그들은 그대로 누워 있기만 했다.

"이런 곳이 이 산 속에는 수없이 많지. 이 위로 토벌군이 지나 갈 때도 있어. 아무 것도 먹지 않고 며칠씩 이 속에서 지내야 할 때도 있어. 짐승이나 다름없지."

어둠 속에서 들려오는 남편의 목소리를 들으며 여옥은 눈물을 닦았다. 토굴 속은 그래도 바깥보다는 덜 추운 편이었다. 바닥에는 낙엽이 두껍게 깔려 있었고 덮고 잘 수 있는 담요도 있었다.

"이가 우굴거리고 있을 거야. 목욕을 못하니 당연하지."

정말 그러고 보니 이들이 몸위로 스멀스멀 기어가고 있는 것이 느껴졌다.

"적들에게 쫓기고, 이에게 물리고, 배 고프고, 춥고……그래도 견디어 나가는 것을 보면 용하지. 많이 죽어 가고 있기는 하지만 말이야."

억양도 없이 담담하게 토해 내는 말을 듣고 있으려니 여옥은 미칠 것 같았다. 소리라도 지르고 싶은 심정이었지만 그러지는 못하고 소리 없이 눈물만 삼켰다.

"눈이 많이 쌓이면 모든 것이 동면 상태로 들어가지. 전투도 그치고, 우리는 눈이 녹을 때까지 산 속에 갇혀 있는 수밖에 없어. 먹을 것이 없으면 굶어 죽기에 딱 알맞지. 호호호……"

여옥은 남편의 어깨에 얼굴을 묻었다. 그의 자학적인 말을 듣고 싶지 않았다. 그러나 그는 계속했다.

"나도 많이 약해졌어. 그렇지만 내가 거꾸러지려면 아직 멀었어. 생쌀을 씹고 얼어붙은 밥덩이를 먹고 있지만 나는 절대 쓰러지지 않아."

"몸이 지탱하지 못할 거예요. 다른 방도를 찾지 않으면……
언젠가는……"

"아니야. 나는 앞으로 10년이라도 이런 생활을 할 수 있어.
정신력으로 이겨낼 수 있어."

"왜 그런 고통을 자청하시는 거예요?"

"이제 와서 그런 걸 따져서 뭘해?"

"따져야 해요"

"따질 필요 없어. 길은 하나뿐이야. 승리하는 것뿐이야. 승리
하지 못하면 죽는 길밖에 없어. 패하던가 잡히면 나는 그 자리
에서 처참한 죽음을 당할 것이 뻔해. 나는 너무 유명해졌단 말
이야."

음산한 웃음 소리가 마치 벌레처럼 귓 속으로 흘러들었다. 이
분은 스스로 무덤을 파고 있다 라고 여옥은 생각했다. 구덩이는
너무 깊어서 바닥이 보이지 않을 정도다. 이분은 그토록 깊이
자기 무덤을 판 것이다. 무서운 일이다.

"당신은……가족들 생각은 하나도 하지 않는군요."

"모르는 소리……. 나라고 당신과 아이들을 생각하지 않을
리가 있나. 어쩔 수 없으니까 이러고 있는 거 아닌가."

"당신이 만일 돌아가시면 가족들은 어떻게 되는지……생각
이나 해보셨어요?"

"당신 고생이 심하겠지. 그렇지만 그런 재수 없는 생각은 하
지 마. 나는 절대 죽지 않아."

"당신은 광신자예요. 공산주의의……. 그밖에는 아무 의미도 없는 분이에요."

그녀는 처음으로 통렬하게 남편을 비판하고 나왔다. 비통한 감정과 함께 분노가 치밀었던 것이다. 그녀의 통박에 대치는 갑자기 침묵했다. 충격을 받은 듯했다.

"당신이 미워질 때가 한두 번이 아니에요. 당신은 마치 초인이나 된 듯이 생각하고 있어요. 당신의 그 영웅적인 행동 때문에 제가 흘린 피눈물이 얼마나 되는 줄 아세요? 저도 어차피 체포되면 비참하게 죽을 몸이에요. 제 스파이 행위가 오래 갈 줄 아세요? 언젠가는 저도 체포되어 비명에 가게 될 거예요. 그렇게 되면 아이들은 어떡하죠? 그애들은 고아가 되겠지요?"

대치의 큼직한 손이 그녀의 입을 막았다. 그녀는 그 손을 치우려고 했지만 그는 놓아주지 않았다. 아내가 마음을 가라앉힐 때까지 그는 그대로 있었다.

"말하지 않아도 다 알아. 나를 너무 비참하게 만들지 마. 그렇지 않아도 나는 비참하단 말이야. 당신이 나를 이해해 주지 않으면 누가 이해해 주겠어. 나를 너무 욕하지 마."

그전 같았으면 화를 냈음직도 한데 지금의 대치는 전혀 딴판이었다. 화를 내기는커녕 오히려 그녀의 이해와 동정을 바라고 있었다. 남편의 그런 태도를 대하고 나니 여옥은 차마 더 이상 그를 비난할 수가 없었다. 약한 것이 여자의 마음일까. 그녀는 금방 눈물을 쏟으며 남편의 가슴을 파고들었다.

"죄송해요. 그런 말을 해서……. 본심이 아니었어요. 화가 나서 그런 거예요."

"괜찮아. 당신이 화를 내는 건 당연해. 남편으로서도 애비로서도 나는 제 구실을 하지 못하고 있어. 당신한테 욕을 먹는 건 당연하지. 내가 당신한테 부탁하고 싶은 것은 이왕 고생한 거 조금만 더 참아 달라는 거야. 조금만 더 참아 주면 우리는 반드시 행복한 가정 생활을 누릴 수가 있을 거야. 나는 확신하고 있어. 남조선 해방이 머지 않았다는 것을……이런 고생도 한동안이지 오래 가지는 않아. 지금 북한 인민군은 남조선 해방을 위해 기회를 노리고 있어. 결정적인 시기만 되면 단숨에 밀고 내려올 거야. 그때까지 고생을 참으면 돼."

"그러면 전쟁이 일어나겠네요?"

"일어나지. 그렇지만 문제없어. 미군만 철수하고 나면 남한 정도는 쓸어 버릴 수가 있어. 군사력이 북한과 비교할 때 십분지 일도 못 되거든."

여옥은 소름이 돋는 것을 느꼈다. 전쟁, 그것도 동족끼리의 전쟁이란 말만 들어도 무시무시하고 비참하게 생각되는 것이었다.

"여기에 있는 다른 사람들은 모두가 비관적이던데요."

"그러겠지. 의지가 약한 놈들이 대부분이니까. 그리고 그놈들은 혁명을 너무 쉽게 생각하고 있어. 이런 정도의 고생을 못 참고 벌써 비관적인 생각을 가지고 있다면 그런 놈들은 한낱 쓸모 없는 쓰레기 같은 놈들이야."

"그 사람들의 생각이 옳은지도 모르지 않아요?"

보고 싶은 사람 · 239

"당신은 그렇게 생각할 수도 있겠지. 허지만 나는 그렇지가 않아. 그들이 옳을지도 모른다는 생각은 있을 수가 없어."

두 사람의 대화는 끝이 없었다. 원래가 일치될 수 없는 입장이었다. 단지 부부라는 사실이 두 사람을 묶어 두고 있는 것에 불과했다. 그리고 여자 쪽은 남자에게 굴복하기 마련이었다.

잠이 올 리가 없었다.

허망하고 비참한 밤이 그렇게 세번 지나갔다. 여옥은 그 동안 산 속 생활이란 것이 어떤 것인지 대강 알 수 있을 것 같았다. 더 이상 있다가는 그녀 자신도 빨치산이 될 것 같았다. 미치지 않으면 산 속 생활을 할 수 없을 것 같았다.

남편을 만난 지 나흘째 되는 날 밤 마침내 그녀는 그곳을 떠났다. 남편과 헤어지기 싫었지만 어쩔 수가 없었다. 그날 밤은 대규모 보급 투쟁이 전개될 계획이었다. 그것을 이용해서 그녀는 하산하는데 동의했다.

초생달이 희미하게 빛나는 숲 속을 그녀는 남편과 함께 발소리를 죽이며 걸어갔다. 비통한 기분은 이루 말할 수가 없었다. 대치는 아내를 안전권까지 직접 바래다 줄 생각으로 그녀와 동행하고 있었다.

여옥은 자주 걸음을 멈추면서 남편을 바라보곤 했다. 이번에 헤어지면 언제 다시 만나게 될지 알 수 없었으므로 한번이라도 더 남편의 모습을 보아 두려고 한 것이다. 어쩌면 남편이 영영 불귀의 객이 될지도 모른다고 생각하자 그녀는 차마 발길이 떨어지지가 않았다.

"여기서 함께 있으면 안 되나요?"

어리석은 질문인 줄 알면서도 그녀는 이렇게 물었다. 나뭇가지 사이로 흘러내리는 달빛이 말할 수 없이 두 사람의 모습을 처량하게 만들어 주고 있었다.

"안 돼. 몇 번이나 이야기했지 않아. 당신이 있을 데가 못 된단 말이야. 당신은 아이들을 키워야 해. 그리고 당신의 임무가 막중한 것을 잊지 마."

남편에게 이끌려 그녀는 비틀비틀 걸어갔다. 이쪽저쪽에서 피리 소리와 꽹과리 소리가 들려오고 있었다. 전투 개시의 신호 소리였다.

"저 소리 기억나?"

여옥은 고개를 끄덕였다. 그것은 중국 대륙에 있을 때 밤이면 흔히 들어 보던 서글픈 가락이었다.

"중공군 전법이지. 일본과 싸울 때 팔로군은 사방에서 저렇게 피리를 불어 댔어. 고향을 생각나게 하는 소리거든. 몇 년 동안 고향을 떠나 전장에서만 살아온 일본군들은 저 소리만 들으면 고향 생각에 눈물을 흘리며 전의를 상실하곤 했지. 싸워보지도 않고 항복하는 일본군들이 수두룩했어. 어떻게 보면 낭만적인 싸움 같단 말이야."

꽹과리 소리에 맞추어 이번에는 노래 소리가 들려왔다. 추위와 굶주림에 지친 사나이들이 발악적으로 부르는 노래였다. 이어서 사방에서 콩볶듯이 총소리가 일어났다. 밤하늘로 불꽃이 날아가는 것이 보였다.

"드디어 전투가 개시됐군. 마을이 가까워졌어. 조심해야 해."

여옥은 대치의 품속으로 뛰어들었다.

"가기 싫어요!"

"나도 헤어지기 싫어! 그렇지만 할 수 없지 않아?"

마구 쏟아지는 눈물을 그대로 내버려둔 채 그녀는 남편을 바라보았다. 안대와 모자, 그리고 시커먼 수염에 가려진 남편의 얼굴에서는 아무런 표정도 읽을 수가 없었다.

"돌아가시면 안 돼요!"

"염려하지 마! 나는 죽지 않아! 혼자라도 살아남을 수 있어!"

외눈이 어둠 속에서 번득이는 것을 보자 남편이 갑자기 딴 사람처럼 보였다.

마을로 접근할수록 전투는 더욱 치열해지고 있었다. 쉴새 없이 터지는 총소리 때문에 귀청이 찢겨 나가는 것만 같았다.

대치는 마을이 내려다보이는 곳에서 걸음을 멈추었다. 야산이었는데, 그들 주위에는 아무도 없었다.

"어떻게 하는지 알았지?"

"……"

"운봉이란 곳이야. 오동탁이라는 사람이 잘해 줄 거야."

헤어질 시간이 다가오자 여옥은 떨고 있었다. 공포 때문이 아니었다. 이별의 아픔이 너무도 커서 그렇게 떠는 것이었다. 산속에 남편을 그대로 둔 채 떠난다는 것이 도무지 사실로 받아들여지지가 않았다.

"부디……건강하세요."

"염려 마. 당신이 짜 준 이 털 셔츠를 입고 있으니까 왠지 마음이 든든한 생각이 들어. 고마워."

너무 가슴이 찢어지는 것 같아 여옥은 이제 아무 말도 할 수가 없었다. 하염없는 눈길로 여옥은 남편을 바라보기만 할뿐이었다. 아무리 보고 또 보아도 남편은 손닿을 길 없는 먼 곳에 있는 사람 같았다.

마을 곳곳에 불이 치솟으면서 사람들의 비명 소리가 아련히 들렸다. 그때 푸른 신호탄이 하늘 높이 솟아오르는 것이 보였다. 그 신호탄은 꽃무늬를 그리며 그들이 서 있는 곳으로 날아오다가 사라졌다.

"됐다! 가자!"

대치가 앞장서서 산을 내려가기 시작했다. 여옥은 발길이 떨어지지 않아 그 자리에 떨며 서 있었다. 저만치 내려간 대치가 돌아보더니 되짚어 올라와 그녀의 손목을 잡아끌었다.

"뭐하고 있는 거야! 빨리 가자고!"

여옥은 남편의 손을 뿌리쳤다. 그리고 뚫어지게 남편을 응시했다.

"지금 가지 않으면 안 돼! 마을이 점령된 틈을 타서 가야 한단 말이야!"

"가고 싶지 않아요."

대치는 어이없다는 듯 아내를 바라보다가 안 되겠다고 생각했는지 갑자기 그녀를 들쳐업었다.

보고 싶은 사람 · 243

"몇 번이나 말해야 알겠어? 괴롭기는 나도 마찬가지야. 그렇지만 할 수 없지 않아. 영원히 헤어지는 것도 아닌데 뭘 그래."

"다시는 못 만날 것만 같은 기분이 들어요."

남편의 등에 업힌 그녀는 거기에 얼굴을 묻고 마구 눈물을 쏟았다. 그전에는 그래도 넓적하고 근육질로 덮인 등이었다. 그러나 지금은 그렇지가 않았다. 앙상한 어깨뼈가 나무토막처럼 딱딱하게 느껴지고 있었다. 그 느낌이 그녀를 더욱 비통하게 만들어 주었다.

"내려 줘요. 걸어가겠어요."

"아니야. 괜찮아. 길이 험해. 이렇게 업어 보기도 정말 오랜만인 것 같은데……"

총소리가 가까이서 들려왔다. 대치는 상관하지 않고 비탈길을 잽싸게 내려가고 있었다. 밤길에 매우 익숙하게 움직이고 있었다.

"고개를 숙여!"

그녀는 남편의 목을 끌어안았다. 순간적이었지만 행복한 감정이 가슴을 쓸고 지나갔다. 남편의 등에 업혀서 가고 있다는 사실이 그 경황 속에서도 그녀를 행복에 젖게 해 주고 있었다. 그러나 그것은 일순 스쳐 간 바람 같은 꿈에 불과했다.

"누구야?"

그들이 마을 어귀에 들어섰을 때 어둠을 가르는 벼락 같은 소리가 들려왔다. 검은 그림자 두 개가 앞을 가로막고 있었다.

"북풍!"

"남풍!"

그들은 공비들이었다. 술냄새가 확 풍겨 왔다.

"지금이 어느 때라고 술을 마시나?"

대치가 여옥을 업은 채로 질책하자 공비들은 주춤거렸다.

"죄, 죄송합니다."

"마을은 어떤가?"

"지서만 빼 놓고 모두 점령했습니다."

마을 앞으로는 개울이 흐르고 있었다. 대치는 개울을 따라 뛰어갔다.

개울가에 서 있던 사람이 총을 맞고 물 속으로 첨벙하고 처박히는 것이 보였다. 몇몇 마을 유지들이 즉결처분을 받고 있는 것 같았다. 어둠 속에서 닭이 퍼덕거리는 것도 보였다. 공비 하나가 닭 모가지를 비틀어 대고 있었다.

불타고 있는 어느 기와집 앞에서 그 집 식구들로 보이는 사람들이 발을 동동 구르며 울부짖고 있었다. 접근하면 총을 쏘아 대곤 했으므로 아무도 감히 불을 끄지는 못하고 있었다.

집집의 대문은 모두 활짝 열려 있었다. 어떤 집에서는 숫제 마루 위에 곡식을 내 놓고 기다리고 있었다. 어차피 빼앗길 거 미리 선수를 쳐서 조금이라도 덜 빼앗기려는 속셈에서였다. 그들은 공비가 얼씬하기만 해도 와들와들 떨어 대면서 코가 땅에 닿도록 절했다.

"아이고, 수고들 허십니다. 어서 오십시오. 변변치 못허지만 이거라도 가져가십시오."

진기한 광경이었다. 낮과 밤의 세계가 달랐으니 고통을 겪는 사람들은 마을 주민들이었다. 그들은 살기 위해 자기 주장을 버린 채 죽은 목숨이나 다름없이 고개만 숙이고 살았다. 그들 앞에서 약탈자들은 제 세상인 듯 이리 뛰고 저리 뛰고 있었다.

마을 중간에 있는 공터에는 어느새 붉은 기가 장대 위에 높이 걸려 마침 불어오는 바람에 펄럭이고 있었다.

남편의 등에 엎혀가면서 여옥은 얼어붙은 눈으로 그 모든 것들을 보았다. 너무도 놀라운 장면들이었기 때문에 그녀는 충격을 느끼다 못해 이제는 차라리 멍한 기분이었다.

대치는 숨이 차는지 여옥을 내려 놓고 잠시 쉬었다.

"이젠 안심해도 돼. 다 왔으니까."

여옥은 남편의 옷자락을 쥐고 놓지 않았다. 혼자 남으면 꼭 죽을 것만 같았다. 그녀는 밤하늘을 가로지르는 무수한 불꽃들을 보았다. 축제의 밤에 터지는 불꽃놀이 같다고 생각했다.

"저길 봐. 지서야."

대치가 가리키는 대로 그녀는 개울 건너편을 바라보았다. 전투는 지서를 중심으로 벌어지고 있었다.

지서는 돌담으로 높이 가려져 있어서 난공불락의 요새 같았다. 공비들은 그 주위에 포진한 채 공격을 가하고 있었다. 경찰은 담 저쪽에 숨어서 접근을 저지하고 있었다. 그런데 그들이 나누는 대화가 전투의 긴박감을 누그러뜨릴 정도로 한가롭게 들려왔다.

"야, 이놈들아!"

"왜 그려어!"

"항복할래 안 할래?"

"느그들이나 항복해! 손들고 이리 들어오라구!"

"항복하지 않으면 폭파시키겠다!"

"맘대로 해! 미쳤다고 산에서 그 고생하고 있냐?"

"항복하믄 느그 마누라 줄래?"

"예끼! 이 고약한 놈! 형수님을 탐내다니, 호로자식이구나!"

"우리 싸우지 말고 화해하자!"

"좋다! 화해하지! 같은 형제끼리 싸울 필요가 뭐 있어!"

총소리가 가라앉더니 한동안 무거운 적막이 흘렀다. 금방이라도 서로 총을 버리고 나와서 손을 잡을 것 같았다. 그러나 그렇지가 않았다. 그 어느 쪽도 그런 기척을 보이지 않았다. 그들 사이에 가로놓인 장벽이 얼마나 높은 것인가를 그들 자신이 잘 알고 있었던 것이다.

문득 피리 소리와 꽹과리 소리가 울려 퍼지기 시작하더니 혁명의 노래가 한데 어우러져 들려왔다. 그러자 거기에 질세라 지서 안에서도 합창이 터져나왔다. 양쪽은 한참 동안 정신없이 노래를 불러 댔다. 그리고 지친 듯하자 다시 총을 쏘아 대기 시작했다.

밤공기를 찢어 갈기는 총소리가 여옥의 귀에는 마치 통곡처럼 들렸다. 그녀는 두 손으로 귀를 틀어막으며 그 자리에 웅크리고 앉았다.

"자, 일어나. 가야지."

대치가 그녀를 부축해 일으켰다.

"걸어가겠어요."

"아니야. 빨리 업혀."

싫다는 그녀를 그는 억지로 들쳐업었다. 여옥은 남편의 등판에 얼굴을 묻고 눈을 감았다. 물위로 둥둥 떠가는 기분이었다. 이윽고 대치는 어느 막다른 골목으로 들어서더니 그녀를 내려놓았다.

"다 왔어."

대치는 그녀를 끌고 골목 끝에 있는 초가로 들어갔다. 마당에 한 사내가 서 있다가 그들을 재빨리 뒤꼍으로 데리고 갔다.

"먼길 오시느라고 수고가 많습니다."

"이 여자를 잘 좀 부탁합니다."

"네, 염려 마십시오."

여옥은 앞에 버티고 서 있는 사람을 바라보았다. 키가 유난히 커 보였다.

"인사해."

그녀는 남편이 시키는 대로 그 사내에게 고개를 숙여 인사를 했다.

"잘 부탁합니다."

"네, 여기 오시면 안심하셔도 됩니다."

"자, 그럼……"

대치의 손이 여옥의 어깨를 잡았다. 가겠다는 뜻이었다. 두 사람의 시선이 불꽃을 튀기며 부딪쳤다. 사내가 두 사람에게 기회를 주려는 듯 저만치 물러갔다.

"내 걱정은 하지 마."

"……"

남편의 옷깃을 움켜쥐고 있는 그녀의 손이 바르르 떨리고 있었다. 대치의 손이 그 손을 꽉 잡았다.

"잘 가. 나중에 또 만나."

"저기……"

그녀는 대치 앞을 가로막고 서서 뚫어지게 그를 응시하다가 그의 품으로 와락 뛰어들었다.

"가지 말아요! 헤어지기 싫어요!"

"이러지 마. 난 가야 해."

"싫어요! 가시면 싫어요!"

"꼭 애기 같군. 자, 이러지 마. 시간이 없어."

"싫어요! 싫어요!"

그녀는 터져나오는 울음을 삼키며 남편의 품속을 마구 헤집었다. 대치도 참을 수 없다는 듯 그녀를 으스러지게 껴안았다. 그는 격렬하게 그녀의 얼굴에 키스를 퍼붓고 나서 그녀를 떼어놓았다.

"자, 가겠어."

"그, 그거 가지고 계세요?"

"뭐, 뭐 말이야?"

"십자가 말이에요."

"음, 가지고 있고 말고. 이거 보라구."

그는 목에서 십자가 목걸이를 꺼내 보였다. 여옥은 울면서 말했다.

"고통스러울 때는 기도하세요. 그것을 쥐고 기도하세요."

"음, 알았어. 기도하지. 자, 잘 있어."

찬바람이 이는 것 같았다. 여옥이 정신을 차렸을 때 대치의 모습은 이미 보이지 않았다. 그녀는 마당을 가로질러 밖으로 뛰어갔다. 남편의 그림자가 저만치 보였다.

"여보!"

하고 부르고 싶었지만 차마 그 말이 나오지가 않았다.

"들어가라구! 나오면 안 돼!"

그가 돌아서서 손을 저었지만 여옥은 멈칫하고 섰다.

"다시 또 따라오면 때릴 테야!"

그녀는 더 앞으로 나가지 못하고 머뭇거리기만 했다. 안됐다 싶었는지 대치가 다가와 그녀를 끌어안았다.

"울지 마. 제발 따라오지 마. 당신이 그러면 내가 어떻게 가겠어? 자, 돌아가!"

"부디……부디……몸조심하세요."

여옥은 울음을 삼키면서 갑자기 획 돌아섰다. 비틀거리는 그녀를 대치가 뒤에서 가만히 안아 주었다.

"여옥아, 다시 만날 때까지 잘 있어."

어둠을 흔드는 총소리 때문일까. 대치의 목소리도 떨리는 듯했다. 여옥은 남편의 두 손과 몸이 멀어지는 것을 느꼈다. 그러나 돌아보지 않고 그대로 꼼짝하지 않고 서서 찢어지는 가슴을 부둥켜안고 있었다.

대치는 어둠 속으로 천천히 걸어갔다. 몹시 무거운 모습으로 사라졌다. 버림받은 자식처럼 힘없이 어둠 속으로 들어갔다.

여옥은 한참 후 뒤돌아보았다. 사랑하는 남편은 어디론가 날아가 버리고 눈에 보이는 것은 공허한 어둠뿐이었다.

"비켜! 비켜!"

그녀 옆으로 공비들이 잔뜩 짐을 지고가면서 부산을 떨어 대고 있었다. 여러 가지 소리들이 날벌레처럼 귀를 후비며 들어오고 있었다. 그녀는 담벽에 그림자처럼 붙어 서서 남편이 사라진 어둠 속을 하염없이 바라보았다.

갈갈이 찢긴 가슴속으로 살을 에이는 삭풍이 몰아치는 소리를 그녀는 듣고 있었다. 가슴이 이내 꽁꽁 얼어붙고 거기에 커다란 구멍이 하나 뚫렸다.

"자, 들어갑시다. 여기에 이러고 있으면 안 됩니다."

어느새 다가왔는지 사내가 그녀를 내려다보며 말했다. 여옥은 말없이 사내를 따라 집으로 들어갔다.

"고단하실 텐데 푹 주무십시오. 내일 역까지 바래다 드리겠습니다."

여옥은 사내가 안내해 주는 대로 조그만 방안으로 들어갔다. 방안은 훈훈했다. 오랜만에 따뜻한 방안에 앉아 있으려니 얼어붙은 몸이 스르르 녹아 내리면서 한꺼번에 피로가 몰려왔다.

불빛이 싫어 등잔불을 불어 끄고 벽에 기대앉았다. 밖에 귀를 기울여 보았다. 총소리는 들리지 않았다. 전투가 끝나고 산적

보고 싶은 사람 · 251

들은 모두 물러간 듯했다.

"나는 혹시 바보가 아닐까. 남편이 뭐라고……남편이 뭔데……여기까지 왔을까. 바보 같은 것……"

자기도 모르게 중얼거리는 소리에 그녀는 깜짝 놀랐다. 얼굴이 축축해진 것을 느끼고는 비로소 자신이 눈물을 흘리고 있다는 것을 알았다. 그러나 자신이 울고 있다고는 생각지 않았다.

허탈감에 빠져 그녀는 멍하니 어둠 속에 앉아 있었다. 손가락 하나 까닥하고 싶지 않았다. 무릎 위에 턱을 괸 채 넋이 빠져 멀거니 눈을 뜨고 있었다.

이윽고 그녀의 머리가 무겁게 밑으로 처져내렸다. 몸이 흔들렸다. 그녀는 감긴 눈을 뜰 수가 없었다.

"차라리 미쳐 버리면 좋을 걸. 여자가 왜 미치는지 이제야 알 것 같아. 미친 여자……불쌍한 것……그래도 미치는 게 차라리 마음 편하겠지."

그녀의 몸이 옆으로 스르르 무너져내렸다. 그녀는 몸을 오그리면서 길게 한숨을 내쉬었다. 자신의 미친 모습이 눈앞에 어른거렸다. 그녀는 미소했다. 미쳐라, 여옥아! 그녀는 소리쳤다.

눈 덮인 산

구름 사이로 달이 나타났다. 초생달이었다.

눈이 하얗게 쌓인 산등성이 위로 사람들이 움직이고 있었다. 모두가 힘에 겨울 정도로 짐들을 많이 지고 있었다. 행렬은 한 줄로 길었고 움직임은 몹시 둔해 보였다. 지친 듯 모두가 말없이 허덕허덕 걷고 있었다. 휘몰아치는 삭풍에 조그만 몸뚱이들이 날아갈 듯 휘청거리곤 했다.

비탈진 산등성이를 내려가자 넓은 갈대밭이 나타났다. 앞서 가던 자가 갈대밭 속으로 들어가 털썩 주저앉자 다른 자들도 잇달아 짐을 부리고 휴식을 취했다. 삭풍에 갈대밭이 마치 파도처럼 쏴아 소리를 내면서 흔들렸다.

대치는 갈대를 꺾어 지근지근 씹었다. 땀이 마르면서 추위가 엄습했다. 자라처럼 목을 움츠리고 밤하늘을 쳐다보았다.

서편 하늘에 걸려 있는 초생달이 왠지 서러워 보였다. 그 모습이 마치 여옥이 같다고 생각했다. 무사히 돌아갈 수 있을까. 그녀와 헤어지면서부터 줄곧 걱정이 되었지만 이제는 그로서도 어쩔 수 없는 일이었다.

아내와 함께 지낸 며칠간이 꼭 꿈만 같이 생각되었다. 정말 꿈같은 며칠간이었다. 여옥이 뿌리고 간 사랑의 밀어와 체온은 너무도 강렬히 그의 가슴속에 남아 있었다. 극한 상황에서 오로지 동물적인 생존 본능에만 사로잡혀 있던 그에게 여옥은 사랑이 무엇인가를 보여 주고 간 것이다. 본래가 사랑이니 뭐니 하는 것을 애써 부인하고 멸시하던 그였다. 혁명이라는 대전제 밑에서는 남녀간의 사랑 따위는 그야말로 하찮은 것으로 생각되곤 했었다. 혁명을 위해서는 아내도 자식도 희생시킬 각오가 되어 있었다.

그런데 그러한 생각에 금이 가기 시작한 것이다. 그는 난생 처음 혈관으로 생명의 피가 흘러드는 것을 느꼈다. 그러자 오랫동안 얼어붙어 있던 몸이 녹는 듯했다.

아내와 헤어져 돌아오면서 그는 걷잡을 수 없이 눈물을 흘렸다. 자신의 변화에 놀라면서 아무리 참으려고 했지만 쏟아지는 눈물을 막을 수는 없었다. 그는 비로소 사랑의 힘이 얼마나 큰 것인가를 깨달았다. 여옥이 그를 만나기 위해 눈 쌓인 산 속으로 찾아왔다는 사실은 실로 기적 같은 일이었다. 그러한 기적을 행한 아내의 힘 앞에 그는 경악과 함께 지금까지 자신을 지탱시켜 주던 의지가 우르르 붕괴되는 소리를 들었다.

아내를 산 속까지 찾아오게 한 그 힘은 무엇일까. 그녀는 무엇 때문에 죽음을 불사하고 연약한 몸으로 여기까지 나타났을까. 그토록 나를 사랑한단 말인가. 사랑의 힘이 그녀를 여기까지 보냈단 말인가.

그는 무릎 위에 고개를 숙이면서 양팔로 머리를 끌어안았다. 칼날 같은 삭풍이 비명을 지르면서 머리 위로 지나갔다. 갈대가 서걱이는 소리가 계속 들려왔다. 헤어지기 싫어 자꾸만 따라오던 아내의 모습이 눈앞에 나타났다. 아이들의 모습도 보였다. 그 동안 얼마나 컸을까. 아, 아내를 따라 집으로 돌아가고 싶다. 집에 돌아가 아이들과 놀고 싶다. 모든 것 다 버리고 평범한 가장으로 돌아가고 싶다.

그때 누군가가 피리를 불었다. 고향을 노래하는 피리 소리였다. 처량하기 짝이 없는 곡에 모두가 귀를 기울이고 있는 듯했다. 바람에 피리 소리는 끊어질 듯 말 듯 이어지고 있었다. 간장을 녹이는 그 소리에 대치는 욱하니 화가 치밀었다. 그것은 분명히 사기를 저하시키는 행위라고 볼 수 있었다. 이럴 때 하필 고향을 생각나게 하는 노래를 부르다니 불쾌하다 못해 화가 났다.

그는 발끈해서 일어서려다 말고 도로 주저앉았다. 서글픈 가락에 자기도 모르게 어느새 힘이 스르르 빠지고 있었다. 피리 소리는 아편처럼 몸속으로 퍼져 들어 그의 머리 속을 몽롱하게 만들어 놓고 있었다. 어느 한 사람 피리 소리를 막으려 하지 않았다. 모두가 갈대밭 속에 퍼지고 앉아 말없이 피리 소리에 귀를 기울이고 있었다.

밖으로 표현은 안 했지만 거의가 지금의 신세를 한탄하고 후회하면서 두고 온 고향 산천을 그리워하고 있는 듯했다. 이러지도 저러지도 못한 채 추운 산 속에 갇혀서 목숨을 부지해야 하는 그들로서는 가슴 저리는 피리 소리에 고향을 그리워하지 않을 수 없었다. 그러나 한탄하고 후회한들 너무 늦은 일이었다. 죽어도 산 속에서 죽을 수밖에 없는 것이 그들의 운명이었다. 그들은 자신들이 저지른 죄과에 대한 보상이 무엇인지를 잘 알고 있었다.

대치는 다시 머리를 부둥켜안았다. 너무 추워서 턱이 덜덜 떨려 왔다. 따뜻한 물 한모금이 그리웠다. 호주머니에서 생고구마를 꺼내 들고 흙을 대강 털어 낸 다음 우적우적 씹어먹었다. 산 속에서 끝까지 살아남기 위해서는 먹는 것밖에 없었다. 배를 채우는 것만이 유일한 목적인 것처럼 끊임없이 먹어대야만 살아남을 수 있는 것이다.

날씨가 따뜻해서 아무데서나 노숙할 수 있다면 태백산맥을 타고 38선 쪽으로 가볼 수도 있겠지만 지금은 첩첩이 눈이 쌓여 있어 먼길을 나선다는 것은 도저히 불가능했다. 하루도 못 가서 눈 속에 묻혀 얼어 죽을 것이 뻔했다.

고구마도 꽁꽁 얼어 있었다. 그러나 그는 하나도 버리지 않고 모두 먹어 치웠다.

입산하면서부터 걸린 감기는 아직도 그를 괴롭히고 있었다. 그래서 언제나 콧물이 줄줄 흘러내리다가는 코언저리와 입주변에서 얼어붙곤 했다. 그는 소맷자락으로 콧물을 닦아 내면서 두번째 고구마를 입으로 가져갔다. 그때 고함 소리가 들려왔다.

"그만하지 못해?"

고개를 들고 바라보니 누군가가 일어서서 분노를 터뜨리고 있었다. 그래도 피리 소리가 들려오자 검은 그림자는 그쪽으로 뛰어갔다.

"이 새끼, 그치지 못해?"

이윽고 두 사람이 뒤엉켜 싸우는 소리가 들려왔다. 그때까지 가만히 침묵을 지키고 있던 사나이들이 우르르 일어나 그쪽으로 몰려가는 것이 보였다. 대치는 그들이 싸우도록 내버려두었다. 싸워라. 싸울 수밖에 없겠지.

조금 후 탕하고 총소리가 들려왔다. 삭풍이 몰고 온 총소리는 싸늘하게 가슴을 뚫고 들어왔다.

"죽었다!"

누군가가 외치는 소리를 듣고 대치는 천천히 몸을 일으켰다. 피리를 불던 사나이가 쓰러져 있었다. 한 손에 여전히 피리를 움켜쥔 채 다른 한 손으로는 복부를 가리고 있었다. 복부에 총을 맞은 것 같았다.

총을 쏜 자는 제5지대 부지대장이었다. 대치가 다가갔을 때에도 손에서 권총을 거두지 않고 있었다.

"나……나 좀……살려 줘……살고 싶어……살고 싶어……"

총 맞은 공비는 몸부림치면서 둘러선 사람들을 바라보았다. 그러나 아무도 반응을 보이지 않았다. 이미 죽어 가는 목숨이었기 때문에 그대로 내버려두고 있었다. 동정은 금물이었다. 그들은 집단생활을 하고 있었지만 극도로 개인적이 되어 자기 한 목숨을 부지하는 데만 관심을 쏟고 있었다. 그래서 자기 동지가 옆에서 죽어가도 눈 하나 까딱하지 않았다.

총에 맞은 공비는 쉽게 숨을 거두지 않았다. 몹시 괴로워하면서 마지막 말을 토해 내고 있었다.

"……날……날……고향에 보내 줘……집에 가고 싶어……집에……집에……"

"닥쳐!"

부지대장이 발로 죽어 가는 사내의 턱을 올려 찼다.

"으억!"

사내는 뒤로 벌렁 나자빠지더니 심하게 경련했다. 그런 다음 사지를 뻗으며 숨을 거두었다. 대치는 한쪽에 말없이 서서 그 광경을 지켜보고 있었다. 그는 아무 의사표시도 하지 않았다. 구경꾼처럼 구경만 하고 있었다. 부지대장은 눈을 부릅뜨면서 다른 공비들을 위협했다.

"앞으로 사기를 저하시키는 행위를 하는 놈은 반동으로 간주하여 즉결처분하겠다! 할 말이 있나?"

"……"

아무도 말하는 사람이 없었다. 입을 뗐다가는 즉결처분을 당할지 모른다는 두려움에 사로잡혀 있는 듯했다.

"자, 그럼 출발한다.! 출발!"

삭풍에 눈가루가 날아왔다. 모두가 목을 움츠리면서 갈대밭을 헤치고 나아가기 시작했다. 대치는 맨 뒤에서 따라갔다. 이제 웬만한 일에는 끼어들고 싶지도 않았다.

시체 옆을 지나치다 말고 그는 잠깐 그것을 내려다보았다. 고향이 어디며 이름이 무엇인지 알 수가 없었다. 죽으면서도 고향을 찾던 사내였다. 고향에 가는 대신 그는 갈대밭 속에 누워 있었다. 저 위에 눈이 쌓이면 그는 겨우내 동면하겠지. 해동이 되어 눈이 녹으면 그때서야 시체는 썩을 것이다. 나도 저렇게 되지 말라는 법이 없다.

그는 앞서가는 사람들을 바라보았다. 모두가 하나같이 도살장에 끌려가는 소처럼 걸어가고 있었다. 그들을 끌고가는 힘은 이제 사상이 아닌 것 같았다. 그들은 이러지도 저러지도 못하는 상황 속에서 어쩔 수 없이 위협을 받으며 오직 살기 위해 끌려가고 있는 듯했다.

공비들 중에는 골수분자들이 있었다. 수는 적었지만 그들은 단결이 되어 있어서 빨치산 활동은 거의 그들에 의해 좌우되고 있었다. 그들의 특징은 사태가 악화될수록 발악적이고 극렬해진다는 점이었다. 대치야말로 그런 골수분자들 중의 가장 으뜸되는 인물이라고 할 수 있었다.

그러나 현재의 그는 심리적으로 격심한 혼란을 겪고 있었다. 그래서 그전과는 달리 사사건건 앞에 나서지 않고 뒷전에서 관망하는 태도를 취하고 있었다.

이대로 버림받으면 모두 산 속에서 굶어 죽거나 얼어 죽을 것이다. 투쟁이란 이런 상황에서는 무의미한 것이다. 빈깡통을 두들기는 것이나 다름없다.

찬바람에 코끝이 떨어져 나가는 것만 같았다. 콧물을 훌쩍 들이켰다. 너무 추워서 숨이 컥컥 막혔다. 나뭇가지를 붙잡고 조심스럽게 발을 뻗었다.

 기대에 부풀었던 가슴은 겨울의 찬바람과 함께 산산조각이 나 버리고 지금은 끝없는 불안과 회의 속에 빠져 있었다. 강철 같은 신념의 소유자인 그 자신도 버티는데 한계가 있었다.

 모두가 겨울이 오기 전까지는 남조선을 해방시킬 수 있을 것이라고 믿었었다. 그 자신도 그렇게 굳게 믿고 있었다. 그러나 추운 겨울이 와도 그런 기미는 보이지 않았다. 그들은 산 속에 갇힌 채 완전히 포위되어 있었고 토벌군은 날이 갈수록 강화되고 있었다.

 그가 기다린 것은 인민군이었다. 여순 반란과 때를 맞추어 북쪽의 군대가 밀고 내려올 것이라고 그는 믿었었다. 그뿐 아니라 모두가 그렇게 생각했었다. 그러나 그들이 말하는 해방군은 내려오지 않았다.

 그들은 속았다고 생각했고, 자신들이 산 속에 버려져 있음을 깨달았다. 그러나 그때는 이미 너무 늦어 있었다. 대치는 당장이라도 평양으로 달려가 한바탕 해치우고 싶었다. 그러나 산에 눈이 쌓여 움직일 수가 없었다.

 "개새끼들! 지놈들은 지금쯤 뜨뜻한 아랫목에서 계집 끼고 자고 있겠지! 왜 내려오지 않느냐 말이야? 우린 뭐야? 이 산 속에서 얼어 죽으란 말인가?'

 너무 화가 난 그는 이를 부드득 갈았다.

 "하여튼 살아남아야 한다. 살아서 돌아가야 한다. 여기서 개죽음을 당할 수야 없지."

나무 하나 없는 초원에 이르렀을 때 갑자기 눈보라가 몰려왔다. 초원의 중간쯤 들어갔을 때는 눈보라가 너무 심해서 시야가 전혀 보이지 않았다.

그래서 모두가 기다시피 움직였다. 그럴때 낙오하는 자는 버림받을 수밖에 없다. 맨 뒤에서 걸어가는 대치의 눈에 한 명이 주저앉는 것이 보였다.

"이 봐, 일어나."

대치는 다가가 엉덩이를 걷어찼다. 눈을 허옇게 뒤집어쓴 사내는 일어서려고 하지 않았다.

"먼저 가시오. 나는……있다가 갈 테니……"

목소리가 몹시 쉬어 있었다. 헐떡거리더니 격렬하게 기침했다. 병이 든 것 같았다.

"자, 일어나 봐."

대치는 어깨에 맨 짐을 풀어 주었다. 늙은 사내는 비틀거리며 일어나더니

"고맙습니다."

하고 말했다. 대치는 대신 짐을 지고 걸어갔다.

조금 후 돌아보니 그 사내는 다시 쓰러져 있었다. 이번에는 아예 큰 댓자로 누워 있었다.

"빌어먹을……"

대치는 권총을 빼 들고 사내에게 다가갔다. 사내가 만일 살아서 체포되면 이로울 것이 하나도 없다. 그래서 낙오자는 사살하도록 되어 있었다.

눈 덮인 산 · 261

"빨리 쏘시오……"

사내는 눈 속에 묻혀서 힘없이 중얼거렸다.

"더 이상 고생하고 싶지 않아……나는 어리석었어……"

대치는 권총의 안전장치를 풀었다. 기계적인 움직임이었다. 실탄을 아껴야 하지만 때려 죽이고 싶지는 않았다. 그는 무릎을 꿇고 상대를 들여다보았다.

"차라리 죽는 게 나을 거야. 괜찮겠지?"

그는 고개를 끄덕였다. 까만 눈밖에 보이지 않았다.

"유언은……?"

"지옥에 가고 싶지 않아."

"당신은 천당에 갈 거야."

"정말 그럴까?"

"그럼, 가고 말고."

"아니야. 나는 죄를 너무 많이 졌어. 내가 죽인 사람들이 피를 흘리며 나를 기다리고 있는 것이 보여. 그들은 나를 지옥으로 데려갈 거야."

눈이 사내의 모습을 거의 덮었다. 사내는 자연의 일부가 되어 거기에 누워 있었다.

"눈을 감아. 편안한 마음으로 눈을 감고 있어. 나를 원망하지는 말고."

그는 일어서서 상대의 가슴을 겨누었다. 눈보라가 광포하게 얼굴을 후려치는 바람에 눈을 뜰 수가 없었다. 그는 숨을 멈추고 방아쇠를 당겼다. 광풍이 총소리를 집어삼키는 바람에 별로 소리가 크게 나지 않았다.

"잘 자라구."

그는 허리를 굽혀 사내를 바라보았다. 사내는 거칠게 숨을 몰아쉬고 있었다.

"좀 있으면 춥지 않을 거야."

그는 죽어 가는 사내의 목에서 목도리를 벗겨 냈다. 여우 목도리로 민가에서 약탈한 것 같았다. 그것을 몸에 두른 다음 이번에는 장갑을 뽑아냈다. 다 닳아빠진 자신의 장갑을 내버리고 그것을 대신 끼었다.

다음에는 손가락에 끼어 있는 반지를 들여다보았다. 자세히 보니 금반지 같았다. 금은 언제 어디서나 써먹을 수가 있는 것이다. 확보해 두면 반드시 써먹을 때가 올 것이다.

반지를 잡아 뽑았다. 손가락이 얼어서 부푼 때문인지 반지가 빠지려 들지를 않았다. 비틀어 보았지만 마찬가지였다. 사내는 그때까지도 죽지 않고 거친 숨을 몰아쉬고 있었다. 기다릴 수가 없어 그는 단도를 뽑아 들고 사내의 손가락을 잘랐다. 사내가 고통스러운지 움찔했다.

"조금 지나면 편안해질 거야."

손가락뼈가 쉽게 잘라지지 않았다. 두 손으로 힘껏 꺾자 그제서야 손가락이 뚝 부러져 나갔다. 그것을 호주머니에 집어넣고, 돌아서서 오줌을 누었다. 앞서간 행렬은 이미 보이지 않았다.

그는 서둘러 걸어갔다. 한참 정신없이 걸어가자 초원이 끝나고 숲이 나타났다. 거기에 행렬이 멈춰 있었다. 그는 숲 속으로 들어가 눈을 털었다.

"총소리가 들렸는데 무슨 일입니까?"

어두워서 누가 묻는지 알 수가 없었다.

"낙오자가 있었어."

그의 무거운 대답에 더 이상 아무도 묻지 않았다.

"이대로는 갈 수 없어. 여기서 밤을 새우는 수밖에 없어."

눈보라가 치기 때문에 불을 지펴도 염려될 것은 없었다. 그들은 흩어져서 땔감을 긁어모았다. 조금 후 숲 속에는 불길이 솟았다. 불빛에 어둠이 물러나면서 험상궂은 사나이들의 모습이 드러났다.

그들은 모닥불 주위로 몰려들면서 웃음 같기도 하고 울음 같기도 한 기묘한 표정을 지었다. 눈이 녹는 바람에 수염에 물방울이 맺히고 옷에서는 김이 모락모락 피어올랐다.

여러 마리의 닭이 통째로 모닥불 위로 던져졌다. 아직 죽지 않은 닭들은 퍼덕거리다가 순식간에 시커멓게 그을려 앙상한 모습을 드러냈다. 누린내가 진동하자 사내들은 코를 벌름거리면서 침을 흘렸다.

살코기가 익는 냄새를 맡자 대치는 내장이 뒤틀리는 것 같았다. 닭다리 하나를 쭉 찢어 입으로 가져갔지만 목이 메어 잘 씹어지지가 않았다. 조금씩 씹어먹자 비로소 맛이 돌기 시작했다.

그들은 아무 말도 없이 오직 먹는 데만 열중했다. 먹다가 목이 메이면 눈을 집어먹었다. 불빛에 벌겋게 드러난 그들의 얼굴은 흉측하다 못해 짐승 같았다. 차라리 짐승이라고 보는 것이 옳은 표현인지도 몰랐다.

여러 마리의 닭들이 순식간에 없어졌다. 모두가 입맛만 버린 듯 또 먹을 것이 없나 하고 두리번거리는 것이 하나같이 아쉬운 표정들이다.

대치는 호주머니에 넣어 둔 손가락을 꺼내 불 속에 슬그머니 집어넣었다. 살점이 타 버리자 손가락뼈만 남았다. 발로 비빈 다음 금반지를 뽑아 호주머니에 깊이 쑤셔 넣었다.

그런 짓을 하는데 있어서는 아무런 감정도 느껴지지 않았다. 사람을 수없이 죽인데다 항상 시체를 많이 보아 왔기 때문에 죽어 가는 사람 손가락 하나 잘라 냈다고 해서, 그리고 그것을 불에 태워 금반지를 뽑아 냈다고 해서 마음이 언짢아지거나 하지는 않았다.

그는 자기 자신을 스스로 짐승이라고 생각했다. 그렇게 생각하고 있으니 차라리 마음이 편했다.

짐승은 사고의 능력이 없다. 적을 경계하고, 먹이와 잠들 곳을 찾고, 배가 부르면 누워서 잠자는 것이 전부다. 장갑을 벗고 자신의 손을 들여다본다. 손가락 마디마디가 얼어 터져 갈라져 있었다. 때가 두겹 세겹으로 끼어 시커멓다. 길게 자란 손톱 끝에 때가 까맣게 끼어 있었다. 때를 벗겨 내고 싶다. 얼굴도 씻고 싶다. 너무나 춥고 물이란 물은 모두 얼어붙어 있어 씻는다는 것은 지금으로서는 생각할 수도 없는 일이다. 물론 눈을 녹이거나 얼음을 깨서 씻을 수도 있다. 허나 얼어붙은 손으로 차가운 물을 떠서 때를 벗겨 낸다는 것은 감히 엄두도 못낼 일이다. 쩍쩍 갈라진 손에 찬물이 닿으면 금방 동상에 걸릴 것이 뻔하다. 동상은 가장 위험한 것이다. 동상이라도 걸려 단체행동에서 낙오자가 되면 가차없이 버림받는다. 이런 세계에서 동정이란 존재할 수 없다. 오직 죽음이 기다리고 있을 뿐이다.

혁명투사로 자부하고 있던 사나이들의 의지는 대자연의 무서운 위력 앞에 오금도 펴지 못한 채 조그맣게 오그라들어 떨고 있다. 무서운 추위에 그들은 완전히 무릎을 꿇은 것이다.

몇몇 사나이가 벌써 졸고 있었다. 오랜만에 모닥불을 쏘이자 얼었던 몸이 녹으면서 잠이 몰려오는 모양이다. 잠은 전염병처럼 번져 갔다. 얼마 후에는 반수 이상이 눕거나 앉아서 코를 곯기 시작했다. 잠들지 않은 자들은 한마디말도 없이 모닥불을 바라보고 있었다. 무거운 침묵 속에서 그들은 각자 생각에 잠겨 있는 듯했다. 자신의 앞날을 예측할 수 있는 사람은 아무도 없었다. 앞으로 어떻게 해야 한다는 것을 알고 있는 사람도 없었다. 대치 자신도 마찬가지였다.

옆에 앉아 있던 자가 담배를 말아 주었다.

"한대 피우십시오."

대치는 말없이 받아서 불을 붙여 빨았다. 온몸이 노곤해졌다.

"지도부에서는 언제까지고 이러고 있을 겁니까?"

"나도 모르겠소."

중얼거리면서 그는 콧물을 들이켰다. 눈꺼풀이 자꾸만 무겁게 내려덮인다.

"모르신다니 말이 됩니까?"

"말이 되지. 모르니까 모른다고 하지 않나."

그는 하품을 하면서 짐 위에 비스듬히 상체를 기댔다. 모닥불이 차츰 사그라지고 있었다. 그러나 이제는 아무도 땔감을 해오려고 하지 않는다. 움직이기가 귀찮은 것이다. 모두가 누가 해오겠거니 하고 생각하고 있었다.

"이대로 가다가는 모두 죽습니다."

"……"

귀찮은 자식. 그는 손가락이 뜨거울 때까지 담배를 빨았다.

"모두 얼어 죽을 겁니다. 이제 추위가 시작되는 판인데……"

"……"

그는 대꾸하지 않고 돌아누웠다. 어둠 저쪽에서 눈보라가 소용돌이치고 있는 것이 보였다.

"……아니면 굶어 죽을 겁니다."

"……"

빌어먹을. 나는 굶어 죽지 않아. 너 같은 놈하고는 달라. 목을 자라처럼 움츠렸다. 여우 목도리가 따뜻했다.

옆에 있는 자가 계속 뭐라고 중얼거렸지만 나중에는 무슨 말인지 잘 알아들을 수가 없었다. 그자 역시 반수면 상태 속에서 중얼대고 있는 것 같았다.

마침내 그는 잠들었다. 도중에 몹시 추워서 눈을 떴는데 모닥불은 이미 까맣게 죽어 있었다. 불을 피워야겠다고 생각하면서 그는 다시 잠들었다.

추위를 막기 위해서는 최대한 몸을 오그리는 수밖에 없다. 새우처럼 몸을 웅크리고 누워 벌벌 떨면서 잠을 잤다. 갖가지 불안한 생각들과 추위 때문에 깊이 잠들 수가 없었다. 그러나 잠에 취하면 여간해서 깨어나기가 어렵다. 마치 약물에 중독된 듯 흐릿한 몽환 상태가 계속되는 것이다.

자면서도 이가 기어가는 것이 느껴진다. 이란 놈은 일단 사람이 수면 상태에 들어가면 기다렸다는 듯이 움직이기 시작한다. 살아 있는 사람의 피를 빨아먹는 가장 무서운 적이다. 놈들은 잡아도 잡아도 끝이 없다. 날씨가 추워질수록, 그리고 사람이 생기를 잃어 약해질수록 놈들은 제세상을 만난 듯 기승을 부린다. 아마 수백 마리는 되리라. 마치 대군이 몸속을 훑어 가는 것 같다.

"기상! 기상!"

고함 소리에 눈을 떴다. 하룻밤 자고 나면 살아 있다는 안도감이 먼저 찾아온다. 몸을 일으키자 뼈마디가 우두둑 소리를 낸다. 팔을 벌리면서 길게 하품했다.

아직도 눈이 내리고 있다. 바람은 좀 그쳤지만 눈은 여전히 내리고 있다. 이제는 꼼짝없이 갇혀 있는 수밖에 없다. 어젯밤 그에게 말을 걸던 자는 움직이지 않는다. 나무에 등을 기댄 채 웅크리고 있다.

"이 봐, 일어나."

발로 툭 건드리자 옆으로 힘없이 쓰러진다. 웅크린 자세 그대로 굳어 있다. 다시 발로 걷어차려다가 그만두었다. 그자는 이미 죽어 있었다. 밤새 얼어 죽은 것이다.

"간밤에 좋은 꿈을 꾸었겠지. 그렇지 않고서야 얼어 죽을 리가 있나."

그는 그자의 손에 들려 있는 담배꽁초를 빼내 거기에 불을 붙여 빨았다. 코끝이 시리다 못해 아리다.

밤새 얼어 죽은 시체가 네 구나 되었다. 살아 있는 자들은 어느새 시체마다 벌떼처럼 달라붙어 닥치는 대로 옷가지를 벗겨내고 있었다. 어제까지만 해도 함께 마을에 내려가 약탈하던 그들이 이제는 동지의 시체에서 쓸 만한 것들을 탈취하고 있는 것이다.

네 구의 시체는 순식간에 벌거숭이가 되었다. 때가 끼긴 했지만 벌거벗은 시체는 눈빛 때문인지 유난히 하얗게 보였다. 그 시체들 위로 눈이 쌓여 갔다. 조금 후 시체들은 눈에 묻혀 보이지 않게 되었다.

눈물을 흘리는 자는 아무도 없었다. 눈물을 흘릴 기력도 감정도 또 그럴 필요도 그들한테는 없었던 것이다.

이윽고 그들은 출발했다. 발자국들을 길게 남기면서 산 속으로 산 속으로 들어갔다. 그들이 남긴 발자국들 위로 함박눈이 소리 없이 내려와 쌓였다.

그해 겨울은 처음부터 유난히 눈이 많이 내렸다. 고지대로 올라갈수록 눈은 쉬지 않고 내렸다. 짐승도 동물도 눈 속에 갇혀

동면하지 않을 수 없었다. 짐승들은 그래도 먹이를 찾아 구석구석을 뒤질 수가 있었지만 사람들은 그렇지가 못했다. 기동력을 완전히 상실한 공비들은 부대간의 연락마저 두절된 채 눈 속에 고스란히 묻혀 있었다.

 지휘부로 돌아온 대치는 매일 매일을 잠으로 시간을 보냈다. 굴 속에 틀어박혀 있자니 하는 일이라고는 잠을 자는 일밖에 없었다.

 겨울에 대비해서 식량을 많이 확보하긴 했지만, 많은 인원이 먹어대니 그것도 금방 동이 나고 말았다. 토벌군은 거의 완벽할 정도로 경계를 펴고 있었고, 거기다가 눈까지 많이 내려 보급 투쟁은 생각조차 할 수 없었다. 눈 때문에 토벌군의 추격은 멈추었지만 추위와 굶주림은 더욱 무섭게 그들을 위협했다.

 수면은 굶주림을 참아 낼 수 있는 가장 좋은 방법이었다. 그것은 칼로리의 낭비를 최대한으로 막아줌으로써 아사를 면할 수 있는 편법이기도 했다.

 밤낮으로 드러누워 잠을 잤지만 잠은 끊임없이 찾아왔다. 그와 함께 불길한 꿈들이 어김없이 그를 괴롭혔다. 대부분의 꿈이 무시무시한 것들이었다. 처음에는 대수롭지 않게 받아들였지만 그런 꿈을 꾸는 회수가 늘어감에 따라 그는 차츰 질식할 것 같은 공포에 싸여 갔다.

 그런 꿈들을 꿀 때는 어김없이 처음 보는 얼굴들이 나타나서 눈을 부릅뜨고 그에게 달려드는 것이었다. 그들의 모습은 하나

같이 비참해 보였다. 얼굴은 피투성이였고 갈갈이 찢긴 옷들을 걸치고 있었다. 그는 나중에야 그들이 그에게 죽음을 당한 원혼들이란 것을 알았다. 그들은 이를 드러내고 그에게 달려들며 울부짖는 것이었다.

"최대치 이놈! 이 살인귀야! 이젠 네가 죽을 차례다! 원수를 갚기 위해 우리가 얼마나 헤매고 다닌 줄 아느냐? 이놈! 너도 한번 당해 봐라!"

통곡 소리에 그는 귀청이 찢어지는 것 같았다. 그가 귀를 막고 도망치면 귀신들은 우르르 쫓아오며 울부짖었다.

겨우 잠에서 깨어나 보면 몸은 식은땀으로 후줄근히 젖어 있곤 했다. 그는 꿈을 꾸지 않으려고 애를 써 보았지만 하는 수가 없었다.

그는 자신이 쇠약해진 것을 깨달았고, 실제로 그는 나이보다 10년쯤이나 더 늙어 보였다. 추위와 굶주림이, 그리고 너무 격심한 정력의 낭비가 그를 그렇게 늙게 만든 것이다.

48년 그해가 다 지나도록 남침의 소식은 들려오지 않았다. 남한의 체제는 더욱 굳어지고, 지리산 공비들은 한층 궁지에 몰렸다. 지휘본부로 날아오는 무전 내용은 하나같이 판에 박은 것들뿐이었다. 기다리고 인내하며 계속 투쟁하라. 이것이 빗발치는 물음에 대한 답변이었다.

그들은 암울한 기분으로 49년을 맞이했다. 1월에 접어들자 산 속의 추위는 섭씨 영하 20도 이하로 떨어졌다. 밤이 되면 30

도 이하까지 내려가는 것이 보통이었다. 본격적인 추위가 계속된 것이다.

그런 무서운 추위 속에서는 맨살이 견디어 내지를 못했다. 잠깐 노출되기만 해도 살갗이 쩍쩍 갈라지곤 했다. 너무 추웠기 때문에 매일 사람들이 죽어 나갔다. 체력이 견디어 내지 못하는 사람은 죽어 나갈 수밖에 없었다.

시체를 처리하는데 있어서 애도를 표하는 의식 따위는 일절 없었다. 눈물 한 방울 흘리는 사람도 없었다. 추위에 꽁꽁 얼어붙은 그들에게는 이제 인간적 감정이라고는 털끝만큼도 남아 있지 않았다. 그들은 기계적으로 시체를 들어다가 눈밭에 내버리곤 했다. 차라리 잘 죽었다는, 그러한 표정으로 시체를 처리했다.

벌거숭이 시체는 눈 속에 묻히고, 밤이면 늑대들이 그 시체를 뜯어먹었다. 늑대 울음 소리에 대치는 잠을 깰 때가 많았다. 자신도 언젠가는 죽어서 늑대의 밥이 될 것이라고 생각하면 다시 잠을 들 수가 없었다.

어느 날 그는 자신의 몸을 만져 보고는 내심 깜짝 놀랐다. 갈비뼈가 앙상하게 드러나 있었던 것이다. 아무리 만져 보아도 근육질은 없었고 앙상한 뼈만 만져졌다. 자신이 그토록 쇠약해졌는가 하고 생각하니 서글프고 허탈한 느낌이 들었다.

산에는 수시로 삐라가 떨어졌다. 토벌군이 비행기에서 뿌린 것이었다. 그것을 읽고 동요되지 않는 자가 없었지만 집단적으로 투항한다는 것은 사실상 불가능했다. 자수의 기미만 보여도 즉결처분을 받기 때문이었다.

삐라의 내용은 다음과 같았다.

"산 속의 형제들이여! 그대들은 왜 아직도 산 속에서 망설이고 있는가. 우리는 그대들이 혹한 속에서 굶주리며 떨고 있다는 것을 잘 알고 있다. 왜 그래야만 하는가! 그대들은 왜 고생을 자초하고 있는가! 그대들이 말하고 있는 혁명이 얼마나 무모하고 허황된 것인가를 그대들은 아직도 모르고 있는가! 그대들의 형제자매와 부모님, 그대들의 사랑하는 아내와 아이들, 그리고 이웃들은 그대들이 집으로 돌아오기를 손꼽아 기다리고 있다! 우리는 그대들이 과오를 뉘우치고 가족의 품으로 돌아온다면 언제라도 따뜻이 맞이해 줄 것이다! 왜 머뭇거리고 있는가! 우리는 생명에 대한 존엄을 지고의 가치로 생각하고 있다. 그대들을 눈 속에 매장시키려는 자들을 우리는 저주하고 있다. 그대들은 자신의 목숨을 지킬 권리가 있다! 그 누구도 그대들에게 죽음을 강요할 수는 없는 것이다! 우리의 가련한 형제들이여! 망설이지 말고 조국의 품으로 돌아오라! 이 마지막 기회를 놓치지 말고 자수하라! 우리는 그대들을 열렬히 환영할 것이다!"

감시의 눈을 피해 탈출을 감행하는 자가 없지 않아 있었다. 그러나 그런 자는 멀리 가지 못하고 체포되어 즉석에서 살해되었다. 자수하기 위해 탈출하는 자는 가장 엄하게 처벌되었다. 골수분자들은 발악적으로 탈출을 막았다.

그런데도 불구하고 1월 중순경에는 견디다 못한 공비 다섯 명이 집단으로 탈출하는 사건이 발생했다. 그들은 직속상관을 죽이고 탈출했는데 도중에 모두 체포되었다. 대치는 더 이상의 탈출기도가 있어서는 안 되겠다고 생각하고 체포된 다섯 명을 모두 벌거벗긴 다음 나무에 비끄러매게 했다.

"앞으로 투항을 기도하는 놈은 모두 이런 처벌을 받을 것이다! 얼어 죽고 싶은 놈은 얼마든지 투항하라!"

그 역시 발악적인 상태에 빠져 있었다. 한 시간이 못 되어 다섯 명의 공비들은 울부짖기 시작했다. 삭풍과 혹한에 그들의 피부는 갈기갈기 찢기면서 피가 흘러내렸다.

"살려 줘! 잘못했어! 살려 줘!"

이렇게 울부짖는가 하면 증오에 사무쳐 고래고래 악을 쓰는 자도 있었다.

"야, 이놈들아! 차라리 빨리 죽여라! 빨리 죽여 달란 말이야!"

그러나 거기에 대꾸하는 사람은 아무도 없었다. 모두가 남의 일처럼 멀거니들 구경만 하고 있었다.

나무에 묶인 자들은 서서히 얼어 죽어갔다. 마치 발작이라도 일으킨 듯 몸을 떨어 대면서, 흐느끼면서, 저주하면서 죽어갔다.

곧 날이 저물었는데, 그들의 울음 소리 때문에 주위가 뒤숭숭해서 공비들은 잠을 이룰 수가 없었다. 울음 소리는 차츰차츰 적어져 갔지만 여간해서 그치지는 않았다.

대치는 밤새도록 그들의 울음 소리에 시달렸다. 울음 소리는 끊어질 듯하다가도 다시 이어지곤 했다. 울음이 그친 것은 밤이 아주 깊어서였다.

이튿날 아침 일어나 보니 다섯 명 모두 뻣뻣이 얼어 죽어 있었다. 그는 그 시체들을 치우지 못하게 했다. 시체를 전시해 둠으로써 탈출을 막으려 한 것이다. 잔인한 방법이었지만 효과가 있었다. 그 뒤부터는 탈출을 기도하는 자가 없었다.

1월 하순, 굶주림은 극에 달했다. 눈을 헤치고 얼어붙은 땅을 파서 나무뿌리를 캐 먹는 자들이 늘어났다. 대치 역시 나무뿌리를 캐서 씹었다. 소나무 껍질을 벗겨 먹기도 했지만 그것으로 굶주림을 면할 수는 없었다.

설상가상으로 그는 자리에 드러눕게 되었다. 씹을 수 있는 것이면 아무 것이나 닥치는 대로 입으로 가져간 것이 화근이었다. 심한 복통과 함께 피똥이 나오더니 급기야 온몸이 불덩이가 되어 정신을 차릴 수가 없었다.

그는 동굴 속에 처박혀 신음했다. 간호해 주는 사람이 있을 턱이 없었다. 매우 중요한 인물인데도 불구하고 그는 버림받은 신세가 되었다. 따뜻한 물 한 모금, 따뜻한 손길, 따뜻한 말 한 마디……따뜻한 그 모든 것이 그리웠지만 그 어느 것 하나도 그는 얻을 수가 없었다. 그가 남들에게 했던 것과 똑같은 냉대를 그 역시 고스란히 받았다.

그가 자리에 누운 지 이틀 뒤 몇 명이 그와 똑같은 증세를 보이며 쓰러졌다. 그러자 전염병이 돌기 시작했다는 소문이 공비들 사이에 쫙 퍼졌다. 곧 환자들을 놓고 격렬한 말다툼이 벌어졌다. 한쪽은 환자들을 즉시 내다 버리자고 주장했고 다른 한쪽은 그들을 격리시킨 다음 당분간 두고보자고 말했다.

행인지 불행인지 대치는 다른 환자들과 함께 조그만 굴 속에 격리 수용되었다. 환자는 자꾸 불어나서 스무 명 가까이 되었다. 조그만 굴 속은 신음으로 가득 찼고, 환자들의 배설물 때문에 악취가 코를 찔렀다. 그들에게는 먹을 것도, 담요 한 장도 주어지지 않았다. 따라서 간호나 치료 같은 것은 있을 수도 없었다.

굴 속은 한낮에도 어두웠다. 대치는 어둠 속에 누워 있었다. 어둠 속에 누워서 죽음을 기다리고 있었다. 고통도 사라지고, 그는 미로 속을 헤매고 있었다. 가끔씩 정신이 들 때도 있었지만 그것은 잠깐일 뿐 그는 이내 다시 미로 속으로 빠져들곤 했다.

어둠 속에서 빛나는 무엇이 있었다. 그것이 무엇인지 혼미한 그는 잘 알아볼 수가 없었다. 무엇일까. 그는 그것을 알아 보려고 기를 써 보았다. 무엇이기에 저렇게 빛나고 있을까.

더듬으며 그쪽으로 기어갔다. 간신히 기어가 빛나는 그것을 꽉 움켜쥐었다. 떨리는 손을 펴면서 그것을 들여다보았다. 놀랍게도 그것은 아내가 그에게 주었던 십자가였다. 그때 어디선가 아내의 목소리가 들려왔다.

"죽음을 기다려서는 안 돼요! 당신은 죽으면 안 돼요! 살아야 해요! 살아야 해요! 힘이 없으면 기도하세요! 그러면 힘이 솟아날 거예요! 고통스러우면 기도하세요! 그러면 고통이 사라질 거예요! 아이들이 보고 싶지 않으세요! 당신은 살아날 수 있을 거예요. 빨리 일어나세요!"

 심한 경련과 함께 그는 눈을 번쩍 떴다. 아내의 절규가 사실처럼 귀에 쟁쟁했다. 어느 때보다도 의식이 뚜렸했다.

 자기도 모르게 품속으로 손을 집어넣어 보았다. 십자가를 가슴 위에 놓아 보았다. 조그만 십자가였다. 큰 손아귀로 그것을 다시 꽉 움켜쥐었다. 아내의 목소리가 다시 들려올 것만 같았다. 아내가 보고 싶었다.

 아내의 손길이 그리웠다. 여옥이가 곁에 있다면 따뜻이 간호해 줄 텐데……. 아, 집으로 돌아가고 싶다. 아내 곁으로……아이들 곁으로…….

 손아귀 속에서 십자가가 꿈틀거리는 것 같았다. 벌레가 꿈틀거리는 것 같은 기분이 들었다. 그것을 버릴까 하다가 아내의 말을 생각하고는 꾹 눌러 참았다. 나 같은 사람이 십자가를 품고 있다니, 이해할 수 없는 일이다. 동지들이 알면 나를 의심하겠지.

 그러나 그는 그것을 버리지 않았다. 버릴 수가 없었던 것이다. 다시 눈을 감았다. 아내가 말한 대로 마음속으로 기도해 보았다. 그러나 기도할 수가 없었다. 다만 십자가만 꽉 움켜잡고 있었다.

 그런데 이상하게도 다시 그는 혼미 상태로 빠져들지를 않았다. 믿어지지 않을 정도로 머리 속이 맑아지고 있었다. 이상한 일이라고 생각하면서 몸을 일으켰다. 몇 걸음 옮기다가 힘없이 쓰러졌다. 기어서 밖으로 나갔다. 밖에는 함박눈이 하얗게 내리고 있었다. 아, 눈……지긋지긋한 눈……. 그는 눈밭으로 기어가 비틀비틀 일어섰다. 입을 벌리고 눈송이를 받아먹다가 다시 풀썩 쓰러졌다. 벌렁 드러누운 채 입을 벌리고 눈송이를 받았다.

나는 죽지 않아! 죽어서는 안 돼! 그는 손을 뻗어 눈을 움켜쥐었다. 살아야 한다는 본능이 얼어붙은 피를 뜨겁게 달아오르게 하고 있었다. 그는 몸이 눈 속에 하얗게 묻힐 때까지 그 자리에 누워 있었다.

멀리서 공비들이 그의 그러한 모습을 지켜보고 있었다. 가장 무섭고 공포의 대상이었던 인물이 눈 속에 묻혀 죽어 가고 있는 것을 신기한 듯 바라보고 있었다.

그러나 대치는 그들이 은근히 기대했던 대로 그렇게 쉽게 죽지는 않았다. 거의 눈에 묻혀 그 모습이 보이지 않게 되었을 때 그는 돌연 벌떡 일어섰다.

"어?"

지켜보고 있던 공비들은 하나같이 놀라움을 표시했다. 그것은 죽었던 사람이 살아난 것 같은 착각을 느끼게 하는 장면이었다.

"<u>호호 호호</u>……"

남들이 보기에는 미친놈 같았다. 비틀거리면서 끊임없이 웃어댔다.

"차라리 죽는 게 낫겠어. 쏴 버려!"

공비들 중의 하나가 그를 향해 총구를 겨누었다.

일촉즉발의 위기가 감돌았다. 대치는 웃음을 그치고 총구를 겨누고 있는 공비 앞으로 비틀비틀 다가갔다. 금방이라도 총성이 터질 것 같았다. 모두가 숨을 죽이고 대치의 움직임을 주시하고 있었다.

"나를 죽이겠다고?"

대치는 총구 앞에 다가서서 충혈된 외눈으로 상대를 쏘아보았다. 상대는 그 강렬한 시선에 질렸는지 뒤로 주춤주춤 물러섰다.

"흐흐흐……나는 미치지 않았어."

대치는 총구를 손으로 밀어젖혔다.

"나는 죽지 않아. 나는 죽지 않는다고. 내가 그렇게 쉽게 죽을 것 같아? 흐흐흐……"

상대는 총을 치우고 고개를 숙였다.

"나는 죽지 않아……죽지 않는다고……흐흐 흐흐……"

충혈된 그의 눈에서 눈물이 흘러내렸다. 둘러서 있던 공비들이 흩어졌다. 그는 앞으로 걷다가 나무를 끌어안았다. 나무에 얼굴을 비비면서 몸을 떨었다. 터져나오려는 울음을 목구멍으로 넘기면서 경련하듯 몸을 떨어 댔다. 쓰러져서는 안 된다. 또 쓰러지면 다시는 일어나지 못할 것이다.

그는 무서운 의지로 병마를 물리쳤다. 자신을 쓰러뜨리려는 추위와 굶주림과도 싸웠다. 누워서 앓고 있으면 틀림없이 죽을 것이라는 것을 그는 잘 알고 있었다. 몸이 말을 듣지 않았지만 그는 그날 총을 들고 밖으로 나갔다.

눈을 헤치고 그 속에 들어가 앉아 먹이가 나타나기를 기다렸다. 의식이 거의 사라질 무렵 마침내 두 개의 그림자가 시야에 나타났다. 꼬리가 길게 늘어선 늑대 두 마리였다.

놈들은 눈 위에 나란히 서서 밤하늘을 향해 컹컹 짖었다. 늑대의 울음 소리는 공허한 메아리가 되어 들려왔다. 그는 정신을 차리려고 눈을 한 주먹 입 속에 처넣었다. 눈을 부릅뜨고 총구를 앞으로 했다. 방아쇠에 손가락을 걸고 초점을 맞추었다. 이놈들아, 빨리 와줘. 부탁이야. 빨리 와줘.

마치 유인을 받은 듯 늑대 두 마리는 울음을 그치고 그쪽으로 슬금슬금 다가왔다. 그는 숨을 죽이고 정면을 노려보았다. 눈치가 빠르고 날쌘 놈들이라 이상한 기미만 엿보여도 도망쳐 버린다. 제발 더 가까이 다가와라. 조금만 더. 조금만 더.

마침내 수 미터 전방에 놈들이 우뚝 섰다. 갑자기 긴장하는 듯 느껴졌다. 귀를 세우고 경계 태세를 취했다. 금방이라도 달아날 것 같다. 시야가 뿌우옇게 흐려 온다. 방아쇠에 걸고 있는 손가락에 가만히 힘을 주었다.

탕!

무척 깨끗한 음향이었다. 얼어붙은 밤공기를 찢어발기며 그 소리는 멀리 사라졌다가 이내 메아리가 되어 돌아왔다.

늑대 한 마리가 공중으로 높이 솟구쳤다가 떨어지는 것이 보였다. 나머지 한 마리는 쏜살같이 도망치고 있었다. 그는 구덩이에서 기어 나와 늑대가 쓰러져 있는 곳으로 기어갔다.

늑대는 숨이 채 끊어지지 않은 채 꿈틀거리고 있었다. 그는 칼을 뽑아 들고 늑대의 배를 찔렀다. 배를 가르자 따뜻한 온기와 함께 피비린내가 확 풍겨왔다. 그는 입을 대고 미친 듯이 따뜻한 피를 빨아 마셨다.

따뜻한 피는 그에게 생기를 주었다. 칼로 살점을 베어 내 그것을 질겅질겅 씹어먹었다.

그때 공비가 하나 나타났다. 총소리를 듣고 혹시 먹을 것이 없나 하고 다가온 것이다. 죽어 있는 늑대를 보자 그 공비는 신음 소리를 내며 달려들었다.

"안 돼! 이건 내가 잡은 거야! 저리 가! 손대면 죽일 테다!"

대치는 공비의 목에 칼을 들이댔다.

"살 한 점만 줘요! 부탁이오! 배고파 죽겠어요!"

"안 돼! 손대면 죽일 거야! 저리 가!"

그는 상대를 주먹으로 때렸다. 공비는 힘없이 눈밭에 나뒹굴었다.

그는 애걸하는 부하에게 끝까지 고기 한점 주지 않았다. 부하를 쫓아 버리고 나서 늑대의 시체를 으슥한 곳으로 끌고 가 눈 속에 파묻었다. 그것은 날고기를 썩지 않게 보관할 수 있는 아주 훌륭한 방법이었다.

병을 이겨낸 그는 늑대 고기를 숨겨 둔 채 혼자서 두고두고 먹었다. 그것은 그야말로 귀중한 식량이었고, 그는 그것 때문에 목숨을 건질 수가 있었다.

가장 추운 기간을 그는 늑대 고기로 연명했다. 그는 그것을 아껴가면서 한 달 이상이나 먹었다.

혹한이 물러갔을 때, 추위와 굶주림에 죽어간 지리산 공비들의 수는 전체의 3분의 1 가량이나 되었다. 살아남은 공비들은 피골이 상접한 비참한 몰골들이었다.

날씨가 풀리고 산에 쌓인 눈이 녹으면서부터 겨울 내내 잠잠하던 산골에 다시 총성이 울리기 시작했다. 토벌군과 공비들 사이에 다시 전투가 시작된 것이다.

말이 전투지 토벌군의 일방적인 추격에 공비들은 도망다니기에 바빴다. 토벌군은 그 동안 훨씬 강력하게 증강되어 있었고 반대로 공비들은 재기할 수 없을 정도로 약해져 있었다. 그러니 싸움이 될 수가 없었다.

해동이 되었다고 하지만 토벌군의 경계가 전보다 더욱 삼엄했기 때문에 공비들은 도무지 보급 투쟁을 위해 마을로 내려갈 수가 없었다. 따라서 그들의 굶주림은 계속되었다.

대치는 땅 속에 숨어 있는 벌레까지 잡아먹었다. 재수가 좋을 때는 양지쪽에서 뱀도 잡아먹을 수가 있었다. 눈이 녹으면서 활동 범위가 넓어지자 간혹 짐승도 잡히곤 했다.

어느 날 그는 양지쪽에 철쭉꽃들이 무리 지어 피어 있는 것을 보고는 마침내 봄이 찾아온 것을 실감할 수가 있었다. 붉은 꽃들은 그의 가슴을 뒤흔들어 주었다. 그는 한동안 넋을 뺀 채 그 꽃들을 바라보았다.

이윽고 그는 양지쪽으로 다가가 꽃밭 속으로 들어갔다. 꽃냄새를 맡자 취하는 것 같았다. 어디서 날아왔는지 노란 색 나비 두 마리가 꽃 위로 날아다니고 있는 것이 보였다.

포근한 햇볕 속에 앉아 있으려니 졸음이 왔다. 그는 꽃들 사이로 벌렁 드러누워 하늘을 쳐다보았다. 구름 한점 없는 하늘은 더없이 평화스러워 보였다. 모든 것이 평화스러운 느낌이다. 그런 평화를 느껴 보기는 실로 오랜만이었다. 그것을 깨지 않고 그 속에서 안주하고 싶었다.

그는 철쭉꽃을 따서 거기에 입술을 대었다. 향기가 강렬했다. 그것을 아내의 머리에 꽂아 주고 싶었다. 목에 걸고 있던 십자가를 꺼내 가만히 바라보았다. 버려서는 안 될 것 같았다. 그것이 지난 겨울 동안 자신을 지켜 준 것 같았다. 손에 꼭 쥐고 눈을 감았다.

그는 곧 평화로운 잠 속으로 빠져들었다. 그렇게 평화롭게 잠들어 보기는 처음이었다. 그러나 그것도 잠깐이었다. 갑자기 가까운 곳에서 총소리가 요란스럽게 들려왔다. 평화는 산산조각이 나고, 잠자고 있던 그는 혼비백산해서 잠에서 깨어나 뛰어 일어났다.

둘러보니 전면의 나무숲이 흔들리고 있었다. 공비들이 뿔뿔이 흩어져 도망치고 있는 것이 보였다.

초록색으로 위장한 토벌군들의 한 떼가 숲을 헤치고 나타났다. 지금까지 이렇게 깊이 토벌군들이 침투해 들어온 적이 없었다. 그는 권총을 뽑아 들고 냅다 뛰었다. 총알이 스쳐 가는 소리가 피웅피웅 들려왔다.

토벌군의 추격은 맹렬했다. 그들은 공비들을 소탕하기 위해 일대 공격을 감행한 것 같았다.

한 시간 가까이 추격을 당하다가 대치는 가까스로 주력을 정비하여 반격을 가할 수가 있었다. 토벌군은 물러가지 않고 그 자리에 머무르면서 다시 공격할 준비를 갖추는 듯했다. 그전 같으면 추격을 끝낸 다음 물러가는 것이 상례였다. 그런데 지금은 그렇지가 않았다. 물러가지 않고 계속 추격을 벌임으로써 포위망을 압축하여 끝내 빨치산을 섬멸할 계획인 것 같았다. 이렇게 되면 밤낮으로 쫓겨야 한다. 지휘본부도 거점을 버리고 산 속을 헤매야 하는 것이다.

봄이 되면서 최초로 벌어진 토벌군의 섬멸작전은 예상했던 대로 매우 대규모로 강력하게 전개되었다. 지휘본부와 주력은 사흘 동안을 쫓기다가 겨우 휴식을 취했다.

지휘본부는 즉시 북으로 SOS를 보냈다. 지원도 없이 버티다가는 모두 섬멸 당할 것이라는 내용이었다.

"결정적 시기가 올 때까지 계속 투쟁하라. 혁명전사들의 영웅적 투쟁은 길이 후세에 빛날 것이다."

대답은 언제나 마찬가지였다. 대치는 분통이 터져 견딜 수가 없었다.

"갈아먹어도 시원치 않을 녀석들……. 당장 가서 죽여 버릴 테다!"

그는 그 즉시 군장을 꾸렸다. 지휘부의 사나이들은 놀란 눈으로 그를 바라보았다.

"아니, 어디 가려고 그럽니까?"

"난 갈 거요."

"어디를 말입니까?"

"북에 가서 책상에 앉아 있는 놈들을 죽일 거요."

"어떻게 간다는 겁니까?"

"태백산맥을 타고 갈 거요."

"뭐라고요?"

모두가 넋을 잃고 그를 바라본다. 마치 그가 정신이 나가지나 않았는가 하는 듯이.

"태백산맥을 타고 어떻게 월북하겠다는 겁니까? 평지도 아닌 산을 타고 어떻게 거기까지 간다는 겁니까?"

정상적인 사람의 생각으로서는 그것은 도저히 상상도 할 수 없는 일이었던 것이다. 그러나 한번 하겠다고 나서면 고집을 굽히지 않고 끝내 하고야 마는 것이 그의 성미였다. 그는 말리는 그들을 거들떠보지도 않고 계속 군장을 꾸렸다.

"걸어가든 기어가든 평양에 가면 될 거 아니오. 한 달이 걸려도 좋고 일 년이 걸려도 좋아요. 나는 거기 갈 거란 말이오. 거기 가서 그 개놈들을 죽여 버리고 말겠소!"

"여길 떠나 월북한다는 건 항명이오. 어떻게 되는지 생각해 봤소?"

최고 책임자가 물었다. 책임자라고 하지만 대치를 제어할 능력과 권한은 없었다. 왜냐하면 대치는 누구의 지시도 받지 않는 위치에 있었기 때문이다. 그는 특무부 소속이었고, 누구라도 지휘 감독할 권한을 가지고 있었던 것이다.

"결과야 내가 책임질 테니까. 염려하지 마시오. 언제까지 산 속에 갇혀서 이렇게 쫓기는 생활만 할 수 없는 것 아니오. 빠른 시일 내에 다시 내려오겠소. 그렇지만 내가 내려올 때는 빈손으로 내려오지는 않을 거요. 탱크를 몰고 올 거요."

산 너머 산

 그는 자기의 심복 열 명을 데리고 출발했다. 남은 공비들은 대치 일행의 모습이 보이지 않을 때까지 말없이 서서 바라보고 있었다. 그것은 그야말로 아무도 자신할 수 없는 너무도 멀고 험한 행군이었다. 평지도 아닌 산을 38선까지 걸어야 하는 것이었다. 그렇다고 행군에 도움이 될 수 있는 것들을 갖춘 것도 아니었다. 제일 필요한 식량마저도 없이 그들은 출발한 것이다.

 대치는 맨 선두에 서서 걸어갔다. 군사지도와 나침반에 모든 것을 의지한 채 전진했다.

 첫날은 그런 대로 모두가 그대로 잘 걸었다. 산 속에서 단련된 몸들이라 산길을 걷는 데는 익숙했다. 그러나 둘째 날부터는 사정이 달랐다. 아무리 산길이 익숙하다 해도 체력 소모가 너무 심한데다 모두가 지난 겨울 동안 굶주림으로 영양실조에 걸려 있었기 때문에 하나같이 허덕거리기 시작했다.

 대치 자신도 숨이 턱에 차서 허덕거렸다. 토벌군의 포위망을 벗어났으므로 쫓길 염려는 없었지만 앞길이 너무 멀고 험난해서 적이 걱정되었다.

주식은 주로 뱀을 잡아먹는 것이었다. 일행 중에는 뱀의 생태를 잘 아는 자가 있었다. 그는 수시로 뱀을 잡아냈다. 뱀고기는 영양가가 높아 아주 훌륭한 식사가 될 수 있었다. 껍질을 벗겨 날것으로 씹던가 구워 먹었다.

그러나 아무리 그것이 좋은 식사라 해도 그것만으로 배를 채울 수는 없었다. 그들은 밥과 김치가 먹고 싶었다.

사흘째 되는 날 점심 무렵 그들은 밥과 김치를 먹을 수 있는 기회를 잡았다. 어디선가 닭우는 소리가 들려왔다. 가까운 곳에 마을이 있는 것을 직감하고 그들은 움직임을 멈추고 주위를 살폈다.

대치의 지시를 받고 정찰을 나간 두 명이 곧 헐레벌떡 달려와서 보고했다.

"요 아래 가까운 곳에 화전민 마을이 있습니다."

과연 조금 내려가 보니 조그만 화전민 마을이 하나 있었다. 너댓 채의 마을이 옹기종기 모여 있는 한켠으로는 숲을 태워 일군 밭이 널찍하게 자리하고 있었다.

수명의 장정들이 밭을 넓히는 작업을 하고 있었고 여자들은 밭에 이랑을 만들면서 씨를 뿌리고 있었다. 그 곁에서 조무라기들이 흙투성이가 되어 뛰어 놀고 있었다. 매우 평화롭고 한가로운 모습이었다.

거기에는 때묻지 않은 원시인간의 순수함이 있었다. 그 순수함이 너무 강렬했기 때문에 대치는 한참 동안 넋을 잃고 그들의 움직임을 바라보고 있었다.

 그들은 못 본 체하고 지나칠 수도 있었다. 그러나 일행은 휴식과 음식을 필요로 하고 있었다. 그리고 눈앞에는 그들의 욕구를 충족시켜 줄 수 있는 것들이 유혹하고 있었다. 발길을 돌린다는 것은 이미 늦었다.

 그들은 마을을 포위하고 접근해 갔는데, 도중에 개가 짖어 대는 바람에 혼란이 일었다. 짐승 같은 사나이들이 무기를 들고 나타나자 장정들은 자신의 생명과 재산을 노리는 적들이 출몰한 줄 직감하고 방어태세를 취했다. 그들의 태도는 용감했다. 얼굴에 비장한 각오까지 나타나 있었다.

 "우리는 먹을 것이 필요합니다. 먹을 것을 좀 주시오."

 대치의 말에 그들은 움직이지 않았다. 연장을 움켜쥔 채 금방이라도 달려들 듯 이쪽을 노려보고 있었다. 대치는 그들을 겁주기 위해 공포를 쏘았다. 그것은 상당한 위력이 있었다. 장정들은 깜짝 놀라 연장을 버리고 두 손을 번쩍번쩍 들었고, 아이들은 겁에 질려 울어댔다.

 "우리가 시키는 대로 하면 해가 없을 거야. 만에 하나라도 반항하는 자가 있으면 즉시 없애 버릴 테니 그리 알고 저쪽으로 가시오."

 아이들을 제외한 남자들은 모두 열 명쯤 되었다. 공비들은 그들을 모두 한곳에 몰아 놓고 앉아 있게 했다. 그리고 여자들에게는 빨리 밥을 지으라고 호령했다.

 여자들이 벌벌 떨며 밥을 짓는 동안 공비들은 밖에 돌아다니는 닭들을 잡느라고 부산을 떨었다. 여자들은 아끼던 쌀과 찬거리를 내놓지 않을 수 없었다. 공비들이 붙어 서서 이거 해라 저거 해라하고 일일이 간섭하는 바람에 어쩔 수가 없었다.

얼마 후 공터에서는 이상한 잔치가 벌어졌다. 열한 명의 짐승 같은 사나이들은 땅에 주저앉아 부녀자들이 만들어 내놓은 진수성찬을 마음껏 들었다.

꺼릴 것이라곤 하나도 없었으므로 그들은 오랜만에 기름진 식사를 여유 있게 먹을 수가 있었다. 모두가 배가 터지도록 먹고 또 먹었다. 누군가가 술 담가 놓은 것을 찾아내는 바람에 그들은 완전히 잔치기분에 젖어 들어 권커니잣커니 했다. 농주는 익을 대로 익어 향기만 맡아도 취할 지경이었다.

하늘에서는 봄 햇살이 포근히 내려쬐고 있었다. 바람 한점 없는 따뜻한 날씨였다.

대치는 취한 눈으로 젊은 아낙의 엉덩이를 바라보았다. 겁에 떨면서 시중을 들고 있는 아낙의 엉덩이가 유난히도 커 보였다.

그 엉덩이를 만져 보고 싶었다.

처음에는 배만 채울 생각으로 들이닥친 것이었다. 그런데 배를 잔뜩 채우고 거기에다 술까지 마시고 나자 그게 아니었다. 영 생각이 달라진 것이었다. 생각이 달라진 것은 여자들 때문이다. 처녀를 포함해서 젊은 여자들이 눈앞에 어른거리는 바람에 잠자고 있던 성욕이 발동한 것이다.

그러한 감정은 대치 혼자뿐이 아니었다. 그들 모두가 같은 감정을 느끼고 있었다.

그들은 고양이가 쥐를 노리듯 벌겋게 달아오른 눈으로 젊은 여자들의 움직임을 주시하고 있었다. 짐승 같은 사나이들의 이글거리는 시선을 받자 여자들은 더욱 움츠러들었고, 그럴수록 사내들의 호흡은 거칠어지고 있었다.

"흐흐 흐흐……괜찮지요?"

공비 하나가 대치를 보고 동의를 구했다. 대치는 고개를 끄덕였다.

"알아서들 해."

말이 떨어지자마자 그 공비는 마침 물을 떠가지고 온 젊은 아낙의 허리를 낚아챘다.

"에그머니!"

물그릇을 내던지고 아낙이 비명을 질렀다. 남녀는 땅바닥 위로 뒹굴었다. 아낙의 치마폭이 북하고 찢어지면서 허연 허벅지 살이 드러났다. 오랫동안 여자를 안아 보지 못한 사내는 눈이 뒤집혀 아낙을 짓눌렀다. 아낙은 필사적으로 항거했다. 두 사람이 엎치락뒤치락 하는 것을 보고 나머지 공비들은 손바닥을 두들겼다.

"이겨라! 이겨라! 못 이기면 바보다!"

아이들은 울부짖고 아낙들은 발을 동동 굴렀다. 남자들은 신음만 하고 있었다.

승부는 쉽게 날 것 같지 않았다. 치마는 갈갈이 찢겨 나가고 속고쟁이만 남은 아낙은 그것을 한 손을 움켜쥔 채 악착스레 사내를 막아내고 있었다. 사내는 그 이상 힘을 낼 수 없는 모양이었다. 밥을 너무 많이 먹은 데다 취하기까지 해서 오히려 점점 힘이 빠져가는 기색이 역력했다. 나중에는 벌렁 나가자빠지기까지 했다. 공비들 사이에 웃음이 터지고 여자 하나 다루지 못한다는 빈정거림이 흘러나오자 그는 다급했다. 어떻게든 여자를 요절내야겠다고 결심했는지 갑자기 그녀의 얼굴을 후려친 다음 눈앞에 칼을 디밀었다. 그것을 보자 아낙은 저항을 멈추고 공포로 몸이 굳어졌다.

사내는 칼로 아낙의 속고쟁이를 찢어 냈다. 여인은 바들바들 떨면서 두 손으로 사타구니를 가렸다.

"따라와!"

차마 여러 사람들이 보는 앞에서 그 짓을 할 수는 없었던지 사내는 여자를 끌고 가까운 움막 안으로 들어갔다. 조금 후

"으악!"

하는 소리가 나더니 여인이 먼저 뛰어나왔다.

뒤이어 사나이가 코를 싸쥐고 비틀비틀 뛰어나왔다.

"내 코! 내 코!"

공비는 길길이 날뛰었다. 코가 반쯤 떨어져 나갔으니 그럴 만도 했다.

"저년이 내 코를 물었어! 이년, 이리 와!"

공비는 피투성이가 된 얼굴을 일그러뜨리며 여인을 노려보았는데, 여인은 자기 남편으로 보이는 남자의 뒤에 꼭 숨어서 떨고 있었다. 그 주위를 남자들이 에워싸고 있었다.

눈이 뒤집힌 공비는 총을 들고 그쪽으로 뛰어갔다. 그러나 남

자들이 여인을 내놓으려 하지 않았다.

"죽이려면 날 죽이시오!"

여인의 남편으로 보이는 자가 앞을 가로막으며 말했다. 나약해 보이는 남자였지만 아내를 지키려는 의지가 뚜렷했다.

"에이, 죽어 봐라"

공비는 지체없이 방아쇠를 당겼다. 총소리와 함께 일순 모든 것에 정지하는 듯했다. 여인의 남편이 무릎을 꺾으며 앞으로 힘없이 쓰러졌다. 무고한 양민을 사살한 공비는 남자들이 흩어질 줄 알았던 모양이지만, 그렇지가 않았다.

"저놈 죽여라!"

남자들은 죽음을 겁내지 않고 공비에게 우르르 달려들었다. 당황한 공비는 얼결에 되는 대로 방아쇠를 잡아당겼지만 이상하게도 불발이었다.

순식간에 몰려든 장정들은 공비를 때려눕히고 짓밟아 댔다. 그대로 두면 때려죽일 판이었다. 장정 하나가 총을 빼앗아 들더니 그 공비를 후려치려고 했다. 그때 총소리가 났다. 총이 하늘로 날면서 장정이 후딱 뒤로 나가떨어졌다.

어느새 대치의 손에는 권총이 들려 있었다. 그는 눈을 부라리면서 소리쳤다.

"모두 물러가! 물러가라고!"

그러나 마을 사람들은 물러갈 기미를 보이지 않았다. 이제는 총도 두려워하지 않는 듯했다. 그때 아낙 하나가 울부짖으며 앞으로 뛰어나왔다. 사살된 장정의 아내인 듯했다.

"이놈들아! 이 짐승 같은 놈들아! 나도 죽여다오! 나도 죽여다오! 이 짐승 같은 놈들."

여자는 곧장 대치에게 돌진했다. 대치는 발로 여자의 복부를 걷어찼다. 여자가 거꾸러지는 것과 동시에 그때까지 지켜보고만 있던 장정들이 마침내 사생결단하고 닥치는 대로 아무 것이나 집어들고 공비들에게 달려들었다.

"모두 사살해 버려!"

대치는 악을 썼다. 갑자기 날벼락이라도 난 듯했다. 그들은 닥치는 대로 쏘아댔다. 그들은 짐승을 쏘듯 쏘아댔다.

여러 사람들의 피가 흐르고 흘러 그렇지 않아도 붉은 흙을 더욱 붉게 만들었다.

"하나도 남기지 말고 해치워! 살려 두면 시끄럽다!"

대치의 명령에 따라 일대 사냥이 시작되었다.

그들은 웃으며 쫓아갔다. 닭 쫓듯이 쫓아갔다.

아녀자들의 울부짖는 소리가 하늘을 찔렀다. 어떻게든 살아 보려고 아녀자들은 숲 속으로 도망쳤다. 아이만 살리려고 몸으로 총을 막으면서 아이를 숲 속으로 도망치게 하는 여자도 있었다. 그러나 소용없는 일이었다.

그들은 아이들마저도 쫓아가 죽였다. 그런 살육 속에서도 여자를 강간하는 자가 있었다. 강간하고 나서는 여자를 죽였다. 나중에는 너나 할 것 없이 여자를 능욕하고 살해했다.

피맛을 본 그들은 눈이 뒤집혀 피의 축제를 벌였다. 사람 하나 죽이는 것을 파리보다 더 쉽게 죽이는 것 같았다. 그들은 덩

실딩실 춤추고 히히거리면서 뛰어다녔다.

"모두 죽여! 싹 죽여 없애!"

대치는 막걸리를 담은 바가지를 들고 서서 소리소리 질렀다. 지난겨울 동안 추위와 굶주림에 움츠리고 있던 그 포악한 야수의 근성이 다시 되살아난 듯했다. 그는 막걸리를 바가지로 퍼서 마셨다. 그리고는 미친놈처럼 고래고래 악을 썼다.

태양도 너무 참혹한 살육에 빛이 스러지는 듯했다. 비명이 터질 때마다 초목도 떨었다. 까마귀도 울부짖었다.

살육이 끝나자 그들은 그것도 모자라 집에 불을 질렀다. 불길이 모든 집들을 휩싸 안았을 때 한 집에서 어린 처녀 하나가 뛰어나왔다. 용케도 숨어 있었는데 불길 때문에 달려나온 듯했다. 찢긴 옷자락으로 몸을 가리면서 그녀는 오돌오돌 떨다가 숲속으로 토끼처럼 내달았다.

"대장, 저건 대장이 하시오!"

부하의 말에 대치는 정신이 번쩍 들었다. 그는 처녀를 따라 맹수처럼 달려갔다. 처녀는 얼마 못 가 쓰러졌다. 허연 허벅지가 대치의 눈을 강렬히 자극했다."

"어무이!"

그녀는 밑에 깔리면서 비참하게 울부짖었다.

그는 문득 일본군에 있을 때 오오에 오장의 강요로 중국 여자를 강간하던 일이 생각났다. 일본군은 점령 지대에서 여자를 강간하는 것을 다반사로 알았다. 그리고 강간을 끝내고 나면 후환을 없애기 위해 여자를 죽였다. 그것이 얼마나 큰 죄악인가를 알면서도 그는 단지 마지못해 한다는 식으로 거기에 참가하지 않았던가. 나중에 그 자신은 그 쾌감과 피에 취하지 않았던가.

그는 자신이 과거로 돌아온 것 같은 기분을 느꼈다. 힘을 가하자 처녀가 신음을 토하면서 전신을 떨었다.

"살려 주세요! 목숨만……살려 주세요!"

항거하던 처녀는 살기 위해 고통을 참으며 그를 능동적으로 받아들였다. 그는 여자를 노려보면서 혼신의 힘을 다해 그녀를 질식이라도 시킬 듯이 내려찍었다. 처녀의 가냘픈 두 손이 계속 잡초를 쥐어뜯었다.

"살려 주세요!"

처녀는 옷을 입으려고도 하지 않은 채 그의 바지자락을 움켜잡았다. 그는 처녀를 가만히 내려다보았다. 살려 주면 이 여자는 평생 나를 저주할 것이다.

"일어나!"

처녀는 여전히 그의 바지자락을 붙잡고 애걸했다. 눈물로 뒤범벅이된 얼굴을 쳐들고 그를 올려다보면서 수없이 같은 말을 되풀이했다. 그는 곤혹스러움을 느꼈다. 그런 기분을 느끼기는 처음이었다.

그는 불타고 있는 마을을 돌아보았다. 환호하고 있는 부하들의 모습도 보았다. 그들은 마치 전투에서 승리한 것처럼 환호하고 있었다.

우리는 정말 승리한 것일까. 이것도 혁명인가. 뒤죽박죽이다. 모든 것이 뒤죽박죽이다. 저것은 산적들의 광란 이외의 아무 것도 아니다.

그는 돌아섰다. 처녀가 바지자락을 놓고 빨리 숲 속 깊이 도망쳤으면 했다. 그러나 그의 허락이 떨어지기 전에는 그럴 수 없다고 생각했는지 도망칠 기미를 보이지 않는다.

그는 그 자리에 주저앉고 싶었다. 그는 나무에 기대앉아 여자를 물끄러미 바라보았다. 너무 허탈해서 손가락 하나 까딱하고 싶지 않았다. 처녀는 그의 흉측한 모습을 정면으로 대하자 소름이 끼치는 모양이었다.

나는 산적 이외의 아무 것도 아니다. 자신의 행동을 합리화시키려고 하지 마, 이 위선자야! 내가 지금 가지고 있는 논리가 있다면 그것은 약육강식의 논리다. 그밖에 나는 어떠한 논리나 정당성도 가지고 있지 않다.

"살려 주세요, 나리! 살려 주세요!"

그는 절망적인 눈으로 처녀를 바라보았다.

"살려 주세요!"

그는 마침내 고개를 끄덕였다. 그녀는 찢어진 옷가지로 몸을 가리면서 믿어지지 않는다는 듯 주춤주춤 일어났다.

"가. 도망가라구."

그의 목소리가 부드럽다고 느꼈던지 처녀는 갑자기 몸을 돌려 숲 속으로 뛰기 시작했다. 길게 땋아 늘인 머리와 엉덩이가 유난히 흔들거리는 것이 죽을힘을 다해 도망치는 것 같았다. 그는 처녀의 뒷모습을 멀거니 바라보다가 허리에서 권총을 빼 들고 처녀의 잔등을 겨누었다. 그때까지도 그는 쏠까말까 망설이고 있었다.

　절망적인 기분이 전신을 휩쓸었다. 뒤이어 자학적인 감정이 찾아왔다. 될 대로 되라. 괴로워할 것 없다. 이미 이렇게 된 이상 끝까지 밑바닥까지 내려가 보는 거다.

　그는 방아쇠를 당겼다. 가만히 당기는 순간 저만치 뛰어가던 처녀가 춤추듯이 쓰러지는 것이 보였다. 그 다음에는 눈에 안개가 끼어 아무 것도 보이지 않았다. 그는 허탈하게 웃었다. 화전민 마을은 완전히 잿더미로 화했다. 시체들까지 모두 치우고 나자 그곳은 사람 하나 살지 않는 초토로 변했다. 잿더미 위에서 피어오르는 허연 연기만이 얼마 전까지만 해도 거기에서 사람이 살고 있었다는 것을 말해 주고 있을 뿐이었다.

　그때까지도 술이 덜 깬 공비들은 비틀거리며 그곳을 떠났다. 한바탕 소동을 피우고 난 그들은 하나같이 탈진한 모습으로 말없이 걸어갔다. 그들이 떠나간 자리에서 잡종개 한 마리가 높이 울부짖었다. 살아남은 유일한 동물이었다.

　곧 어둠이 밀려왔다. 어둠과 함께 비가 내렸다. 그들은 뿔뿔이 흩어져서 비를 피했다.

　대치는 나무 밑에 앉아 비를 피했지만 옷이 젖는 것을 막을 수는 없었다. 술 취한 김에 그대로 쓰러져 잠이 들었다. 그뿐 아니라 모두가 곤히 잠 속에 빠져들었다. 배가 터지도록 먹고 마셨으니 그것을 소화시킬 수 있는 휴식이 필요했다.

　이튿날 날이 훤히 밝아 왔을 때까지도 그들은 정신없이 잠들어 있었다. 대치가 제일 먼저 눈을 뜬 것은 배탈이 났기 때문이었다. 어제 포식한 것이 배에 이상을 일으킨 것 같았다.

그는 아랫배를 움켜쥔 채 편히 앉아서 배설할 수 있는 곳을 찾아갔다. 조금 위쪽으로 올라가 바지를 풀어내리고 쭈그리고 앉는 순간 저만치 아래에서 물결이 이는 것 같은 흔들림이 전해져 왔다. 반사적으로 촉각을 곤두세우고 아래를 내려다보았다.

"적이다!"

그는 속으로 부르짖었다. 새카맣게 몰려오는 것이 수백 명은 될 것 같았다. 눈앞에 바싹 위험이 닥쳐왔지만 배설 때문에 일어날 수가 없었다.

부하들은 아무 것도 모른 채 곤히 자고 있었다. 웬만큼 소리 쳐도 일어날 것 같지 않았다. 소리치면 토벌군들이 일제 사격을 가해 올 것이다.

토벌군들은 좌우로 퍼지면서 포위망을 구축하고 있는 듯했다. 배설을 채 끝낼 사이도 없이 밑으로 굴러 내려가 부하들을 걷어찼다.

"적이다! 소리내지 말고 빨리 깨워! 위쪽으로 뛰어!"

중요한 물건들을 챙겨 들고 먼저 뛰었다. 뒤이어 총소리가 들려왔다. 그는 뒤돌아보지 않고 죽을힘을 다해 위로 달려 올라갔다. 뒤에서는 총소리가 쉬지 않고 들려오고 있었다.

산등성이까지 올라갔을 때 그에게는 아무 일도 일어나지 않았다. 그는 포위망을 벗어난 것을 알고 망원경으로 아래를 살폈다. 부하들이 포위망 속에 갇혀 발버둥치고 있는 것이 보였다. 두 명이 가까스로 빠져나오고 있는 것 외에는 모두가 전멸 당할 것 같았다.

 토벌군은 포위망을 좁히면서 맹렬히 쏘아붙이고 있었다. 그것을 보고 있는 대치는 가슴이 타는 듯했다. 한발만 늦었어도 포위망에서 빠져나오지 못한 채 총알받이가 되었을 것이다. 그것을 생각하자 모골이 송연했다.

 헐레벌떡 올라온 두 명은 말도 못한 채 사색이 되어 그를 쳐다보기만 했다. 대치 역시 그들에게 아무 할 말이 없었다.

 포위망에 갇힌 그의 부하들은 항복도 하지 않고 악착스레 싸우고 있었다. 그러나 그것은 싸움이 될 수 없었다. 상대는 수백 명이나 되는 토벌군들이었다. 여덟 명의 공비들은 벌집이 되어 죽어갔다.

 총성이 그쳤을 때 거기에는 여덟 구의 시체가 나뒹굴고 있었다. 한결같이 비참한 주검들이었다.

 살아남은 공비들은 조용히 그곳을 떠났다. 그들 세 명은 거의 쉬지 않고 걸었다. 나침반과 지도에만 의지한 채, 동북쪽으로 걸어갔다.

 산을 하나 넘으면 또 산이 있었고, 그 산을 넘으면 또 다른 산이 앞을 가로막았다. 그러나 그들은 뚫고 나갔다. 달이 없는 어두운 밤에는 하는 수 없이 휴식을 취했지만, 그렇지 않고 달이 있는 밤에는 행군을 계속했다.

 출발한 지 열흘째 되는 날 한낮이었다. 그들은 지쳐서 누워 있었다. 그곳이 어디쯤인지 지도만 가지고는 알 수 없었다. 열흘 동안 동북쪽으로만 걸어온 것이다.

그들은 먹을 것도 떨어지고 지칠대로 지쳐 있었다. 그중 한 명은 체력의 한계에 다다라 있었다. 그러나 낙오되면 죽는다는 것을 알고 있었기 때문에 그곳까지 가까스로 따라온 것이다.

그들이 누워 있는 곳에서 얼마 떨어지지 않은 아래쪽에 사람의 발길이 닿은 듯한 좁은 길이 나 있었다. 그 길로 두 사람이 나타났다.

인기척에 공비들은 상체를 일으키고 아래쪽을 바라보았다. 노인과 젊은이 하나가 길을 따라 올라오고 있는 것이 보였다. 빈 지게를 지고 있는 것이 아마 나무하러 온 듯했다.

그들은 미친 듯이 달려 내려가 나무꾼들을 앞뒤에서 포위했다. 느닷없이 나타난 험상궂은 사나이들을 보고 나무꾼들은 너무도 놀란 나머지 그 자리에 털썩 주저앉고 말았다.

공비들은 나무꾼들이 싸가지고 온 도시락부터 먹어 치웠다. 너무 배가 고팠던 나머지 그들은 서로 먼저 먹으려고 아귀다툼까지 벌였다.

"여기가 어디지?"

도시락을 비우고 난 젊은이에게 총을 겨누며 물었다. 젊은이는 덜덜 떨어 대느라고 말을 못하고 있었다.

"주, 주왕산이옵니다."

노인이 머리를 조아리며 대답했다. 잿빛 수염이 턱을 덮고 있었다.

"주왕산이 어디에 있는 산이지?"
"경상북도 청송에 있는 산이옵니다."

대치는 지도를 펴서 주왕산을 찾았다.

"가까운 곳에 마을이 있나?"

"그, 그러하옵니다."

그들을 살려두면 마을로 내려가 신고할 것이고, 그렇게 되면 추격을 받게 된다. 이제는 기력도 없어서 도망치기도 힘이 든다. 맹렬히 추격해 오면 붙잡히거나 사살될 것이 뻔하다. 죽일 수밖에 없다. 그들은 부자간인 듯했다. 노인이 말했다.

"죽이려면 이 늙은 것을 죽여주십시오. 이놈은 외아들이옵니다. 장가간 지 한 달밖에 안 됐사옵니다. 제발 이 늙은 것을 대신 죽여주십시오."

노인은 눈물을 흘리며 애걸했다.

"사, 사, 살려 주십시오! 목숨만 살려 주시면 무슨 일이든지 하겠습니다! 우리 같은 사람들이야 땅 파먹는 것밖에는 아무것도 모릅니다. 나리, 살려 주십시오! 살려 주십시오!"

젊은이는 눈물을 줄줄 흘리며 애걸복걸했다. 그러나 대치의 외눈은 한곳만 응시하고 있었다.

그가 턱짓하자 부하 두 명이 뒤로 돌아가 개머리판으로 노인과 젊은이의 뒤통수를 후려쳤다. 퍽하는 소리에 노인이 먼저 쓰러졌다. 젊은이는 몸을 돌리는 바람에 설맞고 피투성이가 되어 나뒹굴었다. 그들은 쫓아가면서 젊은이를 난타했다. 마치 짐승을 때려잡듯이 그렇게 후려쳤다.

대치는 노인을 바라보았다. 노인은 채 죽지 않고 꿈틀거리고 있었다. 무섭게 경련하면서 잡초를 움켜쥐고 그가 서 있는 쪽으로 기어왔다. 대치는 차마 볼 수가 없어 급히 권총을 꺼내 들고 노인의 머리를 쏘았다. 노인은 몸을 뒤집으면서 즉사했다.

"총소리가 나면 위험하지 않습니까?"

부하가 달려와 못마땅한 듯 물었다.

"괜찮아. 자, 출발!"

그는 앞장서서 급히 걸어갔다.

"이제부터는 북쪽으로만 가면 된다!"

"좀 천천히 가십시오. 따라가기가 힘듭니다."

체력이 딸린 부하 두 명이 허겁지겁 따라오며 말했지만 그는 상관하지 않고 똑같은 속도로 걸어갔다. 두 시간 가까이 걸어가다 뒤돌아보니 한 명만이 저만치서 따라오고 있었다. 모습을 보니 탈진해서 오래 갈 것 같지가 않았다.

"너, 너무 하십니다."

원망스런 눈길로 대치를 노려보다가 털썩 주저앉는다.

"어떻게 됐어?"

대치는 무감동하게 물었다.

"낙오됐습니다. 쓰러져서 일어나지를 못하기에 혼자 와 버렸습니다. 기다리다가 저까지 낙오하겠기에……"

허연 침까지 흘리고 있다.

"이제 삼분의 일 정도밖에 안 왔어. 지금부터 길은 더욱 험해져. 그런데 벌써 주저앉으면 어떻게 되나? 잘 알겠지만 혼자서 걷기도 어려운데 업고 간다는 것은 생각할 수도 없는 일이야. 낙오하면 그대로 내버려둘 수밖에 없어. 갈 수 있는 사람만 가는 거야. 갈 수 있겠나?"

"가, 갈 수 있습니다."

절망적인 고개를 끄덕인다.

"한 시간 걷고 십 분씩 휴식이다. 십 분 후 출발한다."

"십 분 휴식은 너무 짧습니다. 이십 분 정도는……"

"안 돼! 그렇게 쉬다가는 한정이 없어. 영영 산 속에서 짐승이 되고 만다!"

그때 멀리서 그들을 부르는 소리가 들려왔다. 아주 먼 곳에서 들려오는 소리였지만 몹시 절박한 느낌이었다. 십 분쯤 지나자 낙오했던 자의 모습이 멀리 보였다. 그러나 대치는 그를 기다리지 않고 출발했다.

"좀 기다렸다 함께 갑시다!"

부하가 분노에 차서 소리쳤지만 그는 돌아보지 않고 그대로 걸어갔다.

"지독하군요, 그럼 처음 출발할 때 혼자 떠날 것이지 우리는 왜 끌고 왔습니까?"

"말이 많다!"

멀리 뒤에서는 그들을 부르다 못해 저주하는 소리가 들려오고 있었다.

"이놈들아! 나를 두고 간단 말이냐? 이놈들아! 이 죽일 놈들아! 이 개 같은 놈들아! 십리도 못 가서 발병이 날 거다!"

아무리 악을 써 댔지만 대치는 돌아보지도 않고 걸어갔다. 뒤따르는 부하가 다시 사정했다.

"대장, 기다렸다가 함께 갑시다. 버리고 갈 수야 있습니까? 그래도 생사고락을 같이했는데 이제 와서 내버리고 갈 수야 있습니까?"

"어차피 저 친구는 걸을 수 없게 될 거야. 저래가지고 38선까지 갈 수 있을 거라고 생각하나? 어림없지. 그럴 바에는 지금부터 내버리는 게 나아. 함께 보조를 맞추다가는 우리 모두가 주저앉고 말 거야."

대치의 말에도 일리는 있었다. 아니 그 상황에서는 가장 합당한 판단인지도 몰랐다. 낙오된 자는 아무리 악을 써도 기다려 주지 않자 급기야 총을 쏘아댔다. 그러나 이미 시야에서 벗어난 두 사람은 상관하지 않고 걸음을 재촉했다.

대치는 자신이 정해 놓은 규칙대로 움직였다. 한 시간 동안 걸은 뒤에는 십 분 동안 휴식을 취하고 나서 어김없이 다시 출발했다.

날이 어둑어둑해질 때쯤에는 마침내 두 사람의 간격이 상당히 벌어져서 상대방의 모습이 보일락 말락하게까지 되었다. 하나 남은 그의 부하는 울상이 되어 필사적으로 따라오고 있었다. 발바닥이 부르터서 쩔룩거리고 있었다.

"대장, 나까지 버리는 거요?"

"잔말 말고 따라와!"

그들은 큰 소리로 대화했다. 그야말로 첩첩산중에 그들은 고립되어 있었다. 날이 저물자 여기저기서 짐승들의 울음 소리가 들려왔다.

배도 고프고 목도 말랐다. 눈앞이 자꾸만 흐려왔다. 나뭇가지 사이로 흘러내리는 달빛이 유난히도 푸르스름했다.

숨이 차서 더 이상 걸을 수가 없었다. 나무에 쓰러질 듯 기대앉아 헐떡거리고 있는데 울음 소리가 들려왔다. 부하가 그를 찾지 못해 울부짖고 있었다. 그가 신호를 보내자 부하는 비틀거리며 나타나서는 힘없이 풀썩 쓰러졌다.

"물……물……대장……물 한모금……"

"물이 없어. 아무 것도 없어."

"물……물……찾아보면 있을 거요……물 한모금만……"

대답하기도 귀찮아 그는 꼼짝 않고 앉아 있었다.

밤새 이슬이 내렸다. 그는 밤중에 깨어나 풀잎에 내린 이슬을 빨아먹었다. 그리고 다시 잠들었다. 봄철이라고 하지만 산 속의 밤은 추웠다.

새벽에 그들은 똑같이 깨어났다. 풀잎 사이에서 움직이는 것이 있어 가만 보니 조그만 개구리새끼였다. 몸이 온통 녹색이었다. 그것을 잡아 입 속에 집어넣고 꿀꺽 삼켰다.

"대장, 이것 좀 보시오."

그의 부하가 발을 들어 보였는데 퉁퉁 부은데다 온통 피가 말라붙어 있었다.

"모택동의 장정(長征)을 아나?"

"모르겠는데요."

"모택동은 장개석한테 쫓겨 2만리 길을 도망쳤다. 그것도 사막을 말이야. 그들은 그것을 대장정이라고 부르지. 거기에 비하면 이건 아무 것도 아니야. 이 정도에서 엄살을 떨다니 보기 흉하다."

그는 캡을 눌러쓰고 일어섰다. 군장이라고 해야, 담요조각 하나뿐이었다. 그가 막 일어서서 걸어가려고 하자 철컥하는 장탄 소리가 들려왔다.

"대장, 혼자 가면 안 돼. 쏴 버릴 거야."

대치는 돌아서서 부하를 바라보았다. 총구가 곧장 그를 향하고 있었다. 여차하면 발사할 것 같았다. 그의 외눈이 무섭게 빛났다.

"왜 이러는 거야?"

"잔말 마! 죽어도 같이 죽고 살아도 같이 사는 거다! 이제부터는 내가 지휘한다! 그 권총 이리 던져!"

대치와 동갑내기인 그 사나이는 백발백중을 자랑하는 사격의 명수이니, 아무리 재빨리 몸을 날린다 해도 사살될 것이 뻔했다.

"빨리 권총 던져!"

살기 어린 외침에 대치는 하는 수 없이 허리에서 권총을 빼내 부하에게 던졌다.

"이상한 짓하지 마! 허튼 수작하면 쏴 버릴 테다! 자, 앞장서서 걸어가! 천천히 걸어."

대치는 그자가 시키는 대로 천천히 걸음을 옮겨 놓았다. 속이 부글부글 끓어올랐지만 참고 견디는 수밖에 없었다. 그의 부하는 잠시도 빈틈을 주지 않고 따라오고 있었다. 언제라도 발사할 수 있게 권총을 오른손에 들고 있었다. 걷는 시간보다 쉬는 시간이 점점 더 많아졌다.

"이것 봐. 이러다가는 산 속에서 굶어 죽고 말아. 빨리 가자구."

"잔말 마. 이 이상은 안 돼."

"죽어도 같이 죽자는 것인가?"

"그래. 바로 그거야. 혼자 죽기는 싫어."

"제기랄, 한 사람이라도 가야 할 거 아니야!"

"흥분하지 마!"

함께 가기 위해 나를 죽이지는 않을 것이다 라고 그는 생각했다. 쉬는 시간이 잦아지면서부터 공복이 몰고 오는 고통이 더욱 심해졌다.

"이러다가는 굶어 죽는다. 먹을 걸 찾아야 해. 내일쯤에는 일어서지도 못할 걸."

"먹을 걸 구해 와. 무기 없이 혼자 가지는 않을 테지."

하는 수 없었던지 그자는 대치를 풀어 주었다. 대치는 먹을 것을 구하기 위해 이리저리 돌아다녔다. 너무 배가 고프다 보니 이제는 고통도 느껴지지 않을 정도였다. 한참 내려가자 골짜기가 있었다. 물 속에 머리를 처박고 배가 터지도록 물을 마셨다. 목욕을 하려고 옷을 벗는데 사각하고 풀잎 스치는 소리가 들려왔다. 얼른 고개를 돌려보니 능구렁이 한 마리가 스르르 기어가고 있었다. 눈이 뒤집힐 것 같았다. 상당히 큰 뱀이었다. 아껴서 먹으면 며칠 동안 견딜 수 있을 것 같았다.

"호호호호……"

절로 웃음이 나왔다. 발로 몸통을 밟은 다음 돌덩이를 집어들고 머리를 내려찍었다. 두어 번 찍어 대자 구렁이는 또아리를 풀고 축 늘어졌다.

껍질을 벗기는데 자꾸만 침이 흘러내렸다. 다 먹어 치우고 싶은 것을 꾹 참고 조금만 먹었다. 부하에게는 한 점도 주지 않을 생각이었다. 날씨가 따뜻해 썩을 염려가 있었으므로 고기를 바위 위에다 널어 놓고 말렸다.

물 속에 들어가 오랜만에 목욕을 했다. 위쪽에서 그를 부르는 소리가 들려왔지만 들은 척도 하지 않았다. 놈이 기다리다 지쳐 잠이 들면 그때 가서 해치울 생각이었다. 그런데 목욕을 하고 나서 늘어지게 한숨 자려고 하는데 놈이 가까이 나타났다.

"흥, 팔자 늘어졌군."

바위 위에 널어 둔 뱀고기를 보는 순간 그의 눈이 번쩍 빛났다.

"혼자 먹으려고 했지? 나쁜 인간 같으니……그걸 이리 던져!"

바로 머리 위에서 총을 겨누고 있었기 때문에 꼼짝할 수가 없없다. 먹이를 두고 두 사람의 시선이 무섭게 불꽃을 튕겼다.

"이건 안 돼!"

대치는 뱀고기를 목에 걸치고 상대를 노려보았다.

"빨리 던져! 안 던지면 쏘겠다!"

"반으로 나누자! 내가 잡았으니 내 몫도 있어야지!"

"안 돼! 너는 나보다 기력이 좋으니까 안 먹어도 돼! 이리 던져!"

그들은 먹이를 놓고 그야말로 맹수처럼 으르렁거렸다. 대치는 그것을 뺏기지 않으려고 필사적이었다.

"안 돼! 혼자 먹겠다면 줄 수 없어!"

"빨리 던지라구! 쏴 죽이기 전에 빨리 던져!"

"안 돼!"

"쏜다!"

"쏠 테면 쏴라!"

"못 쏠 줄 알아!"

탕!

장끼 한 마리가 울부짖으며 건너편 숲 속으로 날아갔다. 총알은 머리를 스치고 지나갔지만 대치는 공포와 분노에 싸여 몸을 떨었다. 하는 수 없이 그는 뱀고기를 내놓고야 말았다.

"옛다! 처먹어라!"

뱀고기를 받아 든 부하는 허겁지겁 그것을 먹기 시작했다. 한쪽으로는 대치를 경계하면서 무서운 속도록 뱀고기를 먹어 치웠다.

그것을 보고 있는 대치의 외눈에서는 파란 불꽃이 일었다. 두고두고 먹으려던 것을 고스란히 빼앗긴 데다 놈이 먹는 것을 속수무책으로 보고만 있으려니 환장할 것 같았다. 겨우 굶주림을 면할까 했는데 수포로 돌아가고 말았다. 굶주린 사나이들에게는 뱀고기야말로 최고의 진미가 아닐 수 없다. 모두가 뱀을 잡으려고 혈안이 되지만 그것은 생각대로 그렇게 쉽게 잡히지가 않는다. 대치가 능구렁이를 한 마리 잡을 수 있었던 것은 순전히 우연이었다. 사실 그것을 잡았을 때 그는 덩실덩실 춤이라도 추고 싶을 정도로 기뻤었다. 그런데 그것을 고스란히 빼앗긴 것이다.

그는 찢어 죽이고 싶도록 부하가 저주스러웠다. 이제는 동지도 뭐도 아니었다. 저주의 대상일 뿐이었다.

앉은자리에서 구렁이 한 마리를 모두 먹고 난 공비는 갑자기 기름진 고기를 포식한 바람에 마음대로 움직이지를 못했다. 술에 취한 듯 비실비실 하다가 급기야 그는 드러누워 버렸다. 그러면서도 눈을 가늘게 뜨고 대치를 감시하려고 기를 썼다. 하지만 얼마 가지 않아 마침내 곯아떨어지고 말았다.

대치는 기회를 놓칠세라 다람쥐처럼 기어올라갔다. 총을 손에서 빼는데도 상대는 모르고 자고 있었다. 총대를 거꾸로 쥐고 개머리판으로 머리를 힘껏 내려쳤다.

"뒈져라!"

저주에 찬 욕설과 함께 퍽퍽 하는 소리가 주위의 적막을 깼다. 그의 부하는 비명 하나 지르지 못한 채 부르르 부르르 떨면서 죽어갔다.

이제 그는 완전히 혼자가 되었다. 허리에 권총을 차고 어깨에는 장총을 걸고 필요한 물건들을 챙긴 다음 그는 길을 떠났다. 아주 멀고 먼 길을 혼자 출발했다.

처음 떠나올 때는 열 명의 부하들과 동행이었는데, 지금은 모두 죽고 그 혼자만 살아 있었다. 이제부터는 더욱 어려워질 것이라고 그는 생각했다. 굶주림만큼이나 무서운 것이 자기를 기다리고 있다는 것을 그는 잘 알고 있었다. 그것은 뼈를 깎는 외로움이었다.

첩첩산중에서 하룻밤도 아닌 수 없는 나날을 외로움과 싸운다는 것은 보통 사람으로서는 도저히 견뎌 내기 어려운 일이다. 사람을 만나는 것이 두려우면서도 사람이 그리웠다. 만일 다음에 사람을 만나게 되면 죽이지 않겠다고 생각했다.

오직 나침반에만 의지한 채 걸어갔다. 길도 없는 곳을 헤쳐 가다가 앞에 넘을 수 없는 산 벽이 가로막고 있으면 하는 수 없이 멀리 돌아가야 했다. 그럴 때면 포기하고 돌아서고 싶었다. 그러나 이제는 돌아가는 것도 쉬운 일이 아니었다.

날씨가 따뜻한 것이 무엇보다도 다행이었다. 움직이는 것이면 무엇이나 잡아먹었다. 밤이면 바위 밑이나 덤불 속에서 웅크리고 있었다.

다리에 힘이 풀린 것은 이미 오래 전이었다. 발바닥은 부르터서 피투성이였다. 그런데도 그는 비틀비틀 걸어갔다. 몽유병자처럼 북으로 북으로 걸어갔다.

닷새 동안을 사람 하나 보지 못한 채 걸어가자니 미칠 것 같았다.

"우우이! 우우이!"

사람이 그리워서 그는 울부짖었다. 얼굴은 수염으로 뒤덮여 있었고 옷은 찢기고 해져 처참한 몰골이었다. 짐승도 그보다는 나은 편이었다. 그러한 사나이가 사람이 그리워서 울부짖고 있었다.

"우우이! 우우이!"

애꾸눈에서 눈물까지 흘러내리고 있었다. 기괴하기 짝이 없는 모습이었다. 그는 어느 산봉우리에 올라가 있었다. 바람에 장발과 찢긴 옷자락이 휘날리고 있었다.

"우우이! 우우이!"

아무라도 좋다. 대답을 좀 해 다오. 그러나 아무리 소리쳐도 돌아오는 것은 허망한 메아리 소리뿐이었다.

봉우리를 내려가자 드넓은 초원이 전개되고 있었다. 초원 위로 그는 비틀비틀 걸어갔다. 하늘은 푸르렀고 태양은 눈부시게 빛나고 있었다.

그는 누런 이빨을 드러내고 웃음을 터뜨렸다. 절망적인 웃음이었다. 털썩 주저앉는 순간 무엇인가 조그만 것이 후다닥 뛰어갔다. 장총을 내려 목표를 겨누고 방아쇠를 당겼다. 총소리와 함께 공처럼 나뒹구는 것이 보였다.

허둥지둥 쫓아가 피에 젖은 것을 집어들었다. 놀랍게도 산토끼였다. 그는 또 웃음을 터뜨렸다. 너무 기뻐서 눈물까지 흘리며 웃고 또 웃었다.

모닥불을 지피고 토끼를 통째로 올려놓았다. 잿빛 털이 금방 사그라지고 살덩이만 남자, 지글지글 기름타는 냄새가 났다. 살이 통통히 찐 놈이었다. 내장을 긁어내고 허벅지부터 먹기 시작했다. 너무 맛있어서 미칠 것만 같았다. 조금씩 아껴가면서

산 너머 산 · 313

먹어야 한다는 것을 알면서도 차마 입을 뗄 수가 없었다.

순식간에 토끼 한 마리를 모두 먹어 치우고 나자 졸음이 밀려왔다. 풀밭에 그대로 쓰러져 잠이 들었는데 깨어나 보니 한밤중이었다. 몸은 이슬에 푹 젖어 있었다. 달빛이 밝았으므로 일어나 걸었다.

뱃속이 든든했기 때문에 힘이 솟았다. 그렇지만 부르튼 발이 마음대로 움직여지지가 않았다. 나뭇가지 사이로 흘러내리는 달빛을 받고 걸어가는 자신의 신세가 너무도 외롭다고 생각했다. 나는 어쩌다가 이렇게 되었는가. 언제쯤 이 장정은 끝날 것인가. 아아, 너무 외롭다. 너무 외로워서 미칠 것 같다.

시린 밤공기에 질식해 버릴 것만 같았다. 자신이 산에 흡수되어 형체도 없이 사라지는 것 같았다. 너무 외로운 나머지 그는 몸을 떨며 전율했다. 자신을 확인하려고, 그리고 외로움을 잊기 위해 그는 자기 자신과 큰 소리로 이야기하기 시작했다.

"나는 내 자신이 혁명가라는 것을 한시도 잊지 않고 있어."

"흥, 가소롭군. 무서워서 벌벌 떠는 주제에……"

"떠는 게 아니야. 추워서 그러는 거야."

"왜, 그럼 땀을 흘리고 있지? 자신을 속이지 마! 이 위선자야!"

"이런 상황에서는 누구나 다 그럴 수밖에 없어. 나는 위선자가 아니야."

"흥, 기를 쓰고 변명하는군. 너는 많이 변했어. 그전처럼 그렇게 강하지가 않고 눈에 띄게 약해졌어. 감상적이 된데다 혁명

의식도 많이 사라졌어."

"아니야. 그렇지 않아. 잘못 본 거야. 나는 그전과 다름없어."

"너는 지금 사람이 그리워서 미칠 지경이야."

"그건 당연한 것이 아닐까? 사람이 사람을 그리워하는 것이 뭐가 이상하나?"

"그게 바로 반동적인 생각이라는 거야. 그런 것에 좌우되어 가지고 어떻게 혁명을 하겠다는 거지? 그 강철 같은 의지는 다 어디로 가고 그렇게 감상적이 되었지?"

"……"

"왜 대답 못하지?"

"나도 모르겠어. 나는 다만……"

"다만 뭐야?"

"지쳤을 뿐이야."

"차라리 자결해 버려! 그게 너를 위해 좋아!"

"무슨 소릴 하는 거야? 그럴 수는 없어. 자결이라니……생각할 수도 없어. 나는 자결하지도 않을 거고, 누가 나를 죽일 수도 없을 거야. 나는 죽지 않아. 영원히 죽지 않아! 죽지 않는다고!"

그가 갑자기 소리치는 바람에 산 속의 적막이 깨어졌다.

"나는 죽지 않아!"

그는 주먹을 부르쥐고 미친놈처럼 소리쳤다. 울고 싶었다. 나무에 기대서서 헐떡거렸다.

그는 자신의 내부에서 두 개의 얼굴이 마주 노려보고 있음을 뚜렷이 볼 수가 있었다. 하나는 혁명가의 얼굴이었다. 다른 하나는 인간 본성에 충실한 평범한 얼굴이었다.

갑자기 눈앞에 벼랑이 나타났다. 까마득한 아래쪽에서 계곡의 물소리가 아득히 들려왔다. 문득 몸을 던져 버릴까 하는 생각도 들었다. 죽음과 함께 모든 것은 끝난다. 혁명도 증오도 사랑도 모두 사라진다. 이 우주도 사라진다. 나무도, 풀도, 돌도, 바람도, 어둠도 모두 사라져 버린다. 내 눈과 귀와 감각과 사고를 통해서 이루어져 있는 이 모든 것들은 나의 죽음과 함께 소멸한다.

죽어 버릴까. 그는 아래를 내려다보았다. 아무 것도 보이지 않는다. 캄캄한 어둠만이 보일 뿐이다. 뛰어내리면 흔적도 없이 사라질 것이다.

갑자기 일진광풍이 휘익 몰려왔다. 그는 비틀하다가 뒤로 쓰러졌다.

벼랑을 끼고 밑으로 조심스럽게 내려갔다. 땅 속으로 떨어지는 기분이었다. 한참을 정신없이 내려가자 멀리 불빛이 보였다. 너무 반가워 불빛을 향해 뛰다시피 걸어갔다. 보기보다는 훨씬 멀었다.

경사가 완만한 곳에 조그만 마을이 자리잡고 있었는데, 한 집을 빼 놓고는 모두 어둠 속에 잠겨 있었다. 지난번에 본 것 같은 화전민 마을인 듯했다.

하나같이 엉성하게 지어 놓은 오막살이들로, 울타리 같은 것도 없어서 침투하기가 쉬웠다. 아무 집으로나 접근해서 기척을 살피다가 부엌을 찾아 들어가 먹을 것을 훔쳤다. 조금 후 그 집을 나와 다른 집으로 들어갔다. 거기서 나와 또 다른 집 부엌으로 들어가서 도둑질을 했다. 그의 움직임은 흡사 도둑고양이처럼 민첩한 데가 있었다. 그가 그렇게 휘젓고 다니는데도 마을은 깊은 적막에 빠져 있었다.

가지고 갈 수 있을 만큼 먹을 것을 확보한 그는 발길을 돌리려다 마지막으로 불이 켜져 있는 집앞에서 걸음을 멈추었다. 방문에 그린 듯이 나타나 있는 여자의 그림자가 그의 시선을 끈 것이다.

살금살금 방문 앞으로 다가선 그는 귀를 기울여 보았다. 그러나 안에서는 아무런 소리도 들리지 않았다. 손가락 끝에 침을 발라 창호지에 대고 가만히 눌렀다. 동그랗게 구멍이 뚫리자 거기에다 외눈을 대고 방안을 들여다보았다.

방안에서는 젊은 부인이 앞가슴을 드러낸 채 아기에게 젖을 빨리고 있었다. 부풀대로 부풀어오른 젖가슴은 탐스럽기 짝이 없었다. 젊은 부인은 젖을 빨아 대는 아기를 사랑이 가득한 눈으로 내려다보고 있었다. 그것은 세상의 그 어느 것보다도 아름다운 모습이었다.

살벌한 그의 눈에도 그것은 아름다운 모습으로 비쳐졌다. 인정에 주린 그로서는 당연한 느낌이었는지도 모른다. 뭉클한 감동을 느끼면서도 그는 정신없이 그 모습을 바라보고 있었다.

그 아름다운 모습 위로 아내와 자식들의 모습이 겹쳐져 떠올랐다. 그는 얼어붙었던 가슴이 확 풀리면서 뜨거운 피가 역류하는 것을 느꼈다.

아기는 실컷 배를 채웠는지 곧 잠이 들었다. 젊은 부인은 아기를 내려놓은 다음 대접에다 젖을 짜기 시작했다. 젖이 너무 많아 아기가 미처 소화시키지를 못하자 하는 수 없이 일부러 짜서 버리는 것 같았다.

탐스러운 젖가슴에서 분출하는 흰 젖을 보자 그는 더 참을 수 없었다. 그녀의 젖을 빨아먹고 싶은 강렬한 충동에 그는 몸을 떨었다.

인기척에 여자가 고개를 쳐들었다. 순박하게 생긴 얼굴이었다.

"당신 오셨수?"

밤이 깊었는데 자지 않고 남편을 기다리고 있었던 모양이다. 그는 문을 벌컥 열고 안으로 들어섰다.

"꼼짝 마!"

"아이구머니!"

여자는 기절할 것 같은 얼굴로 그를 바라보았다. 그는 총끝으로 그녀의 턱을 치켜올렸다.

"쉿! 조용히 해! 떠들면 죽인다!"

세상에서 가장 무시무시하게 생겼을 것 같은 사내의 명령에 여자는 뻣뻣이 굳어 버렸다.

"일어서! 일어서라구!"

주춤거리며 일어서는 그녀를 벽에 몰아붙이고 그 앞에 무릎을 꿇었다.

"젖을 먹게 해 줘!'

젖가슴을 가리고 있는 두 손을 후려쳐 떨어뜨리자 흡사 바가지를 엎어놓은 것 같은 탐스러운 젖가슴이 눈부시게 드러났다. 눈처럼 흰 그 빛에 그러지 않아도 희미한 등잔 불빛이 사그라지는 듯했다. 젖가슴이 무거운 듯 흔들렸다. 젖꼭지에서는 아직도 흰 젖이 뚝뚝 떨어지고 있었다.

두 손으로 소담스럽게 젖가슴을 받쳐들고 젖꼭지를 빨기 시작했다. 여자가 몸을 바르르 바르르 떨었다. 아기처럼 맹렬히 젖꼭지를 빨아 대면서 입 속으로 흘러드는 젖물을 꿀꺽꿀꺽 삼켰다. 공포로 굳어 있던 여자의 눈이 눈 녹듯이 스르르 풀리면서 감겨졌다. 그녀는 두 손을 허우적거리다가 신음을 토하면서 그의 머리를 와락 부둥켜안았다.

흰 젖물이 그의 수염을 타고 줄줄 흘러내렸다. 젖꼭지가 부르터질 듯 새빨갛게 달아올라 있었다. 양쪽 젖가슴에 들어 있는 젖을 모두 빨아먹은 뒤에야 그는 여자를 풀어 주었다.

여자는 넋이 빠져 멍하니 벽에 기대서 있었다. 그와 같이 격렬한 자극은 처음 느낀 것 같았다.

"흐흐흐……"

그는 얼굴을 일그러뜨리며 웃었다. 야욕을 채우고 난 뒤의 충만감 같은 것이 전신에 퍼지고 있었다.

"흐흐흐……"

"누, 누구세요?"

여자가 실신할 듯 비틀거리며 물었다. 그는 웃기만 했다. 그리고 뒷걸음질로 방을 나와 어둠 속으로 뛰어갔다.

다시 기나긴 행군이 시작되었다. 그는 산으로 올라갔다. 갑자기 무서운 생각이 들어 앞으로 나갈 수가 없었다. 날이 샐 때까지 기다리기로 하고 바위 옆에 웅크리고 누워 잠을 잤다.

 햇살을 받고서야 그는 눈을 떴다. 그 산은 유난히 돌이 많았다. 그는 수없이 바위를 타고 넘었다.

 낯선 여인의 젖가슴에서 너무도 강렬한 체취를 느낀 탓일까, 그는 그날 이후 더욱 미친 듯이 사람이 그리워졌다. 자꾸만 사람들이 사는 곳으로 내려가고 싶어졌다. 산을 타고 월북한다는 일에 자신이 없어졌다. 설상가상으로 나침반까지 잃어 버리고 말았다.

 그것을 핑계로 그는 하산하기로 마음먹었다. 여러 명이 함께 움직이면 의심을 받기 십상이겠지만 혼자서 거지 행세를 하면서 가면 별로 위험이 따를 것 같지 않았다.

 그는 장총을 먼저 버렸다. 탄띠도 던져 버렸다. 권총은 품속에 깊이 찔러 넣었다. 안대도 벗어 버렸다. 그리고 산을 내려가기 시작했다.

 그가 최초의 마을에 닿은 것은 해질녘이었다. 너무 흉악한 모습에 어른이고 아이고 할 것 없이 모두 그를 쳐다보았다.

 "히히히……"

 그는 누런 이빨을 드러내면서 사람들을 보고 웃었다. 그것은 그들에게 미친놈 같은 인상을 심어 주기에 충분한 것이었다. 그는 남근을 꺼내 들고 그들이 보는 앞에서 오줌을 갈겼다.

 "원, 저런 미친놈 봤나."

지게를 지고 가던 노인이 막대기로 그의 엉덩이를 후려치자 그는 엄살을 떨며 도망쳤다.

"미친놈……미친놈……"

아이들이 깔깔대며 그를 따라붙었다. 그는 계속 히죽히죽 웃으며 걸어갔다. 아이들은 안심하고 막대기로 그의 엉덩이를 쿡쿡 찔러 댔다.

"그러지 마."

그는 돌아서서 아이들을 흘겨보다가 아이들이 멈칫하면 다시 히히 하고 웃었다. 그러면 아이들은 와아 하고 또 따라붙는 것이었다.

시골이라 인심이 흉하지가 않았다. 어느 집이나 대문이 활짝 열려 있는 것이 손만 벌리면 자신을 받아 줄 것만 같았다.

"밥 좀 주슈."

그는 어느 기와집 앞에서 처음으로 구걸했다. 젊은 아낙이 국그릇에 밥을 말아 가지고 왔을 때 그는 가슴이 뭉클해서 얼른 먹을 수가 없었다. 대문 옆에서 쭈그리고 앉아 국밥을 먹는데 아이들이 몰려와 돌을 집어던졌다. 개까지 그를 보고 맹렬히 짖어 댔다.

그는 상관하지 않고 먹는데 열중했다. 그때 어떤 짓궂은 아이가 흙을 한 주먹 집어서 밥그릇에다 뿌렸다. 밥을 먹을 수 없게 된 그는 화가 났다. 일어나서 그 아이를 밀어 버렸다. 아이는 저만치 멀리 나가떨어졌다.

그것은 아이들한테는 큰 사건이 아닐 수 없었다. 넘어진 아이가 맹렬히 울고 있는 동안 다른 아이들은 어른들한테 연락을 취했다. 조금 지나자 어른들이 몽둥이를 들고 뛰어왔다.

"저 거지가 막 때렸어요!'

아이들이 대치를 가리키자 어른들은 몽둥이를 휘두르며 달려들었다. 그는 맞지 않으려고 후다닥 일어나 도망쳤다.

"저놈 잡아라!"

어둠이 내리기 시작한 마을은 갑자기 시끄러워졌다.

"도둑이다! 잡아라!"

저녁을 먹고 한가롭게 쉬고 있던 마을 사람들, 그 중에서도 청년들은 기다렸다는 듯이 그의 뒤를 쫓았다. 처음에는 영문도 모르고 뛰는 사람들이 대부분이었는데, 누군가가 도둑이라고 하는 바람에 모두가 그렇게 생각하고 흉악한 도둑을 잡기 위해 맹렬히 추격을 벌였다. 도둑을 잡기 위해 마을이 온통 들고일어난 듯했다.

잡히면 맞아 죽을 것 같았다. 그는 마을을 벗어나 둑위로 뛰어갔다. 도망치는데는 누구보다도 자신이 있는 그였다. 그러나 몸이 너무 쇠약해진데다 탈진해 있었기 때문에 마음먹은 대로 뛰어지지가 않았다. 이를 악물고 둑 위를 달려갔다. 그래도 보통 사람들보다는 강인한 데가 있어 쓰러지지 않고 달릴 수가 있었다.

한참을 달리다 보니 따라오는 사람이 소수로 줄어들었다. 다섯 명이 네 명으로 줄어들고 다시 두 명으로 줄었다. 두 명은 약속이나 한 듯 끝까지 따라오고 있었다. 그들과의 거리가 가까워지고 있었다. 가까이 오는 것을 보니 애송이들이었다.

더 뛸 수가 없어 그 자리에 서 버렸다. 헐떡거리며 청년들을 노려보는데, 그들은 몽둥이를 휘두르며 달려들었다. 어깨에 충격을 느끼면서 상대방의 가슴팍을 주먹으로 내질렀다.

"어이쿠!"

청년이 둑 밑으로 나가떨어지는 것과 함께 다른 청년이 돌격해 왔다. 권총을 뽑아 들고 싶은 것을 겨우 참으면서 뒤로 주춤주춤 물러서다가 팔꿈치로 몽둥이를 막으면서 상대의 사타구니를 힘껏 걷어찼다.

"아이고!"

그 청년 역시 사타구니를 움켜쥐면서 둑 밑으로 구르다가 물 속으로 첨벙 떨어졌다. 그는 뒤돌아보지 않고 그곳을 급히 떠났다.

둑을 내려가 들판 가운데로 걸어갔다. 들판 위로 어둠이 흘러내리고 있었다. 시원한 바람이 불어오고 있었고 바람에 풀잎이 스치는 소리도 들려오고 있었다. 외롭기는 마찬가지였지만 사람들한테 시달리다 보니 사람을 만나는 것이 두려워졌다.

밤이 깊도록 걸었다. 마을을 여러 개 지나쳤다. 마을을 지날 때마다 개가 짖었다.

달 밝은 밤이었다. 달을 바라보며 걸어갔다.

밤길에 노인을 만났는데 그의 모습을 보고 꽤나 놀라는 것 같았다. 기침을 험험 하다가 점잖게

"웬 형상이 그리 험하시오?"

하고 물어 왔다.

"거렁뱅이라 할 수 있습니까."

"사지는 멀쩡한 것 같은데……"

"타고나기를 이리 태어났는데, 헐 수 있습니까?"

"쯧쯧, 답답한 사람이구먼."

"여기가 어디쯤 되는가요?"

"경상북도 풍기요."

"풍기라……. 서울로 가려면 어디로 가야 하는가요?"

"서울은 뭣하러?"

"빌어먹어도 서울 가서 빌어먹는 것이 낫지요."

"흠, 서울 가려면 이 길로 곧장 가시우. 곧장 가면 단양이 나올 것이오."

"고맙소. 노인장……"

한참 가자 큰 마을이 또 나타났다. 상가가 늘어서 있는 것이 읍거리쯤 되는 것 같았다. 밤이 깊은 탓으로 거리는 어둠 속에 잠겨 있었다.

하룻밤 잘 곳을 찾아 두리번거리던 그의 눈에 교회의 십자가가 보였다. 그는 망설이지도 않고 그쪽으로 걸어갔다. 목조로 된 조그만 교회로 입구 쪽에 따로 종각이 서 있었다.

출입문을 잡아당기자 삐걱거리며 열렸다. 설교대 위에 촛불이 하나 켜져 있었다. 십자가에 못 박힌 예수의 모습이 희미하게 드러나 보였다. 바닥은 마루로 되어 있었다. 의자도 없는 것이 마룻바닥 위에 꿇어앉아 예배를 보는 것 같았다.

실내에는 아무도 없었다. 그는 안심하고 안으로 들어가 구석진 곳에 웅크리고 앉았다. 무릎을 세우고 그 위에 얼굴을 묻었다. 조금 후 고개를 쳐들고 두려운 듯이 십자가를 바라보았다. 다시 고개를 숙이고 눈을 감았다.

얼마 후 그의 몸은 옆으로 쓰러졌다. 눕자마자 그는 드르렁드르렁 코를 골았다. 처음에는 웅크리고 자던 것이 조금 지나자 큰 대자로 사지를 벌리고 요란스럽게 코를 골았다. 하도 우렁차게 코를 고는 바람에 마룻바닥이 울렸다. 촛불마저 코고는 소리에 떠는 듯했다.

앞쪽에 있는 조그만 출입문이 열리더니 한 사람이 들어왔다. 중년의 사내로 헐렁한 양복을 입고 있었다. 교회 목사였다.

조심스럽게 다가서서 대치의 자는 모습을 들여다보더니 도로 밖으로 나갔다. 움직임이 매우 조용했다. 조금 후 목사는 담요를 한 장 들고 들어왔다.

대치가 깨지 않도록 조심스럽게 그 몸위에 담요를 덮어 준 다음 그는 앞쪽으로 걸어가 조용히 꿇어앉아 기도하기 시작했다. 목사가 기도하고 있는 줄도 모르고 대치는 여전히 코를 요란스럽게 골며 정신없이 잠만 잤다.

목사는 끝없이 기도했다. 꼼짝하지 않고 엎드려 알아들을 수 없는 소리로 중얼거렸다. 드르렁드르렁 코를 고는 대치의 모습과는 너무도 대조적이었다.

이튿날 새벽, 대치는 종소리에 잠을 깼다. 설교대 위에서는 여전히 촛불이 타오르고 있었고, 그 밑에 한 사람이 엎드려 있는 것이 보였다.

그는 자신의 몸에 담요가 덮여 있는 것을 알고는 깜짝 놀라 일어났다. 그리고 급히 밖으로 빠져나가려고 했다. 그때 뒷덜미를 때리는 소리가 났다.

"가지 마시오!"

그는 돌아서서 다가오는 사내를 바라보았다. 상대는 웃고 있었다.

"안녕히 주무셨나요?"

대답 대신 그는 고개를 크게 끄덕였다.

"몹시 고단해 보이더군요. 저는 이 교회 목사입니다."

손을 뻗어 악수를 청한다. 대치는 무뚝뚝하게 그 손을 받았다. 부드러운 감촉이 전류처럼 몸으로 퍼져 갔다.

"주께서 당신을 이곳으로 보내신 겁니다. 당신을 위해 밤새 기도했습니다."

어리둥절해진 그는 머뭇거리다가 십자가 목걸이를 꺼내 보였다.

"아, 교인이십니까?"

"아니오. 내 마누라가 준 거요. 버릴 수가 없어서……"

"그것이 당신을 지켜 줄 겁니다. 자, 우리 함께 기도합시다!"

목사가 이끄는 대로 그는 꿇어앉았다. 목사가 큰 소리로 기도하기 시작했다. 대치는 눈도 감지 않은 채 두리번거렸다. 두려운 듯 자꾸만 십자가를 바라보았다.

목사는 지루할 정도로 오랫동안 기도했다. 대치는 벌떡 일어나 그곳을 빠져나왔다.

"가지 마시오!"

목사가 따라오며 소리쳤다. 그러나 그는 허둥지둥 걸어갔다.

"우리는 같은 형제요! 주님의 품을 떠나지 마시오!'

그는 홱 돌아서서 목사를 노려보았다.

"따라오지 마! 죽일 테다!"

"식사나 하고 가시오!"

"싫어!"

그는 뛰어갔다. 목사는 더 이상 따라오지 않았다.

그날 오후 그는 단양에서 한 떼의 거지를 만났다. 모두 열 명 쯤 되었는데 대치를 포위하고 험악하게 노려보았다.

"너 웬놈이냐?"

몸이 건장한 자가 아래위를 훑어보며 물었다.

"어디서 왔어?"

"남쪽에서……"

대치는 히히 하고 웃었다. 그러자 큼직한 손이 그의 뺨에 철썩하고 떨어졌다.

"임마, 신고도 없이 누가 빌어 묵으라고 했어?

대치는 잠시 얼이 빠져서 그들을 바라보았다.

"빌어묵는 것도 허락을 받아야 히여. 워디서 굴러먹던 개뼉따귀여?"

앞니가 빠진 자가 히죽거리며 거들먹거렸다.

"아이고, 미안합니다. 모르고 그랬구만요!"

산 너머 산 · 327

굽신거리자 그들은 한층 기고만장해서 떠들었다.

"맛을 보여줘야겠어. 대장, 끌고 가!"

"용서해 주세유!"

"잔말 마!"

그들은 대치를 끌고 으슥한 곳으로 갔다.

"꿇어앉아!"

대장이란 자가 엄한 목소리로 말했다. 대치는 히히 하고 웃었다.

"임마, 꿇어앉으라니까!"

"왜 그래유? 같이 고생하는 처지에……"

"이 새끼가, 뭐 어째?"

기다렸다는 듯이 거지들이 우하니 달려들었다. 대치는 두 손으로 머리를 싸쥐고 허리를 구부렸다. 거지들은 신나게 그를 두드려 팼다. 그러나 그들의 주먹질에는 별로 힘이 없었다. 대치는 그대로 맞고 있을 수가 없어 대장이란 자의 얼굴을 머리로 들이받았다.

"어이쿠!"

단 한번에 상대는 얼굴을 부둥켜안고 뒤로 쿵 하고 나가떨어졌다. 대치는 기회를 놓치지 않고 그자의 배를 타고 앉아 목에 칼을 들이댔다.

"꼼짝 마! 모가지를 잘라 버릴 테다!"

거지들은 움직임을 멈추고 숨을 죽였다. 그렇게 대담하고 날쌘 솜씨를 보기는 처음이라는 듯 모두가 깜짝 놀란 눈으로 그를 바라보고 있었다.

거지들의 수가 아무리 많다 해도 그의 상대가 될 수는 없었다. 거지들은 부릅뜬 그의 외눈을 보고 전율하면서 주춤주춤 도망치려고 했다.

"모두들 움직이지 마! 이놈은 대장 될 자격이 없어!"

대치는 몸을 일으키면서 상대방의 엉덩이를 힘껏 걷어찼다.

거지들은 일제히 무릎을 꿇고 앉았다. 나약하기 짝이 없는 그들은 새로운 강자의 출현에 몹시 놀라는 한편 재빨리 그 보호 하에 들어갈 줄을 알았다. 그것이 그들 자신에게 유리하기 때문이었다.

"저희 못난 것들의 보호자가 되어 주십시오! 받들어 모시겠습니다!"

얼굴이 쭈글쭈글한 늙은 거지들까지 머리를 조아리며 복종을 맹세하는 것이었다.

"좋다! 이제부터는 내가 너희들을 지휘한다!"

"대장! 대장! 대장!"

그들은 깡통을 두드리며 환호했다.

대치는 그들을 데리고 북상했다. 거지들 사이에 끼어 가니 그렇게 안전할 수가 없었다. 그들을 건드리는 사람은 아무도 없었다. 경찰들도 거지 떼를 보면 슬슬 피했다.

그런 것 말고도 대치는 산 속 생활보다는 훨씬 편하게 지낼 수 있었다. 우선 먹는데 걱정이 없었다. 자신이 직접 구걸하지 않아도 부하들이 맛있는 음식들을 얻어다 바치는 바람에 그는 항상 배불리 먹을 수가 있었다.

그가 하는 일은 가끔 주먹질이나 하는 것이었다. 질서를 지키기 위해 또는 외부 세력으로부터 그들을 보호하기 위해 그는 적절하게 주먹을 사용할 줄 알았다.

그는 부하들을 이끌고 북으로 북으로 올라갔다. 이 마을에서 아침을 먹고 저 마을에서 점심을 들며 쉬엄쉬엄 갔기 때문에 속도는 굼벵이처럼 느렸다. 그러나 안전한 여행이었다. 밤이면 그는 잠자리에서 거지 타령을 배웠다. 그것도 지방마다 달랐기 때문에 배워야 할 것이 많았다.

그들이 양평까지 이르렀을 때 계절은 어느새 초여름에 접어들고 있었다. 대치는 완전히 건강을 회복하고 있었고, 그 어느 때 보다도 체중이 불어나 있었다. 양평에 도착하던 날 밤에는 비가 내렸다. 그들은 어느 빈 창고에서 잠을 잤는데, 그는 한밤중에 일어나 몰래 그곳을 빠져나와 혼자 동북쪽으로 걸어갔다.

풍운의 언덕

 새벽 어스름을 헤치며 달리는 묵직한 차륜 소리가 적막에 싸인 거리를 조용히 흔들어 놓고 있었다. 차륜 행렬은 끝없이 길게 계속되고 있었다.

 장갑차와 탱크가 지나간 아스팔트 위에는 바퀴 자국이 선명히 찍혀 있었다. 그 위로 덮개를 씌우거나 그렇지 않은 트럭들이 느릿느릿 굴러갔다.

 트럭 위에는 미군 병사들이 타고 있었는데 그들은 하나같이 음울한 눈빛으로 회색의 거리를 바라보고 있었다. 때때로 일찍 거리에 나온 사람들이 손을 흔드는 경우가 있었는데, 그럴 때에도 미군 병사들은 흥미 없다는 듯 겨우 한두 명만이 그것도 무표정하게 거기에 응답할 뿐이었다.

 어느 나라 군대나 점령지에서의 철수는 쓸쓸한 여운을 남기게 마련이다. 이유야 어떠하든 철수라는 것이 군대의 생리에는 맞지 않기 때문일까.

 남한 주둔 미군 역시 철수하는 모습이 조용하면서도 더없이 쓸쓸해 보였다. 그것은 4년 전 여름 한국인들의 열렬한 환호를 받으며 진주해 오던 모습과는 너무나도 대조적이었다. 안개가 자욱히 깔린 새벽 거리 위로 둔중한 음향을 흘리면서 사라져가는 미군들의 모습 뒤에는 개운치 않은 씁쓸한 여운이 남아 있었다.

어스름이 걷히면서 빗발이 보였다. 안개 속에 가랑비가 내리고 있었다. 우비를 뒤집어쓴 병사들이 내뿜는 하얀 담배 연기가 안개 속을 흩어지고 있었다.

누런 잡종개 한 마리가 차도를 건너다가 차바퀴에 치었는지 높다랗게 비명을 지르는 바람에 차륜의 행렬이 갑자기 정지했다. 누런 개는 뒷다리를 절면서 차도를 건너뛰어 골목 안으로 사라졌다.

차륜의 행렬은 다시 움직이기 시작했다. 병사들은 잠을 설친 듯 입을 크게 벌리고 하품을 했다.

음산한 아침이었다. 장하림은 길가에 서서 손가락이 뜨거워질 때까지 담배를 빨았다. 그는 가로수 옆에 서서 철수하는 미군들을 가만히 지켜보고 있었다. 많이 여윈 모습이었다. 머리칼은 손질을 하지 않아 수세미처럼 뒤엉켜 있었고 턱에는 수염이 시커멓게 자라 있었다. 두 눈은 열에 뜬 듯 충혈되어 있었다. 양복은 구겨져 있었고 넥타이는 느슨히 풀려 있었다.

"헤이, 굿바이!"

흑인 헌병이 지프 위에서 흰 이를 드러내며 웃어 보였다. 그도 웃어 주었지만 그것은 웃음 같지가 않았다.

"잘 가, 검둥아."

그는 중얼거렸다. 괴로운 신음 같은 소리였다.

가랑비에 머리며 옷이 축축이 젖어 들고 있었지만 그는 상관하지 않고 거기에 서 있었다. 기대가 무너졌을 때 오는 허탈한 감정, 버림받은데 대한 외로움, 책임을 회피하는 자들에 대한 분노……이러한 것들도 이제는 사라지고 없었다. 불꽃이 사그라지듯 꺼져 버린 잿더미 위에 남은 것이라고는 차가운 새벽공기 같은 냉엄한 현실이었다.

그들은 자기 나라로, 자기 고향으로, 자기 가족들이 있는 버지니아로 돌아가는 것이다. 그들이 우리에게 남긴 미소와 레이션박스, 껌과 커피, 비둘기 같은 자유와 평화, 파티석상에서의 약속 등은 앞으로 우리에게 많은 영향을 끼칠 것이다.

의식주는 물론 생활관습, 정치사회에 대한 의식에 많은 변화가 일어날 것이다. 그들이 지난 4년 동안 흘려 놓은 것들은 이처럼 엄청난 결과를 가져왔다.

그러나 그것은 아무래도 좋다. 보다 근본적인 문제가 해결되지 않은 채 남아 있는 것이다.

미군이 남겨 준 무기라고는 왜소한 한국인들이 다루기 힘든 M1소총뿐이었다. 그 소총 한 자루씩을 움켜쥐고 남한의 청년들은 북쪽의 강력한 공산군과 맞서야 하는 것이다.

"전쟁은 일어나지 않을 것이다."

미국인들은 기회 있을 때마다 이렇게 말한다.

그러나 어느 누구도 그러한 단정을 내릴 수도 없으려니와 또 내려서는 안 된다는 것을 하림은 잘 알고 있었다.

전쟁이란 엄밀한 계산 밑에서 일어나는 수도 있지만, 위경련처럼 발작적으로 일어나는 경우가 더 허다한 것이다. 최고의 위치에서 명령을 내리는 자는 전쟁이 몰고 올 그 엄청난 희생에 대해서는 감각이 무디거나 눈을 감아 버리기 마련이다. 그는 오직 아편 같은 승리의 환상 속에서 단 한마디의 명령만을 내리는 것이다.

"총공격!"

그 명령을 막을 수 있는 힘은 이 지상에 하나도 존재하지 않는다.

전쟁!

동족상잔 —.

하림의 손끝에서 담배가 힘없이 굴러 떨어졌다. 그는 겨드랑이가 으스스 추워오는 것을 느끼고는 어깨를 움츠렸다. 어젯밤에는 밤새도록 술을 마셨다. 울분을 달래느라고 폭음한 것이다. 처음에는 아얄티와 함께 마셨는데, 나중에 아얄티는 가고 그 혼자서 홀에 남아 술을 들이켰다.

아얄티에게 자신이 욕을 퍼붓던 것이 문득 생각났다. 아얄티도 술을 많이 마셨지만 취한 것 같지는 않았다. 그는 묵묵히 욕설을 듣다가 조용히 일어나 나가 버렸다.

새벽녘에 탁자 위에 쓰러진 그를 친한 여급이 부근 여관으로 데려갔는데, 그는 이내 깨어나서 새벽거리로 뛰쳐나온 것이다. 머리가 어지럽고 지근지근 아파 왔다.

그는 손을 뻗어 물에 젖은 가로수를 어루만졌다. 차가운 촉감이 몸 속으로 스며든다. 고개를 들고 나뭇잎들을 바라보았다. 어느새 무성해진 플라타너스 잎들이 빗물에 젖어 싱싱해 보인다. 그는 나무를 사랑스럽게 쓰다듬었다. 사랑해야 한다. 모든 것을. 나무 하나, 돌멩이 하나라도 사랑해야 한다. 저 친구들에게 이 나무와 돌멩이를 사랑하라고 강요할 수는 없지 않은가. 그들은 버지니아의 나무와 돌멩이를 사랑할 뿐이다.

갑자기 차륜 소리가 멈춘 듯했다. 눈을 돌려보니, 마지막 트럭 한 대가 안개 속으로 사라지고 있었다. 마침내 트럭의 뒷모습이 완전히 보이지 않게 되자 그는 그 여운이라도 들으려고 귀를 기울였다. 이윽고 그는 몸을 돌려 걷기 시작했다. 천천히 차가운 공기를 들이마시며 걸어갔다.

도중에 그는 흙탕물에 젖은 조그만 돌멩이 하나를 집어들었다. 동그란 돌멩이는 손바닥 안에 가득 들어왔다. 꽉 움켜쥐고 다시 걸었다.

가랑비가 조금씩 굵어졌다. 메마른 얼굴을 쳐들고 떨어지는 빗방울을 받았다. 시원한 느낌이 가슴을 쓸고 지나갔다.

어떻게 할 것인가. 그는 자신에게 계속 묻고 있었다. M1 소총으로 적을 막을 수 있을까. 불가능한 일이다. 계란으로 바위를 치는 격이다. 만일 전쟁이 일어나면 수백만 명이 죽을 것이다. 수백만 구의 시체가 대지 위에 널브러져 있는 광경을 한번 상상해 보라. 그밖에도 부상자가 또 몇 백만이겠는가. 팔다리가 잘린 수백만의 부상자들이 거리를 행진하는 모습을 한번 생각해 보라. 그보다 비참하고, 그보다 무시무시하고, 그보다 절망적인 광경이 또 어디 있겠는가.

 북쪽의 군사력을 소상히 파악하고 있는 그로서는 생각할수록 앞날에 대한 불안을 느끼지 않을 수 없었다. 일반백성들이야 모르겠지. 어느 정도 짐작하고 있다 해도 피부로 느끼지는 못할 것이다. 백성들은 아직 전쟁을 겪어 보지 못해서 그 참담함을 모를 것이다. 그것이 얼마나 무서운가를 짐작도 못할 것이다. 아마, 전쟁이 일어난다면 그것은 일제 36년보다 더 참담할 것이다. 일제 36년이 다른 민족에 의한 착취와 박해였다면 앞으로의 전쟁은 동족에 의한 대량 파괴와 살육이 될 것이다.

 그는 손바닥으로 얼굴에 묻은 빗물을 훔쳐냈다. 짙은 안개가 깔린 거리는 유난히도 음산해 보였다. 우중충한 건물들을 새로운 느낌으로 바라보면서 그는 걸어갔다.

 전차가 둔중한 마찰음을 내면서 느릿느릿 굴러갔다. 우산을 든 사람들이 바쁘게 길을 건너갔다. 자동차가 여기저기서 경적을 울리고 있었다. 그는 손에 들고 있던 돌멩이를 한번 들여다보고 나서 밑으로 떨어뜨렸다.!

 어떻게든 전쟁을 막아야 한다! 그는 길을 건너갔다. 전쟁이 일어나서는 안 된다!

 그는 멈춰 서서 담배를 피워 물었다. 전쟁이 나면 여기는 초토가 된다! 그는 담배를 깊이 빨았다.

 우리는 전투기 한 대도 없다!

 탱크 한 대도 없다!

 군함 한 척도 없다!

적들은 전투기도, 탱크도, 군함도 가지고 있다. 전투경험이 풍부한 중공군 출신의 고병들이 주축이 된 강력한 군대가 있다. 힘이 팽배하다 보면 그 힘을 발휘하지 않고는 못 배긴다. 군부의 입김이 세어지고 강경파들이 득세하기 마련이다. 풍선처럼 부풀어오른 힘은 돌파구를 향해 터진다. 그것이 바로 전쟁인 것이다.

 빗발이 더욱 굵어졌다. 그는 어느 건물의 처마 밑으로 들어서서 거리를 바라보았다.

 멍하니 서 있는 모습이 오갈 데 없는 실직자 같았다. 사람들이 그를 흘끔흘끔 바라보면서 지나갔다. 모두가 열심히 움직이고 있다. 존재하기 위해서, 살기 위해서, 인생에 충실하기 위해서 부지런히 움직이고들 있다.

 머리에 맺힌 빗방울을 털어 내고 다시 걷기 시작했다. 조금 후 어느 찻집 앞에 멈춰 섰다. 머뭇거리다가 안으로 들어갔다. 조금 이른 시간이라 찻집 안은 손님 하나 없이 텅 비어 있었다.

 두 손으로 찻잔을 들고 감사하는 마음으로 커피를 마셨다. 뜨거운 커피를 한 잔 마시고 나니 가슴이 좀 가라앉는 듯했다. 편한 자세로 앉아 멀거니 허공을 바라본다. 탈출하고 싶은 충동을 느낀다.

 그러나 그럴 수 없다는 것을 누구보다도 자신이 잘 알고 있다. 탁류처럼 흐르는 역사의 물결에서 벗어난다는 것은 불가능한 일이다. 하긴, 죽림칠현처럼 산 속에 들어가 나무와 풀을 벗하며 살아가는 방법도 있을 것이다. 그렇지만 그런 생활은 싫다.

역사를 호흡하지 않고 살아간다는 것은 생명이 없는 죽은 생활이나 다름없다. 그런 생활은 정말 싫은 것이다.

커피를 다시 시켜 마셨다. 미군들과 함께 지내면서 자주 커피를 마시다 보니 이젠 인이 박혀 하루에도 여러 잔씩 커피를 마시게 되었다. 커피와 함께 하는 것이 담배였다. 그전에는 담배를 심하게 피우지 않았지만 요즘에 와서는 줄곧 이에 물고 있어서 하루에 세 갑까지 피울 때가 있었다.

다시 거리로 나왔다. 우산을 받쳐든 행인들이 더욱 많아졌다.

갑자기 거리 한쪽이 소란해졌다. 차륜이 멈추어서고 행인들이 우왕좌왕하는 사이로 한 떼의 사람들이 소리치며 나타났다. 모두가 머리띠를 두르고 주먹을 흔들어 대고 있었다.

"미군 철수를 결사 반대한다!"
"미군은 분단 한국에 책임을 져라!"
"우리들에게 무기를 달라!"
"뭉치면 살고 흩어지면 죽는다!"

그것은 미군 철수를 반대하는 시위 군중이었다. 가랑비를 맞으며 시위하는 그들의 모습을 보자 하림은 가슴이 미어져 왔다. 군중들은 급속히 불어나고 있었다. 하림은 발길을 돌려 그들을 따라갔다.

군중들은 미군의 마지막 부대가 철수한 것도 모르고 있는 것 같았다. 그들은 아직도 미군이 남아 있는 줄 알고 시위하고 있는 듯했다. 하림은 그들의 공허한 외침에 가슴이 뜯겨 나가는 것 같았다.

"미군은 이미 가 버렸다! 이젠 우리 힘으로 살아야 해!"

그는 시위 군중을 향해 이렇게 외치고 싶었다.

시위 군중이 시청 앞 광장으로 나왔을 때 말 탄 기마 순경들이 달려왔다. 말들이 앞다리를 쳐들고 울부짖자 선두에 선 군중들이 사방으로 흩어졌다.

누군가가 기마대를 향해 깡통을 집어던지자 기마 순경 하나가 그쪽으로 말을 몰아 달려갔다. 깡통을 던진 사람은 20대 청년이었는데, 도망치다 말고 길바닥 위에 나동그라지고 말았다. 기마대는 말을 둥그렇게 몰아 그 청년을 포위했다.

청년은 그 속에 피를 흘리며 쓰러져 있었다. 조금 후 그는 일어서서 소리쳤다.

"미군 철수 반대한다!"

경찰의 곤봉이 청년의 어깨를 후려쳤다. 그래도 청년은 외쳐댔다. 분노한 시위 군중들이 돌팔매질을 하기 시작하자 말들이 겁에 질려 울부짖었다.

"모두 돌아가시오! 미군은 이미 모두 철수했으니 해산하시오! 여러분들이 여기서 시위한다고 해서 이미 떠난 미군이 돌아오지 않습니다!"

금테 두른 기마경찰 하나가 돌을 피하면서 외쳐대자 군중들의 소요가 갑자기 수그러졌다. 뒤이어 절망적인 침묵이 찾아왔다. 금테 두른 경찰은 계속 미군이 모두 철수했다고 외쳤다.

"미군이 모두 돌아간 마당에 시위한들 무슨 의미가 있겠습니까? 빨리 해산하고 질서를 되찾읍시다!"

기마대에 포위되어 있던 청년이 머리를 떨어뜨리면서 밖으로 걸어나왔다. 청년은 우울한 눈빛으로 하늘을 쳐다보더니 머리띠를 벗어 던진 다음 저쪽으로 천천히 걸어가 버렸다.

그것이 신호탄이기라도 하듯 시위 군중들은 힘없이 흩어지기 시작했다. 마치 늦가을에 거리에 떨어져 뒹구는 낙엽처럼 그들은 가랑비를 맞으며 후줄근한 모습으로 흩어져 갔다.

우울한 아침이었다. 하림은 시위 군중들이 뿌리고 간 함성의 잔해 위에 서서 한동안 움직일 줄 몰랐다.

그 길로 그는 Q본부로 출근했다. 먼저 아알티의 방으로 가서 그를 만났다. 그리고 지난밤의 일을 사과했다.

"어제 주정을 부려서 죄송합니다. 그럴 마음이 아니었는데 그만……"

아알티는 선글라스 너머로 그를 바라보다가 무겁게 고개를 끄덕거렸다.

"난 아무렇지도 않아요. 미스터 장이 화를 낸 건 너무도 당연한 일이지. 미국인으로서 나는 부끄러움을 느끼고 있소. 아무리 심한 욕을 한다 해도 내가 무슨 변명을 하겠소. 정말 나는 아무 할 말이 없소."

미군이 철수한데 대해 아알티는 심한 자책에 빠져 있는 듯했다. 그것이 그의 책임이 아니라 해도 그는 미국인으로서 무거운 책임감을 느끼고 있는 것 같았다.

미군 철수는 워싱턴의 정책결정자들이 내린 것이다. 따라서 일개 정보 책임자가 책임질 일은 아니었다. 그러나 그에게는 정보 책임자로서의 냉철한 판단력과 책임감이 있었다. 그가 볼 때 미군 철수는 그야말로 무책임한 짓이었다. 그것은 미군의 대실책이었다. 그것은 또한 전쟁을 부르는 소리였다.

그는 공산군의 남침 가능성을 예견해 주는 각종 정보들을 워싱턴에 보내줌으로써 그 나름대로 철수를 저지하려고 무진 애를 썼다. 그러나 정책결정자들은 마이동풍이었다.

워싱턴에는 한 무리의 좌파 동조자들이 강력한 세력을 이루고 있었다. 이들은 전후 세계 도처에 우후죽순처럼 일어나고 있는 공산주의 운동에 대해 매우 동정적이었다.

아얄티의 정보는 바로 그들에 의해 묵살되었다. 그들은 그의 정보를 일고의 가치도 없는 것으로 몰아치면서 한반도에서의 전쟁 가능성을 강력히 부인했다. 오히려 남한에 무기 지원을 하면 북침할 가능성이 있으므로 소총 외에는 어떠한 무기도 한국군에 제공해서는 안 된다고 주장했다.

이러한 주장들이 평화 애호가들의 환심을 샀고 전쟁에 지친 미국인들의 여론을 자극했음은 물론이다.

결국 주한 미군은 한반도 상황을 정확히 파악하고 있는 정보요원들의 정보와 한국민들의 여망을 무시한 채 아주 순조롭게 철수해 버린 것이다.

"정보 책임자로서……나는 이번에 아주 뼈아픈 한계를 느꼈소. 아무리 정확한 정보라 해도 그것이 정책결정자들에게 먹혀들어 가지 않을 때, 목숨을 걸고 그 정보를 수집한 정보요원들의 마음은 어떻겠소?"

아얄티는 창밖을 바라본 채 말을 이었다.

"음지에서 일하는 정보요원들은 아무 것도 바라는 것이 없지. 다만 자신들이 수집한 정보가 조금이라도 국가에 도움이 되기를 바랄 뿐이지. 그런데 그렇지 못할 때, 더구나 다른 자들에 의해 진실이 은폐되거나 묵살될 때 그보다 더 괴롭고 우울한 일은 없지. 이번에 나는 미군 철수를 놓고 특파 기자들과 이야기를 좀 했지요. 그들에게 미군 철수가 얼마나 무책임한 짓인가를 일러 주었소. 그리고 정책결정자들의 위선과 단견을 비판했지. 그 결과 나한테 뭐가 돌아온 줄 아시오?"

의미심장한 물음에 하림은 움직임을 멈추고 상대를 주시했다. 아얄티가 분노를 삭이려고 애쓰고 있는 것이 역력히 드러나고 있었다.

그는 천천히 몸을 일으키더니 창가로 가서 밖을 내다보았다. 그리고 말했다.

"전속 명령을 받았소. 한국을 떠나라고 말이오."

"뭐라고요?"

하림은 벌떡 몸을 일으켰다. 자기도 모르게 몸이 떨리고 있었다. 그만큼 아얄티의 말은 충격적인 것이었다.

"그게 정말입니까?"

"정말이오. 어젯밤에 전문을 받았소."

담담한 어조였지만 거기에는 노기가 서려 있었다.

"어, 어디로 가시는 겁니까?"

언젠가는 떠나야 할 사람이지만 이건 너무하다고 그는 생각했다.

"대기하라는 명령이오. 본국에 돌아와서 대기하라는 명령이오. 그리고 기자 회견에 대해 모종의 징계가 내려질 것 같소."

하림은 분노로 몸을 가누기가 어려울 지경이었다. 그는 거칠게 숨을 내쉬며 얼어붙은 듯 꼿꼿이 서 있었다.

"명령이니까 따를 수밖에 없겠지. 내일 모레……나는 한국을 떠날 거요. 그렇지만 나는 미스터 장과 미세스 윤을 결코 잊지는 않을 거요. 아니, 잊을 수가 없을 거요. 당신들은 내가 지금까지 만난 사람들 중에서 가장 훌륭한 사람들이었으니까."

하림은 눈앞이 흐려 왔다. 연인을 잃은 것처럼 가슴이 찢어지는 것 같았다.

"안 됩니다! 가시면 안 됩니다!"

하림은 울먹이는 소리로 외쳤다. 아얄티는 몸을 돌려 그를 바라보았는데, 안경 때문에 표정이 드러나지 않았다.

"한국을 떠나려니까 나도 몹시 괴롭군. 하지만 어떡하나. 명령이니 가야지. 미국에 가는 대로 예편할 생각이오. 그리고 내 조국으로 가겠소. 작년에 겨우 독립한 이스라엘은 지금 인재 부족에 허덕이고 있어요. 세계 각지의 유태인들이 조국으로 들어가기 위해 짐을 싸고 있어요. 이스라엘은 2천 년 동안의 유랑 끝에 겨우 세운 나라지만 아랍 민족이 위협하고 있어서 풍전등화 신세요. 그렇지 않아도 그곳 기관에서 빨리 오라고 성화요. 미국에 대해서는 이제 아무 미련이 없소. 있다면 오히려 한국에 있을 거요. 이 가난하고 못난 나라, 지난 4년 동안 여기서 살면서 나는 이 나라를 사랑하게 됐소. 그렇지만 어차피 나는 유태피를 타고난 몸이라 여기에 동화될 수 없는 몸이오. 내 말 이해하겠소?"

"이해합니다."

하림은 치밀어 오르는 뜨거운 감정을 목구멍으로 삼켰다.

"조국이 부른다면 돌아가십시오."

두 사람은 뜨거운 시선을 교환하면서 한참 동안 마주 쳐다보았다. 정이 들대로 든 두 사람이었다. 사이판도에서 있을 때부터 그들은 가장 남자다운 친교를 맺어 왔었다.

아얄티가 한국의 독립을 위해 얼마나 노력했는가 하는 것은 하림 자신이 잘 알고 있었다. 아얄티는 한국을 위해 노력한, 한국을 사랑한 가장 용감하고 진실한 사나이였다. 그러한 사나이가 한국을 떠난다니 하림으로서는 마치 혈육의 정을 끊는 것 같았다.

하림이 감정을 이기지 못하고 얼어붙은 듯 서 있자 아얄티가 가까이 다가와 오른손으로 그의 어깨를 짚었다.

"나도 결국은 무책임하게 떠나가는군. 용서하시오. 가고 싶지 않은데……"

"그 동안 한국을 위해 애쓰신 것……결코 잊지 않겠습니다."

"편지 연락이나 자주 합시다."

"네, 그래야죠."

하림이 그렇게 외로움을 느껴보기는 처음이었다.

이틀 후 Q본부의 요원들은 아얄티를 배웅하기 위해 여의도 비행장으로 나갔다. 그들 가운데는 여옥이도 끼어 있었다.

오후 2시경이었는데, 비가 올 듯 하늘에는 구름이 잔뜩 끼어 있었고 바람마저 스산하게 불어 대고 있었다. 비행장에는 아얄티가 타고 갈 군용기가 대기하고 있었다.

출발 시간 10분 전에 아얄티는 언제나처럼 사복 차림에 짙은 색안경을 쓰고 나타났다. 지프에서 내린 그는 먼저 미 고문관들과 한국군 지휘관들을 차례로 접견했다. 그들과 작별 인사를 나눌 때는 몹시 서두르는 듯한 인상이었다.

하림과 여옥은 맨 마지막 자리에 서 있었다. 그들 앞에 다가온 아얄티는 떠나기가 아쉬운 듯 하림과 여옥의 손을 번갈아 잡으면서,

"미안합니다! 미안합니다!"

하고 말했다.

"부디 건강하십시오! 이스라엘이 강한 나라가 되기를 빌겠습니다!"

"나도 한국이 강국이 되기를 빌겠소!"

아얄티와 하림이 이야기하는 동안 여옥은 타는 듯한 눈으로 아얄티를 쳐다보고 있었다. 아얄티와 시선이 부딪히자 그녀는 손수건으로 얼른 눈물을 닦았다. 아얄티는 그녀의 어깨를 사랑스럽게 끌어안았다. 그리고 그녀의 등을 가볍게 두드려 주면서 뺨에 입을 맞추었다.

"잘 있어요."

"고마웠어요."

여옥은 중얼거렸다. 아무도 없다면 아얄티의 목을 끌어안고 울음을 터뜨렸을 것이다. 그러나 다른 사람들도 있고 해서 그녀는 참았다. 그러자니 눈물만 자꾸 흘러내리는 것이었다.

"좌절하지 말고 굳세게 살아요. 당신은 내 기억 속에 가장 아름답고 용감한 여자로 살아 있을 거요."

그것은 의미심장한 말이었다. 그들 세 사람 외에는 아무도 이해할 수 없는 말이었다. 여옥의 귀에는 아얄티의 목소리 뒤로 사이판의 파도 소리가 아득히 들려오는 듯했다. 그녀는 고개를 흔들었다.

"안녕히 가세요! 잊지 않겠어요!"

아얄티의 색안경 밑으로 눈물이 조금 비치는 듯했다. 그것을 숨기려는 듯 그는 급히 몸을 돌려 군용기 쪽으로 걸어갔다.

바람에 벌판의 흙먼지가 뿌옇게 일었다. 군용기의 프로펠러가 요란스러운 소리를 내면서 돌아가기 시작했다.

군용기에 오른 아얄티는 뒤를 돌아보고 손을 흔들었다. 하림도 여옥도 손을 들어 흔들었다. 마침내 아얄티의 몸이 비행기 안으로 사라졌다. 그래도 여옥은 손을 흔들고 있었다.

군용기가 활주로 위를 달리다가 굉음을 지르면서 공중으로 치솟자 배웅나왔던 대부분의 사람들이 돌아가기 시작했다. 그러나 하림과 여옥은 그 자리에 서서 움직이려 들지를 않았다. 그들은 아얄티를 태운 비행기가 구름 속으로 사라질 때까지 그 자리에 서 있었다.

"갑시다."

하림이 먼저 여옥의 손을 잡아끌었다. 그녀는 눈물을 지우면서 비로소 돌아섰다.

"모두가 떠나가고 이제 우리만 남았군. 이제 우리 손으로 우리 문제를 해결할 수밖에 없는 거요."

그들은 강변으로 다가갔다.

"그는 보기 드물게 훌륭하고 용기 있는 사람이었소. 개인적으로도 우리와는 깊은 우정을 나누었던 사람인데……"

"그분이 가시고 나니까 이렇게 허전할 수가 없어요."

여옥이 감정을 누르며 비로소 입을 열어 말했다.

"그럴 거요. 나도 마찬가지요."

"그분은 우리의 은인이었어요."

"은인이지. 우리뿐만 아니라 모든 사람들의……. 그렇지만 숨어서 일을 하니 우리밖에 아는 사람이 없지요."

"이스라엘로 가실 거라고 하시던데요."

"미군에서 떠날 모양이오. 주한 미군의 철수를 반대했다가 상부의 미움을 사서 대기 발령을 받았는데, 차제에 조국 이스라엘로 돌아가 일할 계획이라고 했어요. 작년에 독립한 이스라엘은 우리와 같은 신생국이지만 아랍 국가들에 포위 당한 채 위협받고 있기 때문에 풍전등화 격이라고 할 수 있어요. 그래서 유태인들이 조국을 방어하기 위해 속속 이스라엘로 돌아가고 있는 거요. 그는 아마 쉬지 않고 싸울 거요. 쉬는 걸 모르는 사나이니까."

그들은 아얄티가 남기고 간 체취를 음미하면서 오래도록 그곳에 서 있었다.

"우리와 아무리 가까웠다 해도 그는 역시 우리와는 피가 다른 사람이었소. 어차피 언젠가는 여기를 떠날 수밖에 없는 입장이었소. 그는 자기 갈 길을 간 거요. 더 이상 우정을 나눌 수 없게 된 것이 가슴 아프기는 하지만 어쩔 수 없는 일이지요. 우리는 서로가 해야 할 일이 다르니까."

"그분은 성실한 사람이었어요."

"성실했지요."

그들은 지프를 세워 둔 곳으로 돌아와 차에 올랐다. 하림이 직접 운전대를 잡았다. 여옥은 흙먼지가 이는 벌판을 가만히 바라보고 있었다.

"미군도 떠나고……아얄티도 떠나고……모두가 떠나가는군. 당신도 언젠가는 떠나겠지."

여옥의 얼굴에 잔뜩 그늘이 졌다. 그녀는 미동도 하지 않고 앞을 바라보고 있었다.

"언젠가는 나 혼자 남게 되겠지."

그는 액셀러레이터를 밟았다. 차가 앞으로 튀어나갔다. 여옥의 아름다운 두 눈이 슬픈 듯이 그를 바라보았다. 하림은 앞을 바라본 채 말을 이었다.

"누군가를 사랑한다는 것이……누군가에게 정을 준다는 것이……이제는 두려워요. 헤어질 때의 고통스러움이 싫어요. 차라리 처음부터 혼자 외롭게 지내는 것이 마음 편할 것 같아요."

여옥은 계속 그에게서 눈을 떼지 않고 있었다. 그 눈은 그런 말씀해서는 안 돼요 하고 말하고 있었다.

"결국 마지막에는 혼자 남게 되는 게 사람의 운명인가 봐요. 혼자 어두운 방안에 누워 있으면 많은 사람들의 얼굴이 나타났다간 사라지곤 해요. 모두다 내 인생에 깊은 의미를 심어 주었던 사람들이지. 그러나 그들이 나에게 분명히 가르쳐 준 것은 고독이라는 것이었지. 나는 그들이 떠날 때마다 고독이라는 병을 앓곤 했었소."

그는 강가에서 갑자기 차를 멈췄다. 그리고 타는 듯한 눈초리로 여옥을 바라보았다.

"악마……작은 악마……"

그는 중얼거리면서 여옥은 갸름한 얼굴을 어루만졌다.

"나에게 가장 큰 고통을 안겨준 악마……"

"그래요. 저는 악마예요."

그녀는 꺼져가는 목소리로 말했다. 그리고 운전대에 놓여 있는 손위에 자신의 손을 포개 얹었다.

여옥이 지리산까지 가서 남편을 만나고 온 후부터 그들 사이는 한동안 침묵으로 일관되어 왔었다. 하림은 그 사실을 알고 경악했고, 그와 함께 격노했다. 그의 분노에는 다분히 질투의 감정도 섞여 있었다.

처음 그는 여자 혼자서 빨치산이 우글거리는 지리산에 들어가 남편을 만나고 왔다는 사실이 도무지 믿어지지가 않았다. 더구나 겨울철에 그랬다는 것이 사실로 받아지지가 않았다.

그러나 여옥의 입으로 직접 그 사실을 듣고 나니 믿지 않을 수가 없었다. 도대체 그녀에게는 무슨 신비한 힘이 있어서 그런 짓이 가능할 수가 있을까. 그토록 남편을 만나고 싶었을까.

그는 그때부터 여옥을 다시 보게 되었다. 찬찬히 관찰해 보았지만, 아무리 보아도 아름답고 가냘픈 여자에 지나지 않았다.

그 다음에 그의 가슴에 인 것은 여옥에 대한 의혹이었다. 아무리 그녀가 신비한 힘을 지니고 있다 해도 어떤 조직적인 루트를 이용하지 않고는 빨치산 소굴까지 무사히 다녀올 수는 없는 일이다. 그렇다면 혹시 그녀에게 붉은 손이 따라다니고 있는 게 아닐까. 그녀는 적들과 손잡고 있는 게 아닐까. 남편의 부탁이 있다면 거절할 수 없겠지.

불현듯 여옥을 괴롭힌 적이 있는 김형사라는 사나이가 생각났다. 김형사가 아무 근거도 없이 여옥에게 그런 것은 아니었을 것이다.

하림은 부인하려고 기를 써 보았다. 그러나 그럴수록 여옥에 대한 의혹은 점점 짙어만 가는 것이었다. 언젠가는 여옥에게 어떻게 거기까지 무사히 다녀올 수 있었느냐 하고 물어 볼 생각이었다. 그러나 그녀에게 상처를 안겨줄까 봐 하림은 지금까지 그것을 묻지 않은 채 그대로 지내 온 것이었다. 묻는다면 그녀는 아마 숨김없이 대답할 것이다. 하림은 오히려 그 숨김없는 사실이 두려웠다.

시간이 흐르자 여옥에 대해 의혹을 품은 자신의 태도가 저주스러웠다. 그래서는 안 된다. 그녀를 의심하다니, 천벌을 받을 짓이다. 그는 격심한 갈등 속에서 몸살이 날 지경이었다.

마지막으로 그를 가장 괴롭힌 것은 여옥이 대치를 위해서는 목숨을 바칠 각오가 되어 있다는 점이었다. 그녀가 지리산에 다녀왔다는 사실이 그것을 입증하고 있었다. 죽음을 각오하지 않고는 그런 결행을 할 수 없는 것이었다. 다시 말해 그녀는 남편을 만나기 위해 죽음까지 각오한 것이다.

아내가 먼 곳에 있는 남편을 만나기 위해 천리 길을 떠난들 어떠랴. 그런데 그것이 당연한 것으로 받아들여지지 않는데 문제가 있었다.

그는 질투를 느끼고 있었다. 그리고 처음으로, 여옥으로부터 소외되어 있는 자신을 발견했다. 여옥이 죽음을 무릅쓰고 사랑할 수 있는 남자는 최대치뿐이다 하고 그는 생각했다.

결국 그는 고통 속에 침몰할 수밖에 없었다. 자연 그들은 같은 사무실에 있으면서 대화가 끊어졌다. 아니, 그전처럼 다정한 눈길로 부드러운 이야기를 나눌 수가 없었다.

여옥의 얼굴에는 괴로워하는 빛이 역력히 나타나 있었지만 하림은 그녀를 묵살했다. 그리고 자신의 몸에 날마다 침묵의 옷을 두껍게 입혔다. 자신이 남자답지 못하고 비겁한 것 같았지만 하는 수가 없었다. 그것이 아얄티와의 작별을 계기로 오늘 이런 형태로 나타난 것이다.

"저, 직장 그만두겠어요."

떨리는 목소리로 그녀가 말했다. 하림은 그녀를 쏘아보았다.

"무슨 소리를 하는 거요?"

"저 때문에 너무 괴로워하시는 것 같고……저도 그러시는 거, 정말 견딜 수가 없어요."

하림은 말문이 막혀 여옥을 바라보기만 했다. 가슴속에 차 있던 무엇인가가 한꺼번에 무너지는 소리가 들려왔다. 그는 손을 뻗어 그녀를 껴안았다. 여옥은 순순히 그의 품으로 안겨 왔다. 여옥을 껴안은 팔에 힘이 솟았다. 그들은 한참 동안 숨막힐 듯한 입맞춤을 나누었다. 두 사람 다 굶주린 모습들이었다.

"가지 마. 직장 떠날 생각하지 말아요."

하림은 진정으로 말하고 있었다.

"여옥이 없으면 난 견딜 수 없을 거야. 항상 내 곁에 있어 줘요."

여옥의 눈에 감동의 빛이 서리고 있었다. 그녀는 대답 대신 고개를 끄덕였다. 하림은 타오르는 눈으로 그녀를 내려다보다가 그녀의 물결치는 젖무덤 위로 얼굴을 묻었다.

Q본부에 아얄티 후임으로 새로운 책임자가 부임했다. 아얄티 대신 부임한 새 인물은 미군 대령으로 첫인상부터가 고릴라 같았다.

칼이라는 애칭으로 통하는 그는 대머리에 목이 짧고 몸이 몹시 뚱뚱했다. 이마에 깊게 패인 두 줄의 주름살과 약간 쳐들린 듯한 뭉툭한 코, 그리고 두텁고 큰 입과 짙은 눈썹 밑에서 노랗게 빛나고 있는 왕방울 같은 두 눈 등이 넓적한 얼굴판을 가득 채우고 있었다.

하림은 매우 즉물적이고 정력적인 인간을 보는 듯했다. 아얄티와는 영 딴판이었다. 처음 악수를 나누는데도 그는 웃지도 않고 퉁명스러웠다. 어찌나 손을 꽉 움켜쥐고 흔드는지 손에 통증이 느껴질 정도였다. 우람한 가슴팍에 그는 압도당하는 기분이었다.

감정이라곤 털끝만큼도 없는 사나이를 마주 대하고 있자니 하림은 숨이 막힐 것만 같았다. 상대는 피가 통하지 않는 목석 같았다.

"당신 이야기는 많이 들어서 잘 알고 있다. 그러나 나는 선입관을 가지고 일하는 사람이 아니다. 나는 내 방식대로 일하는 사람이다. 전임자가 어떤 식으로 일했건 나는 상관하지 않는다. 오늘부터는 내 방식대로 일을 처리해 나갈 테니까 그렇게 알기 바란다."

예상했던 대로 고릴라는 부임 첫마디가 이런 식이었다. 남자답고 시원스런 데가 있기는 했다. 그러나 반면 독선적이고 냉혹함이 강하게 느껴지는 사나이였다. 그리고 권위의 힘이 대단한 것 같았다.

하림은 마음이 편치 않았다. 앞으로의 일이 수월치가 않을 것 같았다. 마치 앞길에는 큰 장벽이 하나 가로놓인 것 같은 기분이었다.

칼은 금방 한국인들 사이에 고릴라는 별명으로 통하게 되었다.

고릴라는 권위의식뿐만 아니라 백인 우월의식이 또한 강한 사나이로 노골적으로 한국 사람을 멸시하는 경향이 있었다. 그래서 접근하기가 어려웠고, 하림조차도 그와는 식사나 차 한잔 나눌 수가 없을 정도였다.

그는 서울에 부임한 지 며칠 사이에 자기 성을 견고히 쌓아 놓고 아무도 거기에 접근하지 못하게 했다. 그 바람에 하림은 아얄티가 있을 때처럼 정보 문제를 놓고 서로 협의한다거나 할 수가 없었다. 그의 역할은 정보자료를 정리해서 제출하는 것이 고작이었다. 그 이상의 것은 허용되지 않았다. 답답하고 우울한 일이었지만 하는 수가 없었다. 그는 소외된 채로나마 열심히 일했다.

수집되는 정보는 갈수록 불리한 것들뿐이었다. 그것들을 그는 하나도 빼놓지 않고 고릴라에게 보고했다.

△ 조선 노동당 탄생 = 북로당과 남로당이 합당하여 조선 노동당으로 발전함. 북한으로 도피한 박헌영의 남로당은 과거의 중앙당 처지에서 열세로 몰려 북로당 세력에 흡수되다시피 됨.

△ 대남 무력 투쟁의 격화 = 날이 갈수록 유격대의 대남 침투가 격화되고 있음. 유격대의 대부분이 남로당 출신인 점으로 보아 열세에 몰린 남로당 세력의 구축을 도모하고 있다고 사료됨. 적들은 극한투쟁도 불사하고 있음.

△ 중앙당 14호실 = 조선 노동당은 무력 투쟁을 본격화하기 위해 노동당 중앙위원회 직속 하에 「중앙당 14호실」을 설

치하였는데, 이는 앞으로 대남 무력 투쟁을 총 관장할 「대남 유격사업지도부」라고 볼 수 있음. 중앙당 14호실 직할로 강동정치학원(江東政治學院)을 두었으며, 남한에서 활동 중인 유격대를 3개 병단(兵團)으로 구분 편성하여 조직적인 투쟁을 전개하기 시작함. 제1병단은 오대산 지구에서, 제2병단은 지리산 지구에서, 제3병단은 태백산 지구에서 활약하고 있음.

△ 투쟁의 양상 = 무력 투쟁의 사령탑이 평양으로 이전됨에 따라 보다 본격적이고 조직적인 투쟁의 가능성을 기대할 수 있겠으나 사실은 그렇지 못함. 원격 지휘가 시작된 이후부터는 남한의 현지 상황을 상달하고 그에 대한 적절한 지령을 받을 수 있는 의사 소통의 원활한 관계가 이루어지지 못한 채 모든 지휘는 하향일변도식으로 변함. 그 결과 투쟁은 산만하고 비조직적으로 나타남.

△ 인민 유격대의 육성 = 중앙당 14호실 직속 하에 양성된 남파 게릴라를 「인민 유격대」라 부름. 결정적이고 본격적인 무장 투쟁을 위해 조직 육성하고 있음. 남파 게릴라로 선발된 자는 동해안 양양에 있는 인민 유격대 훈련소에 입소시켜, 38도선 남쪽 지구와 태백산 속에서 실지 유격 훈련을 시키고 있음.

그러나 하림의 이와 같은 정보 자료들은 고릴라의 캐비닛 속에서 낮잠을 자고 있었고, KMAG(미 군사 고문단)는 계속 다음과 같이 본국 정부에 보고하고 있었다.

「현재 한국군은 북의 어떤 공격도 격퇴할 수 있을 것이다.

한국군은 적당한 규모이며, 훈련도 아시아에서는 제1급 수준에 있다. 북한 공산군의 훈련은 대단치 않고 사기는 저하되어 있으며, 소련의 대규모 원조는 믿기 어렵다. 만일 전투가 일어난다 해도 한국군은 이를 격퇴할 수 있을 것이다.

한국군은 북의 공격을 격퇴할 수 있을 뿐만 아니라 2주일 이내에 평양을 점령할 수 있는 능력을 가지고 있다.」

기막힌 보고였지만 하림으로서는 자세한 것을 알 수도 없었고, 안다 해도 어쩌는 도리가 없을 것이 뻔했다.

그러던 어느 날 고릴라가 그를 불렀다. 방안으로 들어서자마자 고릴라는 하림이 제시한 자료를 내던지며 소리를 꽥 질렀다.

"나를 뭘로 보는 거야?"

하림은 어리둥절했다.

"왜 그러십니까?"

그는 정중히 물은 다음 바닥에 떨어진 자료를 집어들었다. 그것은 남과 북이 보유하고 있는 곡사포의 화력을 비교 분석한 것이었다.

한국군의 주포는 M—3형 105밀리 곡사포로 유효 사거리가 6,525미터였다. 거기에 비해 공산군의 주포는 122밀리 곡사포로 유효 사거리 11,710미터나 되었다. 화력 면에서 두 배나

강한 것이었다. 그래서 자료의 말미에 그는 다음과 같은 의견을 첨부했다.

「……양쪽의 주포를 비교 분석한 결과 이와 같이 엄청난 차이가 밝혀졌음. 이는 바로 피아의 전력 격차를 단적으로 증명해 주는 가장 단적인 예라고 할 수 있음.」

영문을 모르는 하림을 노려보며 고릴라는 소리쳤다.

"이건 엉터리 보고야! 이런 엉터리 보고를 제시하다니 나를 로봇으로 아는가?"

비로소 사정을 눈치챈 하림은 더욱 어안이 벙벙해졌다.

"이건 엉터리 보고가 아닙니다! 우리측 첩보원이 목숨을 걸고 수집한 겁니다!"

"거짓말 마라!"

책상이 쾅하고 울렸다.

"나는 당신 보고를 하나도 믿을 수가 없어! 전부 가짜란 말이야! 당신뿐이 아니고 한국인 모두가 거짓말쟁이야!"

하림은 뜨거운 피가 역류하는 것을 느꼈다. 분노와 수모로 그의 얼굴은 시뻘겋게 달아오르고 있었다.

"오해하지 마십시오! 가짜 자료를 제출한 적은 한번도 없습니다!"

"거짓말 마! 내 조사에 의하면 북쪽에는 지금 122밀리 포는 없다! 피아의 화력은 서로 비슷해! 오히려 남쪽이 더 우세하다면 우세해!"

자료를 들고 있는 하림의 손이 부르르 떨었다. 그의 얼굴이 무섭게 일그러지고 있었다. 생각 같아서는 고릴라의 입을 후려치고 싶었다. 그러나 그는 냉정히 참았다. 참아야 한다고 생각했다.

"북쪽에는 122밀리 대포가 없단 말이야. 76밀리 포가 겨우 1백 문 정도 있을 뿐이야. 그걸 가지고 확대해서 거짓 정보보고를 하다니, 나는 불쾌하기 짝이없다. 이런 모욕을 당하기는 처음이다."

고릴라는 씩씩 숨을 내쉬고 있었다. 화를 내고 있는 모습이 정말 고릴라 같았다. 하림은 물러서지 않았다.

"어떤 근거에서 그런 판단을 내렸는지 모르지만 이 자료는 정확한 겁니다. 여기에는 거짓말이 하나도 없습니다."

"당신이 122밀리 포를 보았나?"

"보지는 못했습니다. 그렇지만 불발탄을 하나 가지고 있습니다. 지금이라도 보여 드릴 수 있습니다."

"우리 고문단에서는 이미 그것을 직접 보고……그것이 122밀리 포탄이 아니란 것을 확인했어."

"아닙니다! 그것은 틀림없는 122밀리 포탄입니다."

하림은 격렬하게 외쳤다.

"왜 굳이 부인하려고 하는 겁니까? 그렇게 사태를 낙관한다면 한국에 남아 있을 필요가 뭐 있나요? 무엇하려고 여기에 남아 있는 겁니까? 도대체 여기서 뭘 하겠다는 겁니까? 전쟁이 일어나도록 유도하겠다는 겁니까?"

"뭐라고? 누구한테 큰소리 치는 거야? 건방진 자식 같으니 분명히 말해 두는데, 우리는 전쟁을 막고 한국을 지원해 주기 위해 여기서 고생하고 있는 거야. 우리가 염려하는 것은 당신들이 북침하지 않을까 하는 점이야. 우리는 그것을 저지할 책임이 있어."

하림은 기절할 정도로 아연했다. 미군 정보 책임자의 판단력이 그 정도라는 사실에 그는 기가 막힌 나머지 벌어진 입이 다물어지지 않았다. 이 정도라면 이야기할 가치조차 없다고 생각하니 눈물이 나오려고 했다.

그들이 한국 측의 정보 자료들을 믿기는커녕 오히려 경계하고 있다는 사실은 그야말로 충격적인 일이 아닐 수 없었다. 하림은 마치 뒤통수를 한 대 얻어맞은 듯 멍한 기분이었다.

하림이 갑자기 입을 다물고 정신을 못 차리고 있자 고릴라는 자기의 주장이 먹혀 들어간 줄 알고 득의연해서 거칠게 쏘아붙였다.

"당신들은 미국이 무기 원조를 안 한다고 불평하고 있지만 우리는 다 생각이 있어서 그러는 거야! 당신들한테 강력한 무기를 주면 당신들은 당장 북침하려고 들 거란 말이야! 그래서 무기를 대주지 않는 거야! 남북이 지금처럼 군사적으로 균형을 이루고 있으면 전쟁이 쉽게 일어나지는 않아! 지금까지의 허위 자료에 대해서는 불문에 붙이겠다. 그 대신 다시는 그런 짓을 안 하겠다고 반성문을 써서 제출해! 당신이 대표로 사과와 반성을 해! 오늘 당신이 나한테 한 짓만으로도 그것은 징계감이다. 그렇지만 눈감아 줄 테니 앞으로는 반성해서 성실히 일하도록 해!"

하림은 아무 대꾸도 하지 않고 그곳을 나왔다. 너무 기가 막혀 아직도 머리 속이 멍했다. 그는 토하고 싶었다. 실컷 토하고 난 다음 끝없이 잠들어 버리고 싶었다.

"우리가 북침할지 모른다고? 그래서 무기를 줄 수 없다고?"

킥킥거리고 웃던 그는 마침내 배를 싸쥐고 너털웃음을 터뜨렸다. 어떻게나 웃어댔는지 눈물까지 나왔다. 그의 부하들이 어리둥절해서 쳐다보았지만 그는 상관하지 않고 한참 동안 웃어제꼈다.

"……으하하 하하……우리가 공산군을 쓸어 버릴 수 있으면 정말 좋지……하하……그런데 힘도 없는 우리가 그럴지도 모른다고 걱정해 주다니, 미국은 역시 인도적이란 말이야……으하하 하하……다 집어쳐! 헛수고야! 헛수고란 말이야! 믿지도 않는 정보 긁어다가 뭣에 써? 모두 쓰레기통에 처넣으라고! 쓰레기통 속에 쳐넣구 불살라 버리라구! 그런지도 모르고……그런지도 모르고……으하하하하……"

눈물 위로 여옥의 얼굴이 흔들리는 것이 보였다. 여옥이 일어서서 근심스러운 표정으로 그를 바라보고 있었다. 그는 고개를 돌리고 책상 위에 걸터앉아 자꾸만 웃었다.

그런데 미국이 한국 측의 정보를 믿지 않고, 오히려 한국의 북침 가능성을 우려한 데에는 그럴 만한 이유가 있었다. 그것은 이승만의 북벌론 때문이었다. 이승만을 비롯한 정부 고위층은 정치적 방편으로 기회 있을 때마다 북벌을 외치고 있었다.

① 1949년 1월 21일 기자 회견에서의 이대통령의 발언 ＝「나는 국군의 북진을 희망하고 있다.」

② 1949년 2월 7일의 이대통령의 국회 연설 ＝「한국 위원단의 원조 아래 북한을 평화적으로 병합할 수 없다면 국군이 반드시 북한에 진격할 것이다.」

③ 1949년 7월 17일의 신성모 국방부장관의 발언 ＝「우리 국군은 대통령의 진격 명령을 대기하고 있다. ……평양, 아니 원산을 하루 이내에 점령할 수 있는 자신과 실력이 있다.」

④ 1949년 10월 7일 이대통령의 UP통신 부사장과의 인터뷰 ＝「국군의 훈련은 착착 성과를 올리고 있다. 개전(開戰)되면 3일 이내에 평양을 점령할 수 있다. 북한을 통일하여 반도의 독립을 실현할 필요가 있다.」

⑤ 1949년 10월 21일 이대통령의 기자 회견 ＝「피를 흘리지 않고는 통일은 있을 수 없으며, 오래 유지한다는 것도 불가능하다.」

⑥ 1949년 10월 31일 센트포올호 상에서의 대통령 연설 ＝「남북의 분열은 전투에 의해서 해결하는 방법 이외에는 없다.」

⑦ 1949년 12월 30일에 발표된 대통령 신년사 ＝「새해에는 거국적으로 실지회복에 노력할 해이다……국제 정세의 변화에 비추어 보아 새해에는 우리들 자신의 실력으로써 남

한과 북한과를 통일한다는 것을 염두에 두지 않으면 안 된다.」

훗날 이러한 꿈같은 북벌론은 한국이 먼저 북침했다는 주장의 근거로서 이용당하게 되지만, 아무튼 아무리 군사지식이 결여된 지도자의 발언이라 해도 너무나 현실을 모르는 소리임에는 틀림없었다. 정부 고위층의 발언이 이러하니 미국이 한국의 군사원조요청을 북벌준비라고 우려하는 것도 무리는 아니었다. 정부 고위층의 북벌론 때문에 국민들 사이에는 공산군의 전력을 깔보는 풍조마저 생기게 되었다.

실제로 적의 전력을 정확히 알고 있는 하림 같은 정보계통의 장교들은 고위층의 그와 같은 황당무계한 발언이 나올 때마다 이를 갈며 분해했지만 도무지 먹혀 들어가지 않으니 분노의 눈물을 삼키는 수밖에 다른 도리가 없었다. 하림이 고릴라에게 당한 것도 사실은 그와 같은 연유에서 비롯된 것이라고 볼 수 있었다.

눈물이 나올 정도로 정신없이 웃고 난 하림은 슬펐다. 약소민족의 비애가 가슴속 깊이 밀려들어왔다. 그의 부하들 역시 내용을 알고는 비분의 눈물을 집어삼키고 있었다. 오직 여옥만이 미묘한 감정을 맛보고 있었다.

하림은 고릴라에게 사과도 하지 않았고 그가 요구하는 반성문도 제출하지 않았다. 그런 어처구니없는 수모를 당하느니 차라리 자신이 그곳을 떠나는 게 낫겠다고 생각하고 칼의 요구를 묵살한 것이다.

자연 두 사람 사이에는 냉전이 계속되고 Q본부는 제 기능을 발휘하지 못하게 되었다. 답답하고 우울한 가운데 하루하루가 지나갔다.

녹음이 짙어지는 것과 함께 인민유격대의 남하 침투는 한층 격화되고 있었다. 그것은 전쟁이 언제라도 발발할 수 있다는 가능성을 보여준 전쟁의 서곡 같은 것이었다. 그들은 한두 명씩이 아닌, 적게는 수십 명에서부터 많을 때는 천 명 가까운 대규모 인원으로 침투해 왔다. 그러니까 본격적인 군사작전으로서의 빨치산 투쟁을 전개한 것이다.

그들은 주로 중동부 지역의 태백산맥을 타고 내려왔고, 강동정치학원에서 3개월 내지 6개월간의 유격 훈련을 받은 청년들로 그 주축을 이루고 있었다.

침투경로는 대체로 세 갈래로 잡혀 있었는데, 하나는 양양을 출발해서 응복산, 오대산, 발왕산을 거쳐 정선(旌善)으로 침투하는 길이고, 두번째는 양구와 인제에서 송석산, 조교산, 수리산을 지나 원주(原州) 쪽으로 남하하는 길이고, 나머지 하나는 철원에서부터 대득봉, 국망봉, 명지산을 경유하여 내려오는 길이었다.

그들 때문에 중동부 산악 지대의 주민들은 피해가 막심했고 한시도 편하게 지낼 날이 없었다. 한국군은 빨치산들을 토벌하는데 전력을 소모해야 했다. 그것은 단기간에 끝나는 것이 아닌 사람을 지치게 만드는 길고 긴 싸움이었다.

하림은 체포된 빨치산들을 직접 문초해 보았는데 그들은 하나같이 이렇게 자백했다.

"강동정치학원에서 교육받았다. 머지 않아 인민군은 남하한다. 우리는 남반부의 요소요소에 잠복하고 있다가 공격이 시작되면 일제히 요점을 탈취하여 주력의 남하와 호응하라는 명령을 받았다."

그들의 자백을 종합하면 이미 수천에 달하는 게릴라가 남파되어 활약하고 있다는 계산이 되었다. 사태가 이러한데도 미국은 반응을 보이지 않았다.

미 군사 고문단장인 로버트 준장은 미국의 힘을 너무 과시한 나머지

"한국에 단 한 사람이라도 미국인이 있는 이상 북한이 전쟁을 도발한다는 어리석은 짓은 하지 않을 것이다."
하는 말만 되풀이했다.

미군은 너무 공산군을 과소평가하고 있었다. 그들을 단지 동양의 비적(匪賊)정도로밖에 보고 있지 않았던 것이다. 그리고 한국군 수뇌가 전차를 달라고 요구하면 한국의 지형이나 교량은 전차 사용에 적합치 않다고 점잖게 일축했다.

결국 미국은 한국군의 실력을 경찰대의 수준에 유지시킨다는 처음의 정책을 그대로 고수해 나가고 있었다.

이렇게 사태가 불리하게 돌아가고 있을 때, 그리고 한반도에 일촉즉발의 전운이 감돌고 있을 때 실로 불행하고 충격적인 사건이 발생했다.

다름 아닌 백범 김구(金九)가 세상을 떠난 것이다. 그의 죽음은 백주의 암살이었다. 그래서 더욱 충격적이었다. 거리에는 태풍이 몰아치는 듯했다. 김구의 죽음에 접한 백성들은 하나같이 경악하고 분노하고 비탄에 빠졌다.

6월 26일이었다. 그날은 일요일이었다.

지프 한 대가 대한문을 거쳐 이화여중 앞을 지나치더니 로터리에서 멈춰 섰다. 이윽고 차안에서 청년 장교 하나가 내렸는데 육군 소위 계급장을 달고 있었다.

그는 길을 건너갔다. 걸음을 옮길 때마다 오른쪽 허리에 차고 있는 권총이 묵직한 중량감을 보이면서 덜렁거리고 있었다. 그 장교는 김구가 묵고 있는 경교장(京橋莊) 부근의 다방으로 들어갔다. 자연장(紫煙莊)이라는 이름의 다방이었다.

다방 안에는 별로 손님이 없었다. 거기서 그는 차를 마시며 초조한 듯 두리번거리다가 20분쯤 지나 그곳을 나왔다. 열두시 가까운 시간이었다. 그는 곧장 경교장을 향해 비탈길을 올라갔는데 얼굴이 창백하게 굳어 있었다.

경교장으로 들어선 그는 비서와 구면인 듯 악수를 나눈 다음 차례를 기다리며 한 시간쯤 소파에 앉아 있다가 1시 10분 전에 비서의 안내를 받고 김구가 있는 이층 방으로 올라갔다.

어디선가 라디오를 통해 「해방된 역마차」라는 유행가가 흘러나오고 있었다.

방으로 들어선 청년 장교는 김구를 향해 거수경례를 한 다음 소파에 조용히 앉았다. 김구는 똑바로 앉아서 방문객과 수인사를 나눈 다음 찾아온 용건을 물었다. 장교는 머뭇거리다가 결심한 듯 입을 열었다.

"저는 이삼 일 중으로 옹진 전투에 나가게 되었습니다."

"그쪽도 심각한가?"

"공비들의 해상침투가 빈번해지고 있습니다. 오늘은 마지막으로 출정하며 선생님께 인사도 드리고 선생님의 포부도 똑바로 알고 싶어 왔습니다."

"세상에는 경교장을 싸고 여러 가지 낭설이 떠돌고 있어. 나는 거기에 일일이 신경을 쓰고 싶지 않아. 정치적 문제라면 이야기하고 싶지 않네."

김구는 눈을 감으며 입을 굳게 다물었다. 청년 장교는 다그치듯 말했다.

"저마다 선생님을 의심하고 있습니다! 정당이나 언론계에서는 모두 선생님이 공산당과 악수한다고 합니다! 오늘은 꼭 선생님의 본심을 확실히 알고야 돌아가겠습니다!"

김구의 눈이 부릅떠지더니 이내 벼락 같은 고함소리가 터져나왔다.

"이놈! 무슨 소리를 하는 거냐?"

"선생님은 30여 년간 투쟁한 탑을 선생님 손으로 무너뜨리지 마십시오! 지금 이때가 선생님이 개심할 때입니다! 지금도 늦지 않으니 본심으로 돌아가서 회개하십시오!"

"에이, 고약한 놈!"

김구는 몸을 떨며 일어서려고 했다. 그러나 그보다 먼저 청년 장교가 재빨리 몸을 일으켰다. 그의 손에는 어느새 권총이 들려 있었다.

놀란 김구는 두 손을 쳐들며 엉거주춤 일어섰다. 젊은 장교의 눈이 감겼다. 차마 상대를 직시한 채 방아쇠를 당길 수가 없었던 모양이다.

마침내 일발의 총성이 경교장을 뒤흔들었다. 초여름의 뜨거운 햇살이 총소리에 떠는 듯했다.

탕!

탕!

탕!

세 발의 총성이 일었다. 김구는 피투성이가 된 채 74세의 노구를 허물어뜨렸다. 그리고 사람들이 뛰어왔을 때 그는 이미 장중한 최후를 마치고 있었다. 실로 비통한 죽음이었지만 그로서는 혁명가다운, 정말 그다운 죽음이었다고 할 수 있었다.

독립운동에 일생을 바친 혁명투사로서 그만큼 죽음의 고비를 무수히 넘긴 사람도 드물었다. 일제는 그를 제거하기 위해 현상금까지 내걸고 그를 추격했었다.

그러나 그는 끝까지 잡히지 않은 채 조국에 돌아왔던 것이다. 대륙의 붉은 먼지를 뿌옇게 뒤집어쓴 채 그가 노구를 이끌고 돌아왔을 때 백성들은 눈물을 흘리며 환호했었다.

그러한 그가 일본인도 아닌 동포의 손에 의해 암살당하고 말았으니 실로 기막히고 어처구니없는 일이 아닐 수 없었다.

에이브러험 링컨도 마하트마 간디도 모두 미치광이 같은 자의 손에 의해 암살 당했다. 김구의 죽음도 그와 다를 바 없었다.

귀국 후 노애국자가 심혈을 기울인 것은 통일된 조국을 세우는 일이었다.

그 점에서 이승만과 상반된 위치에 서게 된 그는 이 정권에서 소외된 채 한스러운 나날을 보냈다. 보다 현실적이 되지 못하고 남북 통일국가를 세우려고 한 그의 이상론은 순전히 애국충정에서 비롯된 것이었다. 그러나 그의 이상은 끊임없이 도전을 받아야 했고, 그런 나머지 그는 사상적으로 불온하다고까지 비난 받기에 이르렀다. 불행한 일이었다.

그러나 막상 그가 흉탄에 쓰러지자 사람들은 비로소 거목이 쓰러졌음을 깨달았다. 그의 죽음은 민족의 거대한 이상의 종말을 의미했다. 정신적 지주를 잃은 백성들은 땅을 치며 통곡했지만 이미 늦은 일이었다.

현장에서 체포된 범인은 육군 소위 안두희(安斗熙)로 밝혀졌는데, 그 자신 한독당의 비밀당원이라고 자백했다.(얼마 후 그는 군법회의에서 종신형을 선고받는다. 그러나 백범 암살의 수수께끼는 아직까지 안개 속에 가려져 있다.)

열흘 후 김구는 경교장을 떠났다. 그날 하림은 아침식사도 거른 채 여옥과 함께 백범의 마지막 가는 길을 보려고 거리로 나갔다. 두 사람 다 말이 없었고 얼굴빛이 창백했다.

거리는 흰 옷 입은 사람들로 인산인해를 이루고 있었다.

삼천만 가는 길이

어지럽고 괴로워도

임이 계시오매

든든한 상 싶었더니

돌아와 모진 광풍

…….

거리에 울려 퍼지는 「김구 선생 장송곡」은 그대로 백성들의 울음 소리였다.

「大韓民國臨時政府主席白凡金九亡柩」라고 쓴 붉은 명정(銘旌)을 보자 하림은 그만 눈물이 핑 돌았다. 아무리 어금니를 깨물며 참으려 해도 눈물이 나오는 것을 막을 수는 없었다. 여옥이도 글썽이는 눈으로 장례행렬을 지켜보고 있었다.

영구가 지나가자 연도에 늘어선 사람들은 하나같이 머리를 숙이고 조의를 표했다. 모두가 눈물을 흘리고 있었고, 그중에는 소리내어 우는 사람들도 많았다.

6명의 기마 경찰대가 지나갔다. 16명의 진명여중 생도들이 대형 태극기를 들고 지나갔다. 군악대가 지나갔다. 고인이 평소 타고 다니던 검정색 승용차가 지나갔다. 대학생 의장대가 지나갔다. 고인의 모습을 담은 영정(影幀)이 지나갔다.

서울 장안은 완전 철시하고 장의 행렬이 지나가는 연도는 백만 인파로 뒤덮여 있었다. 지나는 연도마다 사람들은 울음바다를 이루고 있었고, 좀처럼 흩어질 줄을 몰랐다. 하늘도 울고 땅도 우는 듯했다.

 하림의 눈에는 땅을 치며 통곡하는 백성들이 오히려 측은해 보였다. 이미 세상을 떠난 사람이야 그렇다 치고, 뒤에 남은 백성들이 문제였다. 불쌍한 것은 그들이었다. 그들은 버림받은 자식처럼 아주 서럽게 서럽게 울고 또 울었다.

혐 의

하림과 여옥은 인파 속에서 벗어나 발길 닿는 대로 걸었다. 여옥은 흰 원피스 차림이었다. 그래서 그런지 너무도 청결한 인상이었다. 하림은 가끔씩 그녀를 눈부신 듯 바라보면서 사람은 겉만 봐서는 모른다는 생각을 자꾸만 했다. 그녀의 기구한 과거와 지금의 청결한 모습과는 너무나도 동떨어진 데가 있었다. 거기에는 어떠한 연관성도 존재하지 않는 것 같았다.

"왜 위대한 분이 그런 죽음을 당해야 하는 거죠?"

여옥이 억눌린 듯한 목소리로 물었다. 분노를 삭이는 것 같은 그런 목소리였다.

"아직 시련이 끝나지 않았기 때문이오. 백범은 십자가를 지고 돌아가신 거요. 우리 백성들을 대신해서 십자가를 지신 거란 말이오. 억울한 것은 그분이 경륜도 펴보지 못하고 돌아가신 점이오."

"한이 서린 장례 행렬이었어요. 그렇게 한이 서린 백성들의 모습을 보기는 처음이었어요."

"우리가 백범을 죽인 거나 다름없는 거요. 조국의 독립을 위해 목숨을 바친 애국자를 해방된 조국에서 편히 모시지는 못하고 살해하다니, 정말 고개를 들 수 없는 일이오. 우리는 야만인이나 다름없다는 걸 내외에 보여준 거요. 위대한 백범 사상을 받아들이기에는 우리 백성들은 아직 너무나 뒤떨어져 있는 거요. 백범은 위대한 애국지사이자 민족주의자이고 자유민주주의의 신봉자였소. 그의 잘못이 있었다면……현실에 영합하지 않고 너무 높은 이상만을 추구했다는 점일 거요."

"우리는 무엇인가 가치 있는 것을 자꾸만 잃어가고 있는 것만 같아요."

"그래요. 많은 것들을 잃고 있어요. 아주 소중하고 가치 있는 것들을 잃어가고 있어요. 그 동안 암살 당한 인물들만 해도 하나같이 민족의 지도자들이었소. 일제에 친일하던 민족 반역자들은 살아서 활개치고 있는데, 민족의 지도자들은 자꾸만 암살 당하고 있으니 통탄할 일이 아닐 수 없어요. 우리들의 의지와는 전혀 다른 엉뚱한 방향으로 역사가 흘러가고 있는 것만 같아 견딜 수가 없어요."

그들은 건널목에 잠시 서서 물 흐르듯 흘러가는 사람들을 바라보았다.

"저의 집에 가서 저녁 드시고 가세요."

여옥이 하림 곁에 붙어 서서 나직이 말했다. 하림은 당황했다.

"뭐, 그냥 가지요."

그는 사양했다. 여옥의 집에 가서 아이들 자라는 것을 보고 싶기도 했지만 가서는 안 될 것 같았다. 혼자 사는 유부녀 집에

간다는 것이 그녀 자신을 위해 좋지 않게 생각되었던 것이다. 그러나 하림의 염려와는 달리 여옥은 그런 걱정 같은 것은 하지 않는 듯했다.

"별 약속이 없으시면 저희 집에 잠깐 들렀다 가요. 요즘 집에서 통 식사를 안 하시지 않아요?"

여옥의 통찰력에 그는 가슴이 흔들렸다. 사실 그는 집에서 식사를 하는 경우가 매우 드물었다. 바쁜 탓도 있었지만 형수의 차가운 눈초리를 대하기가 어려워 가능한 한 식사는 밖에서 하고 있었다.

그의 형수는 아직도 그에 대한 적대감을 버리지 않고 있었다. 남편을 사랑한 나머지 그를 잃은데 대한 분노가 골수에 사무쳐 있는 듯했다. 그러나 처음보다는 많이 누그러져 있었다.

하림은 딸을 데리고 나와 버리고 싶었지만 그렇게 되면 용서를 받지 못한 채 영영 형수와 결별되고 말 것이라는 생각에서, 그리고 형수의 적의를 피해서 다른 곳으로 거처를 옮긴다는 것이 어쩐지 비굴하게 생각되었기 때문에 그대로 형수 집에 눌러앉아 있었다. 그 모든 것을 여옥은 눈치채고 있었던 것이다.

"남의 눈에 띄면 안 좋을 텐데……"

"괜찮아요. 전 그런 것 개의치 않아요. 가요, 네?"

여옥이 소녀처럼 매달리는 바람에 하림은 하는 수 없이 그녀의 집으로 향했다.

하림은 끝까지 거절하지 않고 동의하자 여옥은 몹시 기뻐하는 눈치였다. 이 여자는 왜 나를 멀리하지 않을까 하고 하림은 자문했다. 남편을 그토록 사랑한다면 나를 멀리하는 것이 당연한 일이다. 그런데도 불구하고 그녀는 나를 기피하지 않고 있다. 왜 그럴까. 이 여자는 두 남자를 동시에 사랑하고 있다는 말인가. 그럴 수도 있을 것이다. 그러나 그래서는 안 된다. 그녀가 나를 피할 수 없다면 내가 그녀를 피해야 한다. 그러나 나는 피하지 않고 있다. 내 힘으로서는 그녀를 피할 수가 없는 것이다. 왜 그럴까. 그는 혼란을 느꼈다. 생각을 정리한다는 것이 어리석은 짓인 줄을 알면서도 그는 자기 자신과 싸우고 있었다.

여옥의 집은 두 아이들로 해서 활기가 차 있었다. 그것을 보자 하림은 자못 감동하지 않을 수 없었다. 대치가 없기 때문에 집안은 퍽 쓸쓸한 줄 알았는데 그게 아니었다. 아이들은 구김살 없이 자라고 있었다.

낯선 사람이 들어서자 대운이는 경계의 눈초리로 그를 쏘아보았다. 피하려고도 하지 않은 채 노골적으로 대결하려는 태도를 보였다. 눈이 부리부리하고 코와 입이 큼직한 것이 벌써부터 남자다운 면모를 보여 주고 있었다. 대치를 그대로 빼어 닮고 있었다. 그에 비해 둘째는 어려 보였다. 냉큼 엄마의 치마폭에 달라붙으면서 그를 피하는 것이었다. 같은 형제치고는 너무나도 대조적이었다.

하림의 눈은 자꾸만 대운이 쪽으로 향하곤 했다. 그 동안 보지 못한 사이에 놈은 그야말로 호박처럼 자라 있었다. 그애가 사이판에서 자신의 손으로 받아낸 아이라고는 도무지 믿어지지가 않았다.

엄마가 인사하라고 일러도 대운이는 머리를 숙이지 않았다.
"엄마, 이 사람 누구야?"
"음, 고마운 아저씨야. 자, 인사해야지."
"싫어!"
도리질하는 모습에서 하림은 대치의 모습을 발견하고는 혈육의 무서움을 새삼 보는 듯했다.
"아저씨가 안아 줄까?"
그는 대운이를 덥석 안아 들었다. 보기보다 훨씬 무거웠다.
"꽤 무겁구나. 이젠 다 컸구나."
"이거 놔!"
아이는 심하게 몸부림쳤다. 하림은 아이를 놓아주지 않았다. 아이가 다소곳해질 때까지 껴안고 싶었는데, 아이는 다소곳해지기는커녕 더욱 난폭해지고 있었다. 두 손으로 하림을 밀어내더니 급기야 한 손으로 그의 얼굴을 후려치고 다른 한 손으로 그의 뺨을 사정없이 긁어 버렸다.
"어이쿠!"
하림은 아이를 내려 놓고 아픈 곳을 손바닥으로 눌렀다.
"어머, 이걸 어쩌지!"
여옥이 그의 얼굴에 난 상처를 보고 어쩔 줄 몰라 했다. 아이는 의기양양해서 계속 하림을 노려보고 있었다. 여옥은 몹시 민망해 하면서도 아이를 야단치거나 때리지는 않았다. 단지 부드럽게 타이르기만 했다.
"대운아, 아저씨한테 그러면 못써. 그러는 게 아니야. 아저씨는 좋은 분이야. 아저씨가 얼마나 아프겠니, 봐. 아저씨 얼굴에 피가 나지 않니? 아저씨한테 잘못했다고 사과해. 어서."

그러나 아이는 사과는커녕 얼굴이 시뻘겋게 달아오른 채 씩씩거리고 있었다. 그것을 보자 하림은 웃음이 나왔다.

"여간한 놈이 아닌데……하하 하하……"

실로 오랜만에 그는 통쾌하게 웃었다. 아이가 강하고 드세게, 그리고 개성이 뚜렷하게 자라는 것을 보니 여간 기쁘지가 않았던 것이다. 아이가 겁 많고 약해 보였다면 그렇게 통쾌하게 웃지는 않았을 것이다.

그의 감동은 이윽고 여옥에게로 향했다. 두 사람의 시선이 뜨겁게 부딪혔다. 여옥은 얼굴을 붉히며 하림을 바라보다가 말없이 부엌으로 나갔다.

하림은 서성거리다가 옆방으로 가 보았다. 그 방은 어느 날 밤 여옥과 처음으로 관계를 맺었던 곳이었다. 창가에 책장이 하나 세워져 있었다. 책장에는 책들이 가득 채워져 있었다. 모두가 일어로 된 책들이었다. 우리말 서적이 거의 없던 때이니 그럴 만도 했다.

영어 원서도 더러 눈에 띄었다. 문학과 교양 관계의 책들이 대부분으로, 여옥이 구입한 것임을 한눈에 알아볼 수 있었다.

책상 위에는 사진 액자가 하나 놓여 있었다. 대치의 사진이었다. 장포차림에 눈에 안대를 대고 중절모를 쓰고 있는 것이 중국에서 찍은 듯했다.

사진을 보고 있는 동안 싸늘한 바람이 가슴을 스치고 지나가는 것을 그는 느꼈다.

"우리 아빠야!"

큰소리에 하림은 후딱 뒤를 돌아보았다. 어느새 대운이가 문지방에 서서 액자를 손가락으로 가리키고 있었다. 하림은 왠지 섬뜩한 기분을 느끼면서 아이를 안으려고 했지만 아이는 재빨리 도망가 버렸다.

여옥이 정성들여 만들어 준 식사를 마치고 나서 밖으로 나오니 밖은 이미 어두워져 있었다. 하림은 시내 쪽으로 천천히 걸어갔다.

여옥의 집을 방문하고 나니 왠지 그는 더욱 외로움을 느꼈다. 자신이 안주할 곳 없는 부랑자처럼 생각되었다. 나도 가정을 가져야 하지 않을까. 처음으로 그는 그런 생각을 했다.

가쯔꼬의 얼굴이 눈앞을 어른거렸다. 외로울 때면 언제나 나타나는 얼굴이었다. 그녀는 그에게 생명을 불어넣어 주고 갔다. 어린 딸에게서 그는 항상 그녀의 모습을 보고 있었다. 그리고 가쯔꼬 생각에 울적해질 때가 많았다. 그러나 언제까지고 가쯔꼬만 생각하고 있을 수 없는 노릇이었다. 여옥은 더욱 그랬다. 그래도 가쯔꼬는 과거의 여인이었다. 그리고 그녀와의 관계는 애욕의 불장난이라고 볼 수도 있었다. 거기에 비해 여옥은 달랐다. 여옥은 과거의 여인이 아니었다. 그녀는 엄연히 살아 있었고, 그가 손만 뻗으면 닿을 수 있는 거리에 항상 있었다.

거리는 어두웠고, 갑자기 활기가 사라져 버린 죽음의 도시 같았다. 국민장(國民葬)을 치르고 난 뒤라 도시 전체가 슬픔에 잠겨 있는 것은 당연했다.

그는 찻집에 들어가려다 말고 멈칫했다. 아까부터 뒤가 켕기는 것이 누구한테 꼭 미행 당하고 있는 기분이었는데, 이제 그것이 구체적으로 느껴진 것이다. 누구일까. 어떤 놈이 무슨 이유로 나를 미행하고 있을까. 그는 찻집 문을 밀고 안으로 들어갔다.

출입구가 마주 보이는 곳에 앉아 문 쪽을 쏘아보았다. 정보관계의 일을 하고 있는 만큼 위험은 언제나 각오하고 있는 터였다. 그의 경우 미행은 언제라도 있을 수 있는 것이었다.

아무도 들어오지 않는다.

연인들로 보이는 젊은 남녀 한 쌍이 들어온다. 미행자는 아닌 것 같았다. 군인 두 명이 들어온다. 역시 미행자는 아닌 것 같았다. 그는 조금 불안했다. 그날 따라 무기를 휴대하지 않은 것이 후회되었다.

커피를 마신 다음 밖으로 나갔다. 미행자를 확인해 볼 필요가 있었다.

그는 10분쯤 천천히 걷다가 갑자기 걸음을 빨리 했다. 골목으로 들어서서 뛰다시피 걸어가자 뒤에서 부지런히 따라오는 소리가 들려왔다. 커브진 곳 처마 밑에 붙어 서서 미행자가 가까이 다가오기를 기다렸다. 무기가 없으니 맨손에 의지하는 수밖에 없었다.

시커먼 그림자가 모퉁이를 돌아서는 것과 동시에 주먹으로 상대의 얼굴을 힘껏 후려쳤다. 갑작스런 일격에 상대는 힘없이 나동그라졌다. 바닥을 더듬으며 일어서려는 것을 이번에는 구둣발로 걷어찼다.

"아이고!"

치명적이었던지 미행자는 땅바닥에 엎어진 채 몸부림쳤다. 하림은 상대의 멱살을 움켜쥐고 일으켜 세웠다. 벽에다 몰아붙이고 목을 죄자 상대는 심하게 캑캑거리면서 살려 달라고 애걸했다.

"누구냐? 왜 나를 미행하지?"

가까이 들여다보니 처음 보는 얼굴이었다. 얼굴은 온통 피투성이였다.

"왜 나를 미행하는 거야? 말하지 않으면 죽여 버릴 테다!"

하림은 땅바닥에 떨어져 있는 권총을 집어들고 상대방의 턱을 치켜올렸다. 미행자는 숨이 차서 헐떡거렸다. 금방이라도 주저앉을 듯이 비틀거리는 것을 하림은 권총으로 으스러져라 하고 턱을 치켜올렸다.

"바른대로 말해! 넌 누구냐? 왜 나를 미행하는 거지?"

그러나 상대는 좀처럼 입을 열려고 하지를 않았다. 하림은 복부를 후려쳤다.

"일 분 여유를 주겠다. 말하지 않으면 죽여 버릴 테다!"

"이, 이거……비, 비켜요! 말할 테니까 비, 비키라구요!"

턱을 조금 늦추어 주자 상대는 심하게 기침했다.

"흥, 나를 죽이면……당신도 당할 걸요."

"뭐라고?"

"흥, 나를 죽이지는 못할 걸요."

젊은 사나이였다. 목이 아픈지 손으로 목을 누르면서 연방 캑캑거렸다. 하림은 분노가 치밀었다. 다시 한번 주먹으로 복부를 후려치면서 고함쳤다.

"도대체 넌 누구냐?"

다투는 모습을 보고 골목길을 가던 사람들이 하나둘씩 모여들기 시작했다. 하림은 입장이 난처해졌다. 그렇지만 설불리 권총을 거둘 수가 없었다.

"말 안 할 테냐? 안 되겠어. 자, 가자! 도망치면 등에다 구멍을 뚫어 놓을 테다!"

"흥, 당신이나 도망치지 마슈."

갈수록 상대는 뻣뻣이 나오고 있었다. 그들은 몰려선 사람들을 헤치고 큰길로 나왔다. 하림은 권총을 허리춤에 꽂으면서 상대를 경계했다.

"나를 연행할 셈인가요?"

"그렇다! 잔말 말고 가!"

"나……여기에 있는 사람올시다!"

상대가 품속에서 증명을 내보였다. 대각선으로 붉은 직선이 그어진 증명서였다. 「방첩」이라는 두 글자가 또렷이 보였다. 하림은 놀라고 화가 났다.

"너, 왜 그렇게 건방져?"

번개같이 따귀를 후려치자 상대는 얼굴을 싸쥐고 뒤로 물러섰다.

"왜 때리는 거요?"

"내가 누군줄 아나?"

"네, 알고 있습니다. 장하림 중령 아닙니까."

"알면서 왜 놀리는 거야?"

"놀리는 게 아닙니다. 저는 지시에 따랐을 뿐입니다."

하림은 더욱 놀랐고 불쾌했다.

"지시라니, 무슨 지시야? 방첩대에서 미행하라고 하던가?"

"네, 그랬습니다."

충격을 받은 그는 잠시 멀거니 상대방을 바라보았다. 방첩대는 얼마 전까지만 해도 그가 일하던 곳이었다. 그리고 그가 지휘하던 기관이었다. 그런데 이제는 입장이 바뀌어 자신이 감시당하고 있는 것이다. 혐의가 있다면 상대가 누구건 기관에서는 조사할 의무가 있는 것이다. 그것은 아주 당연한 것이다. 하림이라고 해서 수사대상이 되지 말라는 법은 없다.

그렇지만 아무리 생각해도 그는 자신이 수사대상에 오를 만한 짓을 한 것 같지가 않았다. 그는 자신이 청렴결백하다는 것을 자신할 수가 있었다. 무슨 일일까. 혹시 지난날의 업무와 관계된 것이 아닐까. 그러나 방첩대에 근무할 때 내가 비리를 저지른 적은 한 건도 없다. 나는 누구 앞에서라도 떳떳할 수 있다. 의심이 있다면 풀어야 한다.

"무슨 일로 나를 미행하는 거지?"

"뻔한 거 아닙니까?"

상대는 튕기듯이 대꾸했다. 하림은 듣지 않아도 짐작이 갔다. 그 생각을 하자 마치 칼로 피부를 벗겨내는 것 같이 소름이 끼쳐왔다.

"뭔가 오해하고 있는 거 아니야?"

그는 분노를 누르면서 물었다. 방첩대원은 얻어맞은 것이 분한 듯 이를 갈면서 차갑게 대답했다.

"저는 지시에 따르고 있을 뿐입니다. 잘 아시겠지만……우리는 명령에 살고 명령에 죽습니다."

그의 말은 옳았다. 더 이상 그에게 따진다는 것이 쓸데없는 짓이라는 것을 안 하림은 그 길로 곧장 방첩대를 찾아갔다.

방첩대에서는 그때까지 간부들이 귀가하지 않고 모여 앉아 있었다. 하림이 안내를 받고 안으로 들어서자 그들은 일제히 일어서서 그를 맞았다. 그들의 표정에는 과거의 상관에 대한 예의가 그대로 나타나 있었지만 동시에 고통의 빛도 서려 있는 듯했다. 고통스러운 것은 하림도 마찬가지였다. 하림은 동행한 젊은 대원을 턱으로 가리켰다.

"이 사람이 나를 미행하기에 좀 혼내 주었습니다. 나를 미행하는 이유가 뭡니까?"

최고 책임자는 온화한 인상의 40대 사나이로 계급은 같았다. 그는 실수를 저지른 부하를 준열히 꾸짖은 다음 하림을 자기 방으로 안내했다.

그들은 탁자를 사이에 두고 소파에 마주앉아 한동안 거북한 침묵의 시간을 가졌다. 책임자는 미간에 주름을 모은 채 말없이 담배를 피우다가 한참만에 무겁게 입을 열었다.

"미안하게 됐습니다. 먼저 사과드립니다."

"……"

하림은 묵묵히 다음 말을 기다렸다. 이 자리에서 무엇인가 확실히 해 둘 필요가 있다고 생각했다.

"오해를 하실까 봐 미행이 눈치채이지 않기를 바랐는데 그만……이렇게 되고 말았습니다. 미안하기 짝이 없습니다."

"……"

"사실은 장중령님을 보호해 드리려고 한 겁니다."

하림은 상대가 무슨 말을 하고 있는지 얼른 이해할 수가 없었다. 책임자는 거북한 표정을 지으면서 담배에 불을 붙였다.

"오해하지는 마십시오. 저는 어디까지나 보호해 드리고 싶은 마음에서 부하로 하여금 미행하게 한 겁니다."

하림은 더 기다릴 수가 없었다.

"저를 보호해야 할 무슨 특별한 이유라도 있습니까? 방첩대에서 개인의 신변 보호를 하고 있다니, 이해가 안 가는데요."

"그러실 테죠. 그렇지만 그럴 만한 이유가 있을 때는 개인 경호라고 이상할 것은 없습니다. 더구나 상대가 정보관계를 다루는 중요인물이라면 우리로서는 당연한 일이라고 생각합니다."

"도대체 그럴 만한 이유란 뭡니까?"

"오해하시지는 마십시오."

"어서 말씀해 보십시오."

두 사람은 모두 상대를 경계하고 두려워하는 것 같은 시선을 교환했다.

"그럼 말씀드리겠습니다. 장중령께서는 지금 위험에 처해 있습니다. 좀더 분명히 말씀드린다면, 적이 쳐 놓은 그물에 걸려들 가능성이 높습니다. 우리는 그것을 막자는 겁니다. 협조해 주신다면 별 문제가 안 되겠습니다만……"

하림은 아연했다. 그는 소파에 묻고 있던 상체를 일으켰다.

"도대체 무슨 말씀을 하는 겁니까? 제가 적에게 이용당하다니, 그럼 포섭되었다 그 말씀인가요?"

책임자의 온화한 인상이 차갑게 변해 있었다. 그는 냉소를 흘리면서 하림을 지긋이 바라보았다.

"포섭됐다면 우리 기관에서 가만두겠습니까? 벌써 장중령님을 체포했지요. 우리가 염려하고 있는 것은 두 가지 가능성에 대해서입니다. 첫째는 포섭 당할 가능성이 있다는 것, 둘째는 포섭 당하지 않더라도 자신도 모르게 이용당할 가능성이 있는 것입니다."

하림은 피가 역류하는 것을 느끼면서 어금니를 깨물었다.

"제 사상을 의심하는 겁니까?"

"아닙니다. 사상을 의심하는 것은 아닙니다. 사상이 건전하더라도 발길이 돌아설 수도 있는 것 아닙니까? 피치 못할 사정이나 혹은 자기도 모르는 사이에 말입니다."

"요점을 말씀해 주십시오. 어떤 근거에서 나를 미행하게 되었는지 분명히 말씀해 주십시오."

"짐작이 가실 텐데요?"

"짐작이 안 갑니다!"

상대방은 한번 깊이 눈을 감았다가 떴다. 그리고 결심한 듯 입을 열었다.

"그럼 말씀드리죠. 문제는 장중령께서 윤여옥이라는 여자를 비호하고 있다는 데 있습니다."

"뭐라고요?"

하림의 얼굴이 일그러졌다. 형체를 드러내지 않고 가슴속에 가라앉아 있던 하나의 불안이 비로소 그 모습을 드러내려 하고 있었다.

"미안합니다. 이런 말씀을 드려서……. 허지만 잘 아시다시피 우리는 그런 문제가 발생할 경우 상대가 누구이든 외면할 수가 없지 않습니까?"

"물론이죠. 저도 과오가 있다면 얼마든지 수사를 받을 용의가 있습니다. 그렇지만 윤여옥과의 관계에 대해서 말씀하신 것은 도무지 납득이 안 갑니다."

"윤여옥이라는 여자는……"

책임자는 힘주어 말하다가 중간에 말을 끊었다. 조금 후 그는 재빨리 말을 쏟아 놓았다.

"……그 여자는 혐의점이 많은 사람입니다. 지금 조사가 진행 중인데, 조만간 흑백이 가려지리라 생각합니다."

"어떤 혐의점입니까?"

"스파이 혐의입니다!"

하림의 시야가 흔들렸다. 그는 진정하려고 애쓰면서 소리 없이 웃었다.

"너무 비약하신 것 아닙니까? 그 여자에 대해서는 누구보다도 제가 잘 알고 있다고 자부하는데요."

"비약이 아닙니다. 그 여자의 남편이 최대치라고 해서 그러는 것도 아닙니다. 우리는 증거에 접근하고 있습니다."

"윤여옥은……그럴 여자가 아닙니다. 나를 봐서라도 그런 짓 할 여자가 아닙니다."

그는 자신이 비참해지는 것을 느꼈다. 여옥의 모습이 자꾸만 눈앞을 가리고 있었다. 상대방은 잔인하게 공격해 들어오고 있었다.

"그러실 테죠. 장중령께서는 그렇게 믿고 싶으시겠죠. 그렇게 믿고 계시기 때문에 경찰 수사를 막으신 거겠죠."

"……"

그 말에 하림은 말문이 막혔다. 그것은 사실이었다.

"우리는 경찰에서 의뢰를 받고 수사를 시작한 겁니다. 경찰은 수사를 하고 싶지만 장중령께서 한사코 그 여자를 비호하고 있기 때문에 하는 수 없이 우리한테 수사의뢰를 해 온 겁니다. 불미스러운 일이죠."

하림은 얼굴이 붉게 달아올랐다. 자신이 거꾸로 땅에 처박히는 기분이었다.

"경찰수사를 막은 것도 아니고 그 여자를 비호한 것도 아닙니다. 저는 다만 그녀의 결백을 주장했을 뿐입니다."

설득력이 없는 말을 지껄이고 있다고 그는 생각했다. 그러나 그렇게 라도 말하지 않을 수 없는 것이 그의 입장이었다.

책임자는 눈이 세모꼴로 치켜 올라갔다. 하림이 알기에 상대는 자기 직분에 충실할 뿐만 아니라 결코 물러설 줄 모르는 강직한 인물로 소문이 난 사람이었다.

　"만일……윤여옥이가 결백하지 않을 경우 어떻게 하시겠습니까? 책임질 수 있습니까?"

　하림은 상대를 똑바로 쳐다보았다.

　"네, 책임질 수 있습니다. 그 여자는 결백합니다!"

　상대의 얼굴에 미소가 흘렀다. 차가운 웃음이었다.

　"우리가 관찰한 바에 따르면……장중령께서는 그 여자한테 너무 빠져 있는 것 같습니다. 틀린 말인가요?"

　"그건……제 개인에 관한 일입니다. 여기서 상관할 일이 아닙니다!"

　"그야 그렇죠. 우리가 걱정하는 것은 그 여자가 장중령님을 이용하고 있을지도 모른다는 점입니다. 바꿔 말한다면, 여자한테 너무 빠진 나머지 자신도 모르게 이용당하고 있을지도 모른다는 점입니다. 기우이길 바랍니다만 사태는 그렇게 낙관적이 못 되는 것 같습니다."

　"몇 번이나 말씀드려야겠습니까? 그 여자는 결백합니다! 그리고 저를 이용할 그런 여자가 아닙니다. 그 여자의 결백은 제가 책임질 수 있습니다!"

　"좋습니다. 어떻게 책임지겠다는 겁니까? 나중에 가서 발을 빼시면 서로가 입장이 난처해집니다."

　"발을 빼거나 그 따위 짓은 하지 않습니다!"

"네, 장 중령님이 어떤 분이란 건 저도 잘 알고 있습니다."

하림은 숨을 깊이 들이켰다. 어느새 그의 얼굴은 땀에 젖어 있었다.

"만일 윤여옥이 결백하지 않다면……저도 체포해 주십시오! 그 여자에게서 어떤 혐의점이 발견된다면 그건 전적으로 제 탓으로 돌려도 좋습니다. 그 여자에게 직장을 알선해 준 사람은 바로 저니까요."

"듣기 거북합니다. 감히 누가 장 중령님을 체포하겠습니까?"

"죄가 있다면 심판을 받아야지요."

"우리와 함께 일하고 있는 같은 전우이고 동지입니다. 어떻게 그런 짓을 할 수 있겠습니까? 제가 바라는 것은……협조해 달라는 겁니다. 아시겠습니까? 우리는 협조가 필요합니다."

딱하다는 듯이 하림을 바라본다. 그에게 호소하는 것 같기도 했다.

"협조할 수 있는 한 협조해 드리겠습니다."

"감사합니다. 그렇다면, 윤여옥의 신상에 무슨 일이 일어나도 상관하지 마십시오. 수사에 개입하지 말아 달라는 겁니다. 가능하겠습니까?"

침묵이 흘렀다. 숨막히는 긴장이 실내를 가득 채우고 있었다. 한참 후 하림의 머리가 좌우로 흔들렸다. 느린 움직임이었지만 거기에는 강한 거부의 뜻이 담겨 있었다.

"안 됩니다. 그건 안 됩니다. 그 여자만은 안 됩니다. 만일 그 여자한테 무슨 일이 일어나면 저는 상관 안 할 수가 없습니다.

제 모든 것을 희생해서라도 저는 그 여자를 보호하지 않을 수 없습니다."

하림의 말에 책임자는 놀라는 표정을 지었다. 그 표정이 점점 돌처럼 굳어졌다.

"협조를 못하시겠다는 거군요?"

"다른 문제라면 협조해 드릴 수 있습니다. 그러나 윤여옥만은 안 됩니다. 그 여자는 절대 안 됩니다. 만일……"

하림은 힘에 겨운 듯 숨을 내쉬었다.

"……그 여자한테 불행이 닥치면 저는 가만있을 수 없습니다. 그대로 두고볼 수 없습니다. 이해해 주십시오."

"도대체 그 여자를 그렇게 비호하는 이유가 뭡니까? 난 도무지 이해할 수 없는데요. 장중령님처럼 냉철하신 분이 여자 하나 때문에 자신을 파멸로 몰아넣으려고 하다니, 아무리 생각해도 난 알 수가 없군요. 이유가 뭡니까? 비호하는 게 아니라고 하지만 무턱대고 감싸려고 하는 그것이 비호가 아니고 뭡니까?"

하림은 안타까운 눈으로 상대방을 쳐다보았다. 안타까운 것은 상대도 마찬가지였다.

"제가 그 여자를 아끼려는 것은 비호가 아닙니다. 단순히 그렇게 말할 수는 없습니다."

"그럼, 뭡니까? 도대체 이유나 알아봅시다. 그 여자를 사랑합니까? 죽도록 사랑하기 때문인가요?"

하림은 머리를 저었다.

"사랑하기 때문만은 아닙니다. 그 이상의 것입니다."

"그 이상의 것이라면 뭔가요?"

"저는 그 여자의 인생을 사랑합니다. 그건 바로 우리의 지난 역사라고 할 수 있지요. 생각하면 그렇게 가련하고 불쌍한 인생도 없습니다. 그 여자를 볼 때마다 저는 그녀를 보호해야 할 의무를 느낍니다."

"무슨 말씀인지 난 도무지 이해할 수가 없군요. 그 여자는 유부녀이고 보호해야 할 사람이 따로 있지 않나요?"

"잘 아시지 않습니까? 그 여자의 남편은 그 여자를 보호할 입장이 아니라는 것을 말입니다. 그 여자에게 있어서 현재의 남편은 차라리 없는 것만도 못한 존재입니다. 그자는 아내를 사랑하기보다는 오히려 괴롭히고 있습니다."

"그래도 그 여자는 남편을 지극히 사랑하는 것 같던데요. 지리산까지 다녀온 걸 보면 말입니다."

하림의 얼굴이 놀라움으로 굳어졌다. 그때까지 자신을 지탱하고 있던 힘이 소리 없이 무너지는 것을 그는 느꼈다.

"우리는 벌써부터 그녀가 지리산까지 가서 남편을 만나고 온 사실을 파악하고 있었습니다. 그것만으로도 그녀는 체포의 대상이 됩니다. 공비들이 득실거리는 산 속에 가서 남편을 만나고 무사히 돌아왔다는 사실은 무엇을 의미합니까? 그것은 누구의 도움없이는 도저히 불가능한 일입니다. 다시 말해 그 여자는 남편과 손이 닿아 있기 때문에 무사히 다녀올 수 있었다는 것이 됩니다. 만일 그 여자가 남편으로부터 모종의 지령을 받았다면 그 여자가 이중 스파이 짓을 자행하는 것은 아주 쉬운 일일 겁니다. 이쪽에는 장중령님 같은 든든한 보호자가 있으니까 말입니다. 자, 이래도 그 여자를 두둔하시겠습니까? 제가 부탁하고 싶은 것은 그 여자에 대한 미련을 버려달라는 겁니다. 그리고 그 여자를 Q에서 내쫓으십시오! 부탁입니다! 우리는 누구의 방해도 받지 않고 수사하고 싶습니다!"

하림은 울음이 터질 것만 같았다. 외치고 싶었다. 윤여옥은 결백한 여자라고 소리지르고 싶었다. 그러나 왠지 자신이 서지 않았다. 왜 이런 일이 일어나야 하는가. 그는 여옥을 저버릴 수가 없었다.

"안 됩니다. 그건 안 됩니다! 절대 안 됩니다!"

"정 그러시다면 하는 수 없군요. 우리는 우리대로 수사를 계속 하겠습니다. 나중에 가서 후회하지 마십시오. 그때는 이미 너무 늦어 있을지도 모릅니다."

"결코 그런 일은 없을 것입니다. 그 여자는 결백합니다."

"그러기를 바라겠습니다. 나도 여자를 상대로 수사한다는 것이 결코 기분 좋지 않습니다. 허지만 직업이 직업이니 만큼 할 수 없지 않습니까. 좀 심한 일이 있더라도 양해해 주십시오."

"제 말을 믿으시고 가능하면 그 여자를 내버려 두십시오."

"방치해 두라는 겁니까? 그럴 수는 없습니다. 그런 짓은 직무유기에 해당된다는 것을 잘 아시지 않습니까. 자, 우리 이야기는 끝난 것 같습니다."

상대가 시계를 들여다보며 몸을 일으켰다. 하림도 하는 수 없이 일어섰다.

밖으로 나온 그는 어두운 거리를 정신없이 걸어갔다. 심사가 사나워지고 울적해서 견딜 수가 없었다. 여옥에게 전화를 걸어 볼까 하다가 그만두고 집으로 돌아왔지만 잠이 올 리 없었다.

마당으로 나와 달빛 속에 한참 동안 거닐면서 마음의 평정을 찾으려고 했지만 허사였다. 시간이 흐를수록 여옥에게 크나큰 불행이 닥치고 있다는 예감이 무거운 중압감으로 가슴을 짓눌러 오고 있었다. 그 자신은 여옥을 의심하고 싶지가 않았다. 그러나 사태는 그렇지가 않았다.

그 문제를 놓고 여옥을 만나야 하느냐 하는 것으로 그는 괴로워하다가 결국 만나야 한다는 쪽으로 마음을 정했다.

이튿날 그는 퇴근 후 여옥을 데리고 조용한 찻집으로 갔다. 막상 여옥을 대하고 앉으니 차마 입을 뗄 수가 없었다. 그러나 일어나고 있는 사태를 생각할 때 말하지 않을 수가 없었다.

하림의 표정이 심각한 것을 보고 여옥이 먼저 말을 걸어왔다.

"무슨 일이 있었나 보지요?"

그는 우울한 눈빛으로 여옥을 바라보았다. 여옥의 얼굴에 두려운 빛이 스쳐갔다.

"얼굴에 수심이 가득해요. 무슨 일인지 말씀해 주세요, 네?"

하림은 담배연기와 함께 한숨을 길게 내쉬었다. 여옥은 더 캐묻지 않고 조용히 기다렸다. 하림은 담배 한 대를 다 태우고 나서야 입을 열었다.

"어제 저녁 나는 방첩대 책임자를 만났었소. 혹시 거기서 최근에 조사 받은 적 없었소?"

"아, 아니오."

완강히 머리를 젓는다. 하림은 그녀를 뚫어지게 바라보았다. 언제 보아도 아름다운 얼굴이다. 감히 스파이 짓을 자행할 여자 같지가 않다. 여옥이, 사실을 확인하려는 게 아니야. 여옥이의 결백을 다시 한번 확인하고 싶어서 그러는 거니까 이해해 줘. 그는 여옥에게서 눈을 떼지 않은 채 말했다.

"책임자 말이 심상치 않았어요."

여옥의 눈이 커졌다. 무슨 말인지 이해할 수 없다는 그런 표정이었다.

"심상치가 않다니 그게 무슨 말씀인가요. 저하고 관계된 일인가요?"

"그래요. 아주 거북한 말을 들었어요. 나는 절대 그럴 리가 없다고 부인했지만……"

"무, 무슨 일이에요?"

전혀 짐작조차 가지 않는다는 표정을 보고 하림은 가슴이 저려왔다. 괜한 말을 꺼냈다고 생각했지만 이미 엎질러진 물이었다. 그는 조심스럽게 입을 열었다.

"다름이 아니고……스파이 혐의를 받고 있는 것 같아요. 확실한 건 잘 모르겠지만……거기에 대해 그 나름대로 내사를 하고 있는 것 같아요."

여옥의 두 눈이 초점 없이 잠시 허공에 머물렀다. 고뇌의 그늘이 번개처럼 스쳐 가는 것을 하림은 놓치지 않고 바라보았다. 그러나 그것만 가지고는 아무 것도 알 수 없었다. 그는 가슴이 타는 듯했다.

"나는 너무 놀라고 기가 막혀서……"

여옥이 침묵하고 있었기 때문에 하림은 초조하고 당황한 기분이었다.

"저번에 형사가 그 문제를 들고 나왔을 때는 그렇게 걱정을 하지 않았고 대수롭게 여기지도 않았었는데……이번에는 경우가 달라요. 그 문제를 전문으로 취급하는 특수기관이 맡고 나섰단 말이오. 그곳은 우리가 거기서 일할 때보다는 자못 강력하고 능률적인 기관으로 발전했어요."

여옥의 시선이 밑으로 떨어졌다. 그것을 지켜보는 하림은 가슴이 철렁 내려앉았다.

"걱정을 끼쳐 드려 죄송해요. 언제나 저는 걱정만 끼쳐 드리고 있어요."

"나는 괜찮아요. 나는 어떻게 돼도 상관없어요. 내가 걱정하는 건 여옥씨한테 불행이 닥치지 않을까 하는 점이오."

"저한테 존댓말 쓰지 마세요. 듣기 거북하고 멀어진 기분이 들어요."

"아니오. 이제 두 아이의 어머니이고 어엿한 부인인데……당연히 그래야지요."

여옥은 여전히 그의 시선을 피하고 있었다.

"저한테 쏟아 주는 관심과 걱정……이제 그만해 주세요. 제 문제는 제가 처리해 나가겠어요."

하림은 그녀의 손을 잡으려다가 그만두었다. 다른 사람들의 눈 때문에 그럴 수가 없었다.

"무슨 소릴 하는 거요? 나의 관심과 걱정은 당연한 거요. 비록 지금은 남의 아내라고 하지만 나는 외면할 수 없단 말이오. 우리는 일반적인 남녀 사이가 아니란 걸 잘 알지 않소."

"고마워요. 고맙지만……"

"내가 듣고 싶은 건 그런 말이 아니오. 여옥씨의 결백을 듣고 싶은 거요."

청승맞은 유행가 가락이 실내를 휘감고 있었다. 그들은 그 노랫소리가 끝나기를 기다렸다.

마침내 여옥의 얼굴이 쳐들렸다. 핏기라곤 하나도 없는 백짓장 같은 얼굴이었다. 그녀는 젖은 눈으로 하림을 \바라보았다.

"제가 부인하면 제 말 믿어 주시겠어요?"

하림은 고개를 크게 끄덕였다.

"믿고 말고. 내가 누구 말을 믿겠소. 내가 어떻게 당신 말을 의심할 수가 있겠소."

여옥은 기다렸다는 듯 머리를 저었다. 그 바람에 긴 머리칼이 헝클어지면서 얼굴을 반쯤 덮었다.

"저를 의심하는 건 싫어요! 저를 믿어 주세요!"

여옥을 쳐다보는 하림의 얼굴이 붉어졌다. 이윽고 안도의 빛이 그의 얼굴에 나타났다.

"내가 의심했다면 사과하고 싶소. 이제 나는 그 친구들에게 떳떳이 말할 수 있을 거요."

여옥의 얼굴이 이상하게 변했다. 그것은 하림이 처음 보는 생소한 얼굴이었다.

"저는 아무 짓도 하지 않았어요! 믿어 주세요! 부탁이에요!"

필사적으로 애걸하는 것처럼 보인다. 불길한 예감이 스쳐 가는 것을 하림은 억지로 지워 버렸다.

"결백하다는 건 내가 누구보다도 잘 알고 있으니까 염려하지 말아요. 이젠 그 이야기 그만하고 저녁이나 먹으로 갑시다. 내가 멋진 저녁을 살 테니까."

"저, 식사하고 싶지 않아요. 그것보다도 더 좀 이야기하고 싶어요. 저 때문에 몹시 괴롭힘을 당하셨죠?"

"아. 아니, 그렇지 않아요."

"언제나 숨기시는군요. 그럴 때마다 저는 선생님한테 큰 죄를 짓고 있는 것만 같아요."

"쓸데없는 소리! 우리 사이에 그런 말한다는 게 우습군."

하림이 다시 저녁식사하러 가자고 했지만 그녀는 거절했다. 그리고 무엇인가 자꾸만 캐려고 들었다.

"그 기관에서는 무엇 때문에 그런 혐의를 두고 있나요?"

"난 그 문제에 대해서 더 이상 이야기하고 싶지 않은데……. 결백하다는데 뭐가 문제되겠소?"

"그래도 알고 싶어요. 저에 관한 일이니까 자세히 좀 알고 싶어요."

"나도 자세히는 몰라요. 책임자가 무엇인가 확증을 잡고 있는 듯이 말하기에 사실 걱정이 되었고 놀라기도 했어요."

"분노를 느끼셨겠죠. 저한테 배반당했다고……"

하림의 눈썹이 꿈틀하고 움직였다.

"무슨 말을 그렇게 하는 거요? 배반이라니, 당치도 않은 말이오. 우리 사이에 그런 말은 존재할 수 없어요. 여옥씨가 설사 나를 이용하고 나를 배신했다 하더라도 나는 그걸 배신이라고 생각지 않을 거요. 왜냐하면……그건 진정한 마음으로 한 짓이 아닐 테니까 말이오. 어쩔 수 없이 피치 못할 상황에서 저지른 배신은 배신이 아니오. 적어도 우리 사이에 있어서는 말이오. 그리고 나는 어떠한 경우에도……당신을 미워할 수가 없어요. 나는 당신이라는 여자를 너무나 잘 알고……너무나 사랑하니까 말이오. 당신은 초토 위에서 피어난 들국화 같은 여자요. 가련하고, 위대하고, 신비롭고……그런 여자를 내가 어떻게 미워할 수가 있겠소? 어떻게 사랑하지 않을 수 있겠소? 당신의 어떤 잘못 같은 것……그런 건 당신의 값진 삶에 비하면 정말 하찮은 거요."

하림을 바라보는 여옥의 눈빛이 갑자기 흐려졌다. 그녀는 갑자기 두 손으로 얼굴을 가리더니 소리 없이 흐느끼기 시작했다. 그것은 수치와 고마움과 애정이 뒤엉켜 흐르는 눈물이었지만, 하림은 아직 그 눈물의 복잡함을 눈치채지 못하고 있었다.

"고마워요……이 은혜……죽을 때까지 잊지 못할 거예요."

"은혜는 무슨 은혜……. 정말 어린애 같군. 자, 그만해요. 사람들이 보니까."

하림은 부드럽게 속삭였다. 여옥은 눈물을 닦았지만 또 눈물이 나왔다. 쉽게 눈물이 그칠 것 같지가 않았다.

"선생님, 혹시 저한테 무슨 일이 생기더라도 저를 찾지 말아 주세요."

하림은 펄쩍 뛰었다.

"무슨 일이 생기다니 그게 무슨 말이오?"

"아, 아무 것도 아니에요."

여옥은 손으로 입을 틀어막았다. 하림은 그녀를 데리고 밖으로 나왔다.

"그런 일은 없을 테지만……만일 무슨 일이 생기면 나한테 즉시 연락을 취해요. 알았소?"

"네, 알았어요."

하림은 그녀를 집에까지 바래다 주기로 했다. 집에까지 가는 동안 혹시 뒤따르는 사람이 없는가 하고 돌아보곤 했지만 미행자는 보이지 않았다.

거리는 숨막힐 듯이 더웠다. 구름이 짙게 끼어 별빛 하나 보이지 않는 어두운 밤이었다. 그들이 채 집에 닿기 전에 번개가 치고 뇌성이 울었다. 이어서 소낙비가 쏟아지기 시작했다.

그들은 어느 집 처마 밑으로 들어가 비를 피했다. 거리에는 차도 사람도 보이지 않았다. 칠흑 같은 어둠만이 있었다.

어둠 속에서 그들은 서로의 손길을 요구했다. 하림이 손을 뻗자 그녀는 기다렸다는 듯이 그의 품으로 안겨 들어왔다.

"춥지?"

"아니오."

뜨거운 입김이 흐느낌처럼 흘러나왔다. 또 번개가 치고 뇌성이 울었다. 그녀는 남자의 몸 속으로 들어가 한몸이 되고 싶다는 듯 그의 품에 안겨 몸부림쳤다.

어느 때보다도 강렬한 그녀의 몸부림에 하림은 문득 불길한 예감 같은 것을 느꼈다. 그것이 이별을 앞둔 여자의 몸부림같이 생각되었기 때문이다.

"아무 데도 가서는 안 돼. 언제나 당신은 내 곁에 있어야 해."
"전 떠날 수 없어요."

그들은 걷잡을 수 없이 허물어지면서 한 몸이 되어 비틀거렸다. 하림은 한 손을 그녀의 옷 속으로 집어넣어 가슴을 더듬고 배와 그 밑을 더듬었다. 그곳은 뜨겁고 촉촉했다.

하림은 더 참을 수 없었다. 여옥도 마찬가지였다. 그들은 말없이 처마 밑에서 벗어나 가까운 여관으로 들어갔다. 냄새나는 조그만 방으로 들어서자 그들은 약속이나 한 듯 옷들을 벗었다.

이윽고 나체가 된 그들은 눈부신 듯 서로의 몸을 바라보았다. 여옥은 그전보다 살이 조금 오른 듯했다. 젖가슴과 엉덩이가 나이에 비해 너무도 활짝 개화되어 있었다. 그러면서도 전체적으로 아름다운 조화를 이루고 있었다. 그것은 남자로 하여금 탐욕을 느끼게 하는 자극적인 몸이었다.

하림의 근육이 꿈틀거렸다. 그의 의지와는 상관없이 그것은 멋대로 춤을 추었다. 그는 여옥의 흰 비단결 같은 허벅지께를 바라보다가 가까이 다가서서 그곳을 또 쓰다듬었다. 그리고 무릎을 꿇고 앉으면서 그녀의 풍만한 젖가슴 속에 얼굴을 묻었다.

곧 불이 꺼지고 여옥의 입에서 신음이 흘러나왔다. 하림에 의해 그녀의 몸은 열리고 철저히 파헤쳐졌다. 그는 온 정성을 다해 한 방울의 눈물까지 그녀의 몸 속에 흘려넣어 주었다.

여옥은 집앞 골목에 하염없이 서 있었다. 하림의 모습이 어둠 속으로 사라진 뒤에도 그녀는 거기에 서서 중얼거리고 있었다.
"잘 가세요. 그리고 저를 찾지 마세요."
비가 뿌리고 있었지만 그녀는 움직이려고 들지를 않았다. 하림과의 두번째 정사를 끝내고 돌아오는 길이라 마음은 더욱 허전했다. 기쁨이 크면 클수록 가슴의 동공은 더욱 커지기만 하고 있었다.

그녀는 집을 바라보았다. 두려움이 엄습했다. 도망가야 한다! 망설일 여유가 없다! 마음은 한곳으로 쏠리고 있었다.

집으로 들어가니 아이들은 모두 잠들어 있었다. 아이들을 보자 눈앞이 캄캄해져 왔다. 홀몸이라면 고생이 되더라도 숨어 살 수 있다. 그러나 두 아이를 데리고 도망친다는 것은 어려운 일이다. 무엇보다도 아이들의 고생이 심할 것이다. 차라리 노인 부부에게 얼마 동안 맡겨두었다가 기회를 봐서 데려가는 게 낫지 않을까. 도중에 무슨 일이라도 일어나면 아이들을 어찌 할 것인가.

그녀는 눈물을 뿌리며 필요한 것들을 가방에 챙겨넣었다. 가슴이 찢어지는 것 같았지만 마음은 공포에 쫓기고 있었다. 이건 어리석은 짓이야. 하림씨한테 모든 것을 털어놓았어야 했어. 내가 도망쳤다는 것을 알면 그분은 얼마나 실망하고 분노할까.

아아, 나는 나쁜 여자야.

　그녀는 털썩 주저앉으면서 가방을 뒤엎었다.

　10시가 지나고 있었다. 그녀는 그대로 방 가운데 멀거니 앉아 있었다. 다시 공포가 엄습했다. 그들이 금방이라도 문을 박차고 뛰어들 것만 같았다.

　그녀는 강한 육감력을 가지고 있었다. 자신을 향해 수사의 손길이 좁혀지고 있다는 것은 의심할 여지가 없었다. 자신이 체포되는 것은 시간문제라는 것을 그녀는 잘 알고 있었다.

　그때 전화벨이 울렸다. 그녀는 흠칫 놀라 전화통을 바라보았다. 전화벨 소리에 아이들이 잠에서 깨어났다. 그녀는 조심스럽게 수화기를 집어들었다. 남자의 다급한 목소리가 들려왔다.

　"윤여사요?"

　"네, 그렇습니다만……누구신지?"

　"듣기만 하시오! 지금 당장 피하시오! 우리 동지가 한 사람 체포됐소! 윤여사도 위험합니다! 빨리 피하시오! 체포되면 무조건 사형이오!"

　"아, 어디로 피해야 하나요?"

　"인천으로 가시오! 연안부두 쪽으로 가면 갈매기라는 술집이 있는데, 거기 가서 주인을 찾으시오! 암호는 가랑잎 가랑비……종이에 써서 보이시오!"

　철컥 하고 전화가 끊어지는 것과 동시에 그녀는 눈앞에 시커먼 파도가 덮쳐오는 것을 보았다. 머뭇거리고 있을 여유가 없었다. 다시 가방을 챙기는데 아이들이 달려들어 울기 시작했다.

"엄마, 어디 가? 나도 갈 거야!"

그녀는 억지로 웃으며 아이들을 달랬다.

"엄마, 아무 데도 안 가. 우리 대운이 착하지? 어서 자, 응?"

"싫어! 거짓말하지 마! 엄마 따라갈 거야!"

부모를 잘못 만나 자식들이 고생이라고 생각하자 여옥은 참을 수가 없었다. 그녀는 두 아이를 끌어안고 울음을 터뜨렸다. 아이들이 마치 고아처럼 생각되었다.

"대운아, 엄마 없더라도 동생하고 싸우지 말고 잘 놀아야 한다. 응? 엄마, 곧 다녀올게, 응?"

"싫어! 싫어!"

아이는 엄마의 얼굴을 두 손으로 마구 꼬집었다. 작은아이는 자지러지게 울어대고만 있었다.

집안이 온통 울음바다가 되자 아래층에서 노인 부부가 올라왔다. 그들은 걱정스런 눈으로 여옥을 쳐다보면서 무슨 일이냐고 눈으로 묻고 있었다. 여옥은 사실대로 이야기할 수가 없었다. 그래서 눈물을 지우면서 겨우 이렇게 말했다.

"제가 무슨 일로 당분간 집을 비우게 될 것 같아요. 아이들을 데려가고 싶지만 사정이 여의치 않아서 그러니……수고스럽지만 할아버지 할머니께서 아이들을 좀 보살펴 주시면……그 은혜 잊지 않겠습니다."

친척도 아닌 남에게 자식들을 맡기고 가겠다니, 인륜에 벗어난 뻔뻔스러운 말이라고 할 수 있었다. 그러나 그럴 수밖에 없는 것이 그녀의 현재 입장이었던 것이다.

노인 부부는 대답 대신 무겁게 고개만 끄덕였다. 노파는 무슨 일인지 모르면서 여옥을 따라 눈물을 짓고 있었다.
　"고맙습니다! 이 은혜 잊지 않겠습니다!"
　여옥은 노파의 손을 잡고 흐느껴 울었다. 그 바람에 아이들이 더욱 요란스럽게 울어댔다.
　"어디 가서라도 몸조심해요. 아이들은 걱정하지 말고……"
　"고맙습니다……고맙습니다……이 몹쓸 것을 용서해 주십시오……"
　여옥은 울면서 노인 부부 앞에 많은 돈을 내어놓았다.
　"얼마 되지 않지만……생활비에 보태 쓰십시오."
　"웬 돈을 이렇게……? 객지에서 지낼려면 돈이 많이 필요할 텐데……"
　"아니에요. 제 걱정은 하지 마십시오……그리고……누가 찾아오면 어디 갔는지 모른다고 해 주세요. 나중에 제가 아이들을 데리러 오겠습니다."
　"아니, 그럼 여기서 영영 떠날라고?"
　"저도 어떻게 될지 잘 모르겠습니다."
　노인이 기침했다. 눈에 눈물이 괴고 있었다. 수염이 떨리고 있었다.
　"세상에 이런 일이……어쩌다가 이런 일이……"
　"용서해 주십시오."
　여옥은 흐느끼면서 노인 앞에 큰절을 했다. 혈육붙이들을 잘 보살펴 달라는 간절한 애원이 담긴 절이었다.

그러고 나서 그녀는 두 아들을 으스러지게 끌어안았다. 품에서 절대 놓아서는 안 될 아이들이었다. 그런데 그들을 버리고 도망가는 것이다. 어디까지 도망갈 수 있는지는 그녀 자신도 모르고 있었다.

 놓지 않으려는 아이들을 떼어 놓고 가방을 들고 현관으로 나오자 아이들이 울부짖으며 따라왔다. 힘이 없는 둘째 아이는 노파의 가슴에 안겨 울고 있었지만 힘이 센 대운이는 길길이 날뛰고 있었다.

 "나 갈 거야! 갈 거야! 엄마, 미워! 엄마! 엄마! 엄마!"

 그녀는 모질게 아들을 뿌리쳤다. 눈물 때문에 앞을 잘 볼 수가 없었다. 아이는 마당까지 따라나왔다. 대문 밖으로 나와 밖에서 문을 닫아 버리자 아이는 문을 두드리며 아우성쳤다.

 "엄마! 엄마! 엄마! 말 잘 들을께 데리고 가! 엄마! 엄마!"

 그녀는 대문에 얼굴을 댄 채 격렬하게 울음을 터뜨렸다. 문득 수년 전 어머니와 헤어져 정신대에 끌려가던 때의 일이 주마등처럼 머리를 스치고 지나갔다. 그때 자신은 어머니와 헤어지지 않으려고 얼마나 몸부림치며 울었던가. 그 이별의 고통을 이번에는 자신이 자식들에게 안겨주는 것만 같아 그녀는 더욱 비통스러웠다.

 어린 아들의 울음 소리는 비수처럼 가슴을 후벼 들고 있었다. 울음 소리를 듣고 있다가는 한 발짝도 움직일 수 없을 것 같았다. 가야 한다! 그녀는 이를 악물고 돌아섰다. 차마 떨어지지 않는 발걸음을 옮기는데 눈물이 걷잡을 수 없이 흘러내렸다. 아들의 울부짖는 소리가 덜미를 잡고 놓치를 않는다. 대운아, 제발……제발……이 엄마를 용서해 다오.

그녀는 불이 환히 켜져 있는 집을 돌아보았다. 엄마를 부르는 소리가 여전히 들려오고 있었다. 그녀는 몸을 돌려 다시 비틀비틀 걸어갔다. 아들의 울음 소리가 차츰 멀어지고 있었다.

마침내 골목 밖으로 나왔을 때 그녀는 비로소 자신이 얼마나 독한 여자인가를 깨달을 수 있었다. 아무리 위급한 상황이라 하지만 어미된 입장에서 어떻게 아이들을 버려두고 혼자 살겠다고 도망칠 수가 있단 말인가. 나는 나쁜 여자다. 독한 여자다.

그녀는 망설였다. 지금이라도 늦지 않는다는 생각이 들었다. 아이들에게 돌아가고 싶었다. 그러나 아이들 앞에서 자신이 체포되어 끌려갈 것을 생각하니 차마 발길을 돌릴 수가 없었다. 조금만 참아다오. 그녀는 가까스로 자신을 합리화시키면서 역 쪽으로 걸어갔다.

자신이 이제 완전히 도망자가 되었다고 생각하니 마치 뒤에서 추적의 발소리가 들려오는 것 같았다. 공포가 엄습했다. 전후좌우를 살피면서 그녀는 걸음을 빨리 했다.

장마가 지려는지 비가 많이 내리고 있었다. 우산으로 몸을 가리긴 했지만, 역에 닿았을 때는 옷이 많이 젖어 있었다.

마침 인천행 기차가 막 출발하려 하고 있었다. 그녀는 정신 없이 차에 뛰어올랐다. 막차라 그런지 객실에는 별로 사람이 없었다.

그녀는 텅빈 자리에 앉아 멍하니 기적 소리를 들었다. 다시 기적이 울었다. 그녀는 문득 자신이 영영 돌아올 수 없는 먼길로 떠나는 것 같은 예감이 들었다. 그것은 전율이 되어 그녀의 몸을 휩쓸었다. 그녀는 발딱 일어섰다. 가서는 안 될 것 같았다.

그녀가 승강구로 나갔을 때 기차는 이미 어둠을 헤치고 질주하고 있었다. 그녀는 난간을 붙잡고 서서 흐느껴 울었다. 비바람이 그녀의 몸을 날려 버릴 듯이 몰아치고 있었지만 그녀는 그것을 피하려고도 하지 않은 채 거기에 서서 하염없이 울고 또 울었다.

자신의 인생이 그렇게 되도록 운명지어져 있었던 것만 같아 그녀는 더욱 비통스러웠다. 생각할수록 기구한 운명이었다.

여러 사람들의 얼굴이 눈앞을 스치고 지나갔다. 제일 먼저 떠오른 것은 아이들의 모습이었다. 그녀는 비바람 속으로 뛰어들 것처럼 아이들을 향해 손을 뻗었다. 다음에 나타난 얼굴은 장하림이었다. 그녀는 미칠 듯이 머리를 저었다. 마지막으로 남편의 모습이 나타났다.

그녀는 울음을 그치고 저주스런 눈으로 대치를 쏘아보았다. 모든 것이 당신 때문이에요! 당신 때문에 제 신세가 이렇게 된 거예요! 우리 가정은 이제 파멸이에요! 당신은 지금 어디 계세요? 집안이 이렇게 된 것도, 제가 도망치고 있는 것도 모르시겠지요? 미워요! 당신이 미워요! 당신이 저주스러워요! 울어도 울어도 눈물은 그칠 줄 모르고 흘러내리고 있었다.

객실로 돌아와 앉은 그녀는 자식들 생각에 다시 가슴이 찢어지는 것 같았다. 눈을 감자 아이들의 울음 소리가 환청이 되어 들려왔다.

한 시간쯤 지나 기차에서 내리니, 비바람이 몹시 사납게 몰아치고 있었다. 그녀는 사람들이 모두 사라질 때까지 대합실 한쪽에 우두커니 서서 비바람치는 어두운 거리를 바라보고 있었다.

마침내 대합실의 불마저 꺼지자 어디선가 거지 두 명이 소리없이 나타나 반짝이는 눈으로 그녀를 바라보았다.

"히히 히히……색시, 이리 와. 추운데 함께 자자구."

그녀가 가만 있자 그중 한 명이 슬금슬금 접근해 와서는 그녀를 툭 건드렸다.

"히히 히히……배고프지? 이거 먹어."

무엇인가 꺼내 준다. 비록 거지지만 인간적인 따뜻함이 전해져 왔다.

"어? 울지 않아? 무서워서 그래?"

거지들은 갑자기 잠잠해져 버렸다. 자신들은 역시 동화될 수 없는 입장이라고 생각한 것 같았다.

그곳을 빠져나온 여옥은 가까운 여관을 찾아들었다. 밤이 깊어 여자 혼자서 비에 흠뻑 젖어 나타나자 여관 주인은 그녀를 맞이하면서 이상하다는 듯이 자꾸만 쳐다보았다.

방안으로 들어간 그녀는 젖은 옷 그대로 벽에 기대앉아 허공에다 멍하니 시선을 던졌다. 넋이 거의 빠져 달아난 모습이었다.

멍한 상태에서 두 줄기 눈물이 볼을 타고 소리 없이 흘러내리고 있었다. 그녀는 불을 끄고 어둠 속에 웅크렸다가 무릎을 꿇었다.

"주여, 용서하시옵소서! 이 죄 많은 여인은 또 한번 큰 죄를 졌사옵니다! 자식들을 저버리고 혼자서 도망쳐 온 이 비겁한 여자를 용서하여 주시옵소서! 주여, 이 죄많은 여인은 어찌 해야 되옵니까? 이 죄인을 버리지 마시고 갈 길을 인도해 주시옵소서! 저는 지금 벌을 피해 정처없이 도망치고 있사옵니다! 제 앞에는 한 줄기 빛도 보이지 않습니다. 오직 칠흑 같은 어둠만이 가로막고 있을 뿐입니다! 이 죄인은 어디로 어떻게 가야 할지 오직 막막하고 무서울 따름이옵니다! 주여, 이 몹쓸 여자에게도 길을 밝힐 수 있는 빛을 주소서! 이 죄 많은 것을 버리지 마시옵소서! 주여, 저는 아무 것도 바라는 것이 없사옵니다! 단지 남들처럼 지아비와 함께 자식들을 키우며 평화롭게 살고 싶을 따름이옵니다! 그런데 그러한 가정을 이룰 수가 없었습니다! 아무리 노력하고 기도했지만 결국 오늘에 이르러서 저는 도망하는 신세가 되고 말았습니다! 모든 것이 제 잘못이라는 것을 저는 잘 알고 있사옵니다! 주여, 이 몸은 지아비를 섬기고 자식들을 길러서는 아니 되옵니까? 주여, 제곁으로 지아비와 아이들을 돌려보내 주시옵소서!"

그녀는 기도하고 나서 울었다. 절망의 밤이 깊어가고 있었다. 모든 것을 상실한 그녀에게는 밤이 마치 무덤 속 같았다. 자식들의 울음 소리가 환청이 되어 자꾸만 그녀를 괴롭혔다. 갈기갈기 찢기는 것 같은 가슴을 부둥켜안은 채 그녀는 어둠 속에서 떨고 있었다.

무릎을 세우고 그 위에 얼굴을 처박고 눈을 감아 보았지만 잠이 올 리 없었다. 공포와 전율의 밤이었다. 그리고 참혹하고 슬픈 밤이었다.

얼핏 의식이 혼미해졌을 때 문 두드리는 소리가 났다. 그녀는 소스라치게 놀라 일어났다. 다시 노크 소리가 나고 문이 거칠게 흔들렸다. 그녀는 자기도 모르게 피스톨을 뽑아 들었다. 한번도 사용해 본 적이 없는 것이었다. 내가 이것으로 사람을 죽이겠다는 것인가. 그녀는 몹시 당황했다. 피스톨을 품속에 감추고 불을 켰다.

"여보세요! 여보세요!"

"누구신가요?"

그녀는 떨리는 소리로 물었다.

"경찰입니다. 임검 나왔습니다!"

여옥은 가슴이 덜컥 내려앉았다. 벌써 이곳까지 수배가 내려졌는가 하고 생각하니 오싹 소름이 끼쳤다. 창문을 바라보았다. 높고 조그마해서 탈출할 가망은 없었다. 권총으로 경찰을 위협하고 도망친들 여자 걸음으로 멀리 가지 못할 것이 뻔했다.

겨우 이곳에 와서 체포되다니 하고 생각하면서 떨리는 손으로 문을 열자 정복 경찰 두 명이 거기에 서 있었다. 그들 뒤에는 여관 주인인 중년사내가 눈을 껌벅거리며 서성거리고 있었다.

"혼자인가요?"

경찰이 방안을 둘러보면서 말했다.

"네……"

"증명 좀 봅시다."

"집에 두고 왔는데요."

여옥은 눈을 딱 감고 대답했다. 곧 두 손목에 수갑이 채워질 거라고 생각했는데 경찰이 뚱딴지 같은 질문을 던졌다.

"혹시……자살하려고 여관에 든 것 아닌가요?"

여옥은 맥이 탁 풀리는 것을 느끼면서 안도의 한숨을 내쉬었다. 그녀의 입가에 차가운 미소가 흘렀다.

"아, 아니에요. 잘못 보신 거예요. 자살은 왜 해요?"

"어디 좀 봅시다."

경찰은 트렁크를 뒤져 보았다. 트렁크 속에는 옷가지만 있을 뿐 다른 이상한 것은 들어 있지 않았다.

"댁이 어딥니까?"

"서울이에요."

"헌데 여긴 무슨 일로 오셨나요?"

"집안에 문제가 좀 있어서 친정에 가는 길이에요."

"친정이 어딘 데요?"

"저기……배타고 가야 해요. 섬이에요."

"영종도인가요?"

"네, 바로 거기예요. 막차로 내렸기 때문에 할 수 없이 여기서 하룻밤 자고 가려고 온 거예요."

"아, 그렇습니까. 실례 많았습니다. 안색이 안 좋으시군요."

"네, 배가 좀 아파서……"

그녀는 아랫배를 손으로 눌렀다. 경찰은 친절했다.

"약을 사다 드릴까요?"

"아, 아니에요. 약 먹지 않아도 돼요."

그래도 경찰이 염려하는 눈치를 보이자 나이 든 경찰이 어깨를 툭 치며 한마디했다.

"이 사람아. 아무리 총각이라지만 어찌 그리 눈치가 없나?"

"네? 무슨 말씀인지……?"

"여자는 한 달에 한번씩 배가 아픈 법이야. 자, 가자구."

그제야 총각 경찰은 얼굴을 붉히면서 따라나갔다.

여옥은 어둠 속에 다시 웅크리고 앉았다. 밤새 낙숫물 소리가 들려오고 있었다.

그녀는 꼬박 밤을 지샌 다음, 날이 새자마자 밖으로 나왔다. 밖에는 여전히 비가 내리고 있었다. 장마가 진 모양이었다.

그녀는 연안부두로 찾아갔다. 지푸라기라고 붙잡고 싶은 심정이었기 때문에 절로 발길이 그쪽으로 향한 것이다.

비가 오는데도 부두 주변은 사람들로 북적대고 있었다. 부둣가에는 술집들이 많았다. 여기저기 기웃거리다가 그녀는 멈칫했다. 「갈매기」라는 상호가 보였던 것이다.

얼른 보기에는 초라한 술집이었다. 여옥은 먼발치에서 그 집을 바라보면서 망설이고 있었다. 막상 그 집을 보니, 왠지 두려운 생각이 들었다. 그러나 다시 생각해 본다. 어떻게 할까. 넓은 천지에 갈 곳이 없다.

부딪쳐 보는 수밖에 다른 수가 없을 것 같았다. 그녀는 조심스럽게 그 집 쪽으로 다가갔다.

술집 안에는 아침 해장에 술을 걸치느라고 남자들이 몇 명 앉아 있었다. 미모의 여성이 안으로 들어서자 그들은 하나같이 탐욕스런 눈길로 그녀를 훑어보았다. 작부로 보이는 여인이 담배를 꼬나 문 채 그녀에게 말을 걸었다.

"무슨 일로 왔수?"

"저, 저기……주인 아저씨를 좀 만나려고 하는데요."

"그래? 왜? 무슨 일로? 여기에 취직하려고?"

"아, 아니에요. 그럴 일이 있어서 그래요."

그러는데 안쪽에 있는 방문이 소리 없이 열리면서 덥수룩한 중년 사나이의 얼굴이 나타났다.

"내가 주인이오. 무슨 일이오?"

찢어진 눈매가 사나워 보였다. 턱이 뾰족한 것이 날카롭고 신경질적인 인상을 보이고 있었다. 여옥은 숨쉬기가 거북했다.

"저기, 긴히 좀 드릴 말이 있어서 찾아왔는데요."

"그래요? 어디서 왔수?"

"서울서 왔습니다."

무엇인가 생각하는 듯하다가 사내는 그녀를 안으로 들어오게 했다. 방안은 더럽기 짝이 없었고 고약한 냄새가 진동하고 있었다.

"앉으슈. 무슨 일이오?"

쳐다보는 눈이 독수리 같았다. 여옥은 몸을 움츠렸다. 상대가 무서워 보였다. 사내가 재차 물었을 때에야 그녀는 왼쪽 손을 펴 보였다. 손바닥에는

「가랑잎 가랑비」
라고 쓰여 있었다.

"아, 난 또 누구라고! 진작 그럴 것이지. 편히 앉아요! 편히!"

밖에 들으라는 듯이 큰 소리로 말한 다음 사내는 여옥의 손을 덥석 잡았다. 그리고 재빨리 속삭였다.

"동무, 오느라고 수고 많았소! 혼자 왔나요?"

"네, 혼자 왔어요."

그녀는 가만히 손을 빼면서 몸을 도사렸다.

"동무에 대한 성가는 익히 들어서 알고 있었소. 동무는 운이 참 좋았소. 다른 동무들은 거의 체포된 모양이오."

"이제 저는 어떻게 해야 하나요?"

"여기는 당분간 숨어 있을만 하니까 마음 놓고 있어요. 차차 기회 봐서……"

"기회 봐서 어떻게 하실 건가요?"

"상부 지시에 따라야지요."

한마디로 쐐기를 박은 다음 사내는 뜨거운 시선으로 여옥을 쏘아보았다. 그 눈에서 욕망의 빛이 번득이는 것을 보자 여옥은 소름이 쭉 끼쳤다.

여명의 눈동자 · 제9권에 계속

김성종

1941년 전남 구례출생
연세대학교 정외과 졸업
1969년 「조선일보」 신춘문예 소설당선
1971년 「현대문학」지 소설추천 완료
1974년 「한국일보」에 「최후의 증인」으로 장편소설 당선

黎明의 눈동자 제8권

김성종 장편대하소설

초판발행	1980년 4월 20일
2판발행	1991년 1월 20일
3판1쇄	2003년 10월 20일
저자	金聖鍾
발행인	金仁鍾
북디자인	정병규디자인
발행처	도서출판 남도
등록일자	서기 1978년 6월 26일(제1-73호)
주소	(134-023) 서울 강동구 천호동 451 산경빌딩 B동 5층 3-1호
전화	02-488-2923
팩스	02-473-0481
E.mail	namdoco@hanafos.com

ⓒ 2003 Kim Sung Jong. Printed in Korea

정가: 10,000원

ISBN 89-7265-508-2 03810
ISBN 89-7265-500-7(세트) 03810
파본이나 잘못된 책은 교환하여 드립니다.